幸田文

「台所育ち」というアイデンティティー

藤本寿彦
fujimoto toshihiko

田畑書店

幸田文　「台所育ち」というアイデンティティー◎目次

カバー写真：©daj/amanaimages
帯写真：幸田文　諏訪神社春宮にて
（「婦人公論」昭和33年7月号掲載）

幸田文

「台所育ち」というアイデンティティー

はしがき

昭和二十二年八月二日、衆参両院は幸田露伴の追悼演説を行い、戦後日本の国是となった文化国家の象徴として、彼の業績を顕彰した。これ以降、露伴のテクストは出版メディアに表象され、それに歩調を合わせるように、人間露伴を書いた随筆が人々の関心を呼ぶようになる。メディアの要請に応え、ベールに隠れていた露伴の実像を伝える役割を担ったのが、娘・文である。自らを「露伴の想ひ出屋」と称して、「雑記」、「葬送の記」、あるいは「菅野の記」などを書き継いでいく彼女だったが、やがて「露伴の想ひ出屋」という与えられた役割に耐えられなくなる。

これまでの文芸批評や研究は、ともすれば、彼女のテクスト群から「あとみよそわか」や「この世がくもん」などを抽出し、躾けを授ける父／与えられる子の生き生きとした像に焦点を当ててきた。

だから、初期随筆と小説とを区切る昭和二十五年の「断筆宣言」の重要性を見過ごしてきたのだろう。取材に来た毎日新聞の記者に、幸田文が突然語り出したのは、筆を折ること、自らの物語を書けるようになったら復帰するかもしれないという決意である。

この宣言には「想ひ出屋」として露伴を書く役割が、「幸田文」という一箇の生を喪失させ、露伴の名声の中に埋没させてしまうという危機意識が漲っている。そのコンテクストに内在する書くことをめぐる想像力と批評性に気づく時、文化勲章受章者、文豪・露伴の葬儀を主催しようとする国家の政治性を拒否し、父・幸田成行を弔う娘を表象した「葬送の記」の語り手に出会えるだろう。このテクストには、鋭く時代の空気を読み解く感性が、批評性を帯びる場が表象されている。

○

「露伴の想ひ出屋」を廃業し、自活しようと職探しに明け暮れた幸田成行の娘は、柳橋にあった芸者置屋の女中になる。その体験から昭和三十年代に生きる寡婦「梨花」というキャラクターと花柳界に流れ着いた主人公の行末を追ったフィクションを構築し、メディアが作り上げたイメージを一新した小説家・幸田文が誕生する。

『流れる』はこれまで語られることのなかった花柳界の内幕を暴く潜入ルポとして評判を呼び、昭和三十一年の話題作となった。彼女が新潮文学賞の受賞者、ベストセラー作家として文壇に地位を占めると同時に、山本健吉などの文芸評論家が本格的な幸田文論を発表し始めた。

その多くは露伴の教えというバイアスを掛けて、手っ取り早く彼女の文体や感性世界を摑み取り、素描しながら、彼女の文学性を評価する批評である。その背景にあるのは、漱石、鷗外を基軸とする近現代文学の成立と発展の系譜から逸脱したこぼれ種だという認識である。

だから、幸田文の著書の多くは、『流れる』を除いて文芸雑誌で批評されることはないのだ。幸田文を冷笑する文壇作家・平林たい子の批評「幸田文論」（「群像」昭和三十四年五月）を読むと、その理由が明瞭になる。

われわれは文学を鑑賞する立場に、性の差別があろうとは思わなかった。が、幸田さんの小説の支持者が概ね男性であるのを知ったとき、そこに思いがけない問題が潜在しているらしいのに深甚な思いをしたのである。（中略）われわれ五十歳代の人間は、自然主義の中で自分の文学的才能を育てあげながら、そのリアリズムとどうして袂を分かつかを半生の努力の対象とした。それを否定するのが、自分たちの文学の出発点だったのである。

だから、他の同年代の文学者に対しても、それとどんな風にたたかっているかが、ひとりでに一つの目安となる。そのたたかいのない文学に興味を感じないのは仕方がない。

自然主義リアリズムを乗り越える文学表現を追い求め、男性作家が女性作家を眼差す「女流」に抗った平林たい子にとって、幸田文の文学表現はその対極であり、そもそも近現代文学の規範にも則していないというのだ。

繰り返して言おう。このような見解は現在も流通していて、幸田文のテクストは評論・研究の埒外に置かれたままなのである。

○

平林たち女性作家は、文壇で喧伝される文学のモードに敏感に反応しながら、主に文芸雑誌の内側に棲息した。こうした文壇内に棲息する表現者と異なり、幸田文はその域外に存在する素人（「台所育ち」の表現者）であり続けた。そして、国家や社会を組み替えるロジック（倫理観や政治思想）を深化させようとする彼らとは異なり、従来文学表象の対象とならなかった家事を眼差す。そして台所を中心とした家庭を活力のある生活の場とする知恵の世界へ、幸田文が創造した語り手は読者をいざなう。その表現者像は「台所育ち」という自己認識で象徴される。日々の生活を眼差しつつ、見逃しやすい身近な問題と向かい合う中で、多くの女性と連帯するテクストを生み出し、物語の語り手の視野は今日の問題と深く関わる地震災害へまで及んでいる。

それゆえ、幸田文が生みだした物語たちは、ヨーロッパの文芸思潮に棹さしてきた日本近現代文学が見向きもしなかった問題に突き当たり、過去、現在、未来を生き抜く女性性を展望し得たのである。

本書は従来の作家論とは異なり、幸田文と彼女のテクストとを切り分け、メディア表象されたテクストたちを初期から晩年まで読み通すことで、近現代文学の領野において類例のない「台所育ち」という表現者像を提起した。

○

昭和二十年代に瀬戸内海の小さな島に生まれ育った筆者は、本書に集めた文章を書き継ぐうち、手仕事が日常生活の中で息づいていた月日が、自分のよりどころになっていたことに気づくようになった。固い記憶の殻を破って、ジェンダーに拘束されながらも力強く寄り添い生きた祖母や母、懐かしいおばさんたちの顔が蘇ってきた。何の意味もないと言えばその通りだが、それこそがちっぽけな自分を生かしてくれたことに違いない。
あの頃、母たちはよく笑い、よく泣き、よくしゃべっていた。こんな集まりの中に幸田文がいてもいい、筆者は思うのだ。

追記・巻末において注記（引用文献などの情報）を書き添えることが一般的であるが、本書ではそのような事項を本文に取り込むことで、読者が理解しやすくなるように努めた。

序章　「台所育ち」というセルフイメージと、その表象世界

家事労働を体得した身体性を物語る——「松之山の地滑り」論

一、「非」文学テクストとしての幸田文

今年（平成二十八年）は「漱石没後百年」——。「朝日新聞」の紙面に「こころ」を見つけて、高校三年生の記憶が蘇ってきた。冷房設備のない四十六年前の教室は、暑かった。「人格の陶冶」という言葉が生きていた頃の少年たちは、我が事のように、「こころ」の世界を感じていた。国語の授業が終わっても、友人は「先生」がどうだの、「K」がこうだのと話し合っている。「作りものじゃないか、それも推理小説仕立ての。腹の足しにもならん」と言いかけて、黙った。漱石を気取ったり主人公になりきって、「K」の自殺に悩んだりしている。馬鹿だ、コイツら。——一クラス四十人の教室には、必ずこんな奴が一人はいる。それが筆者だった。

文学を軽蔑していた老人は、「文豪の家に生まれた幸田文は」、と書き出して止めた。職業として大学の教壇に立つこと十七年、もう文学・研究の通念に浸かりきっている。「いい気なもんだ」と、あの少年が筆者を冷笑したからである。そんな時、申し訳のように呟いた。「文学少年を軽蔑していたこんな自分だから、身の回りにいる多くの文学青年や文学老年が見向きもしない文字資料を読み続けられるのかもしれない」と。——というのも、「台所育ち」という

セルフイメージを抱きつつ、人々が見逃してしまいがちな「身近にあるすきま」を表象した彼女は、文壇に棲息する文学者とは異なる存在だからだ。以下のような文字資料を読んだ人は、どのように思うのだろうか。

松之山で私は自分が〝見物人〟の心でなくいられたのは、あのとき二人のおかみさんに、やわな出来をしていない女性の姿を見て驚き、忘れ得ない恥ずかしい思いをしたおかげだと思っています。恥をかかされたのでは、ものは素直におぼえにくいけれども、誰にかかされたのでもなく、自分から感じた恥は、素直にそしていちばん深く、一生の覚えになるのではないでしょうか。

幸田文が暮らしのメディア「暮しの手帖」昭和四十八年十月、十二月に発表した「松之山の地滑り」のパラグラフである。「ございません」（昭和四十八年四月）、「いまここにはなくて」（六月）、「包む　括る　結ぶ」（八月）、「こわれた時計」（翌年二月）、「季節の楽しみ」（四月）、「台所育ち」（八月）という日々の暮らし方を語った連載随筆の中の二篇である。

「新潟県東頸城郡に、松之山という町があります。」という語り始めは、「日本海側の名立町や能生町の崩れは、聞いたことがおありと思います。しかし、人に知れない小さい地崩れもあるのだそうです。」に接続されて、語り手の話題と語りの特徴が明らかにされている。地震をテレビ報道で知り、未知の現地で出会った「やわな出来をしていない女性の姿」に驚いた語り手が、歩いて見て聞いたことを語っている。トピックになりそうな現場に飛び込んで取材する勘のよいライターだが、内容には速報性がないし、社会に対するプロテストが突きつけられていない。ルポルタージュの機能を熟知している読者は、そんな不満を抱くかもしれない。

そもそも「松之山の地滑り」の語り手は、地震が起きた今、此処で噴き出した社会問題を注視していない。日々の暮らしを語る連載随筆「ございません」に組み込まれているのだから、突発的な地震も日常生活の一齣に過ぎないのだ。地震報道の記事や現地を取材したルポルタージュは、受け手を刺激する題材を拾い編集して、「事件」を作り上げる。社会問題に切り込んでいくテクストこそが求められている。といった見解に立てば、「松之山の地滑り」の語り手はライター失格だ。「二人のおかみさんに、やわな出来をしていない女性の姿を見て驚き」、「恥ずかしい思いをした」。あまりにも狭隘で個人的な「恥をかかされた」思いを携えながら、被災池を歩き感じ記述していく語り手の姿勢も。社会の矛盾に届かない眼差しも。

いや、違う、そこには人々の生活に寄り添って、大切な暮らしの情報を発見する語り手独自の批評性がある。と述べた瞬間、「暮し？　そんな卑近なこと」という冷やかな反応が返ってきそうだ。このような通念が流通している実態を紹介しよう。

それこそ毎日の暮しの中で、自分にわからないものをわかろうとし、見えないものをみつけ出そうとし、身のまわりがもう少しなんとかならないかと工夫し、その段階で、それをひとに語りかけることに骨を折る。いきおい私の詩は、働いている者の立場、家庭での立場、学問らしい学問も修得していない者の立場で書くことになる。内容はゆたかさに欠けていて、日本の「生活」という言葉の持つイメージ、貧しい印象に重ね合わせるとピッタリするらしい。

（石垣りん「生活と詩」）

『ユーモアの鎖国』（昭和四十八年二月、北洋社刊）に収録されているエッセイである。自作について、「自分の書いてしまった詩が、実用的であったらどんなによいだろう」（「生活の中の詩」）と述べる詩人が、石垣りんである。彼女は自分の詩作について語っているに過ぎない。いったい誰が「生活」という言葉を貧しいものにしているのか、こんな鋭い問いかけが内在しているわけではない。しかし、「実用的であったらどんなによいだろう」という切実な願いを受け止め、引き継ぐ批評的営為は深められているのだろうか。

本項のタイトルは、こんな評論・研究の状況がさらに進行している、という筆者なりの認識を投映させたものである。石垣りんのエッセイの中から、幸田文の「非文学テクスト」を文学、いや文化テクストとして読解するヒントを得た。

ではここから、「生活」、「実用」という貧しい言葉が批評性を帯びる幸田文の物語世界に分け入ろう。

二、設定された「私」という語り手
――暮らしのメディアの中に浮上する女性性・主婦感覚

「松之山の地滑り」は次のようなコンテクストから始まる。

新潟県東頸城郡に、松之山という町があります。織物と豪雪で名高い十日町よりも、もうすこし長野県寄りの位置、といったらおよそ見当をつけていただけるでしょうか。山の中の町です。この町に、いまから十二、三年ほど以前に、大面積にわたる地滑りがおきたのです。

一読して、速報性という事件報道やルポルタージュに求められる要件が欠けている、と気づくだろう。そして、疑問を持つだろう。昭和四十八年になって、なぜ過去の地滑り災害が語られ始めたのか、いったい地滑りの時、語り手はどうしていたのだろうか、と。地理学か歴史学を研究していて、このような文字資料に出会う者があっても不思議ではない。その中には詮索好きな人がいて、『幸田文全集』別巻（二〇〇三年六月、岩波書店刊）に収録された書簡を見つけるかもしれない。

私は新潟県の地すべりがどうしても気になつて仕方なくて行つてきましたがさて小説になるものやらどうか、あまり事柄が大きすぎてダメみたいで落タンしてます　でも見てきた以上はただ手をひつこめることも癪にさわるし、もう一度取材にいくつもりです　郡司の叔父さんがお姉さんに手にあまることを思う奴はバカで応分ということを考えろとおつしやつたそうですがどうもそれになりそうなんです。

幸田文が川原節子に宛てた書簡（昭和三十八年七月二十七日付）の一部を引用してみた。後年、「崩れ」を題材に小説を書こうとした表現者の姿が垣間見えて興味深い。「事柄の大きさ」という表現には、取材の範囲や問題の深さ、見え隠れする住民同士の軋轢が含まれていて、一旦、創作は頓挫した。その語り手は昭和四十八年、暮らしを表象する存在となって立ち上がってくる。発表の場所は「暮しの手帖」である。暮らしのメディアを標榜するこの雑誌は消費者の立場を貫き、戦後日本における衣食住の情報を多角的に発信し続ける媒体として知られている。「松之山の地滑り」には、メディアの特質を生かした語りが導入されている。まず、客観的に事実を語る普遍的な存在として語り手は登場し、本題に入る第三パラグラフから、この語りの装置、一人の女性「私」が物語世界に現われるという設定である。こうして、語り手は「暮しの手帖」の読者である多数の主婦と対座し、世間話を交わし合う位置に立つ。あなたたちと同じ主婦だという目線で語りに入っていくわけである。といっても殊更、このテクストにおいて主婦感覚の体現者が強調されているわけではない。それは「ございません」という連載随筆が開始された時からテクスト内に存在していて、彼女がさり気ない口調で、地滑りについて語り出す。これまで語られてきた話題に接続されると、この遠隔地の聞き慣れない自然災害も、身近な暮らしの一齣に移し替えられる仕掛けである。

幸田文は、随筆連載「ございません」の枠組を活用し、自然災害という非日常／それを身近なこととして語る主婦感覚の語り手「私」（どこにでもいる主婦が語りの主体なる時の普通代名詞）を前景化する叙述を採用している。つまり、この表現者が設定した語り手は、独自の見識を発信するといった特権的な位置に立たず、常に生活感覚を読者たちと共有し、眼差し合うという認識者である。

＊

さて、テレビのニュース制作者が地滑り被害を伝える場合、職業的習癖として、さまざまな映像から耳目に訴えかける絵になる風景を選ぶだろう。それにナレーションをかぶせる。ストーリーに沿って、客観的な事実を配列したり、一部を強調することによって、人知を超える自然の巨大なエネルギーがもたらした惨状を焦点化する。こうして、トピック報道（善かれ悪しかれ事実を装ったフィクション）が出来上がるのだが、この番組の賞味期限は一日である。翌日にはアーカイブとして、資料室の中に眠っているだろう。

「松之山の地滑り」の語り手は現場で「見物人の心でなくいられた」という。災害地のレポーター、すなわち日々の事件を追いかける外部者ではなかったのである。だから、後述するように、「荒物をあきなうあるお宅の奥さん」は、災害を鮮明にする一断片ではない。語り手はニュースを構成する断片でなく、具体的な現実そのものの彼女と向き合っている。語りの現在において、被災者の生きていた十二、三年前の日常とシンクロし、テレビクルーが見過ごした暮らしのディテールに眼を凝らしているのである。

「松之山の地滑り」の語りを支えているのは、暮らしを守る合理精神である。その語りの中に顕在化するのは、時空間を超えて遍在する主婦像（関東大震災を生き抜いた「二人のおかみさん」、「やわな出来をしていない女性の姿を見て驚き、忘れ得ない」自分、そして松之山の被災者がパラレルに捉えられている）である。だから、物語世界に優れた地滑りの語り手と、その心情に寄り添う「私」が実在し得たのだ。したがって、この物語が照らし出すものは、災害ではない。そして災害に見舞われた特定のトポスでもない。

関東大震災に遭遇した二人の主婦と「私」、そして松之山の「荒物屋さん」と「私」、さらに十年後の「私」と読者というように、物語の中に通時的に重なり合う眼差しと対話の世界が構築されている。記憶が時間の経過とともに風化して、関心を寄せた者が災害を忘却していく時期に、「松之山の地滑り」の語りが始まった。

この物語は今、此処を具象化したトピック報道とは異質だ。時空間を異にしていても、災害の中で暮らし、生きた者同士が語りの地平で眼差し合うテクスト。語り手はこの中に実在している。この時の彼女は単なる表現者ではない。物語を閉じるに際して、家事雑用を教材にした家庭教育の薫陶を得た自分を再認識しつつ、「しみじみ思ったことは、平生はなんとも思わない暮しというものが、実はいのちと表裏一つのものであるという、だれでもがいうそのことでした。」と読者に語りかける存在である。近現代文学が前近代的遺制として捨象した女性の身体性と家事によって蓄えられた知を、教えられ、かつ伝えていく表現者である。だから、語りの現在は、人間が生きた過去と生きられる未来を繋ぐ時間である。幸田文が設定した主人公「私」とは通時的な時間を生き、語りの世界を切り開いていく装置である。この主婦感覚を体現した人物を媒介にして、過去が現在にたぐり寄せられ、未来を生きる聞き手に伝えられていくのだ。語り手はこのような「私」を動かして、暮らしを支える「だれでもがいう」知の再発見をしていく。だから、日々の暮らしの中に知を発見する主人公には、名前がない。時空間を超えて多重の声が響き合う場所に遍在する女性性そのものだからである。

三、「松之山の地滑り」における語りの諸相

では、少しずつ、物語の世界に接近していこう。地溝帯に位置する松之山は、元来地滑りを起こしやすい地質で、地域の住民は何度も災害に見舞われた。昭和三十八年の地滑りは規模も広く、長時間、静かに少しずつ、止まることなく滑り続けていた。この語りを遂行した存在は明示されていない。語りに使われた情報は誰でも容易に入手出来るデータだから、それを駆使する語り手は、「幸田文」という固有名詞に縛られぬこの災害を身近に感じる不特定多数の人物として設定されている。

このような語りの後、次のような物語が始まる。

ところで、なぜ私がそこへ行ったか、ということになりますが、それはテレビを見ていたからなのです。見て、ちっともわかりませんでした。説明は頭で納得しているのですが、目が画面を納得できないで、ちぐはぐでした。

テレビの一視聴者として、松之山の地滑りを伝えるテレビの映像を見た「私」は、違和感を持つ。テレビに映し出された画像からは地面の変貌が見てとれないにもかかわらず、「滑りのために耕地は波のように、うねりが襞になって重なっている」。――こんな現場のレポートが入っていたからだ、という。そこで、このような情報を報道した放送局に電話して、説明を求

めた。しかし、釈然としない。「ですから現地に行って、自分の目でみるよりほか、納得のいく道はなかったのです」――。こうした語りを聞いて、読者はどのような気持になったかという視点で、このテクストと対する時、遠隔地で起きた地滑りを語っていく彼女のキャラクターが浮かび上がってくるだろう。

敏感な視聴者なら放送されている画像とナレーションの矛盾に気づくかもしれない。それが自分の生活を脅かすような情報ではない場合、その気づきも画面が切り替わるとともに、忘れられていくだろう。読者の多くはこのような人物に違いない。「松之山の地滑り」を読んでいる読者は、些細なことに拘って、放送局の知人に事実の確認をし、自分の眼で確かめようと現地まで行ってしまう語り手の好奇心に驚いてしまうかもしれない。

このような語り方と昭和三十八年における幸田文の行動を接続させる読解は控えよう。彼女が生きた時間は「松之山の地滑り」が書かれる十年前だが、テクストに「私」が登場するのは「十二、三年前」だからである。随筆もフィクショナルな表現形式の一つだ。「松之山の地滑り」は、幸田文自身ではなく「私」というフィクショナルな人物を動かして、読者と対話しようとした物語ではないか。こうした観点に立つ時、「身近にあるすきま」を感受し、伝えようとする語り手の相貌がくっきりと現われてくる。

そこで、連載随筆の第一回「ございません」から読み進めてみよう。この物語は語り手が貧乏をしていた頃、父親から言葉の使い方を教わったという内容である。どのテクストも、「ございません」のように、暮らしの体験の中から拾い上げた話題がベースになっている。共通の語り口とコンセプトを継続していく語りの世界に、読者が徐々に引き込まれていくにつれ、語り手の目線で暮らし方や身の回りを考えていくようになるだろう。このような機会が重ねられていく道程に、「松之山の地滑り」の世界が開けていく。この時、「松之山の地滑り」という遠隔地の非日常な災害は、身近な看過できない話題になっている。連続随筆が終盤にさしかかったところで、「松之山の地滑り」を語るというプランは周到に準備され、身から遠い、人から与えられる情報が、身近な、自分の暮らしを考える知になっていく語り／聞く場が形成されるのだ。

しかし、このように整理をしてしまうと、「松之山の地滑り」の魅力は半減してしまう。語り手は急がない。自分の歩行速度に合わせて、読者を景観の中に導いていく。「町は一見、落付いているようでした。人も慌て騒いではいず、歩く歩調も、作業のテンポも普通です。問題の田畑も、画面通りです」。このような印象はやがて、「だんだんに歩いてみると、このじりじり地滑りのさりげない、緩慢な、しかし着実な破壊力にはいう言葉がありませんでした。」というように一変する。歩きながら、語り手は異様なモノと出くわしたのだ。ここまで田や町という言語記号で風景化してきた彼女は、読み取った風景が膨大なエネルギーで突き崩されるさまを体感したのである。地滑りは地形の変動だけではない。

失語状態に陥った自分の身体の中で起きていた「地滑り」が、ようやく「十二、三年」後のテクストで表象されたのである。語り手は自分が外部から入って来て、五官を通して気づいていく過程を語っていく。読者もテクストの世界を歩くことによって、地滑りの世界を追体験する。報道の映像と言葉のズレを見過ごさないで、ニュースを制作したテレビ局のスタッフに質問する、理解出来ない、現地に出かけて確かめる。ニュースに対する些細な疑問を感じた自分と向き合う感性の動き、これらを丁寧に描くことで、映像と言葉がズレてしまう異様な世界が、読者の脳裏に浮かび上がるのである。

そこで、身近な暮らしをテーマにした「暮しの手帖」が語りの舞台になったことに、注目したい。このメディアの話題として遠隔地の地滑りという耳慣れない災害はミスマッチ、いやピッタリだと閃いた時、連載随筆「ございません」の語り手が機能し始める。向かい合ってお喋りをしているように錯覚する文体、だから語り手が常に自分と同じ位置に立っているように感じる。彼女たちはよりよい暮らし方を望む読者である。「主婦の友」や「家庭画報」の購読者と異なり、感度のいい実用を重視する女性たちだ。先述したように、幸田文という表現者の特質は「実用」であった。このコンセプトで結ばれた語り手と聞き手のイメージが語りのメカニズムを創造する。災害に対する予備的知識のない家庭を守る女性たちが、距離的にも心理的にも遠いもの／身の近くに感じる——。このような語りのメカニズムである。

＊

この後の語りには、彼女が歩いて実見した奇観を語るコンテクストと、取材中に出会った人の発語とが組み合わされ、一本のストーリーが紡ぎ出されていく。

彼女の語りは次の通りである。「水田のひろがっている部分はずっと、まるで裁ち切ったようにざくっと段になって落ちています。そうした断層の落差は、どう考えていいのか私にはわかりません。」（傍点筆者）。——地滑りの景観と眼前にした生の印象がそのまま表象されている。ニュース報道の主体は客観的で正確な情報を摑み、発信するためのメカニズムの中に存在するわけだから、傍点部のように疑問をそのまま語ってしまうレポートなど挿入しないだろう。それはメディアの文脈にとって、ノイズだからだ。語り手は報道メディアが消去するノイズの感覚を存分に生かして、被災現場を歩き、体感する「私」を表象する。それこそが既成の事実報道とは次元を異にする問題、すなわち暮らしの感覚でしか捉えられない「地滑りの真実」を語る主体者なのである。

このような「地滑りの真実」を追って、歩き、体感する「私」と被災した主婦とが対話する場面に、語り手は焦点を当てる。このシーンの語りは「荒物をあきなうあるお宅の奥さんに、話をきかせていただきました。」から始まっている。

地滑りというのは、土地がひっくり返って、はらわたを見せるのだが、土地だけでなくて、人の家も人の気持ちも、みんなひっくり返して、はらわたを出させてしまうものだと、つくづくそう思いましたね。

荒物屋の主婦にとって、地滑りとは大地とそこに暮らす人間の「はらわた」を実感させる生き物なのだろう、と説明すれば、奇異に聞こえるかもしれない。もしそのように了解したとしたら、この「はらわた」はメタファーという既成の言語表象にすぎない。主婦は言語で捕まえられる、つまり意味に収斂される事象を遥かに超えたエネルギーに遭遇した。

「はらわた」は筆者たちの間で交通する「腸」ではなく、意味の世界を突き破るモノだ。語り手は主婦の肉声を借りて、そうした生々しい状況を表象している。

滑りのひどかった時には、夜、眠っていて、どうも肩のあたりがつめたい、ふとんを引あげる、といった工合に、朝になってみたら、枕が敷き布団からずっと抜け出しているし、その辺の茶碗だの、湯呑みだのがころがっているし、それでやっと、夜なか中、そろりそろりとそれだけ足もとのほうが持ち上り、枕のほうが下がったのだし、からだが蒲団から抜け出して、肩の冷えたのも当りまえだったとわかりましたよ。

身体の下を土地が滑っていったさまが、五官によって摑まえられているではないか。身の毛がよだつような恐怖である。ここには大地が人間の身体と地続きだという気づきがあり、気づきを共有する相手（「私」）だから、この発語が生まれるのだ。十二、三年が経過しても、なお共振する主婦と「私」の心象を、語り手は「大地のはらわた、くらしのはらわた、心のはらわた――こわいことです。」と記述して、このパラグラフを閉じている。語り手は主婦の発語を分析しない。読者の前に身震いする肢体を差し出しているに過ぎない。伝えたいのは整理された情報ではない。常識では繋がらない「大地」、「暮らし」、「心」を串刺しにしてしまう「こわいこと」、それこそが「地滑りの真実」だという気づきである。

この気づきは、ふとしたきっかけで地滑りを想起する取材者の日常の中に孕まれ、この間も懸命に日々を生きる当事者の記憶は更新され続ける。この連続する時間の中に、生活の再生が実感されているはずである。このように、「松之山の地滑り」は両者の気づきと生の時間が交差する地点を指示している。

十年一昔という格言がある。ここには過去を振り返る人々の長い営みが刻印されており、まだ生々しい記憶から未来を生きる方途を汲み上げる姿が伏在している。幸田文はこうした格言を梃子にしながら記憶を呼び起こし、自分の身から語り手を引き剝がす時間（十年を十二、三年に変換する）の設定をした。このような語りの設定からも、一地域の災害の記憶を普遍的な暮らしの知へと昇華していく階梯が読み取れる。

この語りには家事労働から生み出された暮らしの知恵を媒介にして、時空間や個人を超えて繫がる主婦像がイメージされている。それは国家の施策に沿って、家庭の暮らしを監督指導したかつての国防婦人の対極に存在している。暮らしを守りたいという希求がおのずから共通の磁場を形成するという「私」の認識から派生した主婦像である。「十二、三年前」と語りの現在という二つの時間を、固く結びつけたのは関東大震災の原体験であった。

いつ、どこで、誰が誰に、なんの機縁でものを教え、教わるのでしょう。鳶と植木屋の二人のおかみさんから私は、〝非常時の〟くらし心得を教え施されたわけですが、それが七面倒な理屈でなくて、実地の水と火と塩の煮炊きのこと、つまり最もいのちと密着したこと、そして最も簡単なやりかたであったことが、身にしみるもとだったと思います。身にしみて覚えた技術や手段は、技術手段にのみとどまらず、そこから伸びて心の養分になります。

「松之山で私は自分が〝見物人の心〟でなくいられたのは」というコンテクストが語られるのは、引用したパラグラフの後である。かつての「私」がそうであったように、主婦の一人ひとりは分断され、そのためおのおのの技術や処方が伝えられるべき暮らしの知恵だと気づかない。気づきが主婦たちに生まれた時、家事の技術や手段は、「心の養分」となる。如上の語りから浮上するのは、「二人のおかみさん」が象徴する開かれた知の体現者のイメージである。

四、居住空間を眼差す主婦感覚
——森田たまと幸田文のテクストを補助線にして

『みそつかす』を読解することで、筆者は居住空間に並々ならぬ関心を寄せた表現者・幸田文を指摘したことがある。この物語の舞台は、文豪・露伴が中廊下式という当代の新中間層に支持された住宅モデルを採用して、明治四十一年、隅田川河畔に建てた蝸牛庵である。ところで、日本家屋は基本的な構造は田の字型である。襖や戸障子で区切られているものの、それを開ければ、容易に住人のプライバシーを覗ける。家庭を監督する家長にとって、この構造は好都合だった。この田の字型の居住空間に仕組まれた支配／被支配の関係性を洞察したテクストが、森田たまの「着物・好色（散文詩）」であった。

あけ放してあつた部屋部屋の仕切りに襖をいれる。見通しの広間はそこで一つ一つの愛すべき小部屋になる。（中略）ピタリと窓を襖をしめきつても秋の夜の空気は清冽な水のやうに胸にすがすがしい。襖をしめた部屋の何とプライベイトに親しいことか。そのしめきつた部屋のなかでおのおの自分ひとりのこころを取り戻す。

昭和七年十月、「中央公論」誌上に掲載されたこの随筆で、「森田たま」の名声は一気に高まった。このような旧式の住宅で日がな一日暮らす鬱屈した主婦の感性が描写されている。暮らしの中に組み込み、知らず知らずのうち身体と精神を拘束しつつ、良妻賢母を生成する巧妙なシステムが見事に暴かれているではないか。歴史の中に遍在するこのような婦人像を、暮らしの時空間の中に生きる自己存在の中に見出し、語り手になっていったのが森田たまだった。

語りの現在から少女時代を捉え返したテクスト『みそつかす』で、幸田文が表象したのも、日々の暮らしから感受したジェンダーであった。すなわち、家族のプライバシーを尊重する建築思想を具現化した中廊下式住居／文豪の家「蝸牛庵」の矛盾によって、ここで暮らした女たち〈みそつかす〉にされた少女・生母・継母）が不幸になるというドラマである。

居住空間とそこに実在した女性性に着目した表現者たちをスケッチし終えたところで、再び、「松之山の地滑り」に戻ろう。先述した通り、表現者・幸田文は家事に従事する女性が体得した知、それによって身の回りを創造的に捉えていく女性像を表象していた。だから、暮らしを支える営為は料理や服飾、育児だけではなく、おのずと安全で平和な生活のベースとなる居住空間に及んでいた。「松之山の地滑り」においても、語り手の視線はそこに注がれる。こうして、地滑りによって歪んだ家屋と、その中に座っている者の心理とが交錯する特異な物語が始まる。

話がだいぶ横へ入りましたが、その荒物屋さんの炉ばたに坐って落付けないのは、荷物の乱雑ではなく、歪みと明け放しと幕、とのせいらしいとわかりました。

建物は大ざっぱにいうと、柱や壁や建具による垂直の線と、框、鴨居や天井、床による横の線で組立っています。この辺は雪の多い土地柄なので建物は総じて手堅く造られているようです。（中略）しかし、なんといっても地の底から揺すぶりかけられ、押し流されてはかないません。ゆるみとしまりが同時に来ます。建材が頑丈で太いだけに、歪みをみるとこわいのです。

安心して暮らせることが居住空間の要諦であることは、自明である。だが、住宅を選択する場合、残念ながら筆者の眼は間取りや、部屋数、方角、その他に交通や買物の利便性に行きがちだ。こうした背景には建て売りや賃貸が一般化した日本の現状において、建築業者が安全な居住空間を提供しているという信頼が広がっているからだろう。近年、適切な杭打ちを怠ったため大型マンションが傾いたという事件が話題になった。見えない構造的欠陥からマンションが傾き、住人たちは身の危険に怯えた。壁に亀裂が入り、床の傾きが生じる事態は、天災と人災にかかわらず、暮らしの根幹を揺るがす。幸田文は、木と紙で作られた日本家屋に住み続けた。戦後、空襲で焼失した蝸牛庵を自ら建て直し住んだ。のちに台湾檜を用材にして、法輪寺三重塔が再建されていく様子をつぶさに瞶めた。このような経験によって、建築に対する洞察が深められていき、「松之山の地滑り」の語り手が形づくられたと考えられる。安心安全な建築の要諦はたった二本の直線が交差する組み立てにある、とその語り手は極めて簡潔かつ明瞭に指摘してみせた。ここで、居住空間を眺める語り手の主婦感覚と、掃除の仕方をたたき込まれたり、襖張りをさせられた幸田文子（幸田家で流通する呼び名）のイメージを重ね合わせてみたい。この家事少女にとって、家事は苦痛な肉体労働であった。だが、「あとみよそわか」

を語っていく表現者・幸田文によって、家事労働は生きる知を体得する身体運動へと捉え返された。と、筆者はかつて読解したことがある。では、ここで、「水」(「あとみよそわか」の第二章)の物語世界をスケッチしてみよう。

蝸牛庵の廊下で雑巾がけをするシーンから、この物語は始まる。不用意にバケツの水を扱って叱られた少女は、水の怖さを教えられる。水を慎重に扱う家事の心得から、「父」の説諭は室内から屋外へ、現実からポオの短篇へと変幻自在に移動する。そして、渦を巻く水流の怖さと渦に飲み込まれない方法へと敷衍していく。脈絡のない語りを聞きながら、バケツの水と隅田川の流れをシンクロさせていた家事少女のイメージが印象的である。こうして、泳ぎを知らない彼女は水の怖さを疑似体験したわけだが、後日、彼女はこの恐怖をおのが身で体験する羽目になる。下校途中、隅田川の渡し場で、川の中に転落したのである。印象的なパラグラフを紹介しよう。

学校帰りの包みやら蝙蝠やらを持つたまゝ乗らうと、踏み出した足駄を滑らせて、どぶんときまつたのである。眼を明けたら磨りガラスのやうな光のなかを無数の泡が、よぢれながら昇つて行くのが見えた。渦。咄嗟に足を縮めた。ずんと鈍い衝当りを感じるのを待つ必死さに恐れはなく、ぐわんと蹴つて伸びた。ぐぐつと浮きあがつて、第一に聞こえたのは、砂利でもこぼすやうな音だつた。

このように屋内の拭き掃除と屋外で起きた落水事故の記憶が組み合わされて、自分の命を救った知を語る物語「水」が誕生した。「父」の思い出話として片付けられがちな「あとみよそわか」だが、幸田文子ならぬ表現者「幸田文」の視線は死んだ父の面影にではなく、語られるべき生きるための知を眼差している。だから、室内の掃除／隅田川の転落事故という身体に刻まれた記憶が、ようやく昭和二十三年十一月になって、家事＝知の世界を表象するフィクションとして語られたのである。この時、家事は強いられる単純な労働ではなく、生きる知恵を身の内に染みこませる営為であった。このような身体性が形成されていく時、平和な暮らしの空間が開けてくるだろう。

「松之山の地滑り」の今、此処に伏在している語り手は、「あとみよそわか」のそれと通底している。というのも、「あとみよそわか」と連続随筆「ございません」は、どちらも教える「父」と子の「私」という物語の設定がされているからだ。

さて、テクストの中で「私」は「柱」、「鴨居」、「天井」、「床」を眺めているが、このような室内空間に対する眼差しは、毎日の家事労働で得た身構えである。さまざまな縦や横の平面を注視する日々の営為は、このような語り手にとって、暮らしを守る上で欠かせないルーティーンである。家事は些細な事象に心を配って、暮らしを設計し維持していくスキルであり、その継続が生きた知の体得と、思いがけない事件に遭遇した際に速やかに対処し得る力量を育む。そのこのコンテクストは建築の構造力学を、身体に蓄積された暮らしの知によって表象していると言っていいだろう。

「あとみよそわか」から「松之山の地滑り」までに約二十五年が経過しているが、二つのテクストには共通点がある。不測の事態に遭遇した時、家事をする身体と、この身体に蓄えられた知が生命を守るという語りである。だから、垂直な線と横の直線が形成する暮らしの安全／歪んだ居住空間・損なわれた暮らしをバックにした格物致知の語りが、地滑りを体感した「荒物屋の奥さん」の肉声へと、スムーズに繋がっていくのである。もう一度、そのパラグラフを引用してみよう。

滑りのひどかった時には、夜、眠っていて、どうも肩のあたりがつめたい、ふとんを引あげる、といった工合に、朝になってみたら、枕が敷き布団からずっと抜け出しているし、その辺の茶碗だの、湯呑みだのがころがっているし、それでやっと、夜なか中、そろりそろりとそれだけ足もとのほうが持ち上り、枕のほうが下がったのだし、からだが蒲団から抜け出して、肩の冷えたのも当りまえだったとわかりましたよ。

カメラが捉えた地滑りの風景の大きさも迫力もない。その代わりに、読点で区切られ連続していくコンテクストの中から、じわじわと身体に襲いかかる不気味なエネルギーと、皮膚で体感した恐怖が湧き上がってこないだろうか。この呼吸でしか語れない異様さに、取材している「私」は瞠目している。語り手が自分の語りに変換しないのは、「十二、三年」を経ても「荒物屋の奥さん」の声が身の内に存在し、生々しく地滑りの恐怖を体感させているからである。そういう意味で、この肉声は災害を伝えていく力のある言葉だ。

ところで、語り手は、取材した相手の名前を伏せている。プライバシーへの配慮が働いているという解釈に止まるならば、伝達力のある言葉を選り分けるこの語り手は、嗅覚の鋭いただのジャーナリストである。インナー（「自分が〝見物人〟の心でなくいられた」という自己認識）として「奥さん」の肉声に共感する語り手は、もっと深く日本人女性の感性世界を眼差していたのではないか。無名の存在として登場することで、彼女の背後に遍在する主婦像が見えてくる。つまり、「荒物屋の奥さん」はすぐれた身体言語を持つ主婦の一典型として、物語の空間に浮上しているのだ。声として処理されることで、テクストを読む読者は、かえって多数の主婦感覚が生み出す言葉が潜在していることに気づくだろう。

*

さて、ここからが物語の本題である。二つの主婦感覚を交差させて構築する語りは、「私」が歪んだ室内で捉えた「家中唯一の垂直線」に収斂される。

災害の当事者が生みだした垂直（知恵）、それに気づく語り手の存在が重なり合って、非常時において役立つ知が伝えられていく。

間仕切りが取れて、空間を仕切る戸や障子が入れられない。そうすると外気が吹き抜けてしまう。室内は訪問者や路上を歩く通行人の眼に晒される。プライバシーが守れないこんな室内でも夏は暮らせるが、寒中の松之山の寒さは凌げない。そこで、「奥さん」は、窮余の策として、有り合わせの布団ぶろしきや蚊帳、古毛布で、代用の幕を作った。これが一番役に立ったと、「私」は教えられている。気づきを与えられて、彼女は自分の記憶の世界と向き合った。昔、都下の小商いの商店などで、風呂敷を幕がわりにしている光景を実見していた彼女は、頷きながら次のように語るのだ。木製の鴨居が下がっても上がっても、幕は地滑りの圧力に逆らわないし、戸や障子のように壊れない、と。

幕は間仕切りにも保温にも役だったでしょうが、家中唯一の垂直線だったということのほうが、私には深い印象です。（中略）ものは角度をかえて柔軟な目でみれば、はてと思い当ることがあるものと思います。

炉端で「奥さん」の話を聞きながら、「私」は改めて歪んだ空間にさまざまな布が掛けられていることに気づいただろう。これ以降のコンテクストはこの気づきを表象しているため、必然的に「奥さん」の肉声は、語りの主体である語り手に整理され、地の文に生かされている。歪んだ室内の描写の後、改行して「すると間仕切りがとれて、部屋は締まりのつかない、阿呆が口あいたような形」から、それに対応する「幕」の描写が連続するのはそのためである。このような語り方の背後には、部屋を区切る布を賛め、垂直の線を発見していく主婦感覚が潜在しているのだ。

地滑りを身体で感じ取り、その恐怖体験に立ちながら、暮らしを守っている主婦の知恵を語る主体者は、こうして姿を現わす。「家中唯一の垂直線だったということのほうが、私には深い印象です。」というコンテクストは、その実体を表象している。読者に表象したい主婦像を明らかにしながら、語り手はさらに広い知の領野へ誘っていく。大状況を対象にした公共の地震対策よりも、当座の生活防衛のためには家庭の主婦が考案した「幕」の方が有用性がある。このような小状況に視座を据えた上で、語り手は暮らしの安全に欠かせぬ普遍的なイメージを伝えている。「奥さん」の知恵と暮らしの安全を刻印した歪んだ室内とそこに掛けられた幕、この極めて具体的な景観／「家中唯一の垂直線」という抽象的な安心安全の記号の発見——。「松之山の地滑り」のコンテクスト内において、この主人公は稀にしか「私」と明示されていない。その事情は先述したように、「奥さん」と「私」が共通の主婦感覚で繋がり、この両者の認識の相互作用によって、語りが形成されていたからだった。語り手が「私」として登場するのは、松之山の地滑りを我が身のことと感得しながら自己体験を語る場面であるが、この設定によって、語り手は話者の「奥さん」と主体的にかかわろうとする「私」の立ち位置を表象しているのである。

さて、「幕は間仕切りにも保温にも役だったでしょうが、家中唯一の垂直線だったというこのほうが、私には深い印象です。」というコンテクスト内に現われた「私」は、先述した存在とは異なる。なぜだろうか。炉端に坐っている二人は、歪んだ室内空間を眺めながら対話をしていた。この時、二人の眼前にあったのは、災害を直視させるモノたちである。この空間は克服すべき過酷な現実であり、暮らしていく知恵を蓄積してきた「奥さん」はこの状況下で、暮らしを守る具体的な知恵を得たのである。「幕」は彼女の身体を囲繞する我が家の現実とパラレルであり、だから「幕」は何よりも身近な「間仕切りや保温」に欠かせないアイテムだったのだ。

引用文を読めば分かるように、「私」は「奥さん」の主婦感覚とシンクロする心象を語る中に潜在し、そのコンテクストから出現した。それ故、身近な「幕」を足がかりに、遍在する女性の知（総体としての暮らしの知恵）を読み取り、伝える機能を与えられているだろう。実は全てが歪になった室内を語り始めた時、語り手は安全な家屋を構築する水平と垂直の線に言及していた。暮らしで養ったこのような感性は、荒物屋の女主人の知恵の賜物である「幕」を洞察することで、普遍的な知（安全な家屋を構築する垂直線）に到達するのである。

五、女性性によって生まれ、伝えられる知のフォークロア
――主婦という豊饒な女性性の語り手へ

この章のタイトルを読んで、奇異に感じるかもしれない。しかし、幸田成行に躾けられた幸田文の連続随筆「ございません」の語りは、古くから伝わる風習や伝承の世界とは異質だろうか。文学の家という近代的な外形に囚われて、露伴にのみ焦点を当ててはいけない。この随筆に登場する父子は、幸田露伴ではなく成行、文ではなく文子なのだから。表現者となった彼女は、家事労働の心得が実技を通して受け渡されていく営みを捉え返すことで、記憶の古層の中に埋没していた自分に光を当てていった。

女性の表現者たちは女性性の歴史と自己存在とを切断することによって、近代的な自意識（幻想）を立ち上げていったわけだが、幸田文は自分の身を拘束していた女性性に、かえって自身の今、此処を照射する知を発見した。「身にしみて覚えた技術や手段は、技術手段にのみとどまらず、そこから伸びて心の養分になります。」というコンテクストを読み返してみると、教え／教えられ、伝えていく知の連続性と心身のありようが表象されていることに気づくだろう。家事少女というセルフイメージによって、かつて文学少女だった表現者たちが取り落とし

てしまった豊かな物語世界を手にしたのだ。

「松之山の地滑り」の語り手は、語りを終える少し前に、次のように災害の現場を読者に伝えている。「あそこにあったのは、くらしの継続だったのです。あれはもがきながら、弱々とよわりつつ、しかしまだ継続しよう、としているくらしの姿勢なのです。幕もそうです。」――その直後のコンテクストを読んでみよう。

桶の水もそうです。地滑りの威力に抗うことのできない、無様な形です。いいなりに従った形です。でも、表向きそういう形はとりながら、幕は間仕切り、桶は水をたたえる役をすてていません。さからわない形で、くらしは継続されているのです。せめて炉縁だけはと、潔癖に、しつこく清拭する主婦の手はさからった形でする、無意識のうちの、彼女のくらしではなかったでしょうか。

地滑りを誘発する巨大なエネルギーは到底言語記号で風景化し得ないため、体感した情報を異様な景観として表象した。その語り手が、「桶」、「幕」の形、主婦の手の形を手掛かりにして、見事に地滑りを風景化しているではないか。彼女は生活のアイテムと使い慣れた主婦の手を眼差し、災害時を生きる暮らしのイメージを、いいなりの無様な／しつこくさからう「形」で摑んだ。この瞬間、語り手は、地滑りの実相に到達したのだ。断層や、流出土砂などを大写ししたメディア報道が非日常な事件性を炙り出したのに対して、「家の中の小さい〝くらしのこと ども〟でより切実に受け止めた」という語り手は、読者の眼前に現われるまでに十二、三年を経なければならなかった。物語の中で生きている主人公「私」はこの物理的な時間の経過で、自分のレーゾンデートルを探り当てたと言う。家事教育によって培われた「私の成り立ちの基礎には、そういうこまごました暮しの事どもがあるのです。」と根源的なセルフイメージを汲み上げつつ、地滑りと対する。「思えばああいう形で、辛うじて継続されているくらしに、私は強く刺激されたと思います。」の傍点部分は、一般的な文字表現「暮し」が表象する意味ではない。それは風景化し得ない膨大なエネルギーによって、根こそぎにされながらも生きていく人間像そのものである。

作家論的な観点に立てば、幸田文の関心は、以後、このような人間像を顕在化させる自然へ向かっていった。「松之山の地滑り」と「崩れ」を一繋がりの物語と捉える時、「くらし」を眼差す女性性が躍動する語りの世界へ引き込まれていくだろう。

幸田文は文壇から距離を置き、終生、「素人」と言い続け、多くの「実用随筆」を書いた。筆者は本論で「台所」という視座から生み出される批評性、語り手と聞き手が共振しながら暮らしの知恵を紡ぎ出す物語に言及した。こうして浮かび上がってきたのは、豊かな女性性の世界である。

「台所育ち」の原像——「あとみよそわか」論

一、はじめに

第二次『幸田文全集』が刊行されていた時のことである。全集の編集協力者四人で、青木玉さんが住まわれている小石川・蝸牛庵を訪問し、母・幸田文の思い出を伺ったことがある。その日はNHKが企画していた幸田家特集の収録をするが、「撮影はあまり長引かないし、先に来てその様子を見ながら待っていたら」と言って下さった。

われわれのインタビューが始まってから一時間ばかりして、撮影のクルーが到着したのではなかっただろうか。そこでインタビューは中断。あわただしい撮影の現場を、すぐ傍で注視することになった。あらかじめ撮影の段取りは打ち合わせしているから、被写体となる品物も用意されているし、場所もアングルも決まっている。

「文学の家」に育った人は、相手のもてなしを心得ていて、スムースに時間が流れていった。あっという間に撮影終了、機材が片付けられている時である。女性のディレクターが「幸田家のお辞儀は独特ですね。撮影したいんですが」と切り出した。「丁度、お客さんが見えているし、お見送りをしている設定でいかがでしょう」という誘いである。面白がって、四人ともカメラの前で別れの挨拶をして、蝸牛庵の角を曲がり（カメラのフレームから消えて）、照れくさい顔をして戻ってきた。こうして撮影は終わったのだが、後日放送された番組（「幸田家の人々――江戸・平成四代の物語」二〇〇三年一月二日放送）に、ついに四人の姿は現われなかった。

ところで、もう一つ忘れられないのは、拭き掃除をしている青木さんの姿が撮影されたことである。ああ、このディレクターは「あとみよそわか」のワン・シーンを演じさせようとしたのだな、なるほどと思ったものの、その先が読めない。今の主婦の感覚では、水を搾った雑巾よりも、ダスキンの簡便なモップの方がリアルに違いない。いくら優れた掃除のやり方であっても、多忙な毎日なのだから、物好きでない限り、真似ようとはしないだろう……。それは世間と異なる日常が現に存在する、「文学の家」という場所を演出するためだったのか。後日、あのような拭き掃除をいつもしていますかと尋ねたら、露伴の孫は言下に否定した。

二、小林秀雄編集「創元」という場所

さて、「あとみよそわか」はモティーフが露伴の家事教育という枠組があるため、必然的に露伴を表象するテクストとして読解されてきた。父・露伴没後、一年四ヶ月を経て、この随筆は小林秀雄が編集した「創元」（昭和二十四年十一月発行）の露伴特集に載った。この時の幸田文に注がれた小林の視線も、「中央公論」などのメディアと同様だったのか。戦後日本が幸田文に求めたのは、露伴の語り手であったから、小林が同じ役割を要請したのか。

小林秀雄、青山二郎らが編集した「創元」（昭和二十一年十二月発行）は梅原龍三郎特集、カラーとモノクロの図版を巻頭に置いている。その後に、青山二郎の「梅原龍三郎」、吉野秀雄の「短歌百餘章」、小林秀雄「モオツアルト」、中原中也「詩（四篇）」、島木健作「土地（小説）」が並んでいるわけだが、大判のアート紙と上質紙に印刷された雑誌からは「戦後」という時空意識は読み取れない。敗戦によって戦前と戦後に切断された時間の不連続を生きる知識人の、八月十五日を折り目にしながら未来へと流れていく時間に身を委ねる営為――。小林はそれを「過去から未来に向つて飴の様に延びた時間といふ蒼ざめた思想」、「僕にはそれは現代に於ける最大の妄想と思はれるが」と批判しつつ、戦後的な言説が氾濫するジャーナリズムと決別している。「新潮」（昭和二十二年一月発行）の「文芸通信」欄には、「創元」第一号の創刊を報じられ、「ジャーナリズムに訣別したといはれる小林秀雄の『モオツアルト』」が掲載されている、というコメントが添えられている。この時期の小林は文芸時評から撤退すると公言しているから、こうした意志とみずからが新たに雑誌の編集に乗り出したこととは関わりがあるはずだ。「モオツアルト」のコンテクストから窺える小林の志向は、戦前から書き続けて来た『無常といふ事』と繋がっている。「当麻」、「実朝」という一連の文学性は、「故郷を失つた文学」で吐露した西欧近代と日本のどちらからも遊離した自己に突き当たった者のイロニーである。このような近代に対する歴史認識に到達した者にとって、敗戦は大事件でも何でもない。この八月十五日は、外部にあって物理的に計量され得る時間ではなく、彼が身の内に抱え込んだ近代性の一表象であったのだから。

昭和二十一年二月、小林は創元社から『無常といふ事』を刊行している。「当麻」に始まり、

「実朝」で閉じられる僅か八十二頁の小冊子には、たとえば「仮面を脱げ、素面を見よ、そんな事ばかり喚き乍ら、何処に行くのかも知らず、近代文明といふものは駈け出したらしい。」とか、『花』の観念の曖昧さに就いて頭を悩ます現代の美学者の方が、化かされてゐるに過ぎない。肉体の動きに則ツて観念の動きを修正するがいゝ。」のような言説が鏤められている。これを単純な二項対立の図式だと嘲笑うことは簡単である。問題はこの図式で切り分ける対象である。自分を批評の外部に立たせるのか、その鏡に映すのかだ。

小林は自分の総体を、批評の対象に選んだ。それは戦時下において、観念論に終始してしまった「近代の超克」の論議（この論の立て方自体がもはや、近代の枠組を前提にしているのだが、小林はこのアポリアに気づいていただろう。）以降の道行は、自己をめぐる近代の物語と格闘する批評活動を意味する。『無常といふ事』のコンテクストには「孤独」という文字が出てくるが、それは彼の孤独な営為と繋がっているだろう。だから、ヨーロッパ近代で骨絡みとなった「美学者」とともに、能楽の型によって生じる「肉体の動き」を注視する。そんな「僕」が語られているというわけである。

ところで、小林は「僕」のような自意識が探り出した地点に、蟠踞し続けてきた志賀直哉を梃子にして、「伝統」（『新文学論全集』昭和十六年六月、河出書房刊）を発表している。その志賀直哉像とは、「志賀直哉論」（「改造」昭和十三年十二月発行）で捉えた「強力な一行為者の肉感と重力とを帯びて、卓れた静物画の様に孤立」する存在（それが歌舞伎狂言「助六」の所作と志賀作品の同一性に敷衍していることに注意したい）であった。そうすると、『無常といふ事』の語り手には、志賀の刻印が揺曳していたことになるだろう。

そこで、小林は「伝統」について、次のように述べる。救世観音を鑑賞することで、悟性だけでなく心も身体も救われる。それは美の観察によってではなく、まさに観音像の美を制作する行為（小林の用語では「模倣」）の中に孕まれるだろう。このことによって、「伝統が発見され、回復される時には、必ず伝統は動かし難い規範の形で、発見する人に経験される」と述べている。伝統とは観念ではなく、直に身体行為にかかわる、という小林の認識を確認したが、ここで、小林が編集した「創元」第二号の目次立てを紹介しよう。

蝸牛庵句集　幸田露伴
富岡鉄斎　青山二郎
我が抒情詩　草野心平
〝罪と罰〟について　小林秀雄
辺土小吟（歌）　斎藤茂吉
あとみよそわか　幸田　文
露伴の学問　日夏耿之介

一目で、この雑誌が孕む空気が、戦後という切り口でジャーナルな視点を競うメディアと異なっていると気づくだろう。小林の編輯意識は洋の東西や時間を超越し、絵画と音楽、文学がパラレルに存在する表象世界へと向かっている。だから、彼の外部に遍在するメディアからは、これを青山二郎や小林が好んだ「骨董」のように見えていたかもしれない。というのも「創元」

に掲載された作品は当代の文芸時評の対象にならなかったからだ。

小林は戦後という視点で、露伴を捉え返そうとしたのか。そして、その対象が露伴の「文学」だったか。露伴の句作は、子規以降の近代俳句観に照らせば、月並でしかない。そして、日夏が「露伴の学問」として論じたものは、近代科学が対象化しない魔術であった。

さて、幸田文の「あとみよそわか」は、このような活字表象の空間に置かれた。だから、小林の編集意識、すなわち「創元」というメディアを視野に入れて、「あとみよそわか」を読解する必要がある。

そこで、小林秀雄の著作を一通り眺め渡してみたのだが、彼は露伴の文学についてほとんど言及していない。戦前の小林は多くの文芸時評を書いている。この事実が示すように、彼の主たる関心は当代の文学現象に向けられていた。それを腑分けするために、もっぱら自然主義以後の文学動向に目配りしていたのだ。それを腑分けしていく規準の一つが、志賀直哉であった。

一方、小林の富岡鉄斎に対する関心は、戦後に芽生えている。昭和二十年代初頭に集中するコメントは、遠近法という西洋絵画の規矩をはみ出していく知の有様に向けられている。小林の露伴に対する関心も、おそらくその知のカタチにあったと思われる。彼等は小林が体験した二つの「故郷」に引き裂かれる自意識とは無縁だった。そうであるが故に、露伴にしろ、鉄斎にしろ、時代意識から孤絶していく自己を引き受けなければならないわけだが、当代の小林の視線は、彼等が孕んだ近代性のパースペクティヴにも及んでいたはずである。ここに、「創元」露伴特集号の編集意識は向けられており、小林の視野に入った幸田文も、その期待に応えられる書き手であったに違いない。

そこで、幸田文が昭和二十三年十月までに発表した著作を数えてみる。その数は十一、主なものは、「雑記」、「終焉」、「葬送の記──臨終の父露伴」、「この世がくもん」だが、小林の師・辰野隆は一貫して、彼女を推賞する批評を発表していた。こうした周囲の声が小林に届いていたことは、容易に想像がつく。露伴の身体情報を伝えながら、その身体と繋がっていた自己や露伴の文学性を物語化した「雑記」、文化国家の象徴に祭り上げる権力を排除して、父・幸田成行の葬儀を執り行う「葬送の記」。「この世がくもん」は浅草見物を通して世間を学ばせる露伴の実地教育を語ったものであった。露伴は自分の経験主義をさまざまに語っている。

『一国の首都』を例に挙げよう。それは露伴の実地検分が、想念上における首都改造の構想へと昇華した都市論であった。「隅田川の下流に枕せる日本橋区の地の燥きて、其上流を帯べる浅草の潤へるを見、日本橋区の溝渠縦横貫通し、浅草区の溝渠欠乏せるを見、而して土地の状況の善悪と繁栄の差異とを見るごとに、予は人間の力の自然に及ぼす影響の大なるを感じ、且つ人為の施設の勤めざるべからざるを感ずるや極めて深くして且切なり。」──。このパラグラフには、「見」、「感じ」る露伴の身体がたしかに隠顕している。だが、露伴が表象しようとしたのは、自分の身体が知覚した情報であった。経験する身体を削ぎ落として、情報の文字化に向かうと、それもまた一般的な意味表象にすぎなくなる。

ところが、幸田文の語りは、まさにその身体に焦点を合わしていた。だから、彼女のテクストは、知が身体情報と成り変わっていく現場を伝えていて、読者は彼女の身体を通して、「格物致知」をリアルに感得出来るのだ。これらのテクストはとりあえず露伴語りを枠組にしながら、「私」を物語る構造になっているわけだが、このような語りの戦略が立てられたからこそ、「知」

と「身体」の物語が達成されたのだ。

『無常といふ事』に通底しているのは「知」と「身体」の問題である。そんな小林にとって、昭和二十二年に登場した露伴の娘のテクストは興味深いものだったのではないか。「知」と「身体」の問題が一人の人物のセルフイメージとして語り出されたテクストは、ざらにないからだ。だから、その問題をより深く掘り下げられた「あとみよそわか」が、「創元」に掲載されたのは必然であった。言うまでもなく、小林秀雄は秀抜な批評家である。家事をする女性を主題化した幸田文が孕む問題性を、彼は鋭く見抜いたのではないか。

後のことだが、小林は幸田文の『おとうと』に、さらに「癖のある文体とも言はれるが、それでゐて、多くの読者の心を捕らへるのは、やはり、かういふ文体が発生する作者の生活の根が深いからだ、と思はれる。生活が忍耐強く見守られ、鮮やかに感じられるが為である。戦後の女流文学の収穫と思ふ。」と、中央公論社版『幸田文全集』の内容見本（昭和三十三年六月）に推薦文を書く。小林の支持がどこから来るのかは、彼の批評の問題として一考の余地があるだろう。小林が幸田文の文学性について、「生活の根」、「生活が忍耐強く見守られる」とコメントしたことに注意したい。

三、「あとみよそわか」の語り

――発見される「私」／その身体性の問題

では、ここから「あとみよそわか」の語りの世界に分け入ってみよう。

父の雑巾がけはすつきりしてゐた。のちに芝居を見るやうになつてから、あのときの父の動作の印象は舞台の人のとりなりと似てゐたのだと思ひ、なんだか長年かゝつて見つけたぞといふ気がした。白い指はやゝ短く、づんぐりしてゐたが、鮮かな神経が漲《みなぎ》つてゐ、すこしも畳の縁《へり》に触れること無しに細い戸道障子道をすうつと走つて、柱に届く紙一ト重の手前をぐつと止る。その力は、硬い爪の下に薄くれなゐの血の流れを見せる。

このコンテクストには、問題が二点ある。まず、描写である。福田恆存が「対面交通――女流作家について」（「改造文芸」昭和二十五年二月発行）で、幸田文の「渚の家」を酷評したことがある。福田は幸田文の作品をほとんど読んだことがない、この随筆を読んだのは彼女を持ち上げている新聞ジャーナリズムや総合雑誌の人気に惹かれたからだと言う。これで、福田の批評の行方は知れるわけで、案の定、幸田文の描写は「志賀直哉のエピゴーネン」、「綴方リアリズム」と決めつけている。なぜ、福田は素人作家（と言いたいのであろう）に罵詈雑言を浴びせかけるか。幸田文が文壇というギルド集団にとって、無視できない人気者だったからにほかならない。一介の素人作家を貶すために志賀直哉を引き合いに出すのだから、よほど幸田露伴の娘が面憎い存在だったのだろう。このような悪意に囚われたために、福田は文学表現の基本を置き去りにしている。彼は「渚の家」について、こんなコメントをしている。

「電線のやうにつながつて脈と一緒にふる／＼顫へて光る」血糊をみつめ、さういふ表現に道を開いた作者の心の眼に、どんな人間の真実がほんとうのすがたを映してゐたといふのであらうか。

このコンテクトの直後に幸田文の文学性を批判し、「志賀直哉のエピゴーネン。」と書いている。その批評を明解にするために、福田は心境小説への扉を開いたと評されている「城の崎にて」に言及する。そして、蜂や鼠、イモリの存在性に眼を凝らし、「見えないものを見る」志賀直哉の視覚がたしかに見えない死と生という観念にまで到達していることに感歎しているのだ。物語の冒頭に現われた主人公は虫けらの死と自分の死を切り分ける人物だが、散歩という身体運動を通じて、小動物の生と死をリアルに体感しながら（傍観者からイモリを殺す行為者へ）外部にも内部にも開かれた批評眼を獲得していく。福田の誤読は、スタティックな視覚描写に眼を奪われて、志賀の生動する身体性を捨象したところに求められる。福田は志賀直哉と幸田文のコンテクストに漲る身体性に気づいていない。そのため、「城の崎にて」の物語世界に澄明な「心の眼」を読み取った上で、そのような私小説リアリズムの要諦（心の眼）に依拠しない幸田文を否定したのだ。この作者は確かに「心の眼」など開いてはいない。死んでいく「父」の病状を凝視し、臨機応変に対応しようとしているために、鍛え上げた主婦の感性に裏打ちされた彼女の眼は即物的にしか機能しないのだ。なぜなら、それが生死に関わる正確な情報を得るための身構えだからだ。死に脅えず、事物を見通そうとする強靭な合理精神が眼差すものは格物致知の世界であった。その典型例が「あとみよそわか」である。

語り手を設定して物語りをしていく際、福田の表現を借りれば、「素人」作家の幸田文は様々な問題に出くわすだろう。活字になった自分の物語を手にする読者が想定されながら、語りの現場は進行するわけだが、物語は、読者の読み取りに規制される。これを無視すればテクストになり得ないかもしれないからだ。だから、語りを構成する言語、文体、ストーリー等は、作家と見えない読者の間に伏在しているはずである。

とすれば、幸田文の語りも、このような規制に曝されながら成立していたことになるだろう。こんな事は常識で言わずもがなだが、ここで提起したかったのは、幸田文が幸田文子の肉眼そのものを視覚化したのではない、という点だ。スタンダードな自然主義リアリズムとは異質な家事労働によって鍛えられた、徹底的に見えるものしか見ない肉眼は批評的な捉え直しをされ、独自の語りを構築する文学的方法になっているのではないか。

ここで、小林秀雄を登場させてみたい。福田と同じように、彼が志賀直哉の文学を高く評価していたことは衆知の事実である。その彼は幸田文を貶すどころか、擁護している。「あとみよそわか」は、小林が編集していた「創元」に招き入れられたテクストだった。志賀直哉を基軸にした二人の背反する幸田文観をスケッチしてみたが、この事実が照らし出す問題がある。

それは今日にも及んでいる幸田文文学の素人性である。このように眼差すのは文壇の大半と、彼等の言説をなぞって来た研究者たちである。ともすれば、観念の世界に遊ぶことが知識人の生活だと信じる者たちにとって、暮らしなどという日常世界を主題化した表現は文学ではない。そこで、筆者は彼等の通念を携行しながら、素人のテクストを読解してみたい。

「父の雑巾がけはすつきりしてゐた。（中略）白い指はやゝ短く、づんぐりしてゐたが、鮮かな神経が漲つてゐ、すこしも畳の縁に触れること無しに細い戸道障子道をすうつと走って、柱に届く紙一ト重の手前をぐつと止る。その力は、硬い爪の下に薄くれなゐの血の流れを見せる。」という事実は一回性のものだが、これは台所育ちを自認した人間が身体運動を通して獲得すべき規範としてあり続けた。廊下の雑巾がけをする度に反芻される記憶であり、労働を通して、この記憶はさらに鮮明になっていく。だから、この描写は単なる静止した視覚だけで得た過去の記録ではない。今後、家事労働を支えていく「私」には、「父」の一挙手一投足が、早く、奇麗に拭き掃除をする技術であり、視覚で捉えた「父」の姿態こそ、長い労働の明け暮れにおいて、無意識な身ごなしとなるはずである。したがって、このコンテクストは、ある日の「父」の記録ではない。それが自分の身体性を読み解くテクストであることに、語り手は自覚的な「私」を映し出しているのだ。

いつでもフィードバックが可能な一回性の時間だから、歌舞伎の観劇中に、「のちに芝居を見るやうになつてから、あのときの父の動作の印象は舞台の人のとりなりと似てゐたのだと思ひ、なんだか長年かゝつてみつけたぞといふ気がした」のである。ここには思いがけない発見が語られている。雑巾がけという日常煩瑣な家事労働が、演劇世界の様式的な所作に相通じていたという事実である。手早く、綺麗にという要求を満たすための身ごなしと伝統芸の美しい型の符合――。家事労働のスキルアップとは、用途としての技術の向上にあるのではなく、それが血肉化する時間の連続性の上に立ち上がる身体性の獲得にある。この身体性は「躾」という象形文字が表象する身であり、美を認識する規範だ、と語られているわけである。「あとみよそわか」というテクストは、遍在する外部の世界を読み解く身体性の誕生を物語っているのだが、作家論的な言い回しが許されるならば、このような身体装置なくして、後年の『流れる』や『木』

の作品世界も現われてこないのだ。
だから、露伴と幸田文の主客を転倒してはいけない。娘・幸田文子と表現者としての幸田文を混同してはいけないと、言い直してもいい。露伴／娘は幸田家の時空に支配された生であった。だが、それは語られる対象として捉え直された時、「父」（成行）／「私」（文子）へと変換されて、読者の前に現われる。読者を意識する語り手は、露伴／娘が生きた時間（様々な物語が絡み合う）を往還しながら、今語り出そうとする物語と登場人物を再構築しているだろう。この語り手は、このようにして「私」と「私の物語」を創造するのだ。

四、「家事をする少女」を主題化すること

ここまでは、たかだか表現者・幸田文の問題を照らし出したにすぎないし、彼女の文学性に言及した批評と大して変わらないのだ。そこで、家事をする少女を「あとみよそわか」が表象していることについて論じてみたい。日本近現代文学の歴史において、「家事をする少女」を主題化した文学テクストはないのではないか。それに対して「文学青年」や「文学少女」は、表現者たちの自伝的な語りの中で、誇らしげに描かれてきた。こうした「文学少女」の一人に、昭和三十年代初頭に手厳しい「幸田文論」を書いた平林たい子がいる。まず、平林の「文学的自叙伝」（「新潮」昭和十年十二月発行）から引用してみよう。

当時、私が教はつた小学教師はK先生と言つたが、火の様に反抗的な青年で、人生の事業は既

成の精神に反抗することであること、それには文学が早道であることを事毎に説いた。何かと言へば当時十八才で人を驚かした中條百合子氏が喩へ話として引合はされ、(中略)家へかへつて来ると平生使はない部屋にラムプをつけて机に向ひ、もう義務でさへあるやうな気持で小説みたいなものをかきはじめる。(以下略)

平林は既成の精神への反抗という文学のモデルを語っているが、このような文学への眼差しは文学少女に浸透していたと思われる。札幌で女学校生活を過ごした森田たまは、自伝的小説を書いている。その『石狩少女』は、小学校で教えられた女学校進学の目的、「良妻賢母になる修養をつむため」を否定する「悠紀子」の物語である。語り手は「土屋先生」が「あなたは必ず文章で身をたてる事のできる人です。よござんすか。きつとなれるとお思ひなさい!」という場面によって、少女の生涯が文学と堅く結びつく瞬間を描き出した。表現者となった現在に立って、文学によって眼差された人生の軌跡を確認するこのようなテクストは、必然的に選ばれたという自意識の伝説化に向かっている。

二つの物語は日本近代における文学のイメージを如実に表象している。それは国家戦略の下に再編成される家族制度の受け皿として、女子教育の機構を整備していった歴史が孕んだものであった。したがって、「良妻賢母」という期待される婦人像を生きるセルフ・イメージは、すぐれて近代的なプレゼンテーションだったわけである。だが、一方で近代教育の機構は、その内側に国民国家の臣民として組み込むイデオロギーの中に隠蔽された「封建制度」と対峙する思想性とエネルギーを貯える。近代教育の機構の内側から、その枠組を食い破っていく思想が表現する自己の夢の中で発火した時、平林らのような「文学少女」が誕生したのだ。彼女らにとって、家事とはひろたまさきが「ライフスタイルの諸類型」（『日本女性生活史　4』平成二年八月、東京大学出版会刊）で論じたように、「国家・社会の発展に寄与するところの労働であり、そう観念されることによって主婦達は家事育児に誇りと充実を見出す」ものだったに違いない。だから、女性文学者は、女中のような家事労働者や、日常を生きる主婦の一齣として点描することがあっても（家事は常に強いる側を顕在化させる装置になる）、意識的に家事労働そのものは主題化しなかったのだ。その一例を挙げてみよう。

井戸は車にて綱の長さ十二尋、勝手は北向きにて師走の空のから風ひゆう〳〵と吹ぬきの寒さ、お丶堪えがたと竈の前に火なぶりの一分は一時にのびて、割木ほどの事も大台にして叱りとばさる婢女の身つらや。

樋口一葉の小説「大つごもり」（「文學界」明治二十七年十二月発行）の冒頭である。奉公人に冷たい商家の山村家に女中奉公をしている「お峰」が、師走の寒風吹きすさぶ中で、叱責を浴びながら勤めに励む身を述懐する場面である。彼女の境遇に同情する語り手は、やすやすと心中に入り込む存在に設定されている。以後、金銭をめぐる人間ドラマが、「お峰」を中心にして進行していく。そのために、「婢女の身つらや」という「お峰」の内声は、ぜひ物語世界に響かせておく必要があったはずである。「お峰」の身体が表象する寒風、深い井戸から水を汲み上げる重労働、冷水と、身を温める暖かい竈の火。この対照的な身体感覚を断ち切り、辛い家事労働へと、女中を振り向ける主婦の声が響いてくる。語り手は「世間に下女つかふ人も多けれど、山村ほど下女の替はる家はあるまじ。」という風評を掬い取って、苛烈な「お峰」の境遇を印象づけている。だからといって、この語り手は山村家を非難しているわけではない。二つを結んでいるのは雇用関係であり、「お峰」は自分の意志で、これを解消出来るからである。女中が居着かない山村家は、口入れ屋によれば「吝き事も二とは下らねど、よき事には大旦那が甘い方ゆゑ、少しのほまちはなき事もあるまじ。」という。そのような評判を頼りにして、「お峰」はこの家を奉公先に選んだのだろう。このように、「お峰」の肉声や巷の噂を綯り合わせながら、彼女のキャラクターが浮上していくのである。そうしてみると、冒頭のコンテクストは、金に縛られた「お峰」の行く末を予感させるものであっても、家事労働そのものの表象をめざしていないのだ。だから、「大つごもり」で描かれる家事風景は、伯父一家に対する義理に縛られる彼女の境遇を炙り出すことに終始しているのである。一方で、それは家政を取り仕切る主婦の監視下に置かれ、すみずみまで行き届いた山村家のしきたりに拘束されている。だから「お峰」は二つの家から挟撃される存在なのだ。

ところで、ここで先回りして言えば、「あとみよそわか」は善かれ悪しかれ、既成文学が表象した家父長制度とは無縁である。家事労働を媒介として見えてくる外部が批評の対象ではなく、語られる存在の身体に向けられているからだ。

亀井勝一郎は正宗白鳥との対談「文学青年と青年文学者」(「文芸」昭和三十年四月発行)で、自己の体験を踏まえながら、「文章世界」や「文庫」などの投稿雑誌を背景として、「文学青年」という用語が定着した時期を、おおよそ大正の初期だと述べている。一方、「文学少女」は良妻賢母主義を浸透させる高等女学校がほとんどの府県に設立される明治三十六年以降、女学生を対象とした雑誌メディアが簇生していく中で、誕生した。だから、「文学少女」は女子教育が掲げた「良妻賢母」というイデオロギーと不即不離の関係にあり、そのイデオロギーの強度が増加するほど、少女における文学への夢想も高まる。すなわち、「文学少女」とは二つのイデオロギーが充満する身体性を意味していたわけである。

彼女たちの文学は自己解放の思想であった、という常識を略述してみたが、このような近代文学の機構側にとって、幸田文はどのように見えたのだろうか。再び、平林たい子の「幸田文論」を引用してみよう。彼女は幸田文の『流れる』が新潮社文学賞を獲得したのに対し、野上弥生子の『迷路』が無視されたことに不満をぶちまけている。

婦人作家は、幸田さんの小説の評価に何か抵抗を感じるのである。（中略）そこには、文学に対する男の鑑賞と女の鑑賞とのちがいがあるらしい。われわれは文学を鑑賞する立場に、性の差別があろうとは思わなかった。が、幸田さんの小説の支持者が概ね男性であるのを知ったとき、そこに思いがけない問題が潜在しているらしいのに深甚な思いをしたのである。（中略）その中に幸田さんだけきびしくヨーロッパ現代文学の影響を拒んで、日本画で使いなれた描線と、やわらかい色彩のようなものだけで小説をかき遂げているということは稀有なことである。それには、父露伴氏の文章の日本語文脈が適当にうけ継がれているということも一つの資格である。

平林は「文学少女」の夢を実現した優れた文学者だ。だからこそ、彼女の文学観に照らして、幸田文は不可解な存在だった。引用したコンテクストには露伴の娘という特権性を切り札にして、出版メディアに登場した余所者に対する皮肉も込められているだろう。福田恆存の批評は、文学を取り巻く状況論に終始していたわけであるが、平林は真正面から幸田文と向き合っている。ここで問われているのは文学とは何かである。

*

ところで、幸田家は樋口一葉と深い繫がりがある。「あとみよそわか」の第五章「雑草」には、その妹・樋口邦子が描かれている。一葉の著作問題を相談するために「父」を訪問してきた彼女は、蝸牛庵の畠で鍬をふるう家事少女を見かける。同情の涙と言葉を残して立ち去るのだが、彼女の憐情を読み取った少女は名状しがたい反感を抱くのだ。後日談として、語り手は「露伴」の娘が畑仕事をしているのを見かけた訪問者と「父」の会話を焦点化している。「父」がトルストイアンとして読み解いたことに対し、語り手は「私」の激しい嫌悪を語りながら、一日中、家事労働に追いまくられ、文学と無縁に生きてきた現実を炙り出しているのだ。このコンテクストは単なる過去の語りではない。樋口邦子が姉の没後、残された作品を守るために奔走したエピソードと、露伴全集を立ち上げて行かなくてはならない「私」の憂鬱が綯い交ぜになっているのだ。

なぜ、このような指摘をするのかと言えば、真正面から家事をする少女を描いた「あとみよそわか」が、表現者としてのセルフイメージと深く繫がっていることを確認したいからだ。書く行為によって家族を支えようとした一葉、露伴という主夫。露伴の死後、父の文学を守りながら、書いていった幸田文は、「乙」（「日本読書新聞」昭和二十四年三月九日発行）で「父の死は私のおさんどん業を追憶書き屋に変へたが、私自身はちつとも変つてゐない。（中略）もしかりに運命が私をほんたうに小説書きにでもする気なら、そのときは机の前で餓鬼の姿にならなけりあなるまい。あゝいやな。呵々。」と言っている。樋口一葉によって、女性作家の歩みが始まって約半世紀後、彼女と縁の深い家から、職業作家を拒否し、台所こそ自分の居場所だと表明する表現者が出現した。

幸田文という存在は、一葉以降の女性が文学の職業化によって、希求する想世界を実体化する生き方に対する反措定である。「しばし文机に頰づえつきておもへば、誠にわれは女成けるものを、何事のおもひありとて、そはなすべき事かは。」（「みずの上」）という一葉の書く自意識から、近代の「女流」文学の歴史が始まったわけだが、この水脈に自分を位置づけながら、平林たい子は幸田文と向かい合い、文学制度に対するイロニーを嗅ぎつけたのだ。「幸田文論」の枠組は、彼女にとって抑圧の機構としての家父長制が、かえって幸田文には自己のアイデンティティを保障する親和的世界だという二項対立である。そして、父への愛着こそが幸田文の書く動機であり、それはファザーコンプレックスとして定立されるのである。このような批評は今日の近現代文学研究の領域にも踏襲されている。

一方、今日の文学状況は幸田文学の再評価をもたらした。彼女を裁断した文学のパラダイムが無効となった現状を踏まえて、捉え直しが求められている。

このような視点に立つと、「父の死は私のおさんどん業を追憶書き屋に変へたが、私自身はちつとも変つてゐない。（中略）もしかりに運命が私をほんたうに小説書きにでもする気なら、そのときは机の前で餓鬼の姿にならなけりあなるまい。あゝいやな。呵々。」というコンテクストは、新たに捉え直されなければならないだろう。なぜなら、この語りは、「おさんどん業」と、「追憶書き屋」という仮の姿とを峻別した位置に語り手を設定し、虚実を生きる自分を描き出しているからだ。文学を特権化しないこのような主体は、家事労働によって得られた「知」が育んだものであった。このような「おさんどん業」を生きる主体だからこそ、ファザーコンプレックスと誤読されるテクストの書き手を降りようとしたわけなのだろう。幸田文の「格物致知」は、外部世界に向けられた実証主義的なマニュアルのようにみなされている。たしかにルポルタージュ「男」などはその結実なのだが、忘れてならないのは、何よりも早く「格物致知」の対象になったのが幸田文子自身だったことだ。「雑記」における自己の身体性の発見はその端緒であり、それを前提にして、露伴を戦後国家の象徴とする国策と、父・幸田成行を屹立させる幸田家の喪主・幸田文子の対立的な構図は描かれたはずであった。平林が信奉する文学精神によって、こうしたリアルな批評と実践がどれほど達成し得たかを検証してみるといいだろう。「あとみよそわか」は作家論的に言えば、「雑記」で発見した身体性の原点を探求するテクストである。そうであれば、これも批評性を帯びた身体の物語だったかもしれない。

読解の方向は次の通りだ。第三章の末尾に記したことを確認しておこう。「露伴と幸田文との主客を転倒してはいけない。娘・幸田文子と表現者としての幸田文を混同してはいけないと、言い直してもいい。露伴／娘は幸田家の時空に支配された生であった。だが、それは語られる対象として捉え直された時、『父』（成行）／『私』（文子）へと変換されて、読者の前に現われる。読者を意識する語り手は、露伴／娘が生きた時間（様々な物語が絡み合う）を往還しながら、今語り出そうとする物語と登場人物を再構築しているだろう。この語り手は、このようにして『私』と『私の物語』を創造するのだ」。

五、語られた家事をする少女
——高村光太郎「同棲同類」を補助線にして

文学が家事労働を真正面から捉え返さなかったと論述してきたわけだが、これから紹介するテクストは、家事をしない主婦を描いている。

同棲同類

——私は口をむすんで粘土をいぢる。
——智恵子はトンカラ機を織る。
——鼠は床にこぼれた南京豆を取りに来る。
——それを雀が横取りする。
——カマキリは物干し綱にかまを研ぐ。
——蝿取り蜘蛛は三段飛。
——かけた手拭はひとりでじやれる。

――郵便物ががちやりと落ちる。
――時計もひるね。
――鉄瓶もひるね。
――芙蓉の葉は舌を垂らす。
――づしんと小さな地震。
油蟬を伴奏にして
この一群の同棲同類の頭の上から
子午線上の大火団がまつさかさまにがつと照らす。

この詩は「東方」（昭和三年八月発行）に掲載されているが、高村智恵子が同月二十一日に、長沼せん子に宛てた手紙が残っている。『光太郎智恵子』（昭和三十五年八月、龍星閣刊）に収録されたものを引用しよう。

私は一生懸命働いてゐます。いま、はたも織つてゐます。それに冬のものの洗濯、しんしばり、裁縫などに追はれながら絵もかかうとしてゐます。雨ばかりで東京は夏なしに秋が来たやうになりました。おかげで私どもは幸ひ丈夫ではたらけます。私はもう働いて働いて、働いて一生をおくるのを理想にしました――。

詩と手紙を重ね合わせてみると、描かれた「智恵子」と自己表象する智恵子のイメージがズレていることに気づく。それは家事労働をしない「智恵子」／家事労働を生活の中心に据える智恵子であるが、実はこれは背反しない。ふたつの智恵子像は現実にあり得たわけで、テクストの語り手が「はたも」、「絵も」というコンテクストを焦点化したにすぎない。こうして浮上する「智恵子」と現実の智恵子の乖離を踏まえて、高村光太郎への批判が発せられていたわけである。今、この問題に深く立ち入るつもりはないが、このテクストに生きている「智恵子」がフィクションであるように、「私」も物語のために設定されたということは押さえておかなければならない。高村のテクストにおいて、「智恵子」が初めて登場するのは、詩「金」（大正十五年二月制作）である。それ以前は、「あなた」、「愛人」「汝」、「お前」であったから、智恵子は「私」の眼差しによって対象化される存在から、名指しされるべき個性へと変容したのだ。急いで要約しておくと、それは恋愛を自然として語る「私」から、恋愛を芸術へと読み替えていった「私」と対応している。

「同棲同類」に描かれた家庭風景に戻ろう。まず、語り手は床にこぼれた南京豆を描写する。「南京豆」が表象するものは多重的である。床が汚れている（掃除をしていない）、鳥の侵入（不用心）、炊事をしていないという情報が読み取れるからだ。語りは、この「ない」状況をピックアップしていく。それによって、「物干し網」、「郵便物」、「時計」、「鉄瓶」、「芙蓉」などで、洗濯から始まって、家事の一切を放擲した共同生活が描かれるのだ。こうした家事のディテールの語り方は戦略的だ。「私」の想像力は瑣末な積み重ねによって、維持される生活に及んでいるが、それを読者に読み取らせる。その上で、生活を支える一般的な倫理の基盤を覆しているからだ。家事をしない「智恵子」像、それを嬉々として受け入れる「私」に対して、読者は共感するのか、不信感を抱くのか。実は「同棲同類」の世界にリアリティーを賦与しているのは、他でもない。この読者の存在なのである。フィクション世界に生きる「私」や「智恵子」は芸術思想の体現者だが、それを炙りだしているのが家事労働だったのだ。

さて、「あとみよそわか」は、「私」が「父」から家事一般を教えられた経緯を語るところから始まる。そうなった原因は、生母の死、継母がリューマチのため家事が出来ないという「露伴家の事情」にあった。祖母は諸芸に秀で、六人の子を著名人物に育て上げた出来物だから、「私」が「放縦に野育ちになつて行く」のを見過ごせない。しかし、叔母と同居しているために「私」を躾けられないから、その代役を「父」が果たすことになったというのである。このように語られるコンテクストを、歴史的文脈に置いてみると、「露伴家」はかなり特異な存在であったことが浮き彫りになる。

『女子座右之銘』(大正元年十一月、女子裁縫高等学院出版部刊)には、家庭婦人の心得が記述されているので、その項目を掲載順に列挙してみよう。

育児法、生花心得、論語十訓、反省十訓、はぎ物原理、日本女礼式、日本料理、茶の湯心得、中庸十訓、和裁裁縫、和様端物、家庭教育、家庭と婦人、家事衛生、家庭雑事、洋服裁縫、大学十訓、通信心得、袋物、手紙、認方、産前産後、金言集、支那料理、病人看護法、西洋礼法、西洋料理。

本文には、論語や中庸などの金言が収録されているが、これを除外すれば当代の一般的な主婦心得になる。この雛形は、高等女学校、尋常師範学校女子部用として刊行された後閑菊野、佐方鎮子共著『家事教科書』上下巻（明治三十一年三月、八月、成美堂、目黒書房刊）である。上巻の目次は、家事、衛生、経済、管理、衣服、食物、住居、下巻のそれは、婦人衛生、育児法、看病法である。このように、家事は近代教育の整備とともに体系化され、高等女学校を舞台にした良妻賢母教育に供されたのである。

ところで、語り手は「私」に寄り添いながら、「掃いたり拭いたりのしかたを私は父から習つた。掃除ばかりではない、女親から教へられる筈であらうことは大概みんな父から習つてゐる。」と述べ、家事教育の開始が「十四歳、女学校一年の夏休み」であったと語っている。明治三十三年、小学校令が改正され、父兄が児童を就学させる義務が厳しく定められたから、家事教育は小学校卒業を待って実行されたのか、それとも「行儀見習い」の適齢、十五歳に準拠したものなのかがはっきりしない。

語り手は後者だと解釈しているようなのだ。その物語は「私」が女学校と家庭で全くタイプの異なる家事教育を受けていることを仄めかす。その上で、一方を焦点化し、一方を捨象したことに気づかせる。だから、「あとみよそわか」は教科書が目次化した調理や裁縫の体験を表象しない。教科書に載らない掃き掃除、拭き掃除、障子張りと襖張り、薪割り、畑仕事が選び出されているのだ。そうしてみると、語り手は「私」の家事教育の始まりを、学校教育と異なるパラダイムで解釈しようとしたと考えられるだろう。

このような瑣末な確認によって浮上してくること、すなわち家事をする少女を主題化したテクストが、国家戦略であった良妻賢母教育を切り捨てる地点で構想されたことは、重要である。

なぜなら、「私」をテクストにしていく語り手が孕む批評性の問題にかかわっているからだ。それはまた幸田文／露伴を、「私」／「父」に読み替えていく批評性でもある。

ここから、「あとみよそわか」のうち、第二章「水」を読解していきたい。物語世界は「水の掃除を稽古する。『水は恐ろしいものだから、根性のぬるいやつには水は使へない』としよつぱなからおどかされる」から展開していく。語り手はすばやく、「父」の言動に反応する「私」の内面に入り込み、「内心ちつともこはくなかつた」という心情を掬い取る。これによって、「恐ろしい」／「こはくない」という背反する水の認識が顕在化するわけだ。それに続いて、「私」は「いゝか、はじまるぞ、水はきついぞ。」という「父」に促されて、バケツの水で雑巾をすすいで搾るのだが、途端に「父」の罵声が飛んでくる。廊下に水滴が落ちていたからだ。この「水のやうな拡がる性質」を、「父」は恐ろしいと言っていたのだ。その背景には、水の性質を知覚するに至った少年期の拭き掃除が介在している。目の当たりに再現される拭き掃除を、「身のこなしに折り目といふかきまりといふかがあるのは、まことに眼新しくて、あゝいふ風にやるもんなんだなと覚えた。」と、「私」は述べている。このコンテクストが表象しているのは、ものの性質を知ることと「身のこなしのきまり」が表裏一体だという認識である。だから、「規則正しく前後に移行して行く運動にはリズムがあつて整然としてゐ、ひらいて突いた膝ときちんとあはせて起てた踵《かかと》は上半身を自由にし、ふとつた胴体の癖に軽快なこなしであつた。」という描写は、視覚レベルのリアリズムではない。実践による自然への理解とその理解に適った身体運動に対する洞察が、このリアリズムを支えているからだ。水に対する手抜かりを、「父」が厳しく叱責することで、拭き掃除のレッスンワンは終了する。

ところで、この章のタイトルは「拭き掃除」ではなく、「水」である。このことが示しているように、第二章の内容は家事教育そのものでないのだ。それは拭き掃除で「深く感じた」もう一つのことをめぐって、物語が進行するからである。「私」は雑巾を搾って、廊下を拭きにかかるまでの間、濡れた手に注意していなかったので、「偉大なる水に対つて無意識などといふ時間があつてゐゝものか」と叱られる。この無意識に対する気づきから、語りの方向が拭き掃除から逸れていくのだ。その切っ掛けは探偵小説好きの「私」らしい思いつきである。「手拭を搾つたあとの無意識の動作が話の種にならないだらうか」と尋ねるのだ。しかし、汚い趣向だと、「父」は取り合わない。

こうして、語り手は巧妙に読者を、文学世界へ誘導していく。その先に現われるのが、ポーのテクスト「渦巻」である。十八歳の「私」は女学校の宿題（「渦巻」の口語訳）に苦労していた。そこで、見かねた「父」が手助けしてくれる、が、ひどい逐語訳だったため、意味が分からない。「私」が不平を言うと、それは「おまへは渦巻を知らないから」だと、「父」が隅田川を舞台にした渦巻の講釈を始める。この一連の語りは、次のコンテクストで閉じられ、そして物語は思いがけない展開を見せる。「むか〳〵するやうな恐怖をもたされた。最後に、どうしてかういふ渦から逃れるかが語られ、泳ぎができなくてもやれるといふので、直沈流《ちよくちんりゆう》の私は一しよう懸命に聴いた。これで話が終れば無事であつたが、その翌日、私はずぼんと隅田川へおつこつたのである。」――。

語りの中で、廊下の拭き掃除をするバケツの水が、隅田川の水に変容しているではないか。これを可能にした背景には、二つの水が「水は恐ろしい」という認識で繋がっていたからである。水は「恐ろしい」／「こはくない」から語り起こされた物語は、居住空間内で獲得したバケツ一杯の水に対する畏怖と、これを無意識に扱った自分への気づきを描いた。語り手は「父」の肉声を柱にした語りの構造を作り上げ、それに集中する「私」の姿勢を際だたせている。表象されるのは五官そのものになった「私」である。だが、大川に落ちた「私」を描くシーンでは、絶体絶命の状態に陥った「私」の身体が表出してくる。このようなコンテクストを抜き出してみよう。

　学校帰りの包みやら蝙蝠やらを持つたまゝ乗らうと、踏み出した足駄を滑らせて、どぶんときまつたのである。眼を明けたら磨りガラスのやうな光のなかを無数の泡が、よぢれながら昇つて行くのが見えた。渦。咄嗟に足を縮めた。ずんと鈍い衝当りを感じるのを待つ必死さに怖れは無く、ぐわんと蹴つて伸びた。ぐぐつと浮きあがつて、第一に聞えたのは、砂利でもこぼすやうな音だつた。いまだに何の音だか腑に落ちないが、父は「それが水の音さ」と云つてゐた。

　この語りには、「父」から聞いた渦巻の怖さが隠されている。泳ぎの出来ない「私」は、「父」の物語をテクストにして、渦巻と対峙したのだ。この語りは大変リアルだが、それを保証しているのは、視覚の確かさではない。生命の危機に立ち向かって、身構える身体性である。直面した状況を、瞬時に生きるための情報に変換していく身体だからこそ、語りの現在において、記憶がクリアーに呼び戻せたのだ。

　ところで、従来、「水」も、これを包摂する「あとみよそわか」も、露伴の家事教育を描いたテクストとして親しまれてきた。それは教える露伴／教えられる文という親子像をクローズアップする。そうなると、「水」は必然的に、露伴を中心にして読み解かれることになるのだ。たしかに、露伴を写した肖像は生き生きとしている。このような描写の裏側に潜んでいるもの、つまり露伴に対する娘の畏敬の念を嗅ぎ出せるかもしれない。バケツの水が象徴する拭き掃除のシーン、そしてポーの文学テクスト（「渦巻」）に向かう親子の語りにおいても、だ。当初、露伴が教えた「渦巻」の訳文は軽蔑の対象でしかなかった。が、実地体験に裏打ちされた水を語るに及んで、露伴は再び娘の耳目を惹きつけた。そして、隅田川の場面では、露伴の語りが落水事故に遭った文子の意識の中で再生され、命を救うテクストとなっていく様子が辿られている。

露伴の娘・幸田文子の記憶をこのように跡づけてみたわけだが、語り手の編み上げた物語はどうなのだろうか。まず、着目したいのは、「水」の空間構成である。それは室内（バケツ）、教科書（文字表象）、屋外（隅田川）という空間の配置になっている。これは単なる時系列的な配置ではない。ポーの小説世界を起点して、前後のパートを読み直してみよう。すると、二つのパートは折り返されて、重なり合う文章構造が出現するのだ。これは明らかに、記憶が脱構築されたコンテクストである。したがって、語り手の設定も、このような企みに対応しているだろう。「父」も「私」もフィクション世界の住人だという読解を、このテクストは求めているはずである。

バケツ一杯の水、文学作品に描かれた水、隅田川の流水、これらをワンセットで語る必然性が、「水」にはあったようだ。時間も空間も異なる水の物語を貫くものに向けて、発動される語りとは何か。それが物語の核心である。「あとみよそわか」の最終章「雑草」に、女学校の教室風景が描かれている。

掃除教育を話した時に、みんなは、「へえ――幸田さんの処ではおとうさんが雑巾がけを教へるんですつて!」「ほんと!」「露伴先生が!」と、好奇心と嘲笑を浴せられて、逆にこつちが驚いた。語るを得る友の無いことは知れてゐるから黙々としてゐた。

取り囲んだクラスメートと、輪に囲まれた「私」との拭き掃除をめぐるコントラストが印象的である。輪で造型しているのは女学校生の常識である。だから、そこから逸脱する「私」が好奇心や嘲笑の対象になるのは当然なのだ。しかし、語り手は常識の輪によって炙り出された「私」の自画像を否定しない。むしろ、それを屹立させて、常識と非常識を転倒するのである。このコンテクストに登場する女学生は、かつて「文学少女」だった平林たい子でもあり、現在の読者でもある。語り手は「あとみよそわか」のテクストに対して、このような反応が起こるのを予想しているのだ（このような視点に立つ時、このコンテクストの孕む毒、すなわち幸田文の批評性が感知できるだろう）。その上で、「驚いた」り、「黙々としてゐた」りせず、語りが進行しているのは「あとみよそわか」が捉え直された記憶の世界だからである。

では、語り手は「私」の記憶を手掛かりにして、どのような物語を編み上げていったのだろうか。その物語は身体に向けられた言語と、それと連動する身体性によって形成される。掃除をしている「私」は、たとえば、「父」から「煤の箒で縁側の横腹をなぐる定跡《ぢやうせき》は無い。さういふしぐさをしてゐる自分の姿を描いて見なさい、みつともない恰好だ。」（第一章の「あとみよそわか」）のような叱声を浴び続ける。この物語の総体は、「父」が発する言葉を抜きにしては成立しない。「父」が語ったものは引用したコンテクストで明らかなように、掃除の技術論ではなく、「しぐさ」、「自分の姿」である。つまり、効率的な掃除と美しいフォームを生み出す身体の型に、焦点が当てられているのである。だから、拭き掃除をする「父」や「私」の身体を、リアルに語ることが出来たのだ。

そこで、「私」が身体の型を、歌舞伎の中に見出していたことに、あらためて注意したい。これを可能にしたのは、染み着いた身体の型に対する想像力である。このような認識の有り様（実は、それは美の発見という問題にも繋がってくるのだが）は露伴固有のものではなく、ある時代まで継承されてきた身体性である。「あとみよそわか」の物語世界はそういう継承の一断面にすぎない。「祖母」が物語の中に登場することで分かるように、語り手はこのような歴史性に対して自覚的である。小林秀雄の言葉で表現すれば、それは飴のように延びる歴史と峻別される「伝統」である。

水は「恐ろしい」／「こはくない」という認識のズレから説き起こされた物語は、水という自然と家事をする身体の発見へと収斂していく。バケツ一杯の水も隅田川の水も自然であるため、拭き掃除をしていた身体が川の中に出現するのだ。そのコンテクストは刻々変化する自然を読み取り、反応する身体を表象していた。これは自然主義の眼のリアリズムではない。なぜなら、この語り手は、生命の危機的状況に置いて、身体の型が内蔵する歴史的時間を体感し、今を生きている存在だからだ。

これについて、まだ、祖母・猷、父・露伴と継承された家の制度に拘束される身体性の表象だと批判するのかもしれない。だが、語る行為によって目覚め、発見する主体が表象されるテクストにおいて、語られる素材としての身体（記憶）は、新たなパラダイムで読み替えられているだろう。水（自然）を捉えようとして、既存の認識が破れる。自分と身体を通じて、新たな捉え返しを果たし得た主体は、おそらく生命のある限り、同じ体験をし続ける存在である。すなわち、一つの水と身体の世界へと開かれていく「私」を語る主体となることで、幸田文は初めて自然と向かい合ったと言える。書き手としての「幸田文」は、生涯を通じてこのような発見を手放さなかったから、『木』や『崩れ』が誕生したのだろう。

家事をする少女はこのようにして、フィクション世界に生き始める。この時、この少女を表象する語り手は、幸田文子の記憶を低徊する存在ではない。なぜなら、この身体性は「おさんどん業」こそ本業だ、と書く物語作者の実存そのものだからだ。そうすると、「家事をする少女」を主題化することは、日本近代文学史上、類を見ない新しい表現者を立ち上げていく批評的な企みだったと言えないだろうか。

第一章　「文子」が生き直す物語たち

幸田文の誕生――「雑記」論

一、はじめに

「白い足袋」(『現代の文学13』月報　昭和四十一年十一月、河出書房新社刊)と題した文章がある。野田宇太郎のこの随筆は「幸田文という作家を、わたくしが文壇に送り出したという伝説が流れたことがあった」から語り出されている。しかし、それはかりそめの運命で、幸田文の文学とは関係ないのだと、彼は言う。そんなことはどうでもいいことだが、幸田文を知ろうとする者は「白い足袋」を見逃してはならない。戦後の混乱期のエピソードに焦点を当て、野田が作家以前の幸田文の風姿を巧みに描いているからだ。

四谷を歩いていて、「幸田の奥さん」と呼ぶ男の声がしたので、振り返ると、露伴家に出入りしていた魚屋だった。空襲で家を失い、消息が絶えていた者との思いがけない再会だった。どうして私だとわかった?　と訊くと、魚屋は「その白い足袋です」と笑って答えたという。おそらく、野田が幸田文からじかに聞いたエピソードだろうが、外見に構う暇もない人々が行き交う中、世相に流されず生きている佇まいに、野田は幸田文の文学性を見たのだ。

さて、「藝林閒歩」の編集者、野田宇太郎は、学芸文化を尊重する風を戦後日本に吹かせたいと考え、八十歳になった幸田露伴の文業を讃える「露伴先生記念号」を企画した。そこで、彼は娘にも書かせようと思い立つのだが、彼女が執筆に至るまでの裏事情を、次のように回想している。

露伴先生の日常を知る人は文さん以外にはないし、もし断られたらどうしようと杞憂を抱いたのである。それに文豪の娘だからといって文章が好きとは限らぬし、むしろ文豪の父を持つ場合、自分では書きたくないと思う人が多かろう。恐る恐るわたくしは執筆のことを文さんに頼んだ。一端そうしてもらいたいと思うとがむしゃらになるのがわたくしの悪い癖で、そのときもあれやこれやと文さんを説き伏せる言葉を用意して、ただ承諾してもらうことに懸命だった。

引用した文章から、「露伴の日常生活を書いてほしい」という野田の求めに対して、逡巡していた幸田文の様子が伝わってくる。実際、二人の押し問答が繰り返されたわけだが、彼女を突き動かした野田の言葉が「雑記」に記されている。それは『人は皆すでに世を去つた父を懐かしんで書いてゐます。』――編輯者のことばには衝かれるものがあつた。」である。「藝林閒歩」の既刊号を開いていくと、小堀杏奴が「冬の花束」（昭和二十一年十一月号から連載）、続いて島崎楠雄が「父藤村の思ひ出と書簡」（昭和二十二年二月号から連載）を執筆している。野田はこれらを念頭に置きながら、生きている父、文豪・露伴が書ける喜びを持たせようとしたのだろう。「雑記」（「藝林閒歩」昭和二十二年八月）の作品世界を貫いているのは、この喜びの気づきである。だから、幸田文の出発点となったこの作品は、伸びやかでウィットに富んでいる。そして書き方もまた自由闊達である。彼女は書くことが不得手で修練もしていない素人だと自己言及して、「雑記」を語り終えているのだが、もう一回読み返すといい。「私」に寄り添っていた客観的な語り手を差し置き、じかに語り手に向かって「私」が自己言及を始めるというやり口は、戦略的である。どのように振る舞えばいいか、言い換えれば読者の要求にどう答えてやるかの計算が立っているのである。だから、幸田文は随筆を書くことに自覚的だったし、そこが小堀杏奴などと異なるところである。コンテクストから浮上した「文子」は読者に向けて、このように述べている。

「子供の頃に宿題を纏めかねて、『どうやつてうまく書くの』と聞いた時に歌を教へてくれた。『京都三条糸屋の娘』といふのである。やつてみれば歌ふやうに易しくはいかないのが、書くことである。起承転結などと云つた日には埒が明かぬから、糸屋の娘から徒然草に転向する。」と――。

これは明らかに嘘である。なぜなら、わずか五ヶ月後に書かれた「終焉」で、作中人物「私」(語り手はこの人物に寄り添って物語を遂行する)をコントロールした叙述と、「私」を突き破って現われる「文子」の語りとを描き分けることによって、早くも〈文学の家〉に生まれた女性の生を見事に描いているからだ。短期間で、このような書き方が会得出来るものではない。筆者の見立てによれば、幸田文は「雑記」を執筆していく時点において、「終焉」のような語り方をマスターしていたのである。そうであるならば、「雑記」は「子から見た露伴の日常生活」を書いたというだけでは収まりきれないのかもしれない。

二、「四月某日」、「五月某日」という記述の問題
――「父」の日常に対する語りから「文子」の語りへ

この物語は脱稿日と思われる「四月某日」、「五月某日」を明記した二つのパートで構成されている。この記載は見ての通り、正確な意味の脱稿日ではない。もし「四月一日」と書いておけば、露伴の日常が昭和二十二年という歴史的時間の中に位置づけられることになるだろう。そのことによって、読者は露伴の息遣いをよりリアルに感じるはずである。では、いったいこの日時とはなにか。

「雑記」が「文子」の物語であることと、時間の朧化は深く関わっているだろう。そういう視点で捉えていくと、〈露伴〉は一度も登場しないことに気づくのだ。テクストに表象されているのは幸田文ならぬ「文子」の「父」なのである。勿論、このようなテクストを手にする読者は幸田文／露伴という読み取りをすることは自明だし、幸田家の内幕を知る「文子」という設定は、文豪にかかわる情報価値を高めるだろう。

こうした語り手の設定は、野田の要求を満たした。だが、どうもそれは露伴の日常生活を内側から描き出すためだけではないらしいのだ。そこで、のちに「終焉」で掘り下げられる「雑記」のシーンを引用しよう。

生死については娘には娘の思ひがあり、二度目の空襲下、サイレンが唸り、ラヂオが急き込み、

やがて飛来するB29の爆音のさなかに、たがひにうけがはず相対ひ、父は子をあはれむまでに怒り、子は父にいらだち乱れた。今朧げに、狭く浅いながら漸う幾分を理解しはじめようとするも、生身の親子の絆は依然として私を暗くしてゐる。何をかう怖れまどふのか、愚と云へばそれまでだが、親と子に流れつらなる血は如何ともいたし難い。

この語りは幸田文に課せられた役割から逸脱している。というのも対象とされるべき露伴の姿が消去され、「文子」の内情が前景化しているからだ。語りの現場において、この語り手が立ち上がってくる「生身の親子の絆」を造型しようとしているからだ。振り返ってみよう、野田宇太郎からの執筆依頼を受けた時点で、幸田文はこのような物語を行おうと考えていたのかと――。おそらく、「雑記」と題して書いていくうちに、これは徐々に形となって現われてきたのではないか。このモチーフはもはや「雑記」の枠組では語り得ない。だからだろう、これは第二作目の「終焉」で、「親一人子一人」の物語となって、再び省察されていくのだ。

そこでテクストに書きつけられた二つの日付に戻ってみたい。まず、幸田文の膨大な著作を通覧して指摘出来ることから始めよう。彼女が書き残したテクストで、脱稿日を付した例は稀である。さらに、一つのテクスト内に二つの脱稿日が書かれたものはない。読者の側からすれば、このような日時は大した意味はないのではないか。だから、「雑記」を初めて取り上げた辰野隆の「巨人露伴の片鱗」(「新潮」昭和二十二年十一月発行)も、それ以降の読者も脱稿日が記されたことを問題化しなかったのだろう。先ほど筆者は「四月某日」と「五月某日」について、「父」の生き生きした日常を刻みつける日時という読みを提示しておいた。が、現実にはこのような読み手は現われなかった。むしろ、それが一般的なのであって、筆者の方が深読みしすぎているのに違いない。

そうすると、幸田文はなぜ読者に読まれない時間を書きつけたのだろうか。読者に開示された情報である以前に、「文子」の手控え、あるいは心覚えだったように思われる。書き始めて擱筆した「四月某日」は、次の脱稿日「五月某日」へと繋がっているが、テクスト本体にはこのような物理的時間が流れていない。むしろ、断裂していることを示しているのである。そうすることで、存在しているのは幸田文が「文子」を造型していくイメージを見つけ出し、「書く時間」を表象しているのだ。

だから、「四月某日」のテクストと「五月某日」のそれは別個のテクストである。第一章は野田宇太郎の要求した露伴の身辺雑記、第二章は「文子」の内面世界なのである。第一章（「四月某日」のテクスト）の語りは「父」の身体情報を短いコンテクストでアウトプットしながら、彼の「ない」身体性を視覚によって表象していく。第二章（「五月某日」のテクスト）は前章の枠組を、「文子」の内情を物語る装置として、つまり重層的に活用しているというわけである。

三、「父」を物語る戦略

――欠落する身体性に内在するものの発見

ここから、「私」に寄り添いながら展開する「雑記」の物語世界に踏み込んでいきたい。第一章は次のような叙述から始まる。

朝はまだ早い。破れた四ッ目垣の外の麦はめい〳〵のとがつた葉のさきに、めい〳〵に露の玉をつけてゐる。無風である。老人の癖で、まだ夜の明けないうちから眼を醒まして待つてゐる。

引用した四つの文は、もう「雑記」の語りの方法を明らかにしてくれる。短いセンテンスに乗せて、必要な時間（一日の、そして季節を）、場所（田園）、無風（晴天）という情報を提供しながら、物語の中心になるだろう人物をクローズアップする。この間、ナレーターは叙述の背後に潜んでいて、「待つてゐる」／待たれている者として姿を垣間見せるのだ。簡潔にして要を得た物語である。読者はこれによって、たちどころに物語世界へと誘い込まれるとともに、この語り手は何者かという興味を抱くはずである。ところが、この語り手はなかなか姿を現わさない。ようやく、「私達」という形を取って登場するのは、第二パラグラフの後半である。

このような登場の仕方は、自分の役割に気づいた語り手を表象している。だから、読者の知りたい情報をキャッチし、この材料を五感の力と記憶力によって収集、整理したのち、伝達に適したコンテクストを、語り手は編んでいくだろう。「雑記」の語り手は、いかに物語るかを周到に準備していた。なぜなら、眼前にいる「老人」の身体情報をどのようにアウトプットしていけば効果的なのかに気づいているからだ。そこで、パラグラフの冒頭に着目してみよう。「手拭をしぼる。」、「歯は入歯などは一本も無いが、皆がく〳〵して傷み所だらけ」、「眼も薄く耳もうとい。」、「足は立たない」というように、簡潔な叙述が特徴的である。こうして浮き彫りにした身体性の一つ一つを道標にして、「父」の日常を物語ろうとしている。それは、身体情報の断片を一つずつ拾い集めていくことで、「父」の全身を浮かび上がらせる企みである。このような語りが如実に表われたパラグラフを紹介しよう。

手拭をしぼる。左右の手が親指の方向へくるりと滑つてしまつて、中の手拭はそのまゝである。手拭、ふきん、雑巾の類はしぼり切つても大事ないと、激しい教をした人がこれだから、「からきり意気地が無くなつた」と歎くのも無理からぬことである。

語りはシンプルだ。日常的な動作そのものを提示して始まっている。手拭いと手のわずかな描写で、握力の無くなった身体が如実に語られているのに気づくだろう。語り手は視覚そのものとなって、写すべき手に集中している。その存在は「からきり意気地が無くなつた」という嘆きとともに、姿を現わす。こうして、「父」が過去と現在のギャップを体感している様を印象づけるのだ。したがって、簡潔な身体情報は過去のそれへ折り返されるための楔になっているのだ。こうして、読者が知りたがっている「父」の現在が鮮明になるのだ。欠落した身体性を起点にしながら、語られるべき〈ある〉ものによってそれが補完されることで、「父」が全き存在となる。その〈ある〉ものとは「激しい教」である。

＊

さて、細かい身体情報を伝達しながら、語り手は「父」の全身を描いて見せたわけだが、その視線はその子である「私」という非対称な存在へと向けられていく。それは「食事は柔かければ何でもたべる。」、「衣は甚だ質素である。」というふうに語り出されている。

これによって見出されるのは、「私」の身体に刻印された「折々の教」である。「雑記」の第一章は、読者をこの物語へ誘う構成になっている。「教」の記憶に繋がるコンテクストが後半に用意されているのは、そのためである。

ここに至って、「雑記」の語り方が変化を見せ始める。「父」の老いに対する苛立ちから語り始めたテクスト、「手を貸さなくては一人では起きられぬ。（中略）自分でもじれつたがつてゐるのに、なほかつ一人でしようと努力するのだから、なまじひはたからかれこれ世話を焼くべきでないと思つて控へてゐる。」が表わすように、語り手は提供すべき負の身体情報に拘束されて、語りも自在でない。まさにコンテクストのように、かたわらに控えているのだ。だが、〈ない〉という身体の情報提供者から、衣食の語りへ切り替わると、「食事は柔かければ何でもたべる。近頃は桃水和尚とかになつた気でゐるさうである。」というように、語りは一変する。「父」は『近世畸人伝』に登場する「桃水和尚」のカリカチュアへ、「私」も「大膳所」と姿を変えた物語世界が現われるのだ。このように変貌した語りはどのようなものか。このパラグラフの締め括りを引用してみよう。

　孫の玉子が云ふ、「おぢいちやま、気をつけないと母さんに便所のそばのつはぶきまで食べさせられちまふわよ」と。この娘は祖父の作品の中で「珍饌会」が一番おもしろいといふ子だ。今に娘・孫共謀して無智な珍饌会でもやり出したら、さすがの父も降参と云ふだらうと思ふ。そのをかしさを思ふとやりかねないものでもないが、二人とも逆に一喝を食はせられるのも亦こはいのである。

読み終わった後で、この間に語られた内容を想像してもらいたい。思い浮かぶ物語世界は、それまでと相違して心楽しそうではないか。この楽しさは食事拵えをする「私」の実感と切り離せない。だから、食物の旬にこだわる「父」を描いても、ものの知識ではなく、どう選び料理するかという実践へと広がっていく。のちに有名になる幸田文の料理手習い話は、こんなコンテクストの流れとともに生み出された。「父は私の十六の時に、炊事一切をやれと命令した。」という短い一文から、語りは過去と現在を往還しながら紡がれていくのだが、そのポイントは「切目正しからざるものは食《くら》はずだ」という教えである。このようなイズムを守り通してきた「私」の今昔があって、「父」の食は風景化されているわけだが、この闊達な語りを支えているのは料理をし、食べてもらえる喜びに違いない。「父」の日常をインナーとして書くという要請を実践するうちに、幸田文は書くことが生きている喜びの表現だと実感したのではないか。

「衣は甚だ質素である。」以降のコンテクストには、喜びの表現が色濃くなる。「父」のお洒落観を語る場面がある。喜寿の祝いに着て行くのだからと紋付を出したら、自分は洒落者だから紋付は嫌いだと拒否した。ここまで語ってきて、「私」は思い入れたっぷりに、読者に本音を漏らすのだ。「自分でしやれものだと云つてゐるのだから、ちよつと扱ひにくい親爺様ではある」と――。困っちゃうんだけど、という打ち明け話である。この語りは内側からの情報に、より真実味を持たせる効果がある。「父」が読まないテクストだという前提に立った上で、見えない読者に自分の実感を漏らすからである。

それにしても陰口を叩くことが如何にもうれしそうではないか。

しかし、直後のコンテクストは一転する。「いやく、そんなことを云ふとばちが当る、この父は身を以てきものの話をしてくれたのだ。」というように——。そして一旦読者に向けられた視線は再び「父」に戻っている。そうしておいて、老いた身体とは異なる身体性、すなわち傍点を付した「きものの話」へと切り替えていくのである。大きく横に首を振る身振りが印象的なシーンは、語りのチャンネルが今から過去の記憶へと転換するシグナルであるが、これによって世界は「私の」身体内に〈ある〉物語に変貌するのだ。それは「父」の「教」を、おのが身体で受け止めた記憶で物語世界を満たしたいという欲求から生じている。この時、というのは「身を以て」なされた話を語っている現在であるが、「私」はなぜ「身」を持ち出してきたのか。

筆者は「雑記」の考察に入る前に、戦後世界を生きている幸田文をスケッチした野田宇太郎の文章を紹介した。雑踏の中で、出入りの魚屋が幸田の奥さんだと気づいたというエピソードだ。白い足袋が幸田文だという読み取りには、魚屋の彼女に対する優れた洞察が生きている。幸田文が野田に話して聞かせたかったのも、この男の賢さであろう。幸田文はこの男によって自分のセルフ・イメージを実感したのではないか。幸田文／白い足袋という取り合わせは絵になる。面白いと、野田は思ったに違いない。だから、野田はこれを切り口にして幸田文を批評したわけであるが、見逃せないのは、幸田文の気づきを書いていることだ。

たしかに立ち居振る舞いや身だしなみなどは、おのれの身体と一体となっているから、他者から指摘されるまでは、気にも留めない。誉められるにせよ咎められるにせよ、その批評の言葉が自分の形をとって現われた瞬間、気づきがなされる。

「雑記」の「きものの話」は「父」の姿を反転させて見えてきた「教」なのである。それは過去から現在まで、さらに「父」がなくなった後もなお、身体を律する規範である。だから、語りは襤褸を着せられた辛い女学生時代から開始されて、戦中のモンペ姿までに及ぶのだ。決して愉快な記憶ではないから、語りの現場で「悲しい」、「淋しい」、「憤慨する」という感情が沸き立ってくるのだが、「私」に寄り添う語り手は口を閉ざさない。記憶の断片を一つ一つ拾い上げていく先に、見えてくるものを手放さないからである。それこそが「教」であり、記憶の井戸から汲み上げてきたパラグラフはこの発見だったと言える。この気づきは「その折々の教が無かつたら、私は今どうだらう。」という瞬間に訪れた。こうして苦い記憶は喜びに変わるのだ。

さて、「きものの話」の「身を以て」聞かせてくれたというパラグラフに戻ってみよう。それはこれまで語って来た〈ない〉ではなく、「父」の物語（「教」）で授けられ、今を生きている身体性である。この身体性の中に息づいている全き「父」を見る「私」に、語り手は照準を合わせているのだ。この身体性は語り手の身体と不即不離、いやそれどころではなく骨絡みであった。

だからこそ、それは過去の淋しさ、喜びなどに彩られて語られているわけだが、「身を以て」はその身体性を昇華した〈身〉へと変貌していく。〈美〉という規範で掬い取られるそれへである。すなわち、自分の身体を「躾」という象形文字で読み解くことであった。それは老いて死に近づいていく「父」が、「私」の身に授けた不変の父親像につながっているだろう。これを発見した喜びが溢れ出すコンテクストを引用しよう。「うらめしいとさへ思つたその躾のおかげで、私は一生著物といふものを愛し楽しんでゐられる心の豊かさを授けられたことを、深く〳〵感謝してゐる。」――

虚ろになった「父」の身体を瀆める行為は、迫り来る死の予感を呼び起こすはずだが、それが「雑記」の語りにはほとんど感じられない。そうなるのは「私」が生きている限り、存在し続けるモノがあるからだ。
この物語とは「父」と対した「私」が、「父」と同じ気組みで「身を以て」自分と向き合うことによって成立したと言える。それに気づく原初的イメージを語った場面がある。「父」が揮毫しているのを側で見ていて、筆勢があると感じる。と、「私」が語った後である。

或る時、どうか文子にもと頼んだら、「おまへはおれの子だから無くていゝんだ」と云はれた。おれの子？　おれの子！
食事は柔らかければ何でもたべる。近頃は桃水和尚とかになつた気でゐるさうである。

語り手は衰えた「父」の物語を、「或る時」までのコンテクストで終了させる。そして改行した上で、新たに始まるのが二つ目のコンテクストである。これは食事にかかわる記憶を辿りながら、「身を以て」教えられ／体得したものを見つけ出す物語だ。二つのパラグラフは、見て明らかなように連続していない。だから、改行という措置を施したのだが、それにしても直前の「おれの子？　おれの子！」という語りは余りに異質ではないか。もともと、長くすわっていられない「父」を語るのが目的だったのだが、急に客観的語りの位置を降りて、「ついでに書いて置く」と一人語りをしていくうちに、飛び出してきたのが「おれの子？　おれの子！」だったのだ。聞き手をそっちのけにしたそれは、自己への問い掛けである。文頭に身体情報を入れた短文を配し、これを幹にしながら物語を展開してきた冷静な語り手は消え失せている。だから、読者は突然の事態に戸惑うのだ。これは何だ？　と――。

不可解ともいえるこのコンテクストは、「四月某日」のテクスト内では読み解けない。その正体が「――不肖の子、凡愚の子の焦慮を誰か知ると。」と語り手の側から照らし出されるのは、「五月某日」のテクストにおいてである。かうして、語り手は世に抜きん出て〈文豪〉と呼ばれた男の娘の内面に踏み込んでいくのだ。だが、疎外感に充ちたセルフ・イメージは「おまへはおれの子だから無くてい丶んだ」という「父」の思いがけない一言で、逆転してしまう。

強い感情を表現する二つの短いコンテクストは、語り手が寄り添う「私」ならぬ「文子」の内面劇を物語るだろう。ここから、「身を以て」教える「父」と、「おれの子！」という気づきを手掛りにして我が身で読み解く行為が始まったのだ。この時、身と美で構成される一字は、「不肖の子、凡愚の子」を「おれの子？　おれの子！」と読み替えられて立ち現われた身体と言っていい。

語り方の質的転換は、きっと気づきと深く関わっている。やがて、それは「したい仕事をしてゐてもらひたい。私の望みがもし聞かれるものならば、寝巻の父がおしまひではいやなのである。」という第二章（「五月某日」）の語りで、解き明かされるだろう。

四、表出する「私」の語り
――「生身の親子の絆」を贖めて

「五月某日」のテクストは「父は今、これといつた仕事にか丶つてゐない。」から始まる。この語りは「父」が起床して朝食を摂るまでの時間に焦点を当てた「四月某日」のテクストと連携するため、作品内の時間も食後から昼間、夕方までに設定されている。読者が二つのテクストを通読することで、「父」の一日のあらましが摑める仕掛けになっている。したがって、この一日は特定の日付を持たない。「父」が生きた四月以降の物理的時間を、一日に凝縮しているのだ。

さて、冒頭の「ゐない」という語りは、かつて食後に仕事に向かう習慣があったことを明らかにする。以後、仕事をしない「父」が描写されていくのだが、そのタッチは軽やかである。ここでも段落の冒頭に短文を配し、これを幹にして語りを広げる手法が使われている。そのようなコンテクストを指摘してみよう。「時々土橋さんに本を読ませて聞く。内容が気に入らない時にはおもしろい。」。「ばあやに話してゐるのは又おもしろい。」、「話はうまい。」――。

第一章には見る／見られるによって、顕在化する視覚情報が溢れていた。報告者の役割を引き受けた時、この語り手はどのように「私」と「父」の関係を処理するかという問題に直面したはずだ。それはテクストが二人の関係を映し出す鏡になるという想像力である。書くという行為はその鏡の前に立つことでもあるからだ。そこで語り手が選んだのは、視覚を駆使して、「父」を客体化することだった。この処理は身体をデータ化する方策だから、妥当な選択をしたことになる。だが、この語り手に色々な選択肢があったのだろうか。「私」と「父」を見る／見られる対象に切り分けることを余儀なくされていたのではないか。そこで、この語り手が読者を無視して「おれの子？　おれの子！」と、自己言及を始めた「文子」を表象してしまったことを思い出してもらいたい。この突発的な語りの背景には、「私」／「父」であっても、子

／親ではあり得ないという語り手が寄り添う「私」の認識が伏在しているのだろう。つまり、語り手は「父」から疎外されている「私」というトラウマに結合されていたのだ。だが、思いも掛けない状況が生まれる。そして、長い年月の間に築かれた心理上の障壁は、自分の願いを否定する「父」の言葉によって取り払われるのだ。疑問符がエクスクラメーションに切り替わる瞬間、にである。否定されることで、逆に求めていた子／親だという認識を持たされる言葉の不可思議さ、玄妙さを感じるコンテクストだが、語り手はこの一瞬を逃さない。この言語体験が「雑記」の語りの現場で捉え直された時、もはや以前の「彼女」ではない。語り手は「おれの子？　おれの子！」で、トラウマに拘束されていた「私」の内面劇を語って見せたわけだが、これによって物語るやり方も変容していった。

ここで、「五月某日」のテクストに戻りたい。そして、語りの構造を支えている幹ともいうべきコンテクストに眼を向けてみよう。「おもしろい」、「うまい」と語られる内容は「父」の話術や言葉に直接触れた喜びに溢れている。そこで、気をつけたいのは、以前に語り手が描いた「私」の姿である。それは「おれの子？　おれの子！」に繋がる「身贔屓の感情よりするものであるから、書きなぐつても筆勢があると間違つて考へるのだ。」というコンテクストである。ここには、書道家の見識を想起して、自分の実感を否定し去る姿がある。だが、「五月某日」のテクストで、そのイメージは消去され、語り手は読者の関心を、「父」の言動へと振り向けていく。

「おれの子？　おれの子！」から立ち上がる子／親という血肉の繋がりを手掛かりに、親が「身を以て」示し子が体得した「躾」を語ったあと、執筆しなくなった父／親の日常をどのように語るのか。語り手はそのために「父」の言動を対象化したのだ。「私」に子／親の絆をもたらしたその言葉である。だからなのであらう、語りの指標となった短文が「おもしろい」、「うまい」で締め括られるのは。

勿論、言葉に対する物語は、文学者としての「父」を描くためだ。その物語の導入部は「本屋さんは小説がいゝと云ふし、自分もまるで気が無いといふでもないらしいが、今のところ遊んでゐる。」である。やがて、語り手は芭蕉七部評釈の現場に移り、「土橋さん」と「父」の問答に、さらに新川生まれの手伝いとの対話に聞き耳を立てる。最後は幼い頃に聞いた「父」の噺である。このように多様な話の世界を綴り合わせることで、語り手は意識的に親／露伴を焦点化していく。語りの中に存在している露伴は生き生きとしているが、それは語る側の心象の表われである。こうして、仕事をしていない「父」の日常はくっきりと浮かび上がる。だが、語り手の目論見はこれだけなのか。

そもそも、朝食後の「父」が言葉に溢れた時間を過ごしている、と語るのはなぜなのだろう。このような問題の立て方は、語り手が繰り出した「おもしろい」、「うまい」という表現の批評性を読むことである。

＊

時々土橋さんに本を読ませて聞く。内容が気に入らないときにはおもしろい。「君、その著者は頭が悪くていかんね。どうしてさういふ論が成立つ」と声に張りをもつて来ると、そこにゐる土橋さんは当の著者の代用品にされた形で、盛んに反撃を受ける。

この場面の背景には、「土橋さん」と「父」が問答している声を聞いて、くすくす笑っている存在がいる。その存在に寄り添いながら、語り手が物語を始める時、記憶の中にあった情景は、語るべき風景（意味）に変容しているはずだ。それは文学が生まれる現場である。この場面で飛び交っているのは批評語であるが、「五月某日」のテクストとは日常会話から船頭の気質を語る言葉までが記述されていることで明らかなように、多種多様な言語世界なのである。

語り手は一見すると、「父」の物語世界の面白さをランダムに綴っているかのようだ。だが、批評の現場から語り始めたとすれば、コンテクストの総体はおのずから批評性を帯びているに違いない。

だから、この物語世界は単に仕事をしなくなった「父」の日常を語るものではないのだ。してきた仕事、すなわち、「父」の文学へ向けた批評なのである。たとえば、第三パラグラフの「柳橋の姐さん達が如何に船の作法に馴れて、美しい利口な身のこなしをするか、客船釣船の船頭衆気質、大川筋の噂話あれこれ、絶品である。（中略）ばあやに話すも筆記にするも同じだから、残して置いてください」を再読してみよう。次のパラグラフでは「父」の巧みな語り口が、「近年はそんなことは無くなつたが、もとは妙なお客と妙な調子で話してゐる。」から説き起こしている。誰とでも話して、実地に専門知識や語調を吸収すること、つまり格物致知の大切さを語っているのだ。だから、このパートで、語り手は露伴文学の面白さと秘密（多様な人間に対する強い関心に根ざす観察眼と世態人情を写す文体）を解き明かしているわけである。

その後、玄関先に来た文学愛好者とのやり取り、「父」の好きな長唄に関わるエピソードが楽しげに語られているのだが、語り手はこの間も「父」と仕事のイメージをまさぐっていたようであるというのも、直後のパラグラフが「なんとしてももう年である。したい仕事をしてゐてもらひたい。」で始まるからだ。この語りには「父は今、これといつた仕事にかゝつてゐない。」と語ったのち、ずっと仕事に向かう父親像を夢想する「私」が伏在している。今も衰えぬ知への好奇心や日常会話が文学になってしまう玄妙さに言及しながら、「私」はあるべき「父」のイメージを膨らませていたのである。だから衰えた身体の代わりに、言語が語りの対象となったのだ。その心象は、次のように語られている。「腰が立たなからうが眼が薄からうが、微塵も勉強に倦み疲れてゐる人でない。形などどうあらうといゝわけながら、子である私は、もう一度机を前に納つた形にしたくてならぬ。（中略）どうして父ほどの人が身体ばかりを老いに委ねてしまつてゐるのか口惜しい」（傍点筆者）——。

さて、このあるべき父親像をまさぐる語りで、「雑記」のテクスト上に、新たな存在性が現われてくる。「子である私」である。それは「父」の「おれの子？　おれの子！」では、もうない。このコンテクストは他者の言説を枠組として、自己認識を得る瞬間への注視であった。「父」の眼差しの中にある「私」の発見である。

「雑記」は「おれの子？　おれの子！」という言説を鏡にして、そこに写った仮象を実体化していく物語といってよい。長い語りを経て、ようやく「子である私」が語りの表面に浮上するのだから——。だから、語りは実感の迸りそのままに展開していく。そのため、「あはれげ」、「口惜しい」、「腹立たしい」、「歯痒い」、「くやしい」、「赦しがたい」、「哀しい」、「ひやりとする」、「はら〳〵する」という表現が、わずか七行のコンテクストにちりばめられる。このように負の感情を呼び出す感情の連鎖が語られているが、それは「子である私」という認識に至る階梯であった。この内面語りは、主人公の心の奥底に沈んでいた暗い記憶に踏み込んでいく足掛かりになった。「おれの子？　おれの子！」という声が反響する記憶の世界へ――。

それは二度目の東京空襲の夜のことである。親の身を案じる子とその思いを撥ねつける親の凄まじい葛藤に、語りは及ぶ。

B29の爆音のさなかに、たがひにうけがはず相対ひ、父は子をあはれむまでに怒り、子は父にいらだち乱れた。今朧げに、狭く浅いながら漸う幾分を理解しはじめようとするも、生身の親子の絆は依然として私を暗くしてゐる。

野田宇太郎の露伴の日常を内側から描いて欲しい、という要請を受け入れて、「雑記」は構想された。筆を擱こうとして、語り来たった物語について、「こんなけちを書きつらねて父は何と思ふだらう、人は何と云ふだらう」と自己批判をし、「起承転結などと云つた日には埒が明かぬから、糸屋の娘から徒然草に転向する」と文体論へも言及している。語り手は当初、視覚による露伴の身体情報を出していく存在として設定されていた。だが、途中から情報提供者の立場を降りて、自分の心象世界を覗き込むようになっていった。「こんなけち」はこれに対する批評である。その態度は、幸田文が何を、どのように書くかに目覚めた表現者であったことの証である。一見すると仕事をしない露伴の日常を描いているようでいて、実は露伴の文学性を炙り出す批評の眼が働いていたのも、それを裏書きしている。「雑記」の語り手は、「けち」と自己批判する「私」を描いて見せた。

文豪・露伴の文学性によって、書く「私」の自意識を屹立させていく様は、のちに「勲章」をめぐって、編集者と対立する原点を示している。露伴と異なる表現者という認識は「幸田文」が誕生する重要なエレメントなのである。

このような語りが実現しているからこそ、「雑記」は文学テクストたり得ているのだ。露伴の日常を書くことから逸脱していく語りとモチーフが、やがて第二作目の「終焉」に生かされることになる。

幸田文は「文學」露伴追悼号で、再び報告者の位置に立たされた。露伴の死を描く役割である。「終焉」は「雑記」で描かれた「B29の爆音のさなかに、」という夜のエピソードを取り込んだテクストである。このことからも、二つのテクストの連続性が窺えるわけだが、その語り手もまた、死にゆく露伴の記録者ではない。

「雑記」の執筆を梃子に、幸田文は「終焉」でどのような物語を創造したのか。この物語が、七月三十日に死亡した露伴の最期を二十七日として語ろうとしたことと、それは大きく関わっているだろう。「雑記」の執筆を梃子にした「終焉」はどのような物語世界か。それは「おれの子？　おれの子！」という気づきから始まった「親一人子一人」の物語である。

疎外する文学、生き直す文学——「終焉」論

一、作品内の時間設定から見えてくるもの／幸田成行を書く

昭和二十二年七月三十日、明治の文豪・露伴として知られた幸田成行が永眠した。元気な露伴の姿を伝えて欲しいという野田宇太郎の求めで、幸田文が書いた「雑記」(『藝林閒歩』昭和二十二年八月一日発行)は、生前の「父」を偲ぶよすがになってしまった。露伴の死をめぐって、衆参両院で追悼演説が行なわれ、国葬を営むということが検討された。土橋利彦が書いた幸田露伴年譜(『現代国民文学全集』第三十五巻　昭和三十三年十月、角川書店刊)には、この間の状況が「三十日歿す。明治大帝御忌日なり。天皇陛下より生花一対を賜はる。政府に於て国葬の議あり。参議院・衆議院等より弔詞を贈られ、内閣総理大臣以下葬儀に列す。」と、記述されている。この成り行きは幸田文にとって想定外だったようで、騒ぎに巻き込まれて困惑した様子と、喪主となって葬儀を執り行なう一人娘の決意が「葬送の記」(『中央公論』昭和二十二年十一月)に描かれている。この決意通りに、葬儀は幸田家の行事として挙行された。

ところで、幸田露伴が昭和二十二年七月三十日に死亡したのは、歴史的事実である。これが公

式の死であり、だからこそ当日を忌日として国葬が計画されたのだ。身体上の死は戸籍に記載された日時しかあり得ない。それは揺るぎない事実だが、「生きながらに死んでいる」という比喩があるように、立場や認識の違いにとって、一人の人間の死の捉え方はさまざまではないか。

これより読解を始める「終焉」(「文學」昭和二十二年十月一日発行　露伴追悼号)は死に至る「父」の姿を描いたテクストだが、幸田文が喪主として、父・幸田成行の葬儀を執り行なった後に書かれている。なぜ、煩瑣な歴史的事実にこだわったかと言えば、「終焉」には幸田文が露伴の死とどのように向かい合ったかが、はっきりと書かれてあるからだ。これは、「終焉」というテクストを読解する上で、重要なポイントだと思われるのである。

さて、「終焉」の語りは、おおむね作中の人物「私」に寄り添って展開していく。物語の冒頭に注目してみよう。

七月十一日朝、祖父の部屋へ掃除に行つた玉子が、「おぢいちやん血だらけ」と云つて来た。なるほど父は、頬・鬢・枕・シーツと点々と綴る赤の中に、しかし平常な顔色でゐた。

このように、「終焉」は日時の記述から始まっている。語りの現在において、語り手は、この時点で「父」の死が顕在化したと、はっきり認識している。それは老人である「父」の死が、だらだらと未来へと流れていく時間に存在するのではなく、その一箇の生に見合う固有の時間性に彩られていると、この語り手が考えるからだ。つまり、この語り手は「私」が単なる露伴の死を記録する人物ではないと、仄めかしているわけである。このような死の時間の切り取りをなし得る人物だから、「終焉」の物語は露伴が絶命した日、すなわち七月三十日まで実行されない。「終焉」の作品世界は、次のように閉じられる。「『ぢやあおれはもう死んぢやふよ』と何の表情もない、穏かな目であつた。私にも特別な感動も涙も無かつた。別れだと知つた。『はい』と一ト言。別れすらが終つたのであつた。」――。このコンテクストが語っているのは、向かい合った親子があたかも死をモノのように客観視する姿である。これが「父」の最期だと、語り手は述べているのだ。だから、「終焉」の時間設定は、露伴の身体上の死を表わすものではない。

では、「終焉」で語られる死とは何か。それは一人の人間に対する認識と深く関わっているだろう。「露伴追悼号」と銘打った雑誌に掲載された「終焉」はこの枠組で読み取られる。だから、語りの対象となった死んでいく人物は、当然、露伴なのだし、この表題は文豪・露伴がどのようにして臨終の時を迎えたのか、という興味を抱かせるだろう。露伴の死が語れるのは看取った幸田文しかいない。こんな編集者の期待が自分に向けられていたことに、彼女は気づいていたはずである。

だが、幸田文が書いたテクストは、そのような期待に応える物語になっていないのである。引用したコンテクストは親密な親子関係に焦点が当てられていて、死それ自体はこの関係性を照らし出すものに過ぎない。ここから、こんな推測が生まれる。語りは表層では死に至る「父」の現実を軸に展開しているが、内実はその関係性を探る「私」の内面へと降り立っていく。このような語りの構造を持つ「終焉」が、歴史的事実を語る読物であるはずがない。

モチーフと語り方を周到に選び、編んだ「私」の物語が「終焉」なのではないか。だとすれば、このようなテクストにおいて、彼女が看取ったのは文豪・露伴ではない。国葬を拒み、幸田成行の葬儀を執り行なった幸田文の意志が、「終焉」というテクストにも濯がれているからである。文豪・露伴／幸田成行は、幸田文にとって一体だったはずである。にもかかわらず、危篤という身体に訪れる危機的状況の下で、なぜ語り手は文豪と父親とを切り分けた「私」を描こうとしたのか。空襲下、「父」の身を庇ってしたことが「父」の不興を買ってしまい、「私」がこんなことを呟いていた。「今までだつて常に絶対であつた父だ。（中略）いつも愛情といふものをあんなに悦びたふとぶ人が、今この際に古筵一枚でも庇ひにした子の情を、なんでかほどにまで拒絶するのか。ではこれは婢妾の愛といふものなのか」――。子としての愛情を、自らが「姉妾の愛」と受け止めなければならない。なぜ、この存在性に気づかなくてはならないのだろう。このような自己認識に追い込む対象は、「絶対の父」というように強調されていた。

ジェンダーの枠組によって、セルフイメージを形成させられる「私」（これは後述するように「文子」である）に、語り手は自覚的である。このようなセルフイメージ形成は、文学の家に生まれた幸田文固有の問題なのだろうか。今日の日本近代文学研究において、幸田文は研究対象にすらなっていない状況だが、彼女くらい政治や文学の制度が孕むジェンダーの問題を考えさせる表現者はいないのではないか。このような問題意識を携えながら、幸田文の第二作目「終焉」を読解してみたい。

二、茫然自失する「私」の表象

――「七月十一日」を語る／語られたもの

「終焉」の第一章は「どうかしたことがはじまつてゐたのであつた。」という述懐で閉じられるように、「父」の死病が顕在化した当日を焦点化している。

まず、語るべき作品世界がこのように設定されたことについて、定稿に至る過程を視野に入れながら確認しておきたい。「終焉」は『ちぎれ雲』（昭和三十一年六月、新潮社刊）に初収録され、続いて『幸田文全集』第一巻（昭和三十三年十二月、中央公論社刊）に再録。いずれの刊本も「雑記」を巻頭に、直後に「終焉」を配置している。こうした編集のあり方から、幸田文はひと繋がりとして、二つのテクストを捉えていたことが窺える。「雑記」で、野田宇太郎の求めに応えた〈父の日常生活〉を枠組にしつつ、彼女は「私」の物語を書いた。辰野隆は作家幸田文の第一発見者だが、露伴の日常生活を垣間見させる「雑記」に共感を覚えている。「雑記」もその著者「幸田文」も、露伴を読み取るテクストでしかなかったのだから、このテクストのモチーフは見逃されざるを得まい。「雑記」の評価はいまだに辰野の印象批評の域を出ていないわけだが、それはともかく、サブ・ストーリーであるにしても、幸田文は露伴の日常を書いたのだ。だから、「雑記」の物語を受け継いで、「終焉」は露伴が死の床にいる場面から語り出されたのだ。

さて、「終焉」の語りも、作中人物「私」に寄り添うかたちで展開していく。語り手はこの「私」をどのように設定しているのだろうか。この人物像を象徴するコンテクストがある。

脈に触れて見る。正しい。熱は無い。血はまつたく乾いてゐ、痰吐きの中は相当量の赤いもや〳〵が拡がつてゐる。父にうそをつくと、観破されて恥しい目にあふから、大概のことは卒直に云つてしまふ。

この人物は実に冷静である。短いコンテクストを連携することで、語り手は看護に習熟した「私」を活写している。引用部分の直後に出血した時刻を推定する「私」が語られているから、右の印象を更に深くするわけである。日常から非日常にチャンネルが切り替わった瞬間、「私」は「父」の病状を情報化し、医師に伝達すべき存在になる。だから、「私」の感情は捨象されてしまうのだ。

語り手が「私」の内情を物語ることが出来るようになるのは、彼女が「父」の内面へと降り立つところからである。掬い取った気持は「慰めがたい」、「気の毒」であった。どうみても、これは重病と思われる肉親に向けられた感情ではない。想念に浮かぶ「父」との関係性が、彼女を客観的な位置に立たせるのであろうが、語り手は次のような「私」の言葉で、「父」との関係性を前景化している。「こんなに血が出てゐるのに、胃からにしろ肺からにしろ、お起きになるのはよした方がよくはないかしら」――。先ほど確かめたように、「私」は的確な判断が下せる存在で、なおかつ眼前の病人に対する同情もある。にもかかわらず、なぜ「父」への指示がきっぱりした命令にならないのか。身体に起きた重大な危機にもかかわらず、この人物の子でありながら、手を拱いているばかりではないか。こんなに用心深い配慮をしていても、病人の不興を買うことが、「私」には想像出来たからである。その通りの厳しい叱責が「私」に襲いかかってくる。さっきのコンテクストの直後である。

云はせも果てず、「又はじまつた、おまへの素人医者は、置いてくれ〳〵。つべこべ云ふ間に素直にやれ。猿は血を見ると騒ぐと云ふが人間のサルも始末が悪い。

このような病人の罵声を浴びて、「私」は茫然自失してしまう。「漸う私は点火されたやうになり」、「気がつくと」という語りによって、その状態が午後二時に起きた出血の場面まで継続した、と語り手は物語るのである。病人は周易の八卦「血去り惕《おそ》れ出づ」で自己診断を行なうのだが、このコンテクストや、のちに紹介する法華経の経文をそらんじる「父」の姿に、露伴の教養の高さをを読み取る文献がある。どのように読解しようが自由ではある。だが、語りの構造は全く異なる読解を指示している。周易の八卦が「私」を抑圧するコンテクストの流れの中に置かれているからである。そこに気づくとき、周易のコンテクストは、「父」の身の上を心配した「私」の判断を拒否した病人の身体性として、テクスト上に浮かんでいるだろう。語り手は周到に、抑圧の機構を探り当てているのである。この病人、幸田成行が、自分の病状を周易によって読み解く文豪・露伴であるが故に、「私」は周縁に置き去りにされた、と語り手は冷静に物語るのだ。

三、連鎖する疎外の記憶
――「愛されざるの子、不肖の子」の心象

さて、もう一度、「猿は血を見ると騒ぐと云ふが人間のサルも始末が悪い。」という嘲罵が放たれるシーンに戻ってみたい。我が身に浴びせかけられた言葉のために、思考停止状態に置か

れた「私」は、しばらく「父」を観察している。そして、我に返って、止血の処理をするのだが、この間、「私」は自分と「父」の間に横たわる断絶に思い悩んでいたはずである。

この後、「玉子」と「土橋利彦」は薬局へ、あるいは歯科医院へと出掛けていく。一人になった状況で、三度目の出血が起きるのだが、「私」はなすすべもなく、「恐ろし」く、「せつな」くなる。深い断絶を味わった内部へと潜り込んでゆく情感に、身を委ねてしまった「私」を物語りながら、語り手は「親一人子一人」という存在感を見出す娘を前景化する。撥ねつけられたが故に、いっそう肉親の結びつきに縋ろうとする情念である。そうした感情は、思いがけない言葉となって表出するのだ。

ふと親一人子一人といふ感情が走つて、突然、「おとうさん死にますか」と訊いた。「そりや死ぬさ」と変に自信のあるやうな云ひかたをし、「心配か」と笑つた。柔いまなざしはひたと向けられ、あはれみの表情が漲つた。

「私」はこれまで「父」の命をつなぎ止めようと奮闘してきたのだ。その心象こそが「親一人子一人」であった。だから、病人に向かって言葉が発せられるならば、死と戦う「父」への励ましや愛しさであろう。命をつなぎ止めたいという願いである。ところが、「私」の言葉はこの願いに背反してしまうのだ。この時の「父」は自分の病状が容易ならざるものと認識しているわけだから、看護人は慎重に言葉を選ぶだろう。病人に向かって「死」を口にしないはずだ。

「私」は軽率な人物ではなかった。再度、出血を初めて眼にした時のコンテクストを引用する。

　脈に触れて見る。正しい。熱は無い。血はまったく乾いてゐ、痰吐きの中は相当量の赤いもや〳〵が拡がつてゐる。父にうそをつくと、観破されて恥しい目にあふから、大概のことは卒直に云つてしまふ。

語り手は手早く、しかも的確に病状の判断を下していく様を、感覚そのものになった「私」によって描出している。そして、これを客観的な情報と化した「私」が、「父」に知らせるのだという。

「私」と「父」はこのような客観的な情報を通して、お互いに身体に眼を凝らしていくわけである。眼差しの中で生命が焦点化されているから、この時は生命を守るためにも虚偽は許されない。「父」は「小さい時から母親に死なれ、弟を送り、先頃は縁にも離れてゐる、多少とも人生の磨《ま》礱《ろう》にあつてゐるぢやないか。も少しはわかつてゐると思つてゐた」と語っているが、その「私」だからこそ、「父」に冷静な病状を伝えられたのだ。

しかし、それは語り手が物語るように、「大概のこと」なのである。伝達してよい／してはいけないというバイアスが掛けられたあと、刻々の身体情報は流してよいのだ。なぜなら、数値によって生命のカタチが、明らかになるからだ。「父」のデータは医師に伝えられ、治療のために使われたはずである（語り手は周到に外部の人間を消去していて、生死をめぐって向かい合う親子を炙り出している）。そこで問題なのは数値化したバラバラな身体情報を統合した上で見えてくる生死の判断である。他人ならば、見舞いの後、ひそひそと感じ取ったままを話し合うだろう。だが、肉親は絶体絶命の状況であればあるほど生に執着するはずである。看護が看取りになってしまう可能性を感じながら、「私」はそうした心情を生きていたと思われる。だが、その上で、「私」は当人に向かって「おとうさん死にますか」と問いかけたのだ。この問いは目前の「死」を恐れず、見通したものである。だから「父」は喜び、これまでにない反応を示したのだ。

語り手は時間は異なるものの、ほぼ同じシュチュエーションを重ね合わせて読解することで、自己の内面に降り立つ主人公を語ろうとしている。観点を変えて言えば、「終焉」はこうしたコンテクストによって、「私」の深層へと読者を誘いこむ措置が取られたテクストなのである。では、類似した場面とはどのようなものか。第三章から引用してみよう。

「かうしてあつちへ向けてもらつたりこつちへ向けてもらつたりしてゐるうちに、自然の時が来る」とさりげない調子で云つた。私は父の肱を摑んでのしかゝつた。「おとうさん、さうなりますか。」「なる。」くるりと眼球が動いて、血の日と同じ優しいあはれみのまなざしが向けられ、深い微笑が湛へられた。

このコンテクストの後、「私」は「父」と身近に迫った死について会話をする。そして死を「自然の時」と受け止める親の眼前で、声を放って泣くのである。感極まって、「父」に呼び掛けた時である。引用が長くなってしまうが、そのまま紹介しよう。「『おとうさん』と呼ぶと、薄い瞼のうちで再びくるりと目が動いて、きつい瞳が見かへした。空襲の日の、文子が死んでもかまわん、それだけのことさと云つた時と同じであつた。そゝけ立つて、声をのんだ。目は閉ぢられ、微笑はひろがり、いつまでも消えなかつた。かちどきといふものを私は知らない。けれどもそれより外に云ひあらはせないものが、そく〳〵として溢れた。幸福であつた。」――この語り手が表象した「幸福」とは何か。「父」が死んでしまうという確信と表裏一体の「幸福」である。語り手はここで巧みに「私」ならぬ「文子」を登場させ、この場面を彼女の内面世界として物語ろうとしたようだ。だから、コンテクストは感情の起伏そのままに乱れる。語りは意味の表象に向かわず、この瞬間の「文子」の内面を活写する方向へと進行しているのだ。だから、噴き上がってきた感情を「幸福」と明示しているだけで、それに対する省察は行なわれないのだ（その意味は「菅野の記」を書くことで獲得される）。つまり、「文子」本人にも「幸福」のイメージははっきりしていないし、読者にとってはなおさらなのである。

裏返せば「終焉」は、この名状しがたいキー・ワード「幸福」へと収斂する物語なのだ。その感情を読み解くために、語り手は「私」を苦悩に満ちた記憶の世界へと旅立たせるのだ。

四、セルフイメージとしての「我不敢軽於汝等、汝等皆当作仏故」
――心的傷害の記憶を辿る

章題に使った「我不敢軽於汝等、汝等皆当作仏故」は、『法華経』巻七の「常不軽菩薩品」の一節である。礼拝のみ行なって教典の読誦をしない常不軽に向かって、比丘たちが悪口雑言を浴びせる。比丘らに対して、常不軽（実は釈牟尼）はこのように語りかけた。悟りを求めて修行すれば、尊敬される如来になるだろうから、軽蔑をしない、と。それが第二章の語りに登場する。死の危険から親を守りたいと行動した「私」が気に入らず、「父」は「私」に暴力を加える。それからしばらくして「我不敢軽於汝等……」と呟くのだ。第二章で語られるのは「父」の生命をめぐる親子の断絶である。庇いたいという一途なこの思いが、「父」の怒りを買ってしまう不可解さ、悲しみに、語り手は焦点を当てていく。この時、「我不敢軽於汝等……」という経文を鏡にしながら、「私」はテクスト上に生きているのではないか。

さて、第二章は二つの時間（或る年の春と秋）と場所（伊東の旅館と東京の自宅）によって構成されている。二度にわたって、親と娘が言い争うシーンを、語り手はひと繋がりにして物語ろうとしている。というのも、「あはれこの心をつきとめて、も一度生死の話を聞く折をもたうと念じて」いた「私」の描出の直後に、「十一月、東京は空襲された。親子は再び生死を、それも数分後には或は実際になるかも知れぬ生死を話すことになつた。しかし伊東の時のやうに多くをしやべる時間は無かつた。」というコンテクストが用意されているからだ。

そこで、忘れてはならないことがある。この章は前後の章とは異なる時間意識で語られているのだ。第二章の前半は「空襲の噂に東京がざわつき出した頃、春はまだ深く」、その後半は「秋、父はめつきり弱り衰へ」で語り始められる。第一、三章における「私」は「父」の死に直面しているために、時間と病状とを併せて記録する立場にある。だから、正確な時間が表象されるわけなのである。

だが、右のパラグラフを読んで明らかなように、語り手は時間の朧化を行なっている。もし

「終焉」が死の記録を目指したのであれば、このような措置は重大なミスだろう。こんな余りにも見えやすいミスなのだから、語りの現場において、語り手は気づくはずだし、また物語作者として客観的な立場から校正や、刊本収録の際に書き直しも出来たはずである。「文學」に掲載され、『こんなこと』に収録された「終焉」の第二章においても、時間の書き換えはない。この事実は意図して、時間の朧化を行なったことを明らかにしてくれる。では、この時間性は何を物語っているのか。

　まず、この章の語りが「父」の死に直面している現実とは異なり、「私」を苛む記憶へと向けられていることだ。このパラグラフは予期しない「父」の微笑を目の当たりにした主人公に寄り添いながら「私」が、微笑の意味を読み解いていく物語である。それは忌まわしい記憶の封印が解かれた瞬間だった、と言っていいだろう。「父」の暴言によってダメージを受けた心象を、「私」に寄り添いつつリアルに語ろうとする時、語り手はどうしたのか。記憶の欠損はそのままにして、日時すらはっきり思い出せないほどのショックを伴う記憶の世界を、語ろうとしている。それは蓋をしていた心の闇に潜在し、「不肖の子」、「愛されざるの子」と、「私」を脅かし続ける記憶の世界である。ここから、そこに分け入ってみよう。

　さて、日頃から「父」の身の上を案じていた「私」は「父」も信頼する「叔母」(延)の「親子離れ〴〵にゐてもし不慮のことがあつた時には、おまへは申しわけもあるまい」という忠告に従って、「父」に帰京をすすめる。「父」の妹は、親子を同居させることで、親に先立って死んでしまう「私」の不幸を防ぎ、そして孝行(「父」を看取る)をさせようとしたのだろう。親一人子一人、しかも老齢の「父」であるから、適切なアドバイスと判断して、「私」は「父」に会いに行ったわけである。
だが、妹が「うろたへて」、そんな忠告をするはずがないと決めつけた上で、「父」は「私」に自分の死生観を厳しく突きつけるのだ。これによって、「私」は自分の「不覚」を思い知らされる。このような心理状態になってしまっては、「父」の長広舌が耳にはいるわけがあるまい。語り手は、次のように語ってみせる。

あれほどの熱をもつて説いてくれた数百語は、どこへ行つたのか、まるで手がゝりも無いまでに忘れてしまつてゐる。皆無であつた。当惑の底に浮いて来たものはたゞひたすらに、おとうさんと呼ぶ子の情であつた。死なれたくない、怪我もさせたくない、生きてゐてもらひたい、そのおとうさんである。生き身の恩愛、親子の絆、何を聞き何を忘れて、こゝにこの心があるのか。知らぬ。不敵といふにはか細く、慢心といふには悲しい。業とならば、よし苦にも裂けよ、執念ならば地獄にも堕ちよ、あはれこの心をつきとめて、も一度生死の話を聞く折をもたうと念じて、翌日は一人帰京した。

読者に向けて冷静な語りが進行していく中で、このパラグラフにはもう一つの異質な語りが挿入されている。それの表層は冷静な読者への語りでコーティングされているのだが、「死なれたくない〜〜も一度生死の話を聞く折をもたう」という部分は語りの構造が示すように、「私」の肉声であり、彼女の身体内で響いているのだ。
この時の語り手は、「雑記」の物語を終えたあと、「終焉」で何を、いかに語るかという戦略を手にした存在である。こんなことは言わずもがなであるが、だが、これがテクスト内で「父」に向けて叫ぶ「文子」と同一なのかを確認しておきたい。

「終焉」の初出稿と定稿を比較すると、一つだけ大きな違いがある。会話の処理である。初出稿には語りの部分と会話のそれとの区別がない。つまり、地の文のみで形成されているのだ。だから、語り手は最初から最後まで、他者の発語も含めてすべて自分の言葉に変換した上で語り果せようとしているのだ。当初の語り手は内面と密接に繋がった「私」の想念に浮かぶ物語を、「私」に寄り添いつつ遂行しようとしたと思われる。

引用部分の肉声も、括弧なしの「父」に向けた発語「いやです、そんなの文子できません」も、語り手は同じ表現レベルで処理をしている。このような事態が生じるのは物語の言語が等質化していて、誰に向かってとか、いつ何処というようなリアリティーを考慮していないからだろう。つまり、読者不在の語りが進行しているというわけである。空襲の記憶を物語る方法も同じである。「秋、父はめつきり弱り衰へ、足腰の不自由に黙々と耐へてゐた。」というように、語りは客観的に始まる。だが、空襲の下で衰えた「父」の膝を見ているうちに、身の安全を保ちたい、さらに「親一人子一人」という思いが突き上げてきて、嫌がる「父」を押し入れに移す。これが切掛けで「私」は「父」からの痛罵を受けるのだ。語り手は「私」の自問自答に聞き入っている。そして、「いつも愛情といふものをあんなに悦びたふとぶ人が、今この際に古筵一枚でも庇ひにした子の情を、なんでかほどにまで拒絶するのか。ではこれは婢妾の愛といふものなのか、或は不謙遜にも当るものだつたらうか。」という一人語りが展開するのだ。二つ目のコンテクストは疑問で終わっているが、これは記憶の時制で捉えられない。まさに、語りの現在から、記憶に対する読みが発動されているからである。この後、凄まじい「父」と「私」の会話が再現されるのだが、一人語りの主体が物語っていたことに注意しておきたい。だが、批評的な読者として刷り上がったゲラと向き合い、新しいテクストを生み出そうとする物語作者は地の文と会話部分とを区別した定稿を編み上げ、「私」の中に潜在する者を明確化した。それは、「では、おとうさんは文子の死ぬのを見てゐられますか。」という肉声の中から浮上し、「かまはん、それだけのことさ。」という返答で、深い失意を味わう存在である。こうして、次のような秘匿していた感情が表出していく。

ちひさい時から人も云ふ、愛されざるの子、不肖の子の長い思ひは沸き立つた。

空襲が去った後、不行状に対する「父」の罵詈雑言、襟髪を押さえつける暴力が、「私」に降りかかってくるのだが、じっと耐えているしかない。「余りのことに声も出ず唇を嚙みしめ、介添して横にし、下がけをかけた。『我不敢軽於汝等、汝等皆当作仏故』と洩れたのを聞いた。」——。第二章はここで閉じられている。二つに分けて語られた記憶は、つまるところ「我不敢軽於汝等、汝等皆当作仏故」という「父」のつぶやきに収斂されるのである。

「終焉」において、法華経の経文はここでは一度しか唱えられていないが、このつぶやきを聞き逃さず、「文子」が記憶し得たのはなぜか。それは幾度となく、この経文を唱えさせてしまう体験をしてきたからではないか。このような体験が一回性であったとしたら、耳から入ってくる音を文字に再現し得るのは困難だ。かつて、「父」の激しい叱責ののちに、「私」の耳朶を打ったこの経文は、忘れることの出来ないものになる。のちに「ワレアエテ」という音は「父」に教えられたか、「文子」みずからが教典に当たって文字化したのであろう。この推察が正しければ、この経文は語りの対象が叱責される体験を通して獲得したものであり、まさに彼女の存在そのものを指示するものなのである。

だから、「終焉」のテクストに浮上するこれは、もはや法華経の経文そのものではない。「父」との生活によって獲得した自己認識を、経文で表象しているのである。

ある年の春と十一月の語りは、「我不敢軽於汝等、汝等皆当作仏故」という経文によって、宙づりにされた「文子」の存在性を物語ったものであった。もう死んでしまった「父」の死を予感する「私」という形で進行する（これは当然、物語のために仮構されたものである。）物語において、初出稿を第三者の視点で批評し、新たなテクストを作り上げようとする物語作者は第一章の場面の「文子」を、過去にフラッシュバックしながら読み解こうとしたのだ。

そうすることで、「父」が死んでしまうという予感によって、沸き上がってきた「親一人子一人」という心情に囚われた「私」が捉え直される。これが定稿「終焉」で組み立てられた語りの構造である。これによって、この語りに導かれて来た読者は、第一章と次章の「親一人子一人」の大きな違いに気づくことになるだろう。

なぜなら、第一章の「父」のあたたかい眼差しは、一転して「我不敢軽於汝等……」を象徴するものへ転換し、「文子」を発見する。その上で、第一章の「父」のあたたかい眼差しが、「文子」の心的傷害の世界を語るこの章をはさんで、最終章で再び語られるからだ。

五、「父」の死／「幸福」の気づき

ここで、「終焉」について整理をしてみたい。このテクストは昭和二十二年七月十一日（第一章）と七月二十五日及び二十七日（第三章）の間に、昭和十九年春と秋（第二章）が挿入されるという構成になっている。それは生きてきた時間の連続性を解体し、肉親の死と向かい合った時間を再構築しようという欲求が生んだものであった。

さて、第三章のパラグラフで特徴的なのは、代名詞の多用である。例えば、書き出しから数えて二つ目の「今思へばあの目つきはそれそのものと明瞭であるけれど」である。このコンテクストの最後に、再び「それを近いと思へない」というように、代名詞が使われている。勿論、語り手は「それ」が指示する内容は承知しているわけなのだが、正確な言葉で語ろうとしていない。語りの現在においても、「快癒をねがふ切な気持」でいるため、明示したくない／出来ないものだったらしい。表現しないものとは「死」なのであるが、肉親の死と向かい合う時の恐怖が漢字一字を忌避させたのだ。語り手はそのような心理状況にある「私」を、代名詞の使用によって表象しながら、看取りの現場を物語ろうとする。その部分を引用してみよう。

「かうしてあつちへ向けてもらつたりこつちへ向けてもらつたりしてゐるうちに、自然の時が来る」とさりげない調子で云つた。私は父の肱を摑んでのしかゝつた。「おとうさん、さうなりますか。」「なる。」くるりと眼球が動いて、血の日と同じ優しいあはれみのまなざしが向けられ、深い微笑が湛へられた。

語り手は「私」が危機的状況を、「七月十一日」の記憶と重ね合わせて読み解いたと語る。だから、「おとうさん、さうなりますか」は、「突然、『おとうさん死にますか』と訊いた。」というコンテクストの言い換えにほかならない。発語した自分に驚いている「文子」がここに刻みつけられているのだが、それは怖れず、直に死に向かい合った瞬間である。昭和十九年以降、親はこの瞬間を待ち設けていたわけなのだ。

この後、改行して語りが再開され、「かちどきのやうなものにつき抜けられて、『おとうさん、えらいなア』と絶叫した。」というコンテクストは「幸福であつた。」で締め括られる。ここで注意しておきたいのは、この語りの流れに「空襲の日の、文子」という叙述がなされていることである。だから、語り手は次のパラグラフを、「文子」の語りとして表象しているわけである。

見つめたなりで私は声を放つて泣いた。「おとうさん」と呼ぶと、薄い瞼のうちで再びくるりと目が動いて、きつい瞳が見かへした。空襲の日の、文子が死んでもかまはん、それだけのことさと云つた時と同じであつた。そゝけ立つて、声をのんだ。目は閉ぢられ、微笑はひろがり、いつまでも消えなかつた。かちどきといふものを私は知らない。けれどもそれより外に云ひあらはせないものが、そく〳〵として溢れた。幸福であつた。

この時の語り手は客観的な位置に立っていない。「私」に寄り添った語りを進行してきたとはいいながら、物語を統御する役割を放棄している。噴出してくる心情を、そのまま語りの現在に反映されていこうとしているようである。だから、引用したパラグラフは一読しただけでは分かりづらいのだ。激しい感情によってコーティングされた語りを、慎重に読み解いてみよう。まず、この語りが「私」ならぬ「文子」のものであったことだ。語り手のこのような措置はおのずと「おとうさん」の設定にも関わってくるだろう。すなわち、「文子」とパラレルの存在、「成行」である。「おとうさん、えらいなア」という発語を、幸田文／露伴の二項対立（露伴の偉大さの表象）として読解する者もあるようだが、それは「終焉」のコンテクストを歪める昭和二十二年の営為（長與善郎の批評）であった。語られているのは幸田家の親と子、「終焉」で何度も記述された「親一人子一人」なのである。

さて、最期への時間を刻んでいく看取りの中で、「文子」の意識が急激に変化する。その切っ掛けは「父」の「自然の時が来る」という言葉である。これに反応して思いがけない問いかけ、「おとうさん、さうなりますか」（おとうさん、死にますか）が発せられたわけだが、この時まで「文子」は死に対する恐怖に怯えていたのだ。親子の死の対し方は全く逆のベクトルである。死を自然として受容する「父」と死なれたくないという思いに駆られる「文子」の断絶が解消される瞬間こそ、この時である。テクストは「かちどきのやうなもの」と語っているわけだが、それは迫り来る恐怖に怯えず、生も死も命の表象としてあるという気づきといってよいだろう。だが、次の瞬間、「文子」は死の悲しみに包まれてしまったという。

親が死ぬという予感が、「幸福」として語られることとは何か。「終焉」の語り手は「文子」に干渉せず、彼女の一人語りが反響する物語世界を編み上げた。そして「親一人子一人」という心情ゆえに、深い心的傷害を受ける娘の姿を描いたのだが、その物語は娘が体感した「幸福」に凝縮していく。筆者が〈体感〉と記したように、語り手はこの「幸福」のイメージを摑みきっていない。だからだろうか、「二十七日。」から始まる第三章の語りにも、このイメージに向けた省察はなされていない。その代わりに第二章とは打って変わって、穏やかな親子の会話を交えた「私」の語りが展開していく。この語りに浮上するのは、居眠りをしている「私」、「雑談」をしている親子、静かに死と向かい合う親子の姿である。

建設中の家や仕事の問題が順調に行っていることが、「実に楽な話しぶり」で、片方は「明瞭な返事をし、うなづいて受けた」と語られるわけであるが、このような親子のスケッチに、「幸福」のイメージが息づいているのだろう。それは不思議な、だが「私」にとって念願の、親子にとっては必然の風景であったはずである。

まさに死と引き替えにして得た「幸福」について、語り手は余計な口を挟んでいない。和んだ親子の間に存在するものとして、それを語る。このコンテクストから、死に対する恐怖を断ち切った安らぎが感じられるだろう。「自然の時」という「父」の一言を読み取ることで得た安らぎであるが、「文子」は安心して死の時を迎えられる気持と同時に、これを授けてくれた「父」の愛情に気づいたのではなかったか。この瞬間、「ちひさい時から人も云ふ、愛されざるの子、不肖の子の長い思ひ」は霧散していたであろう。それが「いま私はみづから愛子文子と信じて疑はない」(「菅野の記」)とはっきり語られるのは、のちのことである。

六、疎外する文学、生き直すための文学

「終焉」が語る諸相について述べてきたが、筆者は次のような思いを深くしている。語りの現在において、幸田文は客観的な語りの位置に立ちながら、幸田文ならぬ「文子」の想念を贖める、という語りの戦略を遂行していたのかもしれない――。父・露伴の死を書く／記録するという編集者から与えられた枠組で語ろうとする時、「文子」はテクストの深層に伏在する。だが、やがて枠組を破って表出する。だから、「終焉」では事実と想念の語りが重層化せざるを得ないのである。このような語りによって立ち現われるのは、記録（事実）と記憶（真実）のあわいに浮かぶ語り手の存在性だ。それが「私」と、もう一人の私（「文子」）なのである。

では、ここで再び問うてみたい。幸田文は父・露伴の死を記録し得ていたのだろうか、と。明治の文豪は七月三十日に死去した。これは歴史的事実だが、「終焉」の語りは二十七日で閉じられている。「雑記」で明治の文豪・露伴の日常を書き（とともにテクストは別のモチーフを語っている）、三、四ヶ月後、今度は露伴の死を書くことが求められた。

だが、「終焉」を書くことで、幸田文は役割を全うしたことにはならないだろう。生きながらに、死ならぬ終焉を迎えたという認識上に存在する人物は文豪・露伴ではないからだ。このような特別な捉え返しを可能にしたのは誰か。それはテクスト内に伏在する「文子」であり、このテクストに登場するのは彼女の「父」なのである。だから、幸田文は書き手として自分と「文子」を客観的に切り分けて、物語を完成させようとしたと考えられる。これを厳密に言うと

すれば、「終焉」の語り手は露伴の娘・幸田文ではない。このような世間の見立てを尻目に、「親一人子一人」という対幻想をまさぐろうとする幸田成行の娘・文子像を構築した幸田文である。幸田文は「父」を媒介にして、「文子」の想世界に降り立っていくわけだが、語りの現在においても、まだ「文子」を摑みきってはいない。

「はい、よろしうございます」と答へた。あの時から私に父の一部分は移され、整へられてあつたやうに思ふ。うそでなく、よしといふ心はすでにもつてゐた。

「終焉」の語りには第一、三章の、また二つのパートで構成された第二章のようなコンテクストにおいても、噴き上がってくる「文子」の内情が最終部分に語られている。この仕掛けは物語りたい心象の世界へと読者を誘引するために企てられたのだろう。

そこで、引用した叙述について——。「あの時から私に父の一部分は移され、整へられてあつたやうに思ふ。」というコンテクストは、言うまでもなく直前の部分の読み取りである。この解釈は「父」の死を回想する、もっと厳密にいえば語りの現在になされたものである。なぜなら、「答へた。」「あの時」の間にはブランクが存在しているからだ。この時間のブランクの中で行われた省察が「終焉」で表象した時間性（「父」の死を二十七日に設定）を創造したのだ。

このコンテクストに浮かび上がる「文子」は、読者に向かって開かれてはいない。作品全体を貫く「親一人子一人」という対幻想の中に生きている。それゆえに死のイメージも、「私に父の一部分は移され」と語られているのだろう。こうした時間性はテクスト自体が孕む事象だが、ここで「終焉」とほぼ同時期に書かれた作品を読んでみよう。

早耳な国葬云々の話がちらと聞えた。ゐあはせた下村さんに訊いた。「勝手にしてい丶の?」「え?」「お受けするやうにきまつてゐることなの?」野太い声が笑つて、「あなたの好きなやうでい丶んですよ。」父はそんなことを話さなかつた。文子がお弔ひをすることと思つてゐた。(中略)国葬は栄誉なことであるが、私がするなら、借りた伽藍《がらん》より、こ丶から父を送ることはあたりまへであつた。

引用したのは「葬送の記」(「中央公論」昭和二十二年十一月発行)である。露伴が死去した昭和二十二年七月三十日以降、露伴も幸田文も想定していない状況が生まれた。車谷弘の投稿記事「文豪の国葬」(「朝日新聞」昭和二十二年八月二日朝刊)などと呼応していく時代のうねりが片山内閣を動かし、八月三日には国葬を検討しているという片山哲首相の談話が発表されるに至る。テクストが物語る通りならば、一年ほど前に露伴と相談の上、「文子」が「父」の葬儀を執行する取り決めがされていた。このコンテクストが表象しているのは幸田家の葬儀とするか、国家が主催する葬礼にすべきかに決着をつける場面である。その決着は幸田文の自己認識とかかわる。幸田露伴の娘/幸田成行の娘という選択肢があり、彼女は「文子」というセルフ・イメージを抱き取るのである。「文子」の意志通り、市川市菅野の仮寓において、八月二日、幸田家主催の告別式は挙行された。父・成行/文豪・露伴は表裏一体であるが、それにもかかわらず、彼女は父/文豪の娘を切り捨てた。「終焉」は「親一人子一人」をメインに据えて、幸田成行／文子の物語にしたわけであるが、だから必然的に露伴の死を祭り上げる巨大な力は消去されてしまうのだ。一方、「葬送の記」では、戦後政治の只中に置かれた露伴の死が描かれるのだ。いったい、文学あるいはメディアと戦後政治に対する幸田文の対し方は何なのだろうか。ここに幸田文の並々ならぬ意志選択が見て取れる。彼女はメディア側から、露伴の娘として照らし出されて文章を書き出したわけであった。だが、生きている露伴を書く喜びから始まった初仕事は、文豪の今をスケッチするだけでは収まらなかった。書くべき自分自身のモチーフを見つけ出したからである。それは文豪・露伴の娘ゆえに抱え込まされた劣等意識、疎外感であった。幸田文は「終焉」において辛い自意識に踏み込み、「愛されざるの子、不肖の子」と、これを明確に表現したわけであるが、恐れることなく自己と向き合おうする意志は「愛されざるの子、不肖の子」に刻印された他者を見据えることにもなるはずだ。その他者とは文豪・露伴であり、その存在を表象するシステムである。幸田文のテクストは文豪・露伴／幸田成行の境界を見据えている。そうして幸田成行の死をわが手にしながら、心的障害に至らしめた巨大なメディアや国家の力学を排除して見せたのだ。

このことを彼女の側から見れば、与えられた書く役割を主体的営為として捉え直すことであり、そのテクストは、心的障害に囚われた存在、それから解放されていく物語なのである。

筆者はかつて、拙論「それは笑顔で始まった」で、幸田文が露伴を書く役割を担う／担わされる戦後の言語空間を素描した。論旨の大枠はいいとして、幸田文がメディアの求める文豪・露伴を表象する存在としてしか捉えられていなかった点は、訂正しておかなければならない。このような過誤を侵した要因は、知らず知らずのうち、筆者自身が露伴の娘・幸田文という常識の上に立っていたことにある。そして、評論研究の言説を受け入れることによって、この先入観が強化されたのだ。辰野隆、里見弴、長與善郎が初期の幸田文のイメージを形成した読者だったわけだが、「終焉」は、雑誌「文學」に発表されてのち、長與善郎の「文学雑記」(「東京新聞」昭和二十二年十二月四、五、六日)にみられるように、文豪・露伴を読解するテクストとして読まれ、今日に及んでいる。

変容する戦後空間 「菅野」と「私」の造型――「菅野の記」論

一、「菅野の記」の虚構性について

幸田露伴は昭和二十年三月十日の東京大空襲後、妻・八代の生地、長野県埴科郡坂城に転住し、終戦を迎えた。これを機に坂城を離れ、伊東の松林館に住まうことになる。十月に、千葉県船橋市の土橋利彦宅に身を寄せていた幸田文は、市川市菅野一二〇九番地に、三間（八畳、四畳半、二畳）の借家を見つけた。翌年一月二十八日、露伴は菅野の家に移り住んだ。昭和二十二年三月、土橋の助力を得て『芭蕉七部集評釈』を完成させたが、七月十一日の未明、露伴は治療した歯の部分から出血し、重篤な病状に陥った。そして同月三十日午前九時十五分に絶命した。明治の文豪、第一回文化勲章受章者の死を悼んで、衆参両院で追悼演説が行われ、八月二日の葬儀には片山哲首相が弔辞を読んだ。この背後には露伴の死を国葬とし、戦後日本が樹てた文化国家という国是の象徴にしようという企てが、介在していた。

幸田文は、奇しくもこのような状況下でクローズアップされることになる。「雑記」は昭和二十二年五月に脱稿ののち、露伴没後に発行された「藝林閒歩」八月号（露伴記念号）に掲載。次いで「文學」十月号（露伴追悼号）に「終焉」を発表し、彼女はその文才を称えられるに至った。

さて、「菅野の記」は作家・幸田文にとって、最初の単行本『父——その死』（昭和二十四年十二月、中央公論社刊）のために書き下ろされた作品で、翌年一月発行の「中央公論文芸特集」に七月二十六日までの記述を「渚の家」として再録。その際に大幅な書き換えがなされているので、「渚の家」は独立した作品と考えることも出来る。

「菅野の記」は選ばれた題材が父・露伴の死であったこともあって、高い記録性が今日でも評価されている。このような読解の方向性を決定づけたのが、「解説」（『父』昭和二十八年四月、創元文庫）で、辰野隆、小宮豊隆、中村光夫、村松定孝等の書評の中から、記録性を引き出した塩谷賛である。彼は露伴の看取りと深く関わり、「土橋さん」として作品世界に登場する存在で、幸田文の執筆活動を牽引していた。だから、その証言は重い。したがって、次のようなコンテクストが、『父——その死』の文学性を規定することになったのである。

「父」に於てその死の過程を観察し表現することも、適度に散漫にしかも正確をきわめてゐる。著者の筆は事実以外のものに費やされないが、無数のなかの一つの死の美しさを感じさせる。
（『幸田文随筆集　I』昭和二十九年八月、角川書店刊）

塩谷賛は『幸田露伴』で知られるように、実証を重んじる評伝作家でもあったから、彼のコメントは揺るがせに出来ない。このような事情で、塩谷の批評は何ら検証されることなく生き続けてきたわけだが、その著書には興味深い記述がある。

それは「人に頼りたい、誰かにゐてもらひたい、弱い気になつてしまつた。けふ土橋さんは自分の用事で会津へ旅行に出る予定だつた。行つてしまはれたくなかつた。」(「菅野の記」の「十三日」より)という一念で、「私」は会津行きを思い止まってもらおうと、彼の家を訪問した。その場で、「年よりをしよつてゐれば、さう一々驚いてゐた日には何もできやしない、とにかくぼくは出かけます。」と断りを言われて、自分の「父」ではなく、彼の師である「露伴」を使って、おのれの意に従わせようとした、と気づく。

一連の語りはそのことを恥じる「私」を強調するものになっている。そこで『幸田露伴』の下巻を開いて見てみたい。すると、次のような記述が現われる。

「幸田文の『父――その死』には、文子がその日土橋を迎えに出てことわられたことになっているが、土橋のほうでは露伴のところへ別れに行ったときそういう会話をしたことを覚えている。しかし作品の効果からは文子の書きかたのほうが秀でていよう。」――ここで、塩谷は二つのテクストを比較して見せている。塩谷は「菅野の記」を記録文学として評価していたにもかかわらず、自著の事実に対する厳密性を語ったために、幸田文のテクストの虚構性を暴く役回りを演じたのは皮肉としか言いようがない。それはそれとして、塩谷のおかげで「菅野の記」が「作品」の効果のために事実を歪めていることが明瞭になる。

そうすると、塩谷賛が構築した批評に囚われた「菅野の記」は読み替えられなくてはならないだろう。さらに問題なのは、記録性の内実である。筆者は「終焉」論において、「文學」の編集者から幸田露伴の死について書くように要請された幸田文に言及した。彼女は、その枠組を受け入れるかのように振る舞いながら、描いたのは幸田成行の死であったと考察したわけであるが、一つの事実は当事者の立場や視点の当て方、それに対する距離感、時代状況によって、読み取りが全く異なることは言うまでもない。

そこでだが、塩谷賛は露伴の死を対象にした昭和二十二年の「終焉」と二年後の「萱野の記」を関連づけながら、「萱野の記」がその集大成だと述べている。露伴が死去する五日前までを語った「終焉」に対して、臨終まで綴った「萱野の記」は質量ともに記録性が高まったことは間違いない。だからこそ、この「記録性」が問題なのである。『父――その死』の書評者や塩谷、そして今日の批評家にとっても、このテクストは文豪の死を語る文献資料だった。

だが、こんな疑問が生じてくる。露伴の死の前兆が始まった七月十一日から死亡する三十日までを、詳細かつ正確に書き留めることが目的だったのだろうか――。もし、そのような欲望を実現するならば、昭和二十四年というタイミングは不適切である。時間の経過とともに、記憶は不正確にならざるを得ないからだ。さらにはその記憶にさまざまな心理的な彩りが重ねられ、ますます客観的な記録性は担保されにくくなるだろう。

「終焉」は、昭和二十二年七月十一日から語り出されて、二十七日の記述で閉じられるのだが、物語世界は「私」の家に、登場人物は家族と「土橋さん」に限定されている。一方、「萱野の記」は日本の戦後状況のスケッチがされた後、本題に入っていく。したがって、物語世界は「私」の家を中心に外へ広がっているため、必然的にその内外を交通する人物達が立ち現われてくるのである。このように同一のモチーフに向けて、語りが展開していながら、物語世界の設定がかなり異なっている。そのことが、二つのテクストの「記録性」の内実にも投影しているのではないか。

「終焉」はメディアからの要請を受け入れ、文豪・露伴の死を情報化するという公的な記録性を枠組に取っている。その一方で文豪・露伴と父・成行を切り分けて、後者を摑み取るために必要とされたのが記録性であった。では、「菅野の記」はどうなのか。引用するのは「十七日」の語りの一節である。

余計なさかしらだてはいやだらう。私だつて、私だつて、どうかして一度は、今度は気に入られる仕へかたがしたかつた。私はかつて父に気に入られたこと、また満足されたことがなかつた。

十一日の発病が命取りになるかもしれないという予感に襲われた「私」の内面世界に入り込み、最後の看病をシミュレーションしているコンテクストを締め括るのが、この二行である。語りの中で思わず吹き出した内情であるが、それは「花がしぼむのも鳥が落ちるのも、ひつそりしたもんなんだよ。きつと象のやうなものだつてさうだらうよ。」という「父」が以前に語った死のイメージに触発されたものだ。ここに語られた「私」は、おそらく塩谷が捉えたような記録者ではない。「父」の発語を記録するのが目的ではないからだ。記憶の奥底に眠らせていた「父」の発語を手繰り寄せた語りの主体に向けて、語りは発動しているのであり、だからこそ引用したような「私」の内情が表出したのだ。したがって、このようなコンテクストを包摂した「菅野の記」の物語の中心に位置するのは、「父」ではない。記録することを求められてきた「私」が物語の中心に座り、昭和二十四年から看取り体験を捉え返した自分の物語を展開しているのではないか。

二、「菅野の記」の作品世界
――戦後風景を物語る冒頭部分について

ところで、「終焉」の語り手は、「七月十一日朝、祖父の部屋へ掃除に行つた玉子が、『おぢいちやん血だらけ』と云つて来た。」というように、単刀直入に本題に入っている。普通であれば、冒頭で物語に関わる人間たち、その関係性や場所、時代背景などの基本情報を、読者に与えておいたほうがいいはずである。だが、この語り手はそのような配慮をしていないばかりか、遂に最後まで物語の対象となった年や場所を語らないまま、物語を閉じてしまっている。

このような事態になったのは、それらを語る必要がなかったからである。「終焉」は昭和二十二年十月発行の「文學」(露伴追悼号)に発表する予定であったから、この雑誌自体がテクスト読解の基本情報を与えてくれるだろう。さらに、昭和二十二年四、五月の「父」の日常を物語った「雑記」の続編として、七月に異常を来した「父」を語り起こす意識が働いたことは容易に推察される。

ところが、「菅野の記」は「終焉」とは異なって、戦前戦後の世態風俗を回顧することから、物語を開始している。

なんにしても、ひどい暑さだつた。それに雨といふものが降らなかつた。あの年の関東の暑さは、焦土の暑さだつたと云ふよりほかはないものだと、私はいまも思つてゐる。

父の死を描いた物語は、このコンテクストから開始された。語りの現在は昭和二十四年十二月、「父」の死から数えて約二年半後である。「雑記」や「終焉」がメディアの要請に応えるために、慌ただしく書かれたのに較べて、「菅野の記」の執筆には「父の死」という家庭内の事件のその日その時を捉え直し、物語化していくのに十分な準備期間があった。だから、「なんにしても、ひどい暑さだつた。」という語り始めは何気ないが、ふっと口からこぼれたようなコンテクストに、読者は引き寄せられてしまうのだ。

ほとんど溜息と表現してもいいような物言いである。用意していた語りを始めようとした瞬間、語り手はと胸を衝かれて、予定外の発語をしたように思われる。とはいうものの、突発的な語り出しと、それによって消去されたコンテクストとがまるで異なっているというわけではない。おそらく、語り手は初めて対する読者を意識して、出来るだけコミュニケーションを可能にする書記行為を行おうとしていたはずである。したがって、自分の語りが読者との共有物になるような工夫をしていくだろう。語りの現在において、読者は、語り手が何を語り出そうとしているのかは見当もつかないが、語り手は「菅野の記」と題したテクストを構想して、「私」の「父」の死を語ろうとしていたことは明瞭である。

そこで、「なんにしても、ひどい暑さだつた。」という簡潔な発語なのだが、この語りは読者にとって、ある日ある時の気象情報にすぎない。無論、語り手は過去の気象データについて言及しようとしていたわけではない。用意していた内容を語ろうとしていたことが、不意に記憶の底に伏在していた生理感覚を呼び覚まし、吐息のような発語を生んだと見られる。

であるならば、語りの構造は次のように形成されているのではないか。といった仮定が有効とすれば、「菅野の記」の語りは、読者に向けて開かれているようでありながら、作中人物「私」の内面へと閉じていくものである。だから、それは「私」の身体感覚によって生み出されたものであった。――

このような事態は、「なんにしても、ひどい夏だつた。」の後に接続する「それに雨といふものが降らなかつた。」と繰り返されている。この気象情報が象徴する意味内容を把握しているのは語り手のみであって、それは読者に伝わっていないからである。

このような語りの方向性が示されるのは、「あの年の関東のあの暑さは、焦土の暑さだつたと云ふよりほかないものだと、私はいまも思つてゐる。」によってであるが、ここにおいても、まだ物語は語り手の内部で揺曳していて、固有の記憶が他者に語られるべく整理されることも、語りの基本的な方法も見えていない。そのような状況で、物語が始まったのである。

このような分析の方法は、「菅野の記」をテクストとして読解しようとする読者が携えるものだ。そこで、辰野隆の『『父』を読む』（「東京新聞」昭和二十五年一月十九日朝刊）の「最近の『父』は既に発表された父翁の臨終やその前夜の思出を更に補遺し綜合した述作」という批評を手掛りにしたい。このコンテクストを読了した時、「雑記」、「終焉」、「葬送の記」とは異質な語りで、「菅野の記」が展開していくことに気づかされるだろう。そして、如上の三作では、物語の中心が「父」であったため、語りの対象である「私」がなかなか作品世界に現われなかったのだが、「菅野の記」の叙述は独り言を呟くような「私」を語るところから始まっていることに――。こうしたテクストをめぐる指摘によって浮上してくるのは、「菅野の記」が前作とは異なる物語だという推測である。

＊

さて、「菅野の記」の語り手は、物語世界に「私はいまも思つてゐる。」と回想にふける人物を登場させている。ところが、この「私」は、しばらく物語世界に放置されたままである。このために語り手からの規制を受けない「私」は、一旦、読者を意識しないでおのれの記憶に刻まれた戦時、戦後風景の中に没入してしまう。吉田健一の小説『瓦礫の中』（昭和四十五年十一月、中央公論社刊）には、瓦礫と化した東京について「人間の数が少くて車は通らず、工場は廃墟で草に蔽われ、夏は木に蟬が鳴いて夏の感じがしても炎熱地獄ではなかった。今から思えば極楽と言えるものだっただろうか。」（第五章の冒頭）と回想する語り手が登場する。七〇年安保の現在と占領時代を合わせ鏡にして、戦後世界に対するアイロニーを物語る『瓦礫の中』も、夏の暑さに言及していた。もっとも、それぞれの語り手の体感温度は対照的なのだが――。昭和二十四年の物語「菅野の記」のように、時代を体感温度で切り分ける語りから始まったテクストは珍しいのではないか。

システムやパラダイムの転換によって、昭和二十年八月十五日以前と以後を語る批評的営為は夥しく存在するが、個人の身体感覚を主軸にした批評は注視されていいのではないか。「菅野の記」には、大状況としての時空間に対する言説は全く登場していないが、だからと言って、語り手がそのような言説の周縁に取り残されていたと即断してはいけないだろう。なぜならば、語り手は、語りの現在において「菅野の記」に描かれていくことになる「私」と家族の過去、つまり文化国家の象徴として祭り上げようとする政治権力に抗ったという歴史的事実を承知しているからだ。したがって、語り手に眼差された「私」は、露伴の弔いを国葬にすることを拒否し、自らが幸田成行の葬儀を取り仕切る喪主となった人物であったわけだから、否応なく批評的存在たらざるを得ない。

その彼女を主人公にした「菅野の記」において、戦後世界を眼差そうとする時、語り手は当代のいかなる批評にも依存してはいない。そのような既成の批評空間にではなく、リアルに時代を感受する「私」の身体性に依拠しながら時代の読み取りを提示していたとすれば、これはこれですぐれて批評的な営為といっていいだろう。

語り手は「私」が記憶の井戸から汲み上げ、それによって開かれてくる言葉と物語をじっと待っているように見受けられるが、それは「私」がおのれの身体性を梃子にして探り当てた「暑さ」をめぐる物語を立ち上げていくまでの時間であっただろう。だからだろう、この語り手は「菅野の記」の物語空間において、これまでの幸田文のテクストでは表象されなかった走り回り、嘆き、怒り、眠りこける「私」の姿を追い続けていくのだ。そうして、おのれの身体性を拠りどころにする極めて個性的な「私」を、読者に向けて発信する。

もう一度、冒頭のパラグラフを読んでみよう。「終戦が八月十五日、すでに秋の気が立つてゐた。そして翌々二十二年夏、新聞も何十年ぶりかの暑さと報じ、実際寒暖計もさう示してゐたらうが、人の気といふものも暑さに弛緩《しくわん》して反応なく、うだればうだつたなりにふやけてゐた。」というコンテクストは、この時代を生きた人間が抱いた漠然とした実感である。語り手はこのパラグラフの主体として「自分たち」、「みんな」を設定した上で、戦後の焼け跡闇市の語りに接続させている。「私」は物語の当初、この中に潜在しており、やがて、語り手はその姿を物語世界に浮上させ、「私」が身体によって捉えた「なんとしても、ひどい暑さ」で、混迷する時代性を具体的に物語ろうとするのだ。

これは、自己と自己の外に広がる世界を切り分けるのではなく、ひと続きの空気感として摑み取ろうとする認識法である。「私」は様々な戦後批評の言説の中にあって、抽象的論理とは大きく隔たる曖昧模糊とした身体を盾に取って、世相に対するきわめて実感的な読み取りを語って見せている。そこでは「まっとうの覚悟で起きあがろうとするもの」も、「闇屋とそれに類するやから」もパラレルに映るのだし、このような世相と切断されたかに見える「私」も、まさに戦後状況の渦中に存在していた。と、はっきり認識し得た時間こそが「いま」なのである。つまり、このテクストが包蔵している時間は、語り手が寄り添う「私」が記憶の世界をさまよっている状況から脱して、語られる存在へと変換してゆく「いま」に違いない。それは語り手が物語世界のパースペクティヴを構造化し得た時制だったと言っていいだろう。

そうすると、身体感覚によって内と外を一体化して語っていく物語は、塩谷賛が主導した文豪・露伴の最期の記録という読解では収まり切れなくなる。なぜなら、テクストが照らし出す読みのベクトルは、「私」を露伴の物語に回収させず、戦後世界の総体の中に位置づけていくからだ。平たくいえば、語り手が物語ろうとしている「私」と家族は戦後空間に浮かんでいるのである。やがて開かれていく物語空間において、「ひどい暑さ」と表象した内と外の世界が、渾然一体となって押し寄せ、「私」を混乱に陥れるのは、物語の戦略上、当然の成り行きであった。

三、物語の戦略上に浮上するトポス
――仮構された「菅野」

まず、語り手は焦土と化した東京の都市空間に対する「いまだに宿火《しゆくくわ》をいだいてゐるかに、ちろ〳〵と火のない焔を燃やしてゐ、天上おほぞらいつぱいには、くるめく太陽が酷熱を以てのしかゝつてゐ」という風景を、「熱」で掬い取る。そして、これと人々の皮膚感覚（「暑さ」）とを接続する。「暑さ」について先述したが、この語りの構造には戦前と対置させながら、やはり戦後世界を読み取っていく方法が潜んでいるのだ。

やがて、それが「私たち父も子も、せんから暑さに弱いたちだつた。」というように語り始められるわけである。この「暑さ」は「父」と「私」の対照的な対暑法を描くことで浮上する。まず、「悠々と好む道に遊」ぶ「父」と「好まざる道に努力」する「私」、「夕風に晩酌を楽し」む「父」と「蚊帳で安眠を貪」る「私」というコントラストによって、定番化した戦前の対暑法が明瞭になる。これまでの語りにおける対置構造を利用して、対暑法が崩されてしまった戦後体験、すなわち「父」と「私」が置かれた異常な身体的状況が語られる。このように、語り手は幾重にも対置構造を配して、「暑さ」の構造化を企てているのである。

このような語りと接続させて、寝たきりで疲労のために読書を断念した「父」の姿態と、突然、心臓が躍り出す身体の異常（「父」の死に対する怯えと重ね合わせている）に襲われる「私」が出現する。こうして語るべき対象を鮮明にした後、菅野の借家に甘んじなければならなかった戦後の住宅事情、さらに若い女性の気質が変化し、看取りのための女中が雇えない状況などに敷衍しつつ、語り手はもう一度、遍在する戦後空間に父娘を置き直している。そして、ようやく「私」と娘「玉子」による厳しい看取りの状況が明かされるのである。少し引用してみよう。

私が台処の番だつた。玉子がみとりの番で、雨戸を明けて掃除に部屋へはひつて行つたと思ふと、おぢいちやまが血だらけだと、あたふたと声をひそめて知らせた。これが父を死まで引つぱつてしまつたものの、一番はじめの触れであつた。（中略）死の表現は父幸田成行《しげゆき》の上に於て確《しか》となされたけれど、死の挑戦と惨虐と眩惑とは、実は私に対つてなされてゐたのではなかろうか。それなら効果は挙つた。私はいまだに癒えぬ痛恨をのこしてゐる。

同じ情景を記述した「終焉」の冒頭部分を紹介して、二つのパラグラフを比較してみたい。「七月十一日朝、祖父の部屋へ掃除に行つた玉子が、『おぢいちやん血だらけ』と云つて来た。なるほど父は、頰・鬢・枕・シーツと点々綴る赤の中に、しかし平常な顔色でゐた。／慌しい私をいぶかしげに見迎へて、『どうかしたのかい』と、まつたく平静な声で訊いた。まづ安心して、『血が出ましたね』と云つてのけた。『は、あ、ゆうべ痰がつまつて苦しいと思つたのは、あれは血なのかい。ハテネ』と考へてゐる。脈に触れて見る。正しい。熱は無い。」――。

「終焉」は「露伴」の死亡から間が無く、死に至る経過を伝えるために書かれたので、冒頭部分の「私」は客観的な視点人物に設定されている。だが、昭和二十四年に成立したテクストでは、「終焉」の語りの設定では充分に対象化し得なかった「実は私に対つてなされてゐたのではなかろうか。」と内省する「私」を前景化している。

先回りして言っておくと、「萱野の記」は再度「父」の死と向かい合い、唯一生き残った娘が看取り体験の洗いざらいを晒し出す中で、父の死と引き替えに得た「愛子文子」という真実を語ってしまったものらしい。そのため父や見舞客に向けてぶつけられる暴力的とも言える語り、そして自己への怒りや内省は、父の死の報告という公の役割を担った「終焉」の物語世界を破壊し、前作は「私」の物語を見つけ出すための部材になった。この時、物語世界は一変する。語りの舞台となった空間は「父」の居住する家に、登場人物も家族と「土橋さん」に限定されていた「終焉」に対して、「萱野の記」では「萱野」という広範な生活空間とその周辺（東京）を設定した上で、看取りをする「私」たちと関わる人間群像が描き込まれていくのである。

この外部は、文豪・露伴と無名な幸田成行の娘の存在性を際立たせるトポスとして浮上する。岩波書店の「小林さん」や医師の「武見さん」のように、東京在住以来の付き合いがあり、「父」とはすなわち「幸田露伴」という認識を持つ人々によって――。この人々の中には「私」の看取りの邪魔になりこそすれ、益にはならぬ忠言を垂れ流す見舞客も含まれている。彼等は「萱野の記」の読者でもあっただろう。この見舞客に対する憤懣を公にすれば、彼等から恨みを買うことは承知の上であったはずである。にもかかわらず、あえてこの語りを選択した理由は何だったのか。

勿論、「萱野の記」の物語を組み立てていく戦略である。語り手は「私」に次のようなことを語らせている。「この土地では住んで一年余になつてゐても、ほとんど父の名は知られてゐるなかつた。」、「近処隣でさへ私の鑑定には迷つた挙句、足腰の起たない老人のすがれ二号、すたれ妾と噂してゐた。それはなんと新鮮なおもしろさだつたらう。露伴を意識して以来、この当座くらゐ周囲への気がねなしに、のう〳〵としてゐられたことはなく、楽しかつた。」――。市川市菅野は江戸川を挟んで東京の対岸、東京に在住する人間の地理的感覚でいえば遠くでも近くでもない。小林勇や武見太郎らが電車や乗用車でなら、往復できなくはない中途半端な距離に位置する畑作地帯であった。菅野は幸田露伴の終焉の地になったわけだが、土橋利彦の住まいが近在にあることが、この地に落ち着く要因だったことは間違いない。しばらくして、幸田文はここで行き違った人物が永井荷風だったことに気づくことになるが、菅野の住人が彼に無関心な様子を、随筆「すかの」でスケッチしている。この作品の語り手は、荷風に気づいた「私」を焦点化しながら、市井に溶け込んだ彼の邪魔にならない振る舞い方を選んだ彼女の内面に分け入っている。

「私」も荷風が文人／市井人の境界としての菅野を意識化していることに自覚的なのであり、だから「菅野の記」の舞台設定はこのようなトポスとして表象されているのだ。東京から焼け出され、文学と無縁な川向こうに滞留せざるを得なかった二人の老文学者は、この土地を文学テクストの中に描くことはなかった。彼等と違って、この語り手は「菅野」にこだわった。ここには、「幸田露伴」と無関係に生き得た「私」の記憶が染みついており、幸田成行の死病が発症するとともに文豪の娘へと引き戻される「私」の体験を、語り手が物語る上で不可欠だったからである。

青木玉氏によれば、菅野には昭和二十二年七月十一日以前から小林のようなメディア関係者は言うに及ばず、露伴の見舞客も来ていたという。ところが、「菅野の記」の物語においては、東京方面から来訪する人物たちは、「父」の発病以降に登場してくるのだ。特に、「小林さん」と見舞客たちは「私」に「露伴」の存在性を強く刻みつける二十二日の物語に活用され、彼等は「私の親ばかりぢやないんだ。半分は世間様からのお預かりものの気がして窮屈だつた。」という「私」の自意識を、強く刺激する役割が与えられている。

一方、発病以降、看取り用の氷を手に入れるため、父・幸田成行のもう一つの属性（露伴）を唱うことで同情を得ようとする「私」と、これに応えようとする菅野の住人たちのコントラストが鮮明になるように仕掛けられている。このような語りから、菅野で暮らした幸田文の生活実感を立ち上がっていく物語世界の中で、語りを構築する「私」の身体性へと組み換えていく書記行為の現場が見えてくるだろう。世間の視線の中で文豪・幸田露伴の娘を強いられる存在性と、それから断ち切れて幸田成行の娘として生きる存在性を二つながら体現するセルフイメージ――。その物語を構想した時、二つの娘像が交錯した「菅野」は、「私」を見つめ、捉え直すトポスに変容せざるを得ないだろう。

四、浮上する桜と富士山のイメージ

――「詔雄」という本名と「おふじさん」という通称

では、語り手はどのようにして市川市菅野をフィクション化しているのだろうか。この物語には買物に来た「私」を、「すがれ二号」などと噂する者たちが登場するが、彼等の開いている店はみんな非合法であった、と青木玉は証言している。京成電鉄の菅野駅を出ると商店街があるが、その先に闇で野菜や魚、氷などを売る店が並んでいたという。小石川の幸田家にはよく行商人がやって来ていたから、幸田文のあしらい方は堂に入っていたわけで、「菅野の記」には闇の小料理屋の姐さんと思い込んだ魚屋の女主人とのフレキシブルな会話が挿入されている。彼ら闇の商人の眼には、「私」は戦後に流れて来た怪しげな存在だったわけである。同じ匂いのする輩として眼差される面白さを、語り手は「私」の解放感として物語ろうとしている。「なんにしても、ひどい暑さだつた。」という語り出しで始まり、物語は焦土の首都に生まれた焼け跡闇市の風景に繋がっているが、この語りのトポス「菅野」でも生々しい戦後世界が展開している。語り手はこのような時空の只中に、「私」と家族を住まわせたのだ。この界隈に暮らす人々はおしなべて職業名で語られているのだが、その匿名性はこのようにしか語れない存在性を明らかにしているだろう。

だが、例外がある。それは桜と富士山にまつわる存在である。

一人は市役所の課長の次男、「詔雄《のりを》坊や」である。少年の一家は職業柄、「幸田成行」が「文学博士・学士院会員・芸術院会員・文化勲章と正しく知つ」ている。彼は病床に臥して花見が出来ない先生を気の毒に思って、桜の高木によじ登って、一枝を枝折って献じた。物語の父娘にとって、桜は隅田川河畔の故郷や妻、母に通じ、「国家代表に祭りあげられた大袈裟さに気がさす」対象であったという。実は坊やの兄も物語に登場する。品不足に陥った氷を何とか手に入れたい一心の「私」を救ってくれる俊敏な小学生だが、名前は母親の呼び声「忠ちゃん忠ちゃん」でしか明かされない。語り手は「路地で遊んでゐた長男」と名指すだけなのである。

もう一人は、「菅野の記」の「十七日」に登場する若い寡婦である。一晩中、病室で焚かなければならない蚊取り線香を切らしていたことに気づき、薬局に買いに走ることも出来ない「私」の眼前に現われた人物である。見ようによっては美しい容貌を持ち、生活のために仕事をこなす才覚もあり、ある種、男をそそる魅力的な女性、「おふじさん」である。

青木玉氏によれば、この女性の本名は不詳、「おふじさん」というのは菅野界隈で使われた通称である。幸田一家の住居の近隣に、戦前に建てられていた棟割り長屋があり、ここには得体の知れない人々が雑居しており、人の入れ替わりが頻繁だったという。彼女はここの住人であった。語り手は、「父」の異常に狼狽して、「土橋さん」の許に走っていく「私」に呼びかけた地の百姓の声、「どうかしたかよう、血相変へて。」をテクストに織り込んでいるが、「おふじさん」の話し言葉は洗練されている。闇の中に立ち尽くす「私」に語りかけた「こんな遅く何してらつしやるんですか。」、あるいは「あたしみたよなもののお線香が役に立つときもあるんだから」という口調には、折り目を心得た東京人らしさが漂ってくる。寡婦となってこの地に流れてきて、鉄火肌の彼女は周辺から陰口を叩かれる存在だが、語り手はこんな戦後の負のイメージに彩られた女性に、「百年の友を感じてゐた」という「私」を描いている。

おのれを蔑む人々には弱味を見せない不幸な寡婦の呟きだから、いっそう「私」には「すなほな感懐がうらさみしく胸に浸みた。」と語られる由縁は、全く境涯を異にするとはいえ、寡婦として生きていく重苦しさを共有するという認識があるからである。そのことと露伴から自立して生きていこうと悪戦苦闘していた自分と眼前の「おふじさん」を、オーバーラップさせた語りとは深く繫がっている。

「菅野の記」で語られた蚊取り線香を譲り受けるシーンは、実在した。青木玉氏によれば、この「おふじさん」のモデルは一言で言えば得体の知れない人物であり、日常の付き合いもなかったという。ちらりと顔を見せながら男の前を行き過ぎて、曲がり角で獲物を待ち構えるようなところがあったようであるが、物語に登場する「おふじさん」は男好きのする容貌で、生きるために酌婦にもなる女性だ。語り手は「おまへさんとあたしとどこが違ふと云ふんだ、亭主運だけのことぢやないか、人間一生運の下敷きで負けて暮しちやおもしろくない」という彼女の言葉を表象しているが、「私」はおそらく世間から卑しめられている寡婦が啖呵を切るシーンを見ていたに違いない。この物語に浮上する存在は戦闘や空襲などで夫を失った寡婦像の一典型だ。戦災によって家族と住まいを奪われたために、ジェンダーによる差別に晒された女性は多いが、「おふじさん」は身体を元手にした労働によって誰にも頼らぬ暮しを立ち上げることで、寡婦という他者の読み取りから、自己を引き剥がしていこうとしている。

少し後戻りして、桜の花を手折って「露伴」に捧げた少年の名前が、戸籍に登録された「詔《のり》雄《を》」であったことを思い起こして欲しい。「菅野」という物語空間に登場したこの女性の名前は、それとは対照的に通称で、戸籍名ではない。いわば、「おふじさん」は、世の中を渡っていくための記号である。この記号を体現する女性は、戸籍に登載された名前を必要とする制度から逸脱していこうとする存在である。「詔雄」少年の父は市役所の課長だが、ひょっとすると彼女はここの窓口で住民登録をしていないかもしれない。菅野地区の住人にとって、また公的機関にとっても厄介者に違いないが、だからといって彼女はもう一度、世間並みの妻であった自分の本名を使おうとはしないだろう。「一生運の下敷きで負けて暮しちやおもしろくない」には夫に頼っていた過去からの脱却と、自分らしい生の充実への希求が窺える。このような生き方と通称の「おふじさん」はパラレルなのである。

「菅野の記」の語り手は、この「おふじさん」の実存性を、「私」の自己存在とダブらせて語り得る「おふじさん」へと変換しているのである。このような眼差しによって、物語世界を生きることを、当のモデルは知るよしもない。それはフィクションを構築していく語り手の戦略上の問題だからだ。

実は「おふじさん」が登場するのは十七日の夜だけである。蚊取り線香を買いに行きたい、しかしその留守に医者が往診に来たらどうしようか――。そんなじりじりした心情を抱えた「私」が自宅の玄関前をうろついている。闇夜の中に煙草の火が近づいてきて、視点人物が「おふじさん」と気づくこのワンシーンである。次の引用文には相対して会話を交わすまでの「私」の内情、そして「おふじさん」の風貌姿勢が鮮やかに写し出されているではないか。燈火もなく物騒な昭和二十二年夏の深夜、何の恐れげもなく煙草を吹かしながら、ゆっくり歩いてくる女が印象的である。

今時分こんなまつくらな道をこの人が、煙草を飲みながらゆつくり歩いてゐる理由を、ちらと忖《そん》度《たく》し、一方ではなにかせか〳〵するまでに百年の友を感じてゐた。

この女を一言で言ってしまえば放蕩無頼である。

「私」の最初の読み取りはこれであった。だが、この道徳通念に依拠したイメージ表象は瞬時に変換されている。自分の急場を救ってくれる自由闊達なエネルギー溢れる身体性として――。それは密かに「私」を共感させた「人間一生運の下敷で負けて暮しちゃおもしろくない」を生きる身体であったはずである。だから、この女は百年の友としての「おふじさん」として物語化されるのだ。つまり、この通称を生きることに決めた女性と「私」は、「菅野」という物語空間において、ジェンダーによって縛られた寡婦としての身体性を共に解放したいと願う存在なのである。「おふじさん」はたった一日で、物語世界からフェイドアウトしてしまうが、その肖像は幸田成行の病状の悪化によって生じる他者からの、そして「私」自らが受け入れてしまっているセルフイメージと対立する自意識と重なり合っているのだ。

直前のコンテクストについて、少しコメントを加えてみよう。「菅野」の転入届を見た職員を、「八十のぢいさんが稼いでるのかね。いつたい何の商売をしているのか」と驚かせた無名の老人(幸田成行)が、文豪「露伴」として物語空間に浮上する。それにつれて否応なく、「私」は闇市の商人の通称「黒い著物の奥さん」から「露伴」の娘を再認識させられる、いわば「人間一生の運」と格闘する時間を生きることになるのだ。

さて、「詔雄」と「おふじさん」という対照的な名前を巡って論述を展開してきたわけだが、振り返ってみると、一見何気ない思い出語りのようでありながら、この二つが周到に「菅野」というトポスを語るために準備された装置だったことに、「葬送の記」の読者は気づいたはずである。語り手はフィクション世界において戸籍に登載された「詔雄」だからこそ、国花の桜の枝を手折って「露伴」に捧げる語りを構築し、死後に文化国家の象徴としながら、あたかも桜のような「国家代表に祭り上げられた大袈裟さ」に巻き込まれる家族を暗示したのだと――。

幸田成行ならぬ「露伴」の死に際して、天皇から弔意が示され、社会党政権の片山哲が菅野の寓居に弔問に訪れているが、それはまさに戦後の権力機構が天皇制の護持と民主的な文化国家という占領政策とを縫合するための恣意的な眼差しであった。物語空間を生きる女主人公は、この「露伴」の娘という「人間一生の運」を背負わされた存在であったわけだが、だから出版メディアや読者が眼差すセルフイメージから解放された「黒い著物の奥さん」の新鮮さに魅了されたのだ。但し、それは戸外で会う地域住民の眼差しによって深化したセルフイメージであり、文豪の娘という自宅にやってくる訪問者の読み取りをも受肉していたことは留意しておかなければならない。一方で、「私」は富士山という日本を象徴するネーミングを持ちながらも、国家管理から逸脱した身体性、すなわち真名を平仮名に変換した「おふじさん」を生きる存在性に繋がっていた、と語り手は物語るのだ。

だから物語空間としての「菅野」は、地図上に存在する菅野ではない。アンヴィヴァレントな「私」の心象を顕在化する装置であった。

五、眼差すメディア／眼差される「文子」

本稿の第一章で、塩谷賛が示した記録文学という読み取りを検証した。その時の論述は記録性とフィクション性を巡って展開したわけだが、塩谷の批評には留意すべき点がもう一つある。それは彼が指摘した記録性の内実だ。クリアな考察にするために、再度、『幸田文随筆集　1』に収録された塩谷の「解説」を抄録しよう。『父』に於てその死の過程を観察し表現することも、適度に散漫にしかも正確をきわめてゐる。著者の筆は事実以外のものに費やされないが、無数のなかの一つの死の美しさを感じさせる。」——。

右のコンテクストで明らかなように、塩谷の記録性は露伴が死ぬまでの事実を正確に記述し得たかどうかに掛かっている。そうすると、「なんにしても、ひどい暑さだつた。」から戦後世界を語り始めた蓋然性がなくなってしまう。筆者はこのコンテクストを「読者に向けて開かれているようでありながら、しかし作中人物『私』の内面へと閉じていくものであること。そして、それは『私』の身体感覚によって生み出されたもの」と解釈していた。語られる主軸は、「私」の側にあったのではないか。このような推測を強くするのが、「十七日、よくいふ潮時なのか夜なかといふときまつて出血し」から始まるパラグラフである。

> 回を重ねる毎に私は血に色に畏れを深くして行つた。父のからだから壊《やぶ》れ出て行く血の色に、馴れるといふことはないものであつた。何度見てもその色はおぞましく鮮明華麗で、誇りかにあたりにひろがつて見えた。色に眩まされまい、量にごまかされまい、正しく計算しなくてはと話しあひながら、私も玉子もこぼしの中身をろく／＼見もせずに明けた。

このようなコンテクストに出会った時、「終焉」に登場したもう一人の冷静な「私」との差異に驚くのではないか。露伴追悼号に発表されたテクストは、死に行く露伴を記録するという枠組を課せられていたのだから、この人物像は事件の総体を捉える視点というように措定される。だが、「終焉」はそのような視点だけに寄り掛かったテクストではなかった。その詳細は筆者の

『終焉』論――疎外する文学、生き直すための文学」に譲る。それはしばらく措くとして、出血した父親の身体を「脈に触れて見る。正しい。熱は無い。」と機敏かつ冷静に情報化する彼女は、メディアから要請された記録者にふさわしい。眼前の事態を物語る視点人物は、物語の性格に応じてさまざまな事実を前にして、アウトプットすべき情報と切り捨てるべきエピソードとを選別しなければならないだろう。

ここで引用文に戻ってみよう。すると「菅野の記」が一旦切り捨てられたエピソードで組み立てられていることに気づくだろう。このコンテクストで語られている母娘は、病人を把握するために欠かせぬ心得を承知しているにもかかわらず、履行し得ない。そのように行動させているのは、「おぞましく鮮明華麗」な血液に対する怯えである。もしこのような内情に囚われたとしても、露伴を対象化するために設定された視点人物ならば、これを消去してしまうだろう。なぜなら読者にとって、彼女の内面語りは必要のない情報でしかないからだ。それにもかかわらず、このエピソードが、「菅野の記」で生かされた。その結果、露伴に代わって、「私」が物語の前面にせり出してくる。

つまり、語りの構造が、質的転換を遂げているのだ。このようにして、語り手は読者を、「私」の内面世界へと連れ込もうとしている。このような語りの戦略が明らかになった時、福田恆存が酷評した「血は血のりだ、唇や舌ではちぎれない糊が、ぐいと頬に押しあてたこぼしの中へ電線のやうにつながつて、脈と一緒にふる〱顫へて光る」というコンテクストも、単なる視覚描写ではなく、血液に対するおびえを語る現在において浮上した心象風景だったことに気づくだろう。

さて、「菅野の記」における語りの構造を明らかにしたところで、これから語り手が開いていく「私」の内面世界を注視したい。そこで、ぜひ紹介したいコンテクストがある。それは「二十二日」の語りの中で、唐突に浮上した戦前の記憶である。立川の飛行機製作所に勤労動員させられた「玉子」が電車で帰る途中、空襲に遭う。荻窪で下車して小石川まで歩き通したため、彼女の帰宅は深夜になってしまった。戸外に立って帰りを待っていた「私」の心象が、次のように語られている。

空襲を受けて夜遅くやつと帰宅できたとき、私は狂乱するばかりこの一人きりの子をいとほしく思つた。が、玉子は云つた。「かあさん、玉子の死骸なんかさがしに来てくれなくてい丶のよ。おぢいちやまだつて、いつ爆死なさるかもしれないんだから、かあさんはおぢいちやまについて丶あげてね。」世のなかがいやになるほど、こつちが死にたくなるほど私はがつかりした。

「玉子」の発語に隠れた「自分の母とばかり云つてはゐられず、半分はえらい人であるおぢいちやまに仕へしめなくてはならない」を読み取った「私」の慨嘆である。ここまで物語に耳を傾けた読者は、この娘の存在感に圧倒されるだろう。と同時に、もう一つの闇夜のシーンを想起しているだろう。運の下敷きで負けて暮らしては面白くないと言った「おふじさん」との夜である。注意深い読者なら、闇夜から「私」の前に現われた二人のコントラストに気づくはずである。そして、「詔雄」と「おふじさん」、そして「玉子」という名前の内実にも――。この娘は戸籍上では「玉」であるが、語られる存在性は「玉子」という通称で表象されている。この固有名詞は面白いことに、戸籍制度に名指される「玉」でありつつ、一方で「子」を加えられた幸田家の一員である。それは少年や寡婦とは異なる「玉子」の存在性、「私」の娘でありながら、「露伴」の孫として振る舞わなければならない現実を明らかにしているだろう。これだけではまだ不十分なのだ。塩谷や小林勇が書いたテクストを読めばわかるように、「玉子」は露伴付きの編集者が名指す名称でもあった。したがって、この名前には抑圧機構として機能する文豪「露伴」と出版メディアから包囲された孫の実存が塗り込められている。だから「かあさん、玉子の死骸なんかさがしに来てくれなくてい丶のよ。」という諦念は重く深い。この心理を読み解き、運の下敷きで負けて暮らしては面白くないという寡婦の言葉に領いた「私」の名前も、「文子」だった。

このような語りの現在において、語り手は抑圧された日常を生きる娘の存在性に対する気づきを媒介としながら、眼差されるメディアの中に、「私」のイメージを立ち上げて行ったわけである。

このようなイメージの表象には、主人公に対するより深い省察がからんでいる、露伴と子／自意識の中に浮かぶ成行の子との軋轢に苦しんで来た姿が、この呼称によって象徴化されている。「父」の居住空間に限定した「雑記」と「終焉」の物語は、家人同士の自己及び他者認識が充満する時空間である。したがって、眼差し、眼差される者同士は「父」（成行）、「私」（文子）だ。だが、物語世界にメディア関係者が招じ入れられる「葬送の記」あたりから、彼等に眼差されるもう一つの「文子」（露伴の娘）が表出し、この二人の像の狭間で苦しむ実在が、「菅野の記」で顕在化するのだ。「玉子」を回想するこの語りは、「父」の死を直観した「私」が上京して、「小林さん」に検分して欲しいと願うコンテクストに接続している。ここで、この場面を描いた塩谷賛『幸田露伴』と小林勇『蝸牛庵訪問記』（昭和三十一年五月、岩波書店刊）、下村亮一『晩年の露伴』（昭和五十四年五月、経済往来社刊）で語られた彼女が、ともに「文子」であったことを指摘しておこう。これによって、メディア側に位置取る彼等は戸籍に登載された〈文〉（「成行」の娘）を峻拒し、〈文〉と〈子〉で拘束される彼女の存在性（「露伴」の娘）しか認知していなかったことがわかる。

さて、岩波書店内の「私」と「小林さん」との会話場面は、羞恥心と照れ臭さで俯く前者と、「笑ふやうな変な顔」で「意地悪」く「私を見つめてゐる」後者を焦点化しているのだが、メディア側の「小林さん」の悪意は、露伴の娘「文子」と異なったもう一つの「文子」（幸田成行の娘）に気づきを与える。この彼女に露伴を感受したなら、悪意を覗かせる猶予もなく、編集者としての役割を行動化するだろう。結局、彼は「菅野」まで出向いて行くことになるのだが、テクストに表象されるのは、仕方なく幸田成行の娘に付き合わされる姿である。このような姿を読み取ることで、「私」は自分自身のアンヴィヴァレントなセルフイメージを自覚させられる。それは彼らが求める「露伴」の奉仕者として振舞っている「文子」の背後に張り付いていた「幸田成行」の娘であった。「小林さん」に羞恥心を抱いたのは、これである。だから、この編集者の「きめつけるやうな口調でさう云はれると、だん〳〵悲しくなつた。悲しくなると反発し、ふいと椅子から立つた。」――。彼女の側に立てば、やりきれない記憶である。メディアと父親から選択させられ／みずから選択する「文子」と、みずからが生きたいと願うセルフイメージをきれいに切り分けられ、無防備だった「私」が「甘え」として、メディア側から逆撫でされた瞬間だったからである。だから、この「小林さん」の視線を突破口にして、見舞客たちが文豪に追従し、その娘の役割を「私」に強いることに対する罵詈雑言が噴出していくのだ。

六、「萱野の記」の蹉跌
――「愛子文子」の発見

さて前述したように、この「小林さん」は「二十二日」の条において、初めて物語世界に出現する。だが、『蝸牛庵訪問記』を開くと、「露伴」の死病が顕在化した十一日、実在の小林勇は萱野に来ているし、その後も頻繁に顔を出していたことがわかる。では、この物語において、「小林さん」は二十二日に登場する必然性があったのだろうか。

この日の語りは「父」の死に怯えた「私」を描くところから始まっている。語りの現在において、その「私」とは「なんだか違つた人になつてゐた」と眼差された人物である。以後の物語はこの彼女を焦点化していくことになるわけだが、結果としてそれが決定的に「萱野の記」の物語性を損なわせてしまうのだ。というのも、「露伴」や出版メディア、それが生産する読者によって抑圧された「文子」が語りの現在を生きることで、彼女が幸田文というあり得べき表現者になっていく揚力を、自らの手で失速させるからだ。

「萱野の記」の語り手は、物語世界に一貫して「おふじさん」の発語を響かせてきた。この寡婦がどのようないかがわしい実態を生きているかを類推しながら、しかし世間の冷ややかな視線に与しないのは、その生き様が戦前の自分と重なったからである。「人間一生運の下敷で負けて暮しちゃおもしろくない」は、一切の過去と決別した自己を生き切るセルフイメージだった。戦後空間に浮かぶ「菅野」は、このような「私」を立ち上がらせていくトポスではなかったか。だが、彼女は「二十二日」を分岐点にして、女主人公「文子」という運命をはっきり引き受ける存在へと変容していく。幾度も菅野を訪問していた小林勇が、このタイミングで物語世界の「菅野」に招き入れられたのは、その変容を照らし出す道具立てだからである。だから「小林さん」は小林勇そのものではなく、フィクショナルな存在なのだ。これ以降、物語世界の「菅野」には「露伴」に関わる有名、あるいは無名の見舞客が出現するのである。

　さきほど自分よりも文豪の方が大切だ、と述べた「玉子」を想起した「私」について分析したが、「二十二日」とそれ以降のパラグラフの中で、このセルフイメージを読解し直してみると、彼女は「小林さん」が眼差した「文子」に身を委ねていったというほかない。語り手は二つの「文子」の存在性に、みずから批評のメスを入れ得ない「私」を物語空間に浮上させながら、「小林さん」の表情から自分の迂闊さを読み取らせる。その瞬間、だから「私」は羞恥し反発したわけであるが、結局は「露伴」付きの編集者から庇われるのだ。これ以後、文豪の病床を訪ねてきた見舞客に対する執拗な批判が繰り広げられ、その批判は「父」にまで延びていくが、このパラグラフはよくよく考えてみれば相手のいない喧嘩（実は「文子」を強いられることに対する抗いである）のようなものである。それは「父」の死に対する怯えによって、顕在化した自意識の空転といっていいだろう。

　もとから私は、病気をしてゐる父は私のお父さんだけではない人といふ意識をこびりつけられて、ゐて困つてゐた。私の父だけでない人といふのは、文化勲章を貰つたやうな人、文豪なんかと云はれてゐるやうな人は、といふ意味である。私の親ばかりぢやないんだ。半分は世間様からのお預りものの気がして窮屈だった。（中略）父に仕へ、みとり、少しでも余計に生きてゐてもらへば、この人たちがよろこぶだらう。（傍点筆者）

このような口説の原型は、自分と病人を冷静に語る余裕があった「十七日」の語句の中で、突如、「私だつて、私だつて、どうかして一度は、今度は気に入られる仕へかたがしたかつた。」と噴出してはいる。だが、このコンテクストに内蔵された看取りをする／される関係はまぎれもなく「幸田成行」とその娘である。なぜなら、先にも引用したように、「死の表現は父幸田成行の上に於て確となされたけれど、死の挑戦と惨虐と眩惑とは、実は私に対つてなされてゐたのではなからうか。それなら効果は挙つた。私はいまだに癒えぬ痛恨をのこしてゐる。」（「十一日」の条）からである。病状の進行につれて、想念上の父娘の関係性がブレて、自意識の転倒によって、「私」を覆い尽くす「露伴」と「幸田成行」の娘が前景化する「二十二日」の語りが生まれたのだ。このように「私」が変貌して行く過程と物語空間の「菅野」に入り込んでくる「この人たち」の存在とは無関係ではない。と語り手は、物語ろうとしている。見舞いにやってきた者に対する罵詈雑言が始まるのは、このタイミングなのである。それは「露伴」の娘という役割を強いる抑圧者に対する反噬なのであるが、暴力的なエネルギーが費消されない限り、収まりはしない。捌け口を求めて、止めどなくやり場のない怒りが噴出していくのだが、おそらく真の相手は見舞客ではない。それは見舞客によって喚起される自分、すなわち強いられつつも黙々と役割を引き受けてしまう「文子」なのである。

したがって、物語に表層に浮かび上がっているのは強いる者たちへの反噬ではあるが、この自画像それ自体を否定するものではない。その発語行為はむしろ、この「文子」像の純化をもたらしていった。というのも、暴力的な言動が鎮静して行く果てに見えてきたのが、「父」の愛を確信するセルフイメージ（「愛子文子」）だったからである。他者の眼差しに晒されて自意識の空転状態に陥った「私」は、怒りに身を任せる「文子」に変換されていったわけだが、このような暴力的な語りの表層に対応するような激しい希求を表象しているのではないか。「小林さん」を象徴的な鏡にして映し出されるのは早晩、喪主とならなければならない彼女である。暴力的な言動を支えているのは、この「露伴」の娘役割を強いられるのではなく、自らが主体的に選び取る意志であり、それが「愛子文子」という自己認識を見出す動機になっていくからだ。

だが、それは小林勇が記録した昭和二十二年六月三日の幸田文と背理する。では「親と子」（『蝸牛庵訪問記』）から、その条を引用してみよう。

文子さんは、玉子と一緒に家を出たいといった。その方が父のためにもよいと思う。このことは長く考えたことであるが、やはりそうした方がいいという心持になったという。私は口数少く反対の意向をのべていたが、突如として激しい感情に襲われた。「そんなことをいって、先生は一体いつまで生きていると思うのだ。」というが早いか、文子さんを闇の中へ捨てておいて、歩き出した。

「菅野の記」にはこの条はない。そのゆえ「菅野の記」を読解する上で、重要である。はっきりと語られることのなかった離別を期する存在性こそが、物語世界の「おふじさん」を必要とし、この寡婦を鏡にして自分を映し出そうとしたと考えられるからである。「文子さん」の告白は小林勇をたじろがせているが、この時、激しい叱責を加えた上で置き去りにすることで、小林は自分が受けた以上のショックを与える。激情に駆られた行為で、計算づくではなかったろうが、〈文〉を「文子さん」に引き戻すためにはこの上なく効果的であったはずである。昭和二十二年六月三日を生きていた幸田文は直近のこととして、父の死を考えていない。無論、想定はしているのだが、父の生死は漠然とした靄のような時間の中にあり、彼女は父の生命が危機を孕みながら未来に向けて延びていくという見通しを持っていたに違いない。このような生の時間は残り少ない。だからこそ、「父」は「露伴」にふさわしく生きなければならないし、一方の娘も自分らしい生を選択しなくてはならない。小林はそのような希求に一撃を加えて、「露伴」の娘を呼び覚まそうとしたわけである。こうして、幸田文は「文子さん」に回帰させられて、家出は不可能になったのだ。

筆者は本論において、「文子」と骨がらみの〈文〉というセルフイメージは闇屋たちから「黒い著物の奥さん」と眼差されることで、深化したとコメントしていた。そして、「〈文〉と『文子』というシンクロする存在性に、みずから批評のメスを入れ得ない『私』」についても言及していた。「私」は〈文〉と「文子」に切り分けることで、血でつながる「幸田成行」と文学制度内で流通する「露伴」との関係性を整理しているつもりなのだが、そもそも「幸田成行」も「露伴」も「父」なのである。そのために、「私」は二つの父親像が重なったり、ズレたりする日常を生きることになるのだ。「父」と「私」の二重性を炙り出す批評は、おそらく決定的な局面に対する回避行動なのである。「私」は「父」との決別を怖れているのである。だから、「おふじさん」につながるセルフイメージは描けたとしても、子であることを手放さない〈文〉にとって、夢想でしかない。それが可能になるのは、父子の関係が死によって解消された時である。だから、「菅野の記」が物語る「二十二日」の「私」は、みずから「文子」を選び取ってしまう。そして語り手が浮き彫りにしていったのは、「愛子文子」というセルフイメージを抱きしめたいと焦る「私」の内面であった。そのために、物語は無惨な「文子」を表象することになった。

語り手はこの「文子」が幸福と感じる「私」を語っているが、この「愛子文子」というセルフイメージへと誘ったのは小さな鯛であった。「父」の誕生日を祝うために買った鯛だが、小さすぎて祝いの膳に出せる代物ではない。と嘆く「私」を、「ばあや」が「鯛は魚の王様だから不足を云ふことはない」と慰めたのを契機に、小鯛の可憐な身体に向けて、「私」の読み取りが始まる。やがて、それは「父」の秋の快気祝いには小鯛の一族がやってくるという想像へと広がっていく。この時、「私」の想像世界において、小鯛は単なる魚ではない。なぜなら忌避から賞賛の対象へと、小さな存在を読み替えることで、彼女は「愛子文子」になっていく幸福な予感を手に入れたのだから。

さて、二十三日の昼、祝い膳を持って行った「私」は、粗末なものだと咎められるのではないかと怯えるのだが、「父」はいつまでも笑っている。その様子から、彼女は「父」が小さい頃の思い出に浸っているのだと直観するのだ。怯えから彼女を解放し、幸福なイメージに至る心理の動きを演出したのは小鯛である。それは次のように語られている。

私はほんとに父に愛されたかつた。そのゆゑに恨みは深く長かつた。

おもひがけない小さい鯛が波の間から、ぴかつとお膳へのつかつた。自然には法則もあるけれど勝手気まゝなところもある。表つ面を向いた子ばかり生れるわけでもなけりや、裏目に編まれて出て来るやつもゐて不思議はない。愛されざるも愛されるも、もと二個でない。


引用した第一段落と第二段落以下を接続するのは、見ての通り、「小さい鯛」である。彼女は「父」の過去と現在を照らす媒介として格好なこの材料を得ることで、「父」との対幻想の物語を編み出すわけだが、それ以前の読み取りにおいて、忌避される／賞美される対象が愛されざる／愛される子のメタファーだったことに気づくだろう。その物語の導入になったのが、祝い膳を見る少年のような「父」の微笑である。その微笑の中に、小鯛で誕生日を祝ってやった母の子（「父」）への愛を（一方で子は母に愛されなかったという悲しみの中にいる）、「私」は幻想する。このように、「父」の現在と過去に向けて想像をめぐらせていく果てに閃いたのが、「愛された子も愛されざる子も子、愛された子にも愛されざる子にも親は親、すべての子はその父の愛子なり。」という直観であった。

さて、「二十三日」のコンテクストに登場する女主人公の内面に測鉛しながら、二度までも彼女の「直観」を読み取ったわけだが、そうなったのは語り手が錯綜する「私」の内面世界をありのままに表象しようとするからにちがいない。一般的に、読者に向けてクリアな語りをするために、語り手は語りの対象をさまざまな方法で統御し、語られるべき虚構人物に仕立てた上で物語世界に送り込むだろう。「菅野の記」も語られるべき「私」を演出した物語なのだが、問題のコンテクストにおいて、語り手は論理の飛躍を重ねる「私」が、その都度、自己内部に深く沈潜していくありさまをフォローしている。おのれの内奥へ向かっていく「私」の言説に全く説明を加えないで（非論理を重ねながら、新たなセルフイメージを摑み取るこの想像力を、直観としておく）、語り手は静観しているわけである。この語り手の「私」に対する視座を見逃してはならないだろう。

ところで、メタファーとしての「小さい鯛」を織り込んだ想念が継起的に現われ、それらが連動しながら「愛子文子」という自画像を創造していくストーリーは、「私」にとって、自然の成り行きだと言うかもしれない。しかし、そうだろうか。「菅野の記」全体の語りは、論じて来たように、このようなセルフイメージをめぐって展開していなかった。「露伴」によって眼差される「文子」と「愛子」でバインドすることで、彼女は結果的に、物語の底流に響かせていた〈文〉を殺してしまっているのではないか。

ここに来て、「菅野の記」の語りは、再び屈折を余儀なくさせられてしまうのだ。二度にわたるセルフイメージの読み替えによって――。「小林さん」の視線に晒されて以来、彼女は「文子」（露伴の娘）としての役割を生きようとした。さらに物語上には「露伴」と「文子」の愛さざる父／愛されざる子という現実を、自己の想念上において、鯛のメタファーを駆使しながら、強引に「愛子文子」というロジックで合理化する彼女が顕在化する。そのことで、物語世界は変容してしまうのである。

語り手は、この時の「私」の内面に入り込まないで、支離滅裂な主人公の心理が鮮明になるような言説を差し出すだけである。「文子」を分り別けた〈文〉というセルフイメージを消去すると同時に、「文子」を役割ではなく愛の行為に染め上げるための「愛子文子」像――。それを抱きしめようと焦る主人公が、語りによって、くっきりと浮かび上がってくるだろう。

七、おわりに、或いは蛇足として
――「菅野の記」と断筆宣言

これ以後、女主人公は「愛子文子」となって、死に行く「露伴」を受け入れていく。それは物語の途上において浮上した「私」の体験だったわけだが、このようなフィクションを語ってしまったことによって、表現者としての幸田文は「愛子文子」を追体験してしまったと言えないだろうか。

「雑記」から始まった露伴を表象する執筆活動は、昭和二十五年五月に新聞報道された断筆宣言によって、ひとまず終わりを迎える。その内容は自分に負わされた作家としての役割を降りて、おのれの才覚を頼りに生きていくという意思の表明であったわけだが、それは「菅野の記」の語りの構造を深部で支えたセルフイメージ〈文〉と重なり合う。振り返ってみると、このテクストには「菅野」というトポスにふさわしい「私」(「幸田成行」の娘〈文〉)が前景化され、「露伴」の名声を意識せず、のうのうと暮らす存在性が表象されていた。繰り返しになるが、それは自分の運命に負けて暮らすのはつまらないという不羈の信念を生きようとする「おふじさん」の姿を通して語られていた。無頼な寡婦は他者の冷ややかな視線に臆することなく、戦後世界を生きたかどうかはわからない。それはそれとして、彼女は語られたキャラクターそのままに、物語空間を生き続けるのだ。だが、「私」は「おふじさん」を意識しつつも、他者の眼差しに晒されることで、〈文〉からズレていく。

「文子」という娘役割を受け入れるというストーリー展開は、あらかじめ折り込み済みだったかもしれない。では、自らが摑み取った「愛子文子」の物語の方はどうであろうか。論述したように、語り手は「愛子文子」に変容した「私」の内面劇に介入していない。その結果、自分を納得させるために、娘役割を受け入れる論理の構築へと焦る彼女が顕在化したわけである。ここに至って、表現者としての幸田文は、執筆の現在において、強く読者の眼差しを意識していたのではないか。このために、語り手は同伴してきた〈文〉のイメージを手放すのだが、「菅野の記」はかえって、露伴文学の愛読者にアピールするテクストになったといえるだろう。出版メディアと読者の期待を背景にして、露伴から脱却する寡婦像は、全き文豪の娘になり果せた――。それは幸田成行の娘という自己を救抜するテクストたちが「露伴の想ひ出屋」の表象としか評価されなかった状況とパラレルである。

昭和二十四年十二月、「菅野の記」と「葬送の記」を収録した『父――その死』は刊行された。幸田文が「父の想ひ出屋」廃業を表明するのは四ヶ月後であるが、この断筆宣言には、「菅野の記」の蹉跌が影を落としているだろう。

比喩的な言い方をすれば、断筆宣言とはこの文学テクスト内の「私」が「露伴」との決別を果たそうとした行為である。さて、「おふじさん」はどこに行ってしまったのか――。自分のことを書けるようになったら文筆の世界に戻りたいと言い残した幸田文が、小説「流れる」の物語世界の中心に寡婦の「梨花」を据えるのは、昭和三十年である。

*昨年（平成二十二年）の十一月四日、青木玉氏をお訪ねした。「菅野の記」と「崩れ」について質問をしたが、懇切丁寧に答えて下さったことに感謝したい。本論はその内容を取り入れる際、小林勇『蝸牛庵訪問記』（昭和三十一年三月、岩波書店刊）、塩谷賛『幸田露伴』下巻（昭和四十三年十一月刊）、下村亮一『晩年の露伴』（昭和五十九年八月、経済往来社刊）などを参照した。

第二章　開かれていく語りの世界

新しい語りを求めて――「糞土の墻」論

一、新しい語りに向けて
――小説と随筆のはざまで

「女性改造」（昭和二十四年六月発行）の目次を開くと、「随筆　糞土の墻　幸田文」という文字が眼に入ってくる。昭和二十二年八月からメディアに登場して、約二年の歳月が流れ、この間、「東京新聞」、「週刊朝日」、「毎日新聞」、「報知新聞」などの新聞メディアを中心に、この女性表現者は随筆を発表している。そして、この年の二月から、「中央公論」誌上に、随筆「みそつかす」の連載を開始、幸田文はいよいよ本格的な作家活動期に入った。三月には「文學界」に「勲章」、六月には「姦声」を「思索」に発表している。

「勲章」と「姦声」は、幸田文が婚家の没落によって、清酒の小売業に転じて、悪戦苦闘していた時期に取材した作品である。随筆のつもりで書いたにもかかわらず、編集者が「勲章」を小説欄に掲載しようとしたので、彼女は「小説じゃない。随筆だ。」、「おやぢが聞いたらどやしつけられる」という反発をした。そんなエピソードを、担当編集者・上林吾郎が「『勲章』の思い出」（中央公論社版『幸田文全集』月報2　昭和三十三年九月発行）に記している。『勲章』の思い出」で回想されているように、作中人物の「私」と語り手「私」が癒着せず、批評的に女主人公「私」の内面が物語られる世界は、文芸編集者にとって、小説そのものだったのである。このようなエピソードを持ち出したのは、面白い幸田文伝説を語りたかったためではない。肝腎なのは二人の間に生じたジャンル意識のズレである。

幸田文は露伴から読書をしないことを咎められることがよくあったという。家事に専念していたから露伴の作品すら、ろくに読んでいないと彼女自身が告白しているのだ。だから、日本の近代小説にそれほど関心を寄せていたとは思えない。「手づまつかひ」（「東京新聞」昭和二十三年五月十九、二十日）には立川文庫を耽読したこと、「啐啄」（「女性改造」昭和二十四年十月）には漱石の「吾輩は猫である」が娘の読んでいる小説として登場する。読書の射程には「五重塔」は無論のこと、一葉の小説も入っていただろうが、自然主義文学まで及んでいなかったのではないか。というのも、近代文学史上、エポックとなった島崎藤村にも田山花袋にも、彼女は言及してはいないからだ。したがって、この昭和二十四年において、近代における文学表現の歴史像は描き得ていないはずである。その理由はさきほど述べたように、活発な読書体験を持つべき青年期が家事労働で忙殺されていたし、また文学が遍在する「文豪の家」の住人であったが故に、かえって文学を内在化する（書き手を志す）ことが断念されたのだから——。このように幸田文のジャンル意識について敷衍していくと、自然主義以降の文学の流れから切断された存在性が浮かび上がってくるのだ。そこで、思い出されるのは「朝日ジャーナル」（昭和三十四年八月二日発行）に掲載されたインタビュー記事「業と嗅覚の中から」である。ここに、志賀直哉と対談した時、『流れる』が話題になったことが述べられている。「ハス（斜め）に書いてる。（中略）僕たちが昔捨てた文章で書いてるつて、そうおつしやった。あたし、いつか真正面から書けるかしら」と――。この記事と同じページに掲載された写真の幸田文は虚ろな顔をしていて、志賀の言動による衝撃の大きさが窺える。彼女にしてみれば、『流れる』の文壇的成功によって、作家としての地歩を固め得たはずだったろうが、こうした状況の中で、志賀は幸田文の文学性を批判して見せたわけである。志賀の言う「ハス（斜め）に書く」こと、「昔捨てた文章」が『流れる』のどのような語りに向けられたものか。そのような批判があったにもかかわらず、この作品が昭和三十年代初頭の文学シーンを代表し得たのはなぜか。この問題はおそらく、幸田文が柳橋における女中体験を、いかにフィクション化していったかに関わっているのである。当代において、主人公「梨花」と語り手は幸田文である、という見立てがなされているが、そうなると『流れる』は花柳界の潜入ルポになってしまうだろう。

しかし、『流れる』の語りは、「梨花」／幸田文をリンクするように設定されていないのだ。一見すると、「梨花」の聡明な視点によって、花柳界の諸相が顕在化していくようなのだが、実はこの「梨花」はこの世界の住人に眼差されることによって、自己の存在性を発見していく。花柳界の外では役立たずの「梨花」が、このトポスの「女中」に成り果せることで、価値を見出される存在となる。花柳界に生きる女中の身体性を象徴しているこの「女中」の発見こそが、花柳界を対象化する鍵であった。このような「梨花」を物語ることは、並外れた近代的個性の内面へと閉じていった志賀のリアリズムでは不可能である。幸田文は後年、ルポルタージュ「男」を書くわけだが、その原点には『流れる』における「梨花」の発見があったように思われる。

ここにはさまざまな職場で働く男性が登場するのだが、この人物達は文学が追い続けた近代的個性ではない。職能を生き切る自恃に溢れ、高度成長期の日本を体現する群像である。このような生動する時代の空気感を捉える感性と、それを表象する文体が、志賀が依拠した文学制度の外で育まれたことは、注意されていい。いささか、横道に逸れてしまったが、ここで物語に対する幸田文の認識が近代文学の常識とズレていることを確認しておこう。

さて、昭和二十四年次の幸田文はさまざまな語り方を試みている。「勲章」は没落して、闇の酒屋を始めた「私」を中心に展開する。語り手の視点はこの「私」の内面にフックされていて、頼りない夫と働きのない使用人にいらいらしながら、苦闘の日々を送る彼女の心情が描かれる仕組みになっている。寒風の中、疲れ切って帰宅する女主人が、バスの車中から隅田川を眺めるシーンがある。

バスは日比谷を過ぎて築地まではもう一ト息、新橋側の屋根の稜という稜は皆ぴか〳〵と光つて、まぶしく見あげる眼に暗く、お日様はどこにゐるのやらもう沈んだのやら、京橋側は一面にたゞ明るいばかり。数寄屋橋。一条の水、夕映の水、離れて久しいふるさとの水、隅田川、郷愁が水につらなり胸に流れた。

（「勲章」）

この語りは、都市空間を対象化した描写ではない。語り手はこの世界の外に位置して、東京で最も繁華なトポスを走るバスの中を覗き込んで、語るべき人物の心中の言葉そのままを表象している。だから、見ている景観と心に浮かんでいる過去の体験とのオーバーラップが手に取るように感受される。このような「私」の心理的な移ろいに向けて、語りは発動されているだろう。この文体はリアリズムが切り捨てたものだろうが、しかし、この文体によって浮上する「私」の身体性は生々しいではないか。幸田文は「雑記」から出発して、このような語り手を手中に収める地点に立っていたわけだが、「糞土の墻」における試行は、この延長線上に位置づけられるはずである。

幸田文の作家論的な見取り図を描き終えたところで、ようやく本題の「糞土の墻」である。「女性改造」（昭和二十四年六月発行）に掲載されたこのテクストには、「随筆」という角書きが付されている。この物語は「向嶋蝸牛庵は、よい隣をもつてゐた。蝸牛庵は文字の通りに百七十坪ほどの、でん〳〵虫の殻ぐらゐしかない、ごく小さいうちだつたけれど、隣は料亭雲水《うんすゐ》の広い寮だつた。」というふうに、語り出される。これによって、物語の舞台の中心が明らかになるわけである。そこは、関東大震災に見舞われるまで、幸田文が生活していた場所である。というように論述すると、このトポスを歴史的空間に置くことになってしまう。そうすると、必然的にリアルな向島の趨勢が視野に入って来ざるを得なくなる。そこで次のテクストを紹介してみよう。

一体此の十余年以来、一は市外地の戸数の激増したためでもあるが、又一は工場の増設より生ずる煤煙の多量に成つたためでもあるが、須崎寺島墨田亀戸吾嬬押上請地等の地方は甚しく樹木の生存を迫害されるに至つてゐる。（「望樹記」）

露伴の「望樹記」は大正九年十、十一、十二月に発表されたものだが、そこには明治末年以降、豊かな田園地帯が急激に変貌した様子が語られている。露伴は蝸牛庵から雲水の庭を眺めていて、一本の木に眼を止める。隅田川の水位が上がったために、桜や梅の樹勢が衰える中で、繁茂するのは秦皮であった。露伴はこの木を焦点化しながら、東京という都市空間の問題へと切り込んでいるわけで、いわば雲水の庭園は近代都市を読み解く装置だったと言っていいだろう。だから、語りの現在と昔日の面影が次のように重ね合わされるのだ。「自分の家の北側は小溝一つを隔てゝ隣家の庭と続いてゐる。隣家の庭は自分のより遥かに大きい。池あり、築山あり、花圃ありで、最初此庭を造られた人の十年目頃は、定めし朝夕花月の眺も観るに足るものであつたらうと思はれる。今は再三の洪水や暴風に荒れて、持主もそこに住んでゐぬ為にひどくなつてはゐるが、それでも老いた椎の樹の蔭の囲《かこひ》や、離座敷の前の巨松《おほまつ》や、古い梅や、丈高い公孫樹《いてふ》や、むかしを想ふに足りるものがあつて、人をして美女の五十の阪のかゝつたのに対ふやうな感があらしめる。」と――。

「糞土の墻」も、「蝸牛庵」、「雲水」が実在する時空を物語の枠組にしていることでは、「望樹記」と変わらない。だが、このテクストにおける時間が、過去から未来へと流れる物理的な時間から切断されていることに、読み始めてすぐに気づくだろう。

二、「雲水」というトポス

まず、百七十坪の「蝸牛庵」という民家に定めた視点を、「糞土の墻」の語り手は、隣にある敷地が千何百坪の「雲水」へと移動する。そして、敷地内の家屋と住人を次々に紹介していく。そのやり方は「蝸牛庵」に近い順から母屋、茶室風な家、二三十畳の広間のある家と数え上げ、そして母屋には「梅野至鎮さん」が暮らしているという具合である。その次の家に住むのは「比久沢さん夫婦」、一番奥には「比久沢の息子田吉君」が暮らしているという具合である。ここで注意しておきたいのは、その後の語りの冒頭に登場する隣の「蝸牛庵の先生」である。彼は「田吉君」宅の茶室を借りていた人物であった、と語られているように、園内を情報化する材料でしかない。それは露伴がこの物語において周縁に置かれた存在だということを意味する。

その後から「雲水」の庭が語られ始めるのだが、その叙述が進行するにつれて、このトポスが語られるべき親和的な世界として浮かび上がってくる。

東の隅に築山があつて、そこに槙の古木が椿を副《そへ》にして突つ立つてゐるが、それがいかにも堂々としてゐて、あたりの楓や岩つがや、そのほか藤・竹・あすならうの下草どもを見おろしてゐた。山の裾がすぐ池だ。大きな瓢箪池だつたが、そこからの眺めが一番広かつた。池の深さはもつとも深い処が、おとなの二倍といはれてゐたが、干潮のときは澄んだ水の底の藻草がゆら〳〵して見える。魚は鮒がいつぱいゐる。むろん蛙も目高もだぼはぜも住人である。

このように語っている存在は、現実に園内を歩いているのではない。ここで使われている視覚は、この語りを進行している人物が記憶している風景と接続しているわけで、だから、園内を歩き回った者の五官そのものが、次々に溢れてくる。これは擬人化というような表現技法のレベルではなく、感受性そのものを織物にした文体と言いたい。つまり、草木も虫魚も人間も、記憶の世界に息づいている「雲水」になくてはならない、言い換えれば、園内の一つ一つの生が、遥かな過去にもかかわらず、「雲水」を生き生きと体現させている存在なのである。だからだろう、このコンテクストは「木も花も魚も人間も、まつたくよき露伴家の友人であつた。」で、閉じられている。

では、語り手はこの物語の時間をどのように設定しているのだろうか。第一節の第三パラグラフ、すなわち、論述の対象となった部分までは、「雲水」の空間的特徴を語ったにすぎない。語り手は時間をきれいに消去しているのである。したがって、このテクストにおいて、「雲水」は過去から未来へと流れていく時間から切り離されたトポスである。なぜ、そうなってしまうかと言うと、記憶の世界へ回帰していこうとする自意識に介入し、語り手がかつてあった／今はない都市内部の断を構築しようとするからである。

では、冒頭部分を紹介しよう。「どこの家の誰より一等さきへ比久沢のばあさんが起きる。『生れが百姓だあによ、朝はトンと一緒にはあやく起きる』きめなんださうだ。」――。隣家の老妻が起床して、静止していた世界は動き始める。やがて、「比久沢のばあさん」のもとへ、蝸牛庵の飼犬「フェス」が訪れてくる。この牝犬は次に、「梅野さん」のところへ、さらに園外の「上田先生」、「鳶の頭」の家へ、再び園内に戻って、ようやく起き出した「田吉君」に出会う。毎朝の散歩コースを歩いていく「フェス」の後を付いていきながら、語り手は次々に現われる住人のキャラクターを描いていく。この「フェス」が物語世界から消えた後、代わって登場するのが「蝸牛庵の先生」である。

十時になると、露伴先生は一ト仕事済まして、きつと庭へ出る。破れた垣根越し溷《どぶ》越しにぢいさんと挨拶して、大抵は隣邸へ庭下駄を延ばして来る。ぢいさんはそれを見るときまつて、「一服やりませんことには腰が云ふことを聞きませんで」と云つて休む。田吉も至鎮も先生を誇りとし、また親しい隣旦那としてゐる。

ここで、語り手が隣同士の親しい関係性を描いているわけだが、それにもまして大切なのは、「露伴先生」に染み着いた習慣によって、「雲水」の時間性を浮かび上がらせようとしていることだ。つまり、この空間と時間は登場人物の身体性に深く根ざしているというのである。だから、語り手は動き出した物語の時間に注視して、「午後、蝸牛庵の勝手へぢいさんが来る。もぢ〳〵して、『旦那様御勉強でございませうなあ』と云ふ。」と、物語の第二節を語り出すわけである。「比久沢のぢいさん」が切り出した用件は、自分が飼育している闘鶏用の軍鶏を強くする術を教示してもらおうというもので、「露伴先生」は喜んで手ほどきをしてやる。その軍鶏は闘鶏で勝利するのだが、近代の法律に眼を向けると、明治六年、政府は闘鶏の禁止令を出している。だが、土着化した風習であったため、あまり効果がなかったという。下って大正五年、東京市は動物愛護の観点から、闘牛、闘犬、闘鶏を禁止する通達を出しているのだが、このコンテクストに現われる「露伴先生」は政令の背後に横たわる近代とどのように対していたのか。勿論、「糞土の墻」の語り手は、これに焦点を当てているわけではない。「露伴先生」が自宅の敷地を出て、「雲水」内に入る日常性を語ることで、東京市という行政区に位置するにもかかわらず、ここが独立したトポスであることを表象しているだろう。つまり、この「露伴先生」は近代の側から、「雲水」の時空間を照らし出す装置として、まずはこの物語に登場するのだ。なぜなら、「露伴先生」が散歩に出る十時、そして「比久沢のぢいさん」が彼を訪問した午後も、「向嶋蝸牛庵」で顕在化しているからだ。だが、「料亭雲水」の時間は機械では計れないのだろう、園内の語りには時刻が現われないのだ。二つの建物は隣接しているようでありながら、全く異なる秩序に存在している。語り手はそのように物語ろうとしているらしい。

したがって、このトポスに夕刻が訪れるのも、単なる物理的な時間経過のためではない。「雲水」の住人「至鎮」に輿入れしてきた「花嫁」が体現しているのであり、さらに語り手は「花嫁」を、文字通り、桜の象徴として語る。だから、「糞土の墻」の時間は、登場するキャラクターの身体性で表象されているのである。したがって、夏の訪れも、富山の薬売りの到来とともにある。秋も豊年祭りの御輿と掛け声で語られるのだ。これから引用するのは、時間のイメージが凝縮したコンテクストである。「木々草々は繁茂成長の夏を喜んでゐたし、フェスは蚤の跳梁にもめげず毎朝の訪問を続けて、家々に愛され、鶏ッとりはこゝしばらく戦闘を中止して悠々逍遥し、西日にいよ〳〵赤い胸を誇つて羽搏いた。」――。

三、語り手の問題

さて、「糞土の墻」の語り手とはどのような存在か。その姿が一度だけ、物語世界に登場する場面がある。「比久沢のばあさん」が飼育している軍鶏を自慢するシーンである。

十何羽の夫人に夫であることは容易なのである。ばあさんは、「えゝ若い衆だ、きついぞ〳〵」とにこ〳〵してゐる。

「きついのがいゝ若い衆なの?」

「そらさうにきまつてる。軍鶏ばつかりはきつくなくちやあ、はあ駄目なもんでさあ。」

一連の会話から、二人の関係が親しいことがわかるだろう。教える／教えられる関係にもかかわらず、心理的な障壁は感じられない。このようにして、唐突に物語世界へ滑り込んでも、語り手は全く違和感のない存在だといぅのだろぅ。それが「糞土の墻」の語り手であるらしい。そこで、こんな語り手のキャラクターに焦点を当ててみよう。「雲水」内の住人や、外界から入ってくる存在は、この語り手によってことごとく見つけ出される。だから、語りの対象がある限り、物語世界の中に居続けるわけである。

再び引用した場面に戻ってみよう。よくよく考えてみると、奇妙な光景である。「比久沢のばあさん」が軍鶏の世話をしているところへ、ふいに対話者が姿を現わして、二人は暢気な会話をしている。その直後、「ばあさん」の返答に何の反応もしないで、この人物は物語世界から消えてしまうからだ。こんな不思議な存在に出会ったら、平静ではいられないはずだ。さらに不思議なのは、ここまでの語りでは、引用したコンテクストしか、語り手は現われない、その上、「此木沢のばあさん」にしか知覚できない者なのだ。これは語り手の重要なキャラクターに違いない。

「糞土の墻」の物語がネガからポジへと変換されていく切っ掛けとして、この語り手は園内で一番早起きの「ばあさん」を登場させていた。そして、愉快な一策を講じて渋柿をねらって闖入してきた悪童どもを追い払うこの「ばあさん」を語って、この物語は閉じてもいる。このような役回りを帯びている老婆だから、語り手はその姿を注視しながら、語りを進行しているわけである。だから、しっかりと次のように、彼女のキャラクターを描くことで、他の人物との差別化を図っているのだ。

ばあさんは働きもんだから、御飯の焚けるときはもう掃除ができてる。もつとも四畳半一ト間のうちだ。ばあさんは帰依心が深い、なんでもありがたくて拝んぢまふ。だから御飯のまへには、お天気なら築山の方へ向いてお日さまを拝む。雨の日は拝まない。それから大神宮様を拝んで、仏様を拝む。誰のお位牌なのか知らない。

語り手は老婆の習慣を通して、「雲水」の時間の流れを素描しているのだが、そこにおのずから彼女の生に対する愛着が漂っているではないか。だから、病犬の手当をした後、手を消毒してくれと懇願する「田吉」に、この犬は菩薩の化身だからと言ったり、消毒には塩が一番だと塩壺に手を突っ込んだりしても、「田吉」や「露伴先生」と違って批判的な身振りをしないのだ（同質のメンタリティーの持ち主が「じいさん」である。後になって、語り手は軍鶏の一件で、「露伴家」にやって来た「じいさん」の前に現われる）。また、こんなエピソードがある。塞ぎ込んでいる「至鎮」の妻に心の平安を持たせてやろうと、「ばあさん」はホーリネス教会に連れて行くのだが、奇妙な音を立て、にこにこしながら牧師の説経を聴いている彼女を見て、「至鎮」の妻は噴き出してしまう。場違いなことをした、と新妻は泣くのだが、これがかえって信仰の礎になったと、天理教の道場で触れ回る「ばあさん」の姿も、語り手は逃さない。また、この老婆は園内に入ってきたボート部の学生と最初に出会い、ボートレースの当日まで食事の面倒をみることになる。つまり、「ばあさん」は外界に向けて開かれた存在なのである。

だから、彼女は軍鶏に対する質問を仕掛ける人物（語り手）に出会ったのだ。けれども、「雲水」の住民や園内に入った人物たちが、物語世界の時空を生きていくにもかかわらず、この人物だけが突如現われて、消えてしまうのである。このような不思議な存在と遭遇し得るのは、「ばあさん」が外部に開かれた存在として設定されているからだ。

だが、それだけではない、と語り手は言いたげである。先ほど、「比久沢のばあさん」に対する詳細な語りを辿ってみたが、そこから浮上する彼女のキャラクターこそが、「きついのがいゝ若い衆なの？」と言う自分の存在性を顕在化させているからだ。語りの現在において、いや、露伴が「望樹記」で描写したように、都市化していく大正期の向島とともに、「比久沢のばあさん」のような存在は消滅していったに違いない。善良で無垢、信心深く日々を生き抜く智恵を持つ働き者だが、それは料亭「雲水」の管理人にふさわしいメンタリティーであった。語り手は地図上から消えた料亭「雲水」をテクストに甦らせる時に、その消滅とともに住処を奪われたこの植木職の妻を再発見したのだろう。語り手は「雲水」というトポスとパラレルな、この「比久沢のばあさん」を鏡にして、自分を映し出したのだ。

＊

さて、もう少しこの語り手の姿を追いかけてみよう。「糞土の墻」の物語は、「向嶋蝸牛庵は、よい隣ももつてゐた。」から開始され、続いて「蝸牛庵」の具体的な面積が明かされていく。このような語りから、語り手の視点がまず、「雲水」の隣に位置する小家に据えられていることに気づくだろう。そして、語り手はここの瑣末な地面情報も手にしていることにも――。さらに、この存在は園内の様子も、犬の散歩経路や「露伴先生」が午前十時きっかりに仕事を終える習慣があることも覚えているのだ。というように、情報整理をしてみない限り、語り手の姿は浮かび上がってこないのである。

「きついのがい丶若い衆なの？」と問いかけることで、物語世界に現われた人物は「蝸牛庵」の住人だったと思われる。コンテクストを一寸分析すれば、語り手の人物像は明らかに出来るようになっているのだから、この存在は最初から、意図して設定されたキャラクターだったのだろう。客観的視点に立って、透明な語りを進行する存在だけならば、わざわざ尻尾を摑まれるような情報を出す必要はないからだ。そこで、もう一度、「向嶋蝸牛庵」、「雲水」、「雲水」内の庭園、住人が語られていく物語の冒頭部分に戻ってみよう。そして、ここまでの語りの性格が如実に表われている箇所を引用してみよう。

　木も花も魚も人間も、まつたくよき露伴家の友人であつた。

この一文には、隣り合わせた「雲水」と「露伴家」の関係を物語るとともに、語り手の位置が後者（「露伴家」）にあることも指示している。その上で、この文章構造が表象するように、語りを通して物語の主体になっていくのは「木も花も魚も人間も」であることを明らかにしている。だから、語り手はテクスト読解に必要な「料亭雲水」の予備知識を、ふんだんに与えているわけである。それとは対照的に、隣接する「露伴家」は物語の周縁に設定されているから、その面積と主人、飼い犬しか情報化しないのであろう。その結果、「露伴家」の家族は消去されてしまうのである。語り手は「露伴家」の内部を可能な限り表象しないというセオリーに基づきながら、物語を進行しているのだ。したがって、もし語りの規範を破って、家族が表象したとしても、「露伴先生」や「フェス」のように物語世界を歩き回らせはしないだろう。

ところが、「露伴先生」の家族が登場する場面がある。と言っても、「料亭雲水」の世界が「ばあさん」の起床とともに生動していく語りの後なのだ。この人物は軍鶏の飼育について質問に来た「比久沢のじいさん」とのやり取りを写した地の文中に姿を現わす、性別、年齢がはっきりしないネガティブな存在である。「ちいつと、そのお訊き申したいことで、はい。けさおつしやいましたことなんで。」／「やつと訊きだした要点は、すなわち軍鶏の伝授だといふ。好きなことなら大概うるさい仕事中でも取りつぎが叱られることはまづ無い。」――。この玄関で用向きを聞いた存在は、以前に「ばあさん」と対話したことがあるが、ここでは物語の地の文に姿を現わす。語り手はこの対象を、性別も年齢も明かす必要のないものとしか認めていない。だから、その存在性は希薄なのである。それならば、このネガティブな人物は不要だろう。それにもかかわらず、語り手はたしかに「糞土の墻」という物語の周縁に、自分が寄り添うキャラクターを設定したわけだ。そのモノが有効に機能するように、徹底的にネガティブな加工を施し内に影のような人物として伏在させる。そうしておいて、このモノの記憶（ネガフィルム）を、生動する物語世界（ポジフィルム）として、語り手は語り直すのである。

先述したように、意図的に語りから抹消された「露伴家」内の存在こそが、物語の視点人物であった。それは冒頭部分と第一節の最後のコンテクストが指示している通りなのである。語り手は「随筆　糞土の墻」の物語を展開していく上で、視点人物が「露伴家」の家族であることをネガティブに語り、その存在が生動する「雲水」の語りに生かされる場合も、極力、客観的な語りの背後に隠そうとしている。このような措置によって、「雲水」の時空間に生きる植物も動物も人間も交歓し合う幻想世界が構築される。

幸田文は随筆「あとみよそわか」（「創元」昭和二十三年十二月発行）の最終章「雑草」で、語り手「私」を設定して、懐かしい向島と「雲水」に住む「与吉」を描いているが、このような彼女の表現史を辿ってみると、同じ表現様式で書かれた「糞土の墻」の語りの特異性が明確になるだろう。

四、ジャンルを越境する物語世界
――心象としての〈郷愁〉を仮構する試み

さて、同じ向島を題材にした露伴の「望樹記」の第五節は、「自分の家の北側は小溝一ッを隔てゝ隣家の庭と続いてゐる。」で始まる。同じ風景を描いた「糞土の墻」のコンテクストとは明らかに語りの構造が異なっている。「望樹記」には語りの主体「自分」が設定されていて、景観の風景化は勿論、語られる「自分」の心理にも分け入っている。このような語りによって、露伴という作家が表象される仕組みになっている。露伴はこのような書く方法を選択したのである。こうして編み上げられた物語は、吉田精一が「必ずしも自己の個人生活の告白や反省はなくてもよいが、一ばん手ぶらで、仮構が全然ないといえないまでも、他のジャンルよりは、筆者の素肌の匂いや考え方がなまのままで出る。そのために、結局筆者の人間的価値がそのまま作品としての価値となる。」（『随筆入門』昭和三十八年二月、河出書房新社刊）と説明した随筆に類似している。吉田は自身を読者の側に立たせて、随筆の定義をしているのだが、「望樹記」を読むと、露伴が随筆というジャンルを熟知し、語られるすべての事物を、表象すべき「自分」に収斂させるような表現形式を選び取っていたことに気づくだろう。

それに引き替えて、「糞土の墻」には露伴で確認したような「自分」が存在しない。それどころか、この物語世界は「随筆　糞土の墻」でありながら、テクストとともに雑誌に記載された幸田文の存在性をも消し去ろうとしているのである。もっと正確な指摘をしよう。読者は雑誌を開いて、「随筆　糞土の墻」というタイトル、著者・幸田文を確認して、語りの世界に入っていくのだが、冒頭で「向嶋蝸牛庵」や「露伴先生」という記述を見たところで、この作者の物語だと認識するはずである。「随筆」とはこうした読みを誘発する補助線である。そのため、読者の関心は意図的にコンテクストの背後に、視点人物（幸田文）が隠されていることまで及ばないのだ。しかし、注意深い読書家は筆者が論述した語りの問題に着目し、「糞土の墻」の物語が「随筆」の枠組で語られつつも、それを脱構築していくテクストだと、察知するだろう。

そこで、冒頭部分である。「向嶋蝸牛庵はよい隣をもつてゐた。」によって、あらかじめ著者・幸田文を、読者に印象づけようとしたのか。この物語にとって、それはどのようなメリットがあるというのだろう。そこで、まず想起されるのは「露伴先生」の存在である。これに着目すれば、露伴を表象する／させられるという役割を担う幸田文像が浮上する。この物語内に、「露伴先生」はしばしば登場するのだが、語りの世界にインパクトを与える存在ではない。「料亭雲水」物語の一構成要素にすぎないからだ。だから、このような人物設定がされた「糞土の墻」を、露伴から自立した幸田文の語りの世界として読み返す必要があるだろう。それはそれとして、フィルムのネガに喩えた冒頭部分で、「向嶋蝸牛庵」と「露伴先生」が語られることによって、物語の時空間は歴史的な実在性を獲得するだろう。だから、このようなコンテクストは現実世界から過去へと遡行していく現在に位置している幸田文を表象するのだ。したがって、この部分の語りは、その後の物語に備えて、過去の時空間を情報化しているから、語りの性格は静かで平板になる。その様子をチェックしてみよう。

まず第一節の最初のパラグラフで、「入口の母屋には梅野至鎮さんといふ風変わりな人がゐたし、つぎの小家には植木職比久沢《ひくざは》さん夫婦がゐる。つぎの広間にははじめ比久沢の息子田吉《たきち》がゐる、一番奥の茶室は空いてゐた。」のように、体験に基づく客観的事実が提示される。続いて、擬人法によって加工された事実が、「むろん蛙も目高もだぼはぜも住人である。」（第二パラグラフ）等で、さらに、「ばあさんはぶつきらぼうで、むちやくちやで、愛嬌があふれることばつきで」（第三パラグラフ）のように語られている。そして、語り手は二つの文脈を、「木も花も魚も人間も、まつたくよき露伴家の友人であつた。」でバインドし、ネガフィルムの世界を閉じている。そこで問題なのは、物語という形式で捉え直されたその記憶を誰が所有しているかである。「随筆　糞土の墻」の語りは、記憶の所有者を求めようとしていない。それどころか消去しようとしている。だから、この物語が語りの対象とした記憶の世界は、ある特定の個人を表象するものではないようだ。語りの発端は個人の表象をめざしたものであったとしても、人物の身体性と記憶の世界を切断して記憶を純化しようとする営為は、自己体験を特権化するためのものではない。少女時代を語る幸田文がテクストの背後に隠れるのはこのためである。

五、ネバーランドの創造
――ちょっとだけ、太宰治の「桜桃」に敷衍しながら

仮に随筆の語り手が、作中人物の過去の体験を語ろうとするならば、その人物の存在をよりリアルに仕立てた方がいい。たとえば、素性から、容貌や身長、年齢などの身体性、家族や社会に帰属する人間関係、食物やファッションなどの嗜好性、思想信条などの情報をばらまいて、語りたい人物を読者の前に立ち上がらせるのである。こうしておいて、その者の肉声を響かせていく。さらに、語りの現在から回想する、という叙述のやり方を選択する。このような設定をして開始される物語は、語られる人物固有の世界だと、読者に印象づけるだろう。これが一人称の語りだった場合は、語り手と語られる対象を同一人物にして、作品の読解が進行していく。

このような習慣化した読み解きをうまく利用して、随筆に見せかけて小説「桜桃」を書いた

太宰治のような表現者もいるわけである。「桜桃」の語りが小説の叙法として機能するためには、登場人物の「私」と、テクストに内在している語り手と、テクスト外に存在していた太宰治が一体になっていなくてはならない。そうした場合、語り手は作中の「私」に太宰治固有の情報をまぶしながら、「私」を情報に見合った振る舞いや言動をさせる人物に仕立てていくわけである。そして、ここが肝腎なのだが、「私」が語りから自立しているかのような一人語りをやり出す。その実例がこれまでの語り手が物語ってきたコンテクストとは異質な、「実は夫婦喧嘩の話なのである」という内緒話である。これは語り手が設定していた物語のメニューではない。突然、物語に介入して、語り手を裏切ってしまうこの「私」は、語り手が企てた物語の規制から逸脱した存在なのだが、それによって、物語世界に新たに誕生した「私」が、語りを統御する事態になる。このフェイクが小説／随筆の境界を横断して、テクストを紡いでいくことになったわけである。太宰治という「私」、つまり作者のフェイクが、その存在性とパラレルな仮構世界を物語っていた。このために、「私」は太宰治（実はこれもまた読者に植えつけた作者の虚像だが）を演じ切るのだ。そうすると、このような存在はとことんまでニセモノという自意識を生きながら、物語を続行するしかないだろう。

では、「糞土の墻」に戻ろう。随筆の語り方から逸脱しているという点で、このテクストは小説「桜桃」と類似しているものの、語りの戦略は全く逆である。何度も繰り返すことになるが、ここでの語りは「随筆」というジャンルに規制されているにもかかわらず、本来ならばあるべき「随筆」の語り手が姿を現わさない。なぜ、「糞土の墻」の世界は、このようにして表象されるのか。

物語の場所、時間、登場人物は、語り手が表象しようとする人物の体験と不可分のはずである。だから、この人物を随筆の形式で表象しようとすれば、どんなにしてもこの対象は消せない。物語が成立するためには消してはいけないのだ。だが、この語りは記憶そのものを叙述してはいなかった。それどころか、物語は語られるべき存在の生活していた隣り合わせの二軒が、夢幻の時空に存在しているかのように展開していく。ここから記憶を新しい意味表象へと脱構築する試みが読み取れるのではないか。

幸田文という表現者がいて、「女性改造」編集者・芹川嘉久子（彼女はのちに幸田文の秘書になる）から随筆の執筆依頼が来た。編集者は文豪・露伴にまつわるものをという注文である。そうすると、物語は語られる露伴／語る幸田文の枠組で構想されるだろう。しかし、「糞土の墻」はこのような芹沢の注文を裏切るテクストである。物語の中心人物は「比久沢のじいさんばあさん」であり、「露伴先生」は脇役でしかない。この設定は著名な露伴の物語にしない／無名の老夫婦の物語にすることである。語りの世界において、文化国家の象徴というリアリティを孕んだ存在と全く無名な夫婦の位置が転倒し、この夫婦は、物語の中心で生きるのだ。作家論的にいえば、幸田文は二ヶ月前に発表した「勲章」で、悪戦苦闘しながら闇の酒屋を経営する娘が、父の第一回文化勲章受章の報を朝日新聞の電光板で読む場面を描いている。このシーンで、名声を得た「父」と貧苦にあえぐ「私」と、血縁で繫がる「私」と「父」で切り分け、築地から距った故郷へのはかない郷愁に浸る存在を瞶めていた。この語り手は父の名声に寄りかかって、「朝日新聞」の紙上に表象された「私」の存在性（名誉）に対し、自覚的でシニカルな心象を与えたのだ。この時、立ち現われた郷愁のトポス・向島は、「私」を記憶の世界に誘い、慰撫した。このような回想的な語りによって、その場所は昭和十二年の東京という都市空間の中に定着してしまうのだ。

では、二ヶ月後に雑誌掲載された随筆で、幸田文はこのモティーフをどのように扱ったのだろうか。以上の論述で明らかなように、彼女は「勲章」の語り方を変容させているのである。そうすることで、有名／無名の二項対立的な存在性を浮き上がらせた築地（朝日新聞社）／向島（家郷）の構図から、向島を幻想空間として解き放つ。それは自己存在に向けた皮肉な眼差しを切断することで達成される。そのために「糞土の墻」の語り手は幸田文を排除するのだ。こうしておいて、「露伴先生」によってリアリティを吹き込まれた老夫婦が、物語の中心で生き生きと動き回る。それを焦点化していくと、おのずから「料亭雲水」の時空間が出現していくだろう。

いったい、このトポスとは何か。語り手は大正期の東京に隣接する、そして幸田文の記憶と接続する場所だと仄めかすが、語り手はディテールをパン種にしながらも、記憶の再生を図っていなかった。目指しているのは、まず記憶の解体である。そしてパズルの断片一つひとつを、語るべきモティーフとして拾い出し、記憶を新しい物語へと脱構築するのである。こうして出現した物語は、もう幸田文固有の記憶の世界ではない。郷愁に囚われた瞬間にリアルに体現出来る、それは誰のものでもないが、誰のものでもある幻想世界なのである。

「帆前掛をかける」女の物語――「勲章」論

一、テクストの成立と、創作集『黒い裾』の構成に触れて

「勲章」を読むと、幸田露伴の文化勲章受章と、「東京朝日新聞」の社会記事のネタとなったその娘「あや子さん」のコントラストが印象的だ。物語の締め括りには、この印象を強めるかのように、「親は勲章をかけ子は前掛をかける」というコンテクストが配置されている。語り手はこの父と娘をめぐるイメージを基軸に据え、物語世界を構築していった。――このような予感を抱いた読者は、次のように推論するだろう。おそらく「勲章」とは、父と娘、文化勲章と労働着という二項対立的な構造が生み出す世界なのだ、と。――

このような推論を携えて、表現者・幸田文の履歴を追っていくと、興味深い事実が見えてくる。その一つは雑誌掲載の時、「随筆　勲章」だったものが、昭和三十年八月に刊行された小説集『黒い裾』に収録されていることである。「露伴の想ひ出屋」として書いた最初期の「雑記」、「終焉」などを集めて、幸田文が随筆集『ちぎれ雲』を世に出すのは、その約二年後である。『黒い裾』を刊行する前に、彼女は三冊の随筆集、すなわち『父――その死』（昭和二十四年十二月）、『こんなこと』（昭和二十五年八月）、『みそつかす』（昭和二十六年四月）を上梓していた。

著書目録を抜き書きしただけであるが、それでも気づくことがある。もっと、この気づきを明確にするために、昭和二十九年の連載小説『さゞなみの日記』（昭和三十一年四月刊）、昭和三十年の連載小説『流れる』（昭和三十一年二月刊）という記述を加えてみよう。

幸田文は昭和二十五年四月七日発行の「夕刊毎日新聞」紙上で断筆宣言をし、自分の才覚で生きようと決意した。この年、彼女は「続みそつかす」を執筆している。除け者という疎外感をタイトルにした「みそつかす」を書くことで、彼女はなぜ文学の家で、要らない者になっていったのかを贖めていた。書く行為によって、それが自分だけではなく、このトポスで死んだ生母、不幸になった継母の存在性でもあったと認識する。この物語の場所は中廊下式という近代的な住宅思想によって建てられたが、蝸牛庵と名づけられた文学のトポスでもあった。この問題については、以前に考察したことがあるので繰り返さないが、新たに提起しておきたいことがある。

それは断筆宣言と「みそつかす」との繋がりである。露伴の思い出を書くという枠組を取りながらも、この物語は「みそつかす」として生きてきた中年女の回想である。昭和二十五年に入って、幸田文は「続みそつかす」を執筆しているが、「みそつかすのことば」（『みそつかす』昭和二十六年四月、岩波書店刊）を読むと、筆が進まず苦しんでいる様子が看取出来る。記憶の中にあるトラウマを書くことで、少女期の自分を記述する現在を照らし出し、新たな疎外を経験する。それが蝸牛庵の女たちの心象であった。このような発見が遅滞しながら書き継がれていく最中で、露伴の「想ひ出屋」を辞めるという断筆宣言が出されたとすれば、この決意には切実な生の問題、文学の家を脱出し生き直したいという強い願望が内在しているに違いない。

その後の幸田文が執筆活動を続けながら職を探し、女中として芸者置屋で働いたことはよく知られていることだ。

自らが選択した職に就きたいと、彼女は切望した。表現者・幸田文として初めての創作集を刊行する道程までを辿ってみると、昭和二十五年に直面した問題が、昭和三十年上半期に再浮上したことが明らかになる。

生きる時間のイメージが捩れ、振り子が両極に振れている。「菅野の記」を書くことで発見した「おふじさん」の書き方をすることと、父を書く幸田文に戻ることは背反しているからだ。だが、そうだろうか。――露伴の「想ひ出屋」は与えられた役割である。それをメディアから要請され演じることで、自分の半生を無慙なものにした心的障害（「みそつかす」）を呼び起こしてしまった時、露伴を書くことの意味が問われたはずである。与えられるのではなく自分が選択するセルフイメージは、こうして立ち上がった。そこで忘れてはならないことがある。表現者・幸田文も、書かないという「露伴の想ひ出屋」の決意から生まれたということを――。

背反しているようだが、実はこの二つの肖像は、通底している。与えられた自画像を拒否し、自分らしい生き方を模索していく道程において、自らが書くという行為を選び取ったからである。

だから、昭和三十年という時期に編集刊行された第一創作集『黒い裾』は、表現者としての自意識のあり様と深く関わっている。つまり、露伴を書く／書かないという作家の問題、言い換えれば露伴で色付けされた随筆家からの脱却／フィクションの創造者としての再出発だ。そこで、『黒い裾』に関する書誌情報を、収録順に記述してみよう。

「勲章」昭和二十四年三月／「姦声」昭和二十四年六月／「雛」昭和三十年三月／「髪」昭和二十六年十月／「段」昭和二十九年六月／「糞土の墻」昭和二十四年六月／「鳩」昭和二十五年一月／「黒い裾」昭和二十九年七月

『黒い裾』は「勲章」から語り出され、創作集の題名になった「黒い裾」で閉じられている。単純な書誌的記述をし終えた時、次のような推論が生まれる。この構成は「勲章」を創作の起点とし、現在の到達地点が「黒い裾」（今日でも評価の高い）であることを示している。そして、この創作集の総体は先述したセルフイメージを体現する主人公の、そして彼女が生きようとする世界を表象する物語なのではないか。――このように想像していくと、「勲章」に仕組まれた露伴／娘、勲章をかける文豪／帆前掛をかける酒屋の女主人が、二つの時空を挟んで二重写しになってくる。断筆宣言以降の苦い体験によって、昭和二十四年の随筆で表象した「私」が、昭和三十年のセルフイメージを体現する主人公に生まれ変わっているのではないか。

二、ジャンルの変換をめぐって
――随筆「勲章」と小説「勲章」

「文學界」（昭和二十四年三月発行）に掲載された「勲章」は、幸田露伴が第一回文化勲章の受章者になった昭和十二年四月末を中心に描いている。先ず、語り手は物語の主人公を「身にはまつくろなしきせ縞を纏つてゐた。」というコンテクストで語り始め、続いてこのような衣裳を着ることになった身の不幸に言及していく。この後、語りは転調して、昭和十二年という大状況を前景化し、それに翻弄される塵芥（主人公の日常）を捉えていくのだ。引用してみよう。

昭和十二年四月末、世は前年の二・二六事件を不消化のまゝに、やがて三月後に起る日支事変を孕んで、漸うに劫風《ごつぷう》の軸は旋《めぐ》つてゐたし、つれて起る大小さま〴〵の渦巻き風になぐられて、おもはぬ隅の芥まで誘はれて舞ひつ揉まれつ、はじのはじの一塵が私だつた。

こうした語り方は、焦土と化した首都のスケッチから始まる「菅野の記」にも生かされている。主人公に寄り添うような設定になっているが、如上のコンテクストで分かるように、物語の語り手は、大状況の側からこの人物を描く批評的な視点も持っている。したがって、主人公は語り手によって、内側と外側から炙り出される存在ということになるだろう。とは言っても、漠として取り止めのない時代の空気感がどれ程の効果があるだろうか。せいぜい物語の内部に生息する人物の存在性を暗示するくらいのものではないか。「はじのはじの一塵が私だつた。」で、ひとかたまりの文章が締め括られているように。

と考えるのは、本格的に「勲章」を論じようとしなかった人々、そしてかつての筆者である。「昭和十二年四月末」から始まるコンテクストが表象するのは、それだけなのか。と自問してみた時、二つの気づきがあった。なぜ「勲章」がタイトルなのか。なぜこのテクストが文化勲章受章者の娘を焦点化し、露伴を物語の周縁に置くのか。

このように考えながら到達したのが、次のような見解である。時代の空気を集約するメタファー、そして主人公を客体化する装置としての勲章。だから、物語は必然的に、主人公の「私」を批評する鏡の役割を担った「勲章」（物語上に浮上するフィクションとしての「露伴」）をタイトルにして、物語は始まった。したがって、主人公の姿は「勲章」をめぐる内面語りの中に顕在化する。すると、このような語りの構造によって紡ぎ出される物語は、おのずと虚構の領域に接近していくだろう。

この物語がさらに面白いのは、次のような後日談があるからだ。批評の鏡として物語の内部に存在していた露伴が、後日、幸田文の想念に現われて教唆したという。上林吾郎は「『勲章』の思ひ出」（『幸田文全集』月報2、昭和三十三年九月）で、このテクストがどのようなジャンルで分類されるべきかをめぐって、「文學界」編集長と作者が対立した様子を書いている。上林は小説欄に組み入れようと進言した。だが、幸田文は「小説ぢやない、随筆だ」、「おやぢが聞いたらどやしつけられる」と、露伴を盾にして上林の申し入れを峻拒したのである。このエピソードの中に、私小説が文学のメインだと考える文芸編集者と、明治の文豪・露伴の小説観をセオリーにする幸田文との隔たりを読み取ることが出来る。そしてそれが示しているのは、書き手である彼女が対峙する批評――露伴の像である。

想念上に浮上した露伴の批評を受け容れて、彼女は身辺雑記とフィクションとを切り分けたわけだが、これで、物語は終わったわけではない。「文學界」の目次を見ると分かるように、上林は「勲章」を随筆と小説の中間に配置したからである。この時の上林は、テクスト内に存在するフィクショナルな語りの構造を読み解いていたのだ。そして昭和三十年七月、『黒い裾』を刊行した担当編集者もまた同様である。さらに、幸田文も露伴の批評から脱出して、六年前の自作を随筆から小説に読み替えていった。

と言うと、何でもない事のようだが、「勲章」で顕在化したジャンルの変換は、彼女にとって重要な事件だったはずである。もう少し、この問題にコメントを加えよう。

このテクストには、露伴というバイアスが二重に掛けられている。一つは物語世界の内部である。主人公「私」に寄り添う語り手は、彼女の父でありながら異次元に存在する文豪「露伴」を強く意識している。東京朝日新聞の電光ニュースで、父の受章を知った直後に、娘は脳溢血状態に陥る。それが沈静化するにつれ、込み上げて来たのは喜びではなく寂しさであった。語り手は東京朝日新聞紙上で報じられる娘の場面を用意して、父娘のコントラストを際立たせる。

この時の父は成行ではなく、「露伴」である。随筆「葬送の記」は、文化国家を象徴する「露伴」の国葬を拒否し、娘が喪主として父・成行を見送る物語だった。だが、約一年半後に発表した「勲章」ではそれが反転している。語り手は国家に眼差された「露伴」を鏡として、娘の自画像を表象しているからだ。

露伴の「想ひ出屋」として出発した書き手のもう一つの問題がある。メディア側の要請を作品の枠組として物語を紡いでいく営為は、必然的に幸田文の表現者像を規定する。それは露伴との記憶の世界に彼女の想像力を縛りつけ、語り手としての可能性を奪いかねない。文豪・露伴を想起しながら、ジャンルの問題について、上林とやり合ったというのだから、彼女がいかに露伴に、そして作られたセルフイメージに拘束されていたかが分かるだろう。

昭和三十年の幸田文は「随筆　勲章」の「随筆」を消去した。その時、冒頭に登場する労働着の女は、新たな相貌を帯びることになった。それによって、この女性のイメージが遍在する「勲章」の物語世界もおのずから変容しているのではないか。このような問い掛けをしながら、テクストと向かい合おう。

三、連続する比喩で組み立てられる語り
——「楯の如くギブスの如く遮断扉の如く」が表象するもの

このテクストは、「身にはまつくろなしきせ縞を纏つてゐた。」から語り出され、一葉の甥、樋口悦の「親は勲章をかけ子は前掛をかける」という言葉を響かせつつ、閉じられている。冒頭のコンテクストを引用してみよう。

> 身にはまつくろなしきせ縞を纏つてゐた。帯は更紗の唐草が薄切れしてゐた。その帯の腰へ、その著物の膝へ、楯の如くギブスの如く遮断扉の如く、ぎりつと帆前掛《ほまへかけ》がかゝつてゐた。

新川の酒問屋が潰れ、しがない小売酒屋の女主人として働く「私」がこのように表象されている。このコンテクストには誰かが身につけた衣装を客観的に描写していこうという語り手の意識が働いている。だから、取り敢えず、それが誰かは情報化されない。しかし、視点を「帯の腰」、「著物の膝」とズラしていくうち、語り手は身体と衣服が一体化した誰かの感覚を語ってしまっている。それが「楯の如くギブスの如く遮断扉の如く」というコンテクストである。こ

の時、比喩表現の主体が文脈から浮上して、一文は「ぎりつと帆前掛《ほまへかけ》がかゝつてゐた。」ではなく、「私はきりつと帆前掛をかけてゐた」で閉じられるはずだ。したがって、「楯の如くギブスの如く遮断扉の如く」という異質な語りがなぜ紛れ込んだのか、と読者は感じるだろう。

この後の物語は、読者の疑問を語りの構造に組み入れ、それが少しずつ解消されるようにして展開していく。次のパラグラフに浮上する「私」は、注文の品を届けるため、使用人の「小僧」が書いた地図を頼りに得意先を探している。だが、肝腎の地図が不正確だったため、配達が遅れ、主婦の不興を買ってしまう。そして、重い空瓶を持って帰らねばならなくなる。なぜ女主人がみずから配達しなければならないかといえば、働きのない「青黄色い亭主の顔と対ひあつてる暇《ひま》を無くするため」であった。語り手が冒頭に登場した彼女を、「露伴のお嬢さん」だと明かすのはその後である。ここまで読み進めた読者は、身につけた衣服に対する客観的な描写の中に、それとは異質な「楯の如くギブスの如く遮断扉の如く」という語りが紛れ込んだ理由を知るだろう。この簡潔な比喩表現とパラレルな、言い尽くせぬ事情があり、それを身の内に封印する手立てが「帆前掛」であった、と。——

ここまで語った後、物語は滞留してしまう。次に引用する冒頭のコンテクストに、読者は引き戻されるからだ。このような語りが暗示するように、「勲章」の物語は既述のコンテクストを巻き込み、それを増幅しつつ螺旋を描くように進行していく。そうすることで、「身にはまつくろなしきせ縞」を着た女に、焦点が当てられていくのである。

螺旋を描く語りの構造によって、表象される着物と女を読んでみよう。

この姿！　小僧の著るしきせ縞は心《しん》から底からの商人の筋に生れついた姑《はゝ》のくれたものである。帯の更紗は着崩れしないため、木綿に木綿を配すれば互に噛みあふのである。帆前掛、船の帆布でできてゐるからその名がある。まはしのやうに幅が広くて、まんなかに酒のしるしまへがでか〳〵と印刷してある。一種の広告も兼ねてゐるから、酒界之華とか飛切極上とか名声布四海とかは無論、醸造元やら扱店やら盛り沢山にべた〳〵と、およそ見ざめのする華やかさである。櫛巻でない洋髪の女が、小肥りでない背高な女が、それを掛けてゐることは宣伝であつた。もつと云へば露伴の娘が掛けてこそ帆前掛の効果は最も挙がるのであつた。これは私の夫の提案であつた。

「楯の如くギブスの如く遮断扉の如く」という他者の刺激を受け止め、心的障害（「骨折の傷と痛み」）に耐え、それを身のうちに封じ込めておこうという欲望を、なぜ比喩の連続でしか表象し得なかったか。「この姿！」とは他者に晒す／他者の視線が凝縮する自画像に向けた憤怒に違いない。自省とともに、この強い感情が内部に折り畳まれていく時、おのれを客体化する比喩は生まれている。実は、この比喩による語りの構造は、そのまま主人公が掛けている「帆前掛」の表象に生かされて、広告としての仕事着／宣伝道具としての身体が、繰り返し語られるのだ。

注意したいのは、連続する比喩のコンテクストが、「櫛巻でない洋髪の女が、小肥りでない背高な女」という生の身体を見つけ出していることである。しかし、立ち上がってきた「女」の身体は直ちに「露伴の娘」という意味に吸引されてスポイルされてしまう。

だから、語りの構造として、比喩を連続的に織り込んだこのコンテクストは、広告宣伝と化してしまった女の身体を表象しているのである。

筆者は「勲章」における語りの螺旋構造を指摘したが、だからこそ、このパラグラフは「前掛はあらゆる矢を防ぐ楯であり、人生の骨折を庇ふギブスであり、内心の憤悶をうちに隠す遮断扉であつた。」で閉じられるのだ。

四、メディア表象された「あや子さん」（露伴の娘）の肖像写真／浮上する実像

「私」をめぐる二つのイメージと、それによって引き裂かれていく心象が、こうして物語世界に浮上する。そこで、語り手はもう一度、主人公とシンクロする「前掛」の比喩を活用しながら、封印していた内面へ降り立っていく。この語りは「前年、朝日新聞は社会面の記事に私を扱つた。酒仙露伴博士の令嬢が酒屋を開店、奥様業から街頭へ、師走微笑篇としてある。」から始まる。社会面の記事とは「東京朝日新聞」昭和十一年十二月二十六日朝刊に掲載されたものである。「酒仙露伴博士」以下のコンテクストはそのまま紙面に印刷されている。語りの現在において、語り手が手元に置いていた記事とはどのようなものだったのか。

記事は「師走微笑篇　酒仙・露伴博士の／令嬢が酒店を開業／奥様業から街頭に」の見出しと、記者の紹介文、インタビューで構成されている。紙面の見出しと本文の記述が一致しているので、語り手はこの新聞記事を瞶めているのである。そこに記者の質問に答える約十二年前の「私」がいる。

あや子さんは語る

このやうな酒の小売業を始めたんですが父は「今までのら〳〵してゐるからだよ」と笑つてゐるきりで最初から物凄く苦労をしなくちや駄目だなぞと同情をしてくれないんですよ。東京中を配達して歩くのでこの頃では私の東京地図が心の中に出来てどこでもわかるやうになりました。主人が新川の蔵にゐた関係で蔵元直送の小売を思ひ立つて始めたのですが、ブラ〳〵してゐる生活よりも引締つてなんだか朗らかな気になつてゐます

売つたり買つたりする事が私は好きですから一生懸命になれるのかも知れません。父のお酒の好きな遺伝で私がこの商売を始めたのではないのですよ　私はお酒はすこしも飲めませんけど蔵でき酒をするし味だけの解る自信があるきりです。

筆者はかつて「それは笑顔で始まった」という拙文で、幸田文のメディア表象を考察したことがある。タイトルにある「笑顔」とは、一升瓶に挿入した大きな漏斗を両手で支えながら、カメラ目線で微笑んでいる表情である。「勲章」で語られた肖像が記事を見る読者に向かって微笑している。「あや子さんは語る」の話者は能弁である。慣れない小売りの酒屋を切り盛りする日々を、「引締まつてなんだか朗らか」、それは商いが好きだからと、印刷された肖像写真にリアリティを与えている。

ここで、「勲章」に戻ってみたい。そうすると、そこで気づくのはテクストと新聞記事の内容がリンクしていることである。というよりも、メディア表象された「あや子さん」と「私」を

視野に入れた語りが紡がれているのではないか。この新聞記事は昭和二十四年の初出稿、昭和三十年の定稿をメタレベルで支えている、と言い換えてもいい。

この記事は百万単位の家庭に発信されるにふさわしい歳末のニュースである。年越しを控えて、恒例のように貧困にあえぐ庶民の姿を点描する記事が掲載される。ネタ探しをしていた社会部の記者にとって、流通機構の変化のあおりで倒産した酒問屋の家族が、それも露伴の娘が心機一転して酒屋を始めたという情報は魅力的である。この記事は社会面に載ったさまざまな情報の只中で、有名人の子女をも巻き込む貧困に立ち向かう主人公の向日性というイメージを表象する。彼が求めるシナリオに沿って肖像写真が撮影され、幸田露伴の娘はその演出にふさわしく振る舞い、それが編集されて「あや子さん」の物語が生まれる。

これがポジフィルムとすれば、さしずめ「勲章」の語りは、その陰画である。語り手は表象された新聞記事の世界を持ち込んで、表象された「あや子さん」と、その実像とのギャップを描いていく。記事で紹介された名前が〈文子〉ならぬ「あや子さん」であったことが象徴するように、すべてが社会部記者と広告宣伝を狙う「夫」の作り上げたフィクションである。だから、「帆前掛」の演出を提案した「夫」は、意図した効果を記事に見つけて、記者に返礼の酒を届けたのだ。だが、使いをした小僧は「ばかにすんない、朝日の記者だぞ、見そこなふな」という罵声を浴びる。語り手はしょげかえる「夫」と溌剌とした記者の像を書き分けて、恣意的な読み取りを許さないメディアの論理と向かい合っている。

十数年ぶりに再読して気づいたことがある。「あや子さんは語る」の全文は、「酒仙・露伴博士の／令嬢が酒店を開業」と肖像写真によって、あらかじめ読み取りの方向が示されている。

筆者の読解も、無意識に記者の指示に従っていたのかもしれない。記者が設定した報道の枠組を外してみると、このインタビューの中から〈文子〉の肉声が聞こえて来るようだ。

父は「今までのらくしてゐるからだよ」と笑つてゐるきりで最初から物凄く苦労をしなくちや駄目だなぞと同情をしてくれないんですよ。東京中を配達して歩くのでこの頃では私の東京地図が心の中に出来てどこでもわかるやうになりました。主人が新川の蔵にゐた関係で蔵元直送の小売を思ひ立つて始めた（中略）父のお酒の好きな遺伝で私がこの商売を始めたのではないのですよ。

引用したコンテクストの内容を整理してみよう。まず、「あや子さん」は父の援助を期待していない。次に、始めた商売は一見、露伴と繋がる酒の小売りだが、夫と相談して決めていた。語りの終盤で、父娘の関係性を「遺伝」というタームで浮き彫りにしながら、これを切断する自分を印象づけている。意図していた語りはこの自分であり、露伴の娘ではない。つまり文学博士（文学テクストの創造者）露伴から自立していく〈文子〉の実存が、実は肉体を駆使する労働者のイメージによって、はっきりと語られていたのである。それが「夫」のアイディアと、ニュースを作るメディア側の意図によって、「露伴の娘」を演じる「あや子さん」に読み替えられてしまったのだ。記事の中に顕在化した偽の自画像、これをめぐる「夫」と「朝日の記者」とのトラブルは、いっそう主人公の引き裂かれた内面に負荷を与えたに違いない。だから、再び「それもこれもしきせ縞と前掛が私の心の口を、蓋《ふた》してくれて過ぎてゐた」というように、身に纏った労働着のイメージで、パラグラフは閉じられたのである。

昭和十一年を生きる主人公は自分の心を閉ざしてしまったが、語り手は昭和二十四年になって、この記憶に寄り添い、語り始めた。身内に閉ざす／外に開かれる言語のイメージに、この「あや子さん」に〈文子〉の息吹を注ごうという欲望が垣間見える。したがって、「勲章」はこのような内発する心象が展開していく物語と考えられるのだ。

五、秘匿された心象／語ろうとする欲望
――メディア表象される文化勲章と「あや子さん」という偽の肖像

「前年、朝日新聞は社会面の記事に私を扱った。」から始まるパラグラフで、語り手は家路に急ぐバスの車内で、物思いにふける主人公の心象を描いた。それはこれから急展開していく物語の伏線である。先回りして言っておくと、朝日新聞に表象された「あや子さん」は、朝日新聞の電光ニュースで浮かび上かった「ロハン」の「ワガ国サイ初ノ文化クン章」と対置されている。語り手は父と娘のメディア表象を印象づけながら、それが「私」の心中で交錯し、強い衝撃を与える様子を追っていく。

数寄屋橋。一条の水、夕映の水、離れて久しいふるさとの水、隅田川、郷愁が水につらなり胸に流れた。一波千波、とろりと静かな残照のそのなかに、輝きなきせゝらぎが、こめかみのあたりにちり〱と流れて見えた。はつとした。ねぢりきつた身の眼の限りに、ロハンといふ字が顫へ〱消えた。脳溢血！　朝日新聞だ。ニュースだ。尾張町から夢中で駈け戻った。十字路。

語りは昭和十二年四月末の時空に戻って、車窓の景観に眺め入る「私」が写し出される。冒頭で隅田川へと注ぐ水路にかかる橋を、語り手はクローズアップする。それから、水面を眺めるうちに、主人公の内面が橋架下の水流に溶け込んで、少女期を過ごした向島の記憶にリンクしていく様を炙り出す。このような感傷がおのずから体言を重ねる詠嘆的なリズムとなって、「私」を慰撫している。この時の「数寄屋橋」は主人公が過去の記憶へ遡及していく装置であった。だが、「はつとした。」というコンテクストが表象するように、引き戻された主人公の意識と繋げられて、数寄屋橋は現実のトポスに変貌する。

「私」は尾張町、すなわち銀座四丁目あたりで慌てて途中下車し、築地の東京朝日新聞社前まで戻り、階上に設置された電光板を見ている。だが、その文字が判読出来ない。「脳溢血が凍りついてゐる以外、なにも思はずたゞ見つめた。突然、嘔吐が襲」う状況に陥ったからである。電光ニュースを三度見て、ようやく露伴の文化勲章受章の決定を知る。語り手は暮れゆく空で時間の流れを点描しながら、次のように落ち着きを取り戻した「私」の心象を語っている。

なにも殆ど堪へられなかつた。前掛の褄を三角に折つて、ぎゆつと腰にはさんだ。空鑵を取りあげて両手にさげた。そこに、眼のさきに長い柳の糸が昏《く》れてゐた。身体のまはりにさみしさが罩めてゐる、頭がづき〳〵痛かつた。

甘やかな郷愁に浸っている状況から、語りは一転し、強いショックに見舞われた「私」の心理が語られている。語り手は一貫して主人公に寄り添う設定になっているため、彼女の内面に向けて気儘に想像力を働かせることは出来ない。最高の栄誉を与えられるという報道に対して、どうしてここまで動転しなければならなかったのか。その内幕は伏せられている。

ここで、露伴の文化勲章受章にかかわる情報を整理しておこう。「文化勲章ハ文化ノ発達ニ関シ勲績卓絶ナル者ニ之ヲ賜フ」という文化勲章令は昭和十二年二月十一日、紀元節の日に公布された。「読売新聞」昭和十二年四月二十六日朝刊に掲載された「光栄・初の文化勲章　有力な授勲候補」には露伴の名が見える。「東京朝日新聞」昭和十二年四月二十七日朝刊は一面で、「栄えの文化勲章」の見出しで、四月二十六日午前十一時、内閣賞勲局において、露伴以下八名の受章者名など文化勲章関連の発表があったと報道した。朝日新聞社社屋に設置された「電子新聞掲示場」（稼働開始は昭和三年十一月六日）において、この内容が発表直後に電光ニュースで伝えられた。二十九日夕刊は、二十八日午前十一時より内閣賞勲局総裁室で挙行された文化勲章授与式の模様を報じている。このような大きな褒章の場合、記者発表に至る前に、担当者は候補者が賞を受けるか否かを確認する。この段階で当事者と家族は降ってわいたような事態に遭遇する。このように表に出ない事情を考慮すると、露伴の家における主人公の存在性が見えてくる。彼女が父の文化勲章受章を報じる電光ニュースに気づいたのは、二十六日夕刻だった。同日に取材し、翌日の紙面に掲載された露伴の談話「静かな生活」を読むと、蝸牛庵の住人は彼と女中一人だけで、妻の八代は信州に療養に行っていて不在である。露伴が自分の栄誉を、一女中に漏らすはずはない。世間に公表されるまで彼は秘していた。つまり、娘にもかかわらず、主人公にも何も伝えなかったのである。

車中から隅田川に注ぐ水流を眺めているうちに、懐かしい向島を思い出し、郷愁に浸っていた「私」である。電光ニュースに「ロハン」の文字を見つけて驚いた彼女は、不吉な何かを感じたのではないか。直観したのは、死である。「ロハンといふ字が顫へ〳〵消えた。脳溢血！朝日新聞だ！　ニュースだ。尾張町から夢中で駈け戻つた。十字路。」というコンテクストは、そのために顫動するリズムを刻んでいるのだ。

この後、父の慶事を報じるニュースだと知覚するのだが、それでも心身の混乱は止まっていない。その原因は何か。語り手はそれを明かさない。その代わりに、必死に何かに耐えている私の心象を「身体のまはりにさみしさが罩めてゐ」と語っている。ここでも「前掛の褄を三角に折つて、ぎゆつと腰にはさんだ。」というコンテクストが登場する。そこに着目したい。語りの構造を形成する前掛けのイメージに出合う時、読者は語り手が張り巡らした仕掛けを手掛かりにして、身の内／外で切り分けていく彼女の心象風景を眺めるだろう。電光ニュースを見上げ嘔吐する情景が、そのクライマックスシーンである。

この場面においても、「内心の憤悶」の中身は伏せられている。語り手は「私」の指示通り、この心象を語ろうとしないからである。しかし、秘匿しようとしているが、一方で語ろうとするアンヴィヴァレントな欲望が、この物語を進行させていたのではないか。秘匿することで、一枚の地図の上に空白部分が生じる、語り手は主人公との契約に添いながら、しかし直接には言及しない語りを続行しながら、空白部分に向けて、言葉を発しているのだ。

この後、語り手は眠りに就くまでの「私」の姿を追う。物語は必然的に時系列に沿って展開していく。そのため、強い印象を残しながら、夕景のクライマックスシーンは、時系列に沿う物語の行間に飲み込まれていくようだ。しかし、叙述は螺旋を描くように、常にこのシーンに回帰し、空白部分を指示しているのである。

さて、帰宅して留守中に得意先から酒の注文が入っていたことを知った主人公は、酒問屋に駆けつける。そこで、思いがけない歓迎を受ける。「大旦那様おめでたうございます。御名誉なこつてございます。小石川の旦那様ご立派なこつてございます。お祝ひ申しあげます。」――それは彼女の家族も使用人も知らない情報だった。夫にも子供にも露伴の文化勲章受章を伝えず、「私」は本家の店舗に飛び込んだ。すると、一斉に職人たちが引用した祝言を述べたのである。身内なのに露伴の情報を知らない我が家、流通のネットワークに組み込まれた酒問屋らしく、一従業員すらも最新情報を既知していた。語り手は主人公の記憶から引き出された事実そのものを語っているのではない。「私」の記憶は語りに向けて捉え返される。このような営為を通して、昭和二十四年の語り手は、語りの現在における「私」の実存に肉薄していく。だから、このシーンは内在する物語の批評性によって生まれた。その批評は情報ネットワークの圏外に置かれた露伴の身内／噂を知っている部外者の職人たちをクローズアップしている。この語りによって、読者はいち早く吉報を知るはずだった露伴の娘の存在性を読み解くと同時に、そうした状況に出合った彼女の心理世界を覗き込むだろう。このタイミングで、次のような語りが展開する。

文字に疎く、ひとすぢに労働に打ちこむ彼等の眼は、単純に喜びをのべてゐた。露伴の何がえらいのか、勲章の栄誉がいかなるものか、彼等はおそらく知らない。さういふ私もまた彼等に近い人問だつた。知らなさから云へば、露伴何者、栄誉何ぞ、答へ得ない。

職人たちにとっては幾多の情報の一つだが、娘にとっては大切なものであった。語り手は「私」の自問自答を引き出す。娘の自分は最も早い情報受信者となるはずが、実体は新聞メディアが流す情報の消費者であることにおいて、職人だちと同質である。螺旋状の語りがひと巡りして、語りはさらに主人公の内面に近づく。そして「私もまた彼等に近い人間」という気づきを探り当てるのである。

ところで、露伴の娘ならば、すぐに実家に戻るべきであった。しかし、「私」は職人の運転するトラックで自宅に戻り、おそらく得意先に注文の酒を届けている。語り手はこの後、「萎へてゐて小石川へたづねられず、心だけが馳せまは」る彼女を追いかけていく。こうして、孤独な床の中で、泣きながら一夜を過ごす主人公が前景化する。この時の語りに響く主調低音は「たがひに一人の父だのに、子だのに、私はなんといふ子なのだらう。おもへば谷の底にあやめも分かずゐるやうな私だ。はるかに仰ぐ父のすがたには、霞がこめてさだかでない」という心象である。

このコンテクストを支えたメタテクスト（獅子の児の親を仰げば霞かな）が、『新潮日本文学アルバム　幸田文』（一九九九年一月、新潮社刊）に掲載されている。露伴が扇面に書いて、我が子に与えた「歌仙行独吟三章」である。幸田文の手元に残った唯一の遺墨だという。

獅子の児の親を仰げば霞かな

巌間の松の花しぶく瀧
ほそ道のこゝにも春のかよふらむ

発句の世界は、自分の子に苦しい思いをさせて力量を試し、這い上がってきた者だけを立派に育てるという故事「獅子の児落とし」を下敷きにしている。とすれば、語り手はこの扇面と昭和十一年の「東京朝日新聞」の記事とを手掛かりにしながら、「勲章」の物語を展開していたことになる。百万単位の読者に向けて発信したニュース記事は物語の表層に露出し、極めて私的な文学テクストの方は語りの中に伏在する形で——。こうして、昭和十二年における〈文子〉の記憶は捉え返されたのだ。つまり、「勲章」は二つのメタテクストが象徴するように、それぞれが重なり螺旋を描きながら進行する物語なのである。父の名声によって東京朝日新聞紙上に表象され、読み捨てられる「あや子さん」は、「露伴」の名誉を報じる電光ニュースと対置され、そこから浮上する自己の存在性が文学テクストによって照射されていく。

先ほどの論述において、娘が父の残した扇面を眺める昭和二十四年を、語り手は描いたと説明した。この語りの現在から、語り手は昭和十二年四月末の主人公を蹟める。そして、描出されたものは、彼女が少女時代の記憶に連れ戻されるフラッシュバック体験である。思い出されたのは晩酌をしている父が「獅子は仔が肥立つと、千仞の崖から蹴落としてためすといふ。」と語り出す場面である。空を蹴って躍り上がる勇健な子、底に下りてから徐々に飛びながら苦もなく上がる子などがいる。その中で自ら道を開くこともせず、泣きわめくものに、親は食われてしまえと言う。この子が自分のことに思われた幼い主人公は泣いて、父に憐れみを乞う。この物語を聞かされるごとに、食われてしまえと言う親獅子に対する鬱憤と子への同情が募る。そして少女は思わず「食はれてしまへー」と叫んでしまう。

見捨てられ死んでしまうという少女時代の心的障害が、「私」の現在とシンクロしていく。こうして、「獅子の児落とし」の故事を語る父が「露伴」に変容し、話の中の見捨てられる獅子の子と自分を二重写しする少女の中に、今、此処を読み取る「私」が顕在化する。そこで、再び、酒屋の職人たちの存在によって自己を捉えたフレーズが語られる。「私は父の学問のたけを知らない。芸術のゆきも理解しない。運も実力も、人物の幅《はゞ》ともなれば更によく知らない。」と——。知らない、という断定が連続するコンテクストは、さらに同じ語りの構造によって、「何だ」という連続的な問いを誘発し、「私」の内奥を照らし出す。

百人千人に超えた人とは何だ、その親に百人千人なみの子が結ばれてゐる因果とは何だ。——枕の蔽ひが濡れひろがつた。

この強い問い掛けに答える者はない。だから問いは繰り返せば繰り返すほど空転して、憂悶は重なる。ここで気づくことがある。引用したコンテクストが主調低音の心象「一人の父だのに子だのに」をベースにしながら、テクストの空白部分にもう一歩近づいていることに——。文化勲章の報道を契機にして、成行とその娘という親子関係が「露伴」の側から切断された。「私」は自分が捨てられたと直観したのである。そこから立ち上がる自画像に職人たちの像を重ねることで、「あや子さん」と「露伴」とを差異化する。そして、捨てられたという憂悶が少女時代の心的障害で増幅されてしまうのだ。翌日、主人公は黒いしきせ縞の着物に、自分の憂悶を封印する前掛けをぎゅっと締めて、実家に帰った。

六、労働着を着る表現者の誕生
――「想ひ出屋」としての「内心の憂悶」を発条として

主人公の内面に封印された昭和十二年の心象は、このような語りによって表出した。この時、語り手は十数年間、抱え込んでいた心的障害を表沙汰にする「私」の意思に添う叙述を選択したはずである。この場面に読者を立ち会わせることで、昭和二十四年の「私」は、好奇の眼で瞶める傍観者と向きあう。

語り手と主人公は、おそらく熟知している。ここからの告白＝「露伴の娘の醜い内面劇」という枠組で読むであろう読者（傍観者）の存在を。――「勲章」、「姦声」もゴシップになりかねない際どいモチーフだが、この二篇を続けざまに雑誌に掲載していったのはなぜか。テクストの中で、どちらの主人公も身悶えている。

「想ひ出屋」として幸田文が世に出したテクストに登場するのは、普通名詞の「父」である。それは露伴だという読み取りが自明とされている。なぜなら、幸田文が受け容れた物語の枠組は、このような読解の仕方を指示しているからである。「勲章」もその例に漏れない。

だが、近年、筆者は幸田文の語りの世界がこの枠組を逸脱していると論じてきた。父＝文豪・露伴は必ずしも自明ではなく、本名の成行として読み解くべきテクストが存在しており、それらは昭和二十九年以降に展開していく小説世界を準備していると考えられる。

このように述べておいた上で、「勲章」の物語に戻ってみよう。このテクストのタイトルは「露伴」の名誉にちなむものだ。だが、語り手の視点は輝かしい文豪の業績や人となりに向けられていない。語り手が寄り添っている「私」は自ら告白するように、「さういふ私もまた彼等に近い人間だつた。知らなさから云へば、露伴何者、栄誉何ぞ、答へ得ない。」人物である。その「彼等」とは「文字に疎く、ひとすぢに労働に打ちこむ」酒問屋の職人たちであつた。だから、第一回文化勲章の受章者「露伴」を語り得ないというのだ。こうして、語り手が語れない「露伴」に代わって、文豪としての「露伴」を認識出来ない「私」（見捨てられた子）が物語世界の中心に浮上するのだ。

語り手が寄り添う「私」に、筆者は物語の主人公役を割り振ってきたが、改めて彼女を物語の主人公として据え直した時、「想ひ出屋」の物語において中心に据わるべき「露伴」が、なぜ脇役になってしまうのかが見えてくるだろう。

繰り返しになるが、このテクストにはメディア表象される父／娘という二項対立が仕組まれているから、必然的に表象されるのはペンネームを持つ父、すなわち「露伴」でなければならない。このような設定があって、初めて身悶える「私」の心身が物語の前面にせり出してくる。それを印象づけるために「露伴」は活用された。彼は心的障害を引き起こさせる装置なのである。

テクストの細部にこだわりすぎたかもしれないが、このような読解を通じて、昭和十二年を生きた「露伴」の娘が体験した事実が明らかになる。さらに、決して口外しないと決意したという事実も、である。これだけならば、物語の素材を指摘しただけであり、せいぜいテクスト読解の入り口に立っただけのことである。

問題は素材なのではない。親と子をめぐる隠微なストーリーは人間の数だけ存在するから、そういう意味では陳腐なのである。それにもかかわらず、物語が開始される時、語り手は多数の語り手と自分との差別化を意識している。つまらない話だが、と前置きをしたにしろ、自分が語り／他者が聞くべき価値があると、どの語り手も考えているのだ。自分だけの体験を慈しみ抱きしめること、すなわち掛け替えのない生の一回性という認識こそが（たとえ誤認にしても）、一人の語り手を誕生させる。輝かしい成功譚にしろ、悲惨な身の上話にしろ、自分だけが語ることが出来るという意味で、語り手は、特権的位置に立ち、程度の差こそあれ、語り口もナルシスティックな色彩を帯びてくる。語りが終了した時、このテクストはどのような物語の主人公を表象しているのだろうか。

さて、「勲章」の物語は「身にはまつくろなしきせ縞を纏つてゐた。」で始まり、労働着を着る「私」の心象を語って閉じられていた。

親は勲章をかけ子は前掛をかける、――一葉女史の甥にあたる樋口悦さんがさう云つた。表面だけでも弱みをみせたくなさから、けら／＼と笑つたが、前掛は手ごはいあら／＼しさを以て、たなごゝろを、心をこすつた。勲章はふとした機会で戦火を免れてのこつてゐるし、このことばも今なほ万斛の慈味となつて私に遺つてゐる。帆前掛の触感も、ときに生々《なま／＼》とよみがへつて、ぎりつと膝を裏むことがある。

このパラグラフには、過去の記憶と生々しい現在とを接合する他者の批評語が挿入されていて、すべての語りがここに収斂されていくことに、読者は気づく。「文學界」の編集長・上林吾郎は、そのような最初の読者だった。「親は勲章をかけ子は前掛をかける」という自己に向けた批評を借りながら、螺旋を描きつつ主人公の内部に降り立っていく語りの方法を、彼は読み取った。だから、随筆だと主張する書き手と対立したのだ。

ところで、樋口悦にしてみれば、見たまま聞いたままの事実を気軽にワンフレーズに仕立てる手際をみせたにすぎない。いわば、江戸っ子の粋な軽口である。一葉の妹、邦子も息子・樋口悦も、幸田家とは親しい関係だったから、おそらく悪気はなかったはずである。しかし、簡単明瞭な事実だけを明示した発語だけに、肯うしかない。聞き手の急所を突いたのである。痛い、という実感によって、自分を捉え返した「私」がここにある。その実感が過去と現在を貫く批評となり、語りの現在を照らし出しているのである。

この時、勲章も前掛も事物ではなくなる。物語世界を見通すアイテムに変容し、鋭い批評性を帯びるのだ。だから、「勲章」というタイトルは「露伴」の名誉の表象だが、それはコインの表の意匠にすぎない。実は、裏側の意匠（「前掛」）こそが、このテクストを物語っているのである。

語りの表層に浮上するエピソードは、向島という郷愁のトポス（父）／蝸牛庵の主人（露伴）とを切り分け、祝宴にふさわしい衣装も着られない「私」の窮乏と嘆きを前景化している。その近づけないという悲哀が、親子でありながら父は傑出した才人、自分は凡百という存在性を強く喚起する。このイメージによって、「獅子の児落とし」の故事を語る父が「露伴」に変容し、見捨てられる獅子の仔と自分をダブらせた少女期の記憶が、話の中で呼び覚まされる。こうして語り手は今、此処を生きる「私」に立ち会うのだ。

昭和二十四年に発表された「随筆　勲章」は、肖像写真入りの新聞記事になった「あや子さん」と、電光ニュースが報じた文化勲章受章者「露伴」とを描き分けつつ、「父は勲章をかけ子は前掛をかける」で結んだ。昭和十一、二年の秘匿していた〈文子〉の記憶を、このように語り手は読者に語りかけた。父と娘をめぐる憂悶を語る幸田文は、この時、酒屋の女主人だった自分を回想しようとしていない。物語において、この主人公は表現者・幸田文のメタファーである。「露伴の何がえらいのか、勲章の栄誉がいかなるものか、彼等はおそらく知らない。さういふ私もまた彼等に近い人間だつた。知らなさから云へば、露伴何者、栄誉何ぞ、答へ得ない。」という苦悩を抱えていた彼女が、昭和二十四年における露伴の「想ひ出屋」を直視させる。父・成行は語ることは出来ても、露伴の何たるかが語れない自分。書いている自分とは何者か。書いたものは文学か、という自己に向けられる批評――。上林との争いにおいて浮上した露伴が自分のテクストを裁断するイメージは、彼女の直面していた問題とリンクしている。

こうして、露伴と異なる前掛をかける自画像が表象されるのだが、この背後には「おもへば谷の底にあやめも分かずゐるやうな私だ。はるかに仰ぐ父のすがたには、霞がこめてさだかでない」という語りを生んだテクストが介在している。それは露伴が扇面に書いて、娘に与えた三吟である。

獅子の児の親を仰げば霞かな
巌間の松の花しぶく瀧
ほそ道のこゝにも春のかよふらむ

三句の連なりが表象するのは、獅子の児である。巌頭にいる親は霞に遮られて見えない。取り残されたという寂しさ、ふと我に返って見えてきた景色。滝水に打たれながら険しい崖に根を下ろした松が、花を咲かせている。児が歩んで行く細道にも春が訪れることだろう。おおよそ、連句はこのような世界である。したがって、扇面の上に描かれているのは、子の穏やかな行く末を願う親心である。このような読み取りを通して、三句目の風景を歩く自画像が描かれていったと考えられる。それは「あや子さん」、そして「想ひ出屋」としてメディア表象されることで喪失した自己を奪い返し、労働着を着て文子として生きていく自画像である。

断筆宣言に繋がる「随筆　勲章」の物語世界は、昭和三十年八月刊行の『黒い裾』の巻頭に配置された。この年の一月より、幸田文は初めて文芸雑誌に連載している。柳橋の置屋に女中として住み込んだ体験を虚構化した「流れる」である。したがって、労働着を着る女中「梨花」が読者の前に顕在化する状況下において、小説としての「勲章」は提示された。こうして他者に与えられるのではなく、自分がおのれの生を選択し決める女性像が、立ち上がった。筆者は先ほど、「そこで忘れてはならないことがある。表現者・幸田文も、書かないという『露伴の想ひ出屋』の決意から生まれたということを」と述べた。労働着を着る主人公は、「露伴」を書かない選択をした表現者の自画像を表象していた。

昭和二十九年、誰からも褒められない肖像写真の中に自分を見つけ、それをセルフイメージとして表象しながら、幸田文は再び表現者となった。書く役割を下り、再び書くことを選択した姿が、ここにある。その肖像は労働着の縞の着物を着て、正面を見据えている。フィクションの時空を生きる「梨花」は、この肖像にリアリティーを吹き込んでいた。

このように論述を積み重ねていくと、次のような読解に導かれる。——昭和三十年の小説「勲章」に表象された労働着を纏う主人公は、書くことを選び取った表現者・幸田文の存在性を照らし出している。

注：時代の大状況から語りを始めた背景について、青木玉氏の著述を借りて付言する。
「国際関係益々複雑多端でありまして国運発展を期する事を切実に感ずる場合に誠に時宜を得たる」（賞勲局総裁・下條康麿の昭和十二年二月十八日のラジオ放送）と、文化勲章制定を説明している。露伴はこうした国家戦略上に浮上する一方、「娘は売り出した『いろ盛』が軍部から戦争にふさわしくない、不謹慎と咎められて、お取り潰しの憂き目にあった」（青木玉『帰りたかった家』一九九七年二月、講談社刊）。こうした国家統制下の幸田家を眼差しながら、この物語は進行しているのだ。

セクシュアリティを表象する小説へ――「姦声」論

一、はじめに

三十年以上も昔のことだが、丸山薫の文献調査をしていて、「姦声」という刺激的なタイトルを見つけた。作者名は幸田文。「女流作家」にも似合わぬ大胆な作品を書く人がいる。――ところが通読してみると、タイトルに反して、テクスト内には暴行する側／される側の声は全く聞こえない。その代わりに犯されかかっている女主人公の活発な内面語りと、肉体同士がぶつかり、せめぎ合う即物的な感覚がふんだんに表象されている。

のちに筆者は『現代日本文学11』（昭和四十九年九月、筑摩書房刊）に収録された小松伸六の「解説」の中に、「暴行の場面はおどろくほど官能的である。」というコメントを見つけて、首をひねった覚えがある。今読み返してみると、やはり格闘技を見物しているような感覚なのである。「姦声」という表題にもかかわらず、暴行に及んだ男の声を消去して生まれた物語とは、どのような語りの世界なのか。

さて、「新潮」誌上に「流れる」が掲載されている最中、『黒い裾』が刊行された。幸田文にとって四冊目の単行本である。新聞雑誌に掲載された書評を見ると、収録作は小説として批評されていて、それが今日も続いている。

ここで、中央公論社のいかなる販売戦略によって、『黒い裾』が世に出たかを見ておこう。同書の帯には、「幸田文の文学は海の波である。遠望すればのどけき景色だが、白い飛沫をあげて断崖に挑み、そして砂浜に花ひらいた引きぎはの優雅さ。」という抒情的な惹句のあと、編集者は「処女創作集」と記している。

冒頭から、こんな些末な情報を出してしまったが、この小さい事実を作家論的な視点で捉え直す時、表現者・幸田文の直面した課題が仄見えてくる。露伴を語る随筆家から小説家へのシフトチェンジである。ここで一つのエピソードを紹介しておこう。「勲章」の雑誌掲載をめぐって、小説欄に組み入れようとする編集者と、随筆という自己判断を変えない幸田文は対立した。彼女の文学性を語る時、よく使われる挿話であるが、このコンテクストには編集者サイドが表現者としての新しい可能性を探っていこうとしていた様子が刻印されている。一方、この時期の幸田文はどうだったのか。著作を調べていくと、これまでの随筆風なタッチとは異質な、少女時代を過ごした向島を、メルヘンの時空に仕立てた「糞土の墻」と出合うだろう。彼女の側からも模索が始まっていた可能性を、それは示唆している。昭和二十四年に端を発した随筆と小説の問題は、幸田文にとって創作上の懸案事項ではなく、露伴に依拠する他律的なセルフイメージから脱皮し、自立するセルフイメージと密接に関わっている。このような事態が昭和三十年に顕在化した、というのが、現時点における筆者の見解である。

＊

そこで、話題を使用人に犯されかかった体験を書いた「姦声」に向けてみよう。このテクストは「思索」昭和二十四年六月発行に掲載された。初出題は「随筆　姦声」、文末に「『姦意・姦声』の一部」という付記がある。それが六年後、単行本収録に当たって、小説に置き換えられたのだ。

その一端を、批評の側から覗いてみよう。引用するのは「朝日新聞」昭和三十年八月二十二日朝刊に掲載された『黒い裾』書評（匿名）である。

幸田文の随筆集はこれまでに何冊か出ているが、小説集ははじめてである。八つの短編がおさめられている。

このような間接的な情報をチェックすることで、ジャンルの転換が浮かび上がってくる。「勲章」にもこのような措置が施されているが、両者には大きな差異がある。単行本に収録する際、「勲章」はほとんど書き換えがなされていない。だが、「姦声」には大幅に手が加えられているのである。雑誌に掲載されたテクストと『黒い裾』収録のものを読み比べると、創作集を編集する過程で、随筆から小説に向け、テクストを再構築する物語作者像が浮上してくる。その像を追求することで、フィクションの構築を目指した「さゞなみの日記」を経由して、「流れる」が生成される道筋が明らかになるだろう。

二、随筆から小説へ
――昭和二十四年のテクストと『黒い裾』収録テクストをめぐって

そこで、手始めに二つのテクストの相違が鮮明に現われているコンテクストを示しておこう。

殺されるんだ。さう思つた。それからだつた。全き闘ひをたゝかつた。物がらがら〳〵と落ちたのしか知らない。全力といふことは、一分一厘の余力があつても全力ではない。めつたに全力といふものがきれるものぢやないと思ふ。父の教へがなかつたら私は自分の全力を知らなかつたかもしれない。それは極《ごく》くだらないことから教へられて行つた。子供の自分はネッキ打ちの遊び、娘の頃は風呂で焚く石炭の叺を選ぶこと、鉈を揮つて薪を割ること、枯れた立木を根こぎにすること、畑へ鍬を入れること、そして最も忘れられないのは無理に闘鶏を見物させられたことだつた。闘鶏は野蛮かも残酷かも知れない。

引用したのは小説化する過程で削除された雑誌掲載の一部である。幸田文の読者ならば、語られている「父」のエピソードに聞き覚えがあるはずである。そのテクストとは露伴の家事教育を題材にした「あとみよそわか」の一節である。風呂の焚きつけを切っている主人公が刃物に怖じけているので、露伴が実地に鉈を振るってみせる。これによって、「これ渾身」の教えを得たという「なた」である。もう一つ、昭和二十四年のテクストにのみ存在するコンテクストを紹介しよう。主人公の「私」に寄り添う語り手が、暴行する男の心象に分け入った叙述である。

明らかに嫌はれてゐると知つてゐながら、さう繁々やつて来る理由は、未知を既知にしたい欲望らしく察せられた。伝へられる満州の恋にしてももし全然の嘘でもないとすれば、あまりかけ離れた相手だつたと云へる。未知の階級といふことから云へば、権力ある富豪の夫人と同様に屈指の学者先生の娘も対象であり得る。しかもそれは今、手の届く処にころがつてゐる。

このテクストで読んだ時、対座する相手を眼にしながら恐怖の度を深め、男の内情を読み解いていく主人公の姿が鮮明になるだろう。だが、引用したコンテクストを削除したため、昭和三十年のテクストでは「私」の亢奮した心情が表出し、そのために想念上に浮かぶ相手の姿さえも可視出来なくなっているのだ。

ここから、随筆から小説へ物語を変換のために、事実に関わる情報が意図的に操作されていることに気づくだろう。それを裏づけるコンテクストが、まだある。暴行の現場にいて、隣の住人が異常に気づいて声を掛けてきたにもかかわらず、小説「姦声」は助けも呼べず立ち尽くしていた女中の言葉を響かせながら、物語世界を閉じている。だが、随筆「姦声」を締め括っているのは、「私の離婚にはいくつもの理由が両方に重つてゐたが、私の側の理由の一ッはこのときの夫の態度であつた。」というコンテクストであった。

削除された三つのコンテクストの合間には、それぞれ長い物語が挿入されている。だから、おのおのが表象する意味は直接的には重なり合わない。いや、そうではない。語り手が随筆「姦声」というタイトルで、娘をモデルにしつつ露伴を語ろうとする場合、「屈指の学者先生」と彼女の「離婚」は堅く結びつき、「想ひ出屋」という位置取りにとって欠かせない情報だったはずである。幸田文というセルフイメージを確かなものにする事実だからだ。そして、このテクストが随筆として成立するために、補完し合う二重の語りの構造、すなわち「私」を物語世界の中心に据えて展開するストーリーの背後に、厳として露伴と同定し得る「父」が控えるという設定がされているのである。

したがって、物語の全容と主人公「私」、彼女を語る話者は、すべて露伴の娘を指示し、このような設定によって彼女の秘すべき実体験が表象されていくのである。つまり、作者と主人公と語り手が三位一体となって、強固な告白体の世界を創造しているというわけであるが、このような物語の構想は三ヶ月前に発表した「勲章」で試みられていた。

父・露伴の文化勲章受賞を知らせる電光ニュースを見て、喜ぶどころか驚愕のあまり吐き気を催してしまう「私」が主人公として語られるこの物語も、告白体で偉すぎる父を持った娘の世にも珍しい体験を表象したテクストである。「勲章」も「姦声」と同じように、随筆として書かれ、のちに短編小説集『黒い裾』に収録されるわけだが、幸田文が「想ひ出屋」という役割を担って筆を執ったテクストと比べると、この二篇は異質である。

なぜなら、昭和二十四年三、五月に発表された随筆は、その語りの背後に潜在しながら、物語全体を束ねていた露伴を消去することで、異質なテクスト（小説）になっていくからだ。こうしたジャンルをめぐるパラダイムの変更の状況に、表現者・幸田文の再生というドラマが内在しているのだ。

三、普通名詞で表象される物語世界

レイプという特異な事件をより有効に語るのであれば、名辞の世界にした方がいい。昭和二十四年のテクストは随筆というジャンル意識に則しているので、語り手も主人公も「幸田文」と読み取られることを念頭に置いている。だから、「私」が著名な学者の娘であることを表象しているのである。

しかし、小説集『黒い裾』に収録されたテクストには、この箇所が削除されていた。その結果、「私」の体験が語りの構造を規定しているにもかかわらず、物語の時空間は朧化され、登場人物も普通名詞化されてしまう。癒着していた語り手と主人公「私」とを切り分けようとして、一人語りの世界に生きる「私」は固有名詞を剝奪される。そのため、物語全体が、記号的な世界に変貌するのだ。つまり、こういうわけだ。レイプを主題化するテクストを創造していく場合、表現者はあらかじめ暴かれることが想定される事実を自らアウトプットする。その上で好奇の眼から秘匿すべき情報はシャットアウトしようとするだろう。このような物語の戦略の下で、随筆は書かれた。だから、「露伴の娘」は随筆たらしめる重要な要件であった。しかし、昭和三十年のテクストは一人称の語りの世界を普通名詞化したため、普遍的なセクシュアリティの物語に転換した可能性があるのだ。

随筆「姦声」と小説「姦声」に関するデータを提示し、そこから見えてきた仮説を紹介し終えたところで、いよいよテクストの読解に向かおう。語り手は次のように物語を開始している。

はじめてその男を見かけたのは結婚式の前々日、荷物をあちらへ送るときだつた。（中略）声は男にしては高音で、俗にいふ割れ声だつた。おもちやの喇叭、ブリキ製のあれに似た声だつた。いやな声だなあ、とおもつた。挨拶に顔を出さないわけには行かなかつた。

＊

まず、語り手は「私」ともう一人の主人公「その男」との出会いを表象する。それによって、語り手も物語の中に現われる。語り手の存在は、「その男」に向けられる、「私」の「いやだ」という読み取りに寄り添う。彼女の神経が新婚生活に必要な荷物を運ぶ多くの男の一人に向けて集中していくにつれ、「その男」と語り手の姿は、くっきり読者の前に出現する。一貫して、冒頭のコンテクストではこのような語り方が行われているのである。

初めて顔を合わせたため、各人を識別するコードがないから、眼前で働く男たちは一括りの集団としか捉えられない。したがって、知覚レベルの一番高い視覚は、忙しく動き回っている彼等一人ひとりを認識するツールにならないのだ。

だが、実は、視覚によって物語世界を語ることは可能であった。というのも語りの現在において、彼等は未知の男ではなく、かつての使用人であり、名前や業務役割（コード）で識別が出来たからである。では、認知能力の最も高い視覚を捨て、語り手はどのような手段で物語世界を構築していったのか。冒頭から四番目以降ののコンテクストを引用してみよう。

荷物の運びだされるざわめき、かけ声や手短な合図は十分時と処をわきまへてゐる様子のうちにも、きび〳〵した若ものの声であつた。そのなかに一人、耳に障《さは》るいやな声があつて、

生まれて間もない乳児を想起すれば、分かりやすいだろう。まず、彼が母という外の世界と遭遇する場合、その像はぼんやりした匂いや音声である。眼が開いて、彼は初めて会った匂いと声の主を見る。嗅覚と聴覚を束ねる視覚によって、母の像が結ばれる。したがって、眼に比べると、耳という器官から入つてくる刺激は、人間が不確かな外界を読み取る動物的で、原初的な情報である。さらに比喩的に説明すれば、暗闇の中で匂いや音に対して全神経を集中する身構えである。体得した知では認識出来ない状況に対する危機感が、初めて耳にする男たちの声に向けられ、「その男」が見つけられる。

第二パラグラフから登場する女主人公「私」は、昭和二十四年のテクストで、「権力ある富豪の婦人と同様に屈指の学者先生の娘」と語られる存在である。大声を上げない日常を生きてきた彼女にとって、声を掛け合ってきびきび働く職人達は、数日後には結婚して出ていく外部への親和感を持たせている。まだ物語世界の陰に隠れている主人公が、本来ならば忌避すべき音声をも体感する様子を語ることで、語り手は酒問屋という新しい環境と新婚生活への期待（その背後には不安がある）を読み取らせている。

したがって、語り手は声を発しながら嫁入り道具を運ぶ男たち／彼等の主人の妻になる女という語りの構造を形成し、密かに他者と自己の眼差しが交錯するトポスで、顕在化するセクシュアリティを曠めているのだ。

このようにして、主調音となる新婚の華やぎが喚起されるのだが、それは直後に表象される「耳に障《さは》るいやな声」で、変質する。「声は男にしては高音で、俗にいふ割れ声だつた。おもちやの喇叭、ブリキ製のあれに似た声だつた。いやな声だなあ、とおもつた。」と呟く姿が明示されることによって。――記憶を語りに変換していく現在、冒頭の語りは物語のデザインと、深く連動しているようだ。というのも、嫁ぎ先の破産によって反転する女主人公の運命、それにつけ込む「その男」との性をめぐるトラブルが生々しく語られるテクストが「姦声」なのだから。その幕開けだからこそ、「いやな声」に喚起される女性性が表象されているのである。

四、窃視する「私」／拡大する「いやな声」への関心

その語りはまず、「ちらつと見たその男」の体型、服装、年齢を簡潔かつ的確に読み取る女主人公の敏活な感性を表象する。そこから物語世界の背景に隠れている彼女に寄り添った語りが、展開していく。これが「姦声」における語りのメソッドである。

さて、選ばれた物語の時空間は、新年の客を迎える新居の客間である。物語の構造上、時空間こそ異なるが、語られる場面は冒頭で語られた華やいだ風景とバインドされ、読者は過去と現在をダブらせる「私」の心象を読み取るだろう。

というのも、「私の夫」を除けば、客間にいる人物たちは冒頭のシーンと重なるからである。その部分の語りは、「八畳の部屋は障子を外さなくてははひりきれない人数でごた〳〵し、一番あとから運転手が履物を整頓しながらあがつて来た。」である。「その男」、「いやな声」、「あれ」、そして「運転手」と名指される存在が、こうして現われる。だが、それはいったん消去され、直後に語られるのは「夫」である。

主人は私立大学をびりで卒業すると、さしたる希望もなくたゞ何となく外国へ留学した。（中略）大勢のなかで見る夫は人のいゝ鷹揚さはあつても、力の足りない顎骨《あごぼね》のあたり、いたはつてやりたいやうな風であつた。

「夫」の人間像を表象したコンテクストは、たったこれだけである。実はこれこそが物語世界において、欠くことの出来ない「夫」の存在性なのである。「いやな声」で名指した男に対する過剰な反応と、物足りない主人を見下ろす勝ち気な批評性とが交差する地点に、無意識に彼女のセクシュアリティが表出している。勿論、この無意識は検証され、語りの現在において、女主人公の心象を語る枠組として生かされているのだ。先回りして言っておけば、「私」が「その男」に襲われる現場に遭遇して、「やめろ」と言ったまま立ち竦んでしまった「夫」は、物語の周縁に置かれ続ける存在性ゆえに、はからずも隠されたセクシュアリティの内実を照らし出しているのかもしれない。

「私」のそばに座す「夫」に続いて、職人気質という類型で向かい合う「手代たち」が語られていく。こうして一旦、類型化されて語るべき存在でなくなったモノ（「極く平凡な全体」と表象されている）が、「私」の眼差しによって、物語の前面に登場する。それを物語る一文を引用してみよう。「見わたしたところ極く平凡な全体が私たちの新居の客間で、平和に新年の祝杯をあげてゐたが、異彩は彼であつた。」――

読んで分かるように、このコンテクストは類型化する／個別化するという交点に浮上する「異彩は彼であつた」を見つけ出して閉じる。

だから、第二パラグラフの時空を引き継ぎ、末座にいた「彼」を注視する「私」が軸になって、語りは進行していくのだ。したがって、引用した構文のように「手代たち」という集合体は視覚から消去され、その中から一人の男の像だけが浮上する。その叙述は男の「元旦の盛装」／「労働者の筋肉」、「体全体の厚み」というように、衣服を見る／それで隠された身体を想像する「私」をも表象している。このような「彼」に対する想像力が、「私ははじめてゆつくり彼を見た。」以後のコンテクストで具象化される。「太い猪首」、「肉の段々」、「硬さうな耳」、「顔の幅の三分の一を占める鼻と鼻の穴」、「黄いろく濁る眼」、「濃い眉」、「五分刈頭」の順に語られる存在は、座の中心に位置する「私」から最も遠くに座している。

では、なぜ「私ははじめてゆつくり彼を見」ることが出来たのか。そこには見る側／見られる側をめぐる関係性が内在している。引用したコンテクストのように、ゆっくり「いやな声」の男を眺められるのは、彼女が主人の座に坐っているからである。この時、眼差された「彼」は「私」とまじまじと視線を合わせていない。もっと言えば、許されないのだ。

より高い知覚情報が得られる視覚が駆使されるのは、気味の悪い「いやな声」を、人格（「彼」）

に変換していくことであり、いわば主人／使用人という従属関係に基づく読み取りだっただろう。それに対して、テクスト内に浮上する末座にいる「いやな声」は、一方的に見られる存在でしかない。それは「彼」は身体として顕在化したとはいえ、末座に控える身分意識が自己を拘束しているため、差別化する視覚でしか捉えられない。いわば、見る「私」／見られるが、見ない「彼」という関係性のため、「いやな声」でイメージさせる内面は覆い隠されてしまうのである。

＊

このような女主人公の心象が「いやな声」による強姦未遂の誘因になっているのだが、それは物語を注視している読者しか分からない。以後も、語り手は彼女の好奇心の行方を追っていくのだが、こうして拡大していく語りの中で、耳慣れないノイズの違和感が孕む危険な、だから引き寄せられてしまう心象が暴かれるだろう。だから、次のパラグラフは「その後私は自然にいろ〳〵なことを聞き知つた。」から語り起こされ、「聞き知つた。」で終わるコンテクストがもう一度繰り返されるのだ。この語りによって、正月以降、「手代たち」と打ち解けた間柄になり、雑談が交わされる職場の輪に加わった「私」が表象される。こうして外部から嫁に入って酒問屋の日常に関心を持っている「私」と、発せられた問いに答える使用人とのコミュニケーションの場が浮上する。

だが、語りの方向は両者の親密さには向けられていない。この会話の場とは裏腹なディスコミュニケーションの世界に、眼差しが注がれているからだ。コミュニケーションの様態を親密と疎遠とに分断するのは、「私」の「いやな声」に対する心理的距離である。というのも、同じ物語世界に使用人として生きて「私」と接触していながら、「いやな声」の実在は隠されており、彼女と「蔵の働き手たち」の言説空間の中にしか現われないからだ。実は会話をしている男たちは、この時の「私」の眼中にない。なぜなら彼女が欲しがっている噂を提供してくれる装置でしかなく、両者の間に行き交う情報、すなわち「いやな声」のイメージは、このコミュニケーションの現場から鮮やかに立ち上がってくるのである。

好奇の対象がいないところで、「聞き知つた」情報は多様だったに違いない。その中でクローズアップされるものは、「蔵の働き手たち」が話題にしたがり、「私」が欲している対幻想の世界であった。両者が絡んで編まれる物語を引用してみよう。

銭湯で見る太股の凄い刀痕はその時代のなごりであること、満鉄の何とかいふ人の奥様にひそかに及ばぬ恋をして、それが又えらく深刻にプラトニックなもので、その人が内地へ帰るともう寂しくて矢も楯もたまらず、脅迫をくゞりぬけて馬賊を廃業し内地へ帰つて来てしまつたこと、そんなまことがましく嘘つぱちらしい話などを知つた。

「いやな声」の素性を尋ねたならば、「プラトニック・ラヴが大好き」な男たちだから、「私」の予想に反する返答が戻ってくるだろう。女主人公がいくら「まことがましく嘘つぱちらしい話」と思おうと、彼らには「自分達の理解以外の非常に神聖な色事としてあこがれてもをり、又それをむざんに踏み破らせることの想像はこの上ない亢奮らしく、残虐嗜好がありノヽと見えて」いるからだ。

彼女は男たちとの会話の中にいる。その状況で、なぜ彼等にとって「プラトニック・ラヴ」を体現した「いやな声」が憧憬すべき対象になるかを分析して見せている。彼女は女性性に献身するナルシシズムの上に仮構される聖なる観念と、その基層に蠕動する男性性の暴力機構を洞察しているわけだが、このような批評性は男性一般のセクシュアリティを照らし出している。が、ここで問題なのは「その男」の噂を信じる男たちと、虚偽だと考える「私」とのズレである。「蔵の働き手」は「その男」と同化する語りをしてしまうことで、性をめぐる深層心理を曝していた。それを敏感に察知したにもかかわらず、両者間で交通する情報をフィクションだと決めつけたため、彼女は「いやな声」の正体を見誤る。その結果、冷静な分析をしている「私」は、最も大切な問題を看過してしまうのだ。

それこそ、このテクストが内在する盲点である。その問題とは、「いやな声」に対する好奇の眼と誤認が性暴力を誘発するかもしれないという危機意識にまで届いていない点である。

五、欲望を秘匿する語り／語りが暴露してしまう「私」のセクシュアリティ
――「いやな声」の寝室を覗く「私」について

このように「蔵の働き手」との対話で聴取し得た噂と、それに対する「私」の冷やかな批評とを撚り合わせながら、語り手は「いやな声」の人間像を表象していた。要注意人物への関心はエスカレートし、次のパラグラフの終わりには、彼の妻の案内で、寝室を覗く「私」が登場する。なぜこのように彼女は「いやな声」に深入りしていくのか。語り手は彼が職場で最も低い身

分でありながら、問屋の営業成績や販路、番頭や主人の秘密、「蔵の働き手」の不正などの詳細を把握していたことを明らかにしている。この情報は、「私」が「いやな声」から直接聞いたとしか考えられない。なぜなら、この一連のコンテクストが「などといふ微細なことまで腹に書きとめてゐた。」で終了するからだ。

要注意人物は店の表と裏の情報を掌握し、「腹に書きとめてゐた」（誰にも話さず、秘匿する）。この語りの直後で、語り手は「私」の憶測を交えながら、店内の誰とも親しい関係を結ばず、「ひとりゐることを誇りとしているらしかつた。」という彼の離群性を明らかにする。ここから興味深い事実が浮かび上がってこないだろうか。一連のストーリーが表象する二人は、距離を保ちながら観察する／される関係に終始している。これでは、「いやな声」の「腹に書きとめてゐた」ものは明らかにならない。にもかかわらず、「私」に寄り添う語り手はそれを知っている。

語りの表面に浮上するのは「腹に書きとめてゐた」のは、「いやな声」である。しかし、秘匿しようする（「腹にかきとめてゐた」）にもかかわらず、物語が暴露してしまう存在がいる。それは前者が「腹」を割って話した相手、つまり「私」である。誰にも洩らさない情報を告知する相手として、「私」を選んだのだ。しかし、その理由は全く明かされていない。一年後に倒産してしまう問屋の重大情報を摑んだ後、女主人公がどのような行動に出たかも語られていない。忘れてならないのは、これらの事象と同様に、「私」が秘密の共有者になったことも消去されていることである。

この後、さらに女主人公は店内における「その男」の行動を注意深く観察することになる。「母」に対する挨拶から始まり、「主人たち」、「番頭たち」、「若いもの」、「蔵の働き手」、「女中たち」との応対を背後から観察して得た情報は、彼が「店内の誰とも特別親しいといふ関係を作ら」ないことを立証している。

「私」に寄り添っているためか（秘匿したい／告白する意志の閲ぎが内在している可能性がある）、語りのベクトルは定まっていないが、テクストに内在する語りの機制が特別な関係性を結んでいた二人を炙り出しているのだ。

このような読み取りを手に入れる時、「住ひもまた彼の手になるもので珍奇であつた。普通のおんぼろ二階家をちょんぎつて、階下を広い土間にし、柱代りに払ひ下げのレール数本が二階をさゝへてゐる。」から始まる物語の内実が読み解けるだろう。

「いやな声」に対する違和感と裏腹に、彼女の関心が音声として、噂話として、さらに注意深い観察の対象へと拡大していく。こうして、語り手は「私」の内部で男の存在感が膨れ上がっていく様子を追いながら、ついに「いやな声」の自宅を訪れた「私」が、彼の留守中、妻に案内されて寝室を覗くシーンを表象する。そのコンテクストを引用してみよう。

細君ははなはだしく糟糠の香気を発散させてゐる優しい母型であり、ドアー一ト重の内側は子供と散乱でいつぱいである。そのなかで眼を奪ふものはベッドであつた。彼だけがベッドに睡るらしく、壁際にこれもレール製のが据ゑてあり、うらぶれた室内の様子とは不似合いな花模様の夜具がかゝり、頭の上にはオレンヂ色の豆電燈がつくやうになつてゐた。

「云ひだすと何でも思ふやうにしなくつちや納まらないたちでして、きつとお店《たな》へ伺ひましてもさぞまあ」と細君は、ベッドに唖然としてゐる私に云つた。

「器用ねえ」と云ふよりほか、ことばは出なかつたが、ひとのいゝ人間の常で夫の能力を遠慮しながら誇り、スプリングもみんな自分で気に入るやうに作り、パッキングは高級車の古《ふる》を使つて馬毛だと話した。

「住ひもまた彼の手になるもので珍奇であつた。」から語り出されるコンテクスト内に、引用文は存在している。したがって、平凡な妻と「いやな声」の組み合わせ、自分の趣味を行き渡らせて出来上がった空間など、語りのすべてが、「珍奇」という冷ややかな批評に収斂される。怜悧な「私」は、妻にこのような読み取りを悟られることはなかっただろう。だから、夫が帰宅した時、おそらく妻は嬉しそうに、女主人が「器用」だと誉めていたと話すだろう。引用文を読む限り、「いやな声」の妻は、「私」に警戒感を抱いていない。それどころか、主人の妻が使用人の家に来てくれた事を喜んでいるようである。

いったい、なぜ、「私」は要注意人物の家にやってきたのか。そして、彼の寝室まで覗いたのか。「私」に寄り添った語り手は、沈黙している。これによって、違和感と好奇心が綯い交ぜになった主人公の心象は隠されてしまうのだ。

読者はこのような疑問を抱えて立ち止まってしまうが、この行為を女に内在するセクシュアリティとして読解した人物がいる。妻から一部始終を聴いた「いやな声」である。

この時から、仮にそれが誤読であったにせよ、彼にとって主人公は、性をめぐる幻想を共有する相手に変貌しているだろう。こうして、一貫して語りの中にしか登場しなかった「いやな声」が、リアルに物語世界を生き始める。それは「私」に一方的に観察される存在だった彼が、問屋の倒産を契機にして、主従の関係性に縛られなくなることでもあった。その上、困窮した「夫」よりも経済的に優位に立つことで、ほしいままに「私」を瀆める存在に変容する。これ以降、「その男」を視野に入れたくない／「私」を自分の領野に入れようという両者は有機的に絡み合いながら、物語の世界を編み上げていく。「私」に寄り添った語り手の物語戦略を要約すれば、こうなる。

さて、語り手が設定したこの語りの構造は、「私」と「いやな声」、「夫」を炙り出していく。「いやな声」は夫婦に聴かせる猥談とともに、物語世界に姿を現わす。語り手は、眼の前にいる「私」を意識しつつ、「虚弱な夫をもつ中年の女は、およそ女のなかで一番動かされ易い女であること、夫のあることはかへつて秘密を保ち易いこと、遊戯は秘密によつて一段とおもしろいこと」と「いやな声」は発語する。――それは俗世間で流通する噺という形を入口にして満たしてやれない／満たされないこの夫婦の性愛を炙り出す。そして猥談で語られる「秘密」を共有しようと、「いやな声」は女に向かって唆しているのだ。

このようなコンテクストを読んで、「私」と「いやな声」の妻が対話しているシーンに戻ってみたい。そうすると、夫を母性で包み込む後者と、無能を嘆く前者のコントラストが鮮明になる。男の家庭を覗いて、「いやな声」の実体を摑もうとした「私」を語りながら、語り手は彼女の満たされぬ夫婦関係を表象するのである。

「秘密」を巡る「私」、「いやな声」、それに気づかない「夫」の構図について、筆者は「腹に書きとめてゐた」というコンテクストの分析をしながら既述している。ぬけぬけとおのれの「腹」にある秘密を語れるのは、眼前の彼女が夫の知らない秘密の共有者だからである。夫の鈍感さに、「私」は苛立っているが、それは自分のことでもある。語り手は問屋の倒産による生活の困窮によって露わになった「夫」の無能によって、これまで物語の裏面に伏在していた「いやな声」の欲望が顕在化していくさまを表象していく。金に困った「夫」が自分の代わりに、嫌がる「私」に「その男」（いやな声）から借金をさせたことを語ることで——。

こうして生まれた金の貸借によって、三者の関係性に楔が打ち込まれる。「夫」にとって、「その男」はかつての主従関係を利用すれば、容易に借金が出来る相手でしかない。だから、気が弱く体裁を取り繕うため、妻を代役に立てようというのだ。それゆえ、拒む「私」の心理が読めていない。このような叙述を重ねることで、夫婦間の亀裂の深まりとともに、「体力のともしい意志の薄弱」な「夫」と「懸念のない肉体、逡巡せぬ実行力」を持つ「その男」との落差がくっきりと見えてくる。こうして、「私」は「いやな声」と対峙せざるを得なくなるのだが、弥縫策のために冷静さを失った「夫」は、男の手の内に妻を入れてしまうという危険性に気づかない。語りの構造において、「夫」はそのキャラクターゆえに、二人を結びつける役割を担うのだ。このような役割を終えて、「夫」は物語世界から消え、再び現われるのは「いやな声」が妻をレイプしている現場である。

＊

ここまで「姦声」の語り手は、「いやな声」と「私」が対話する場面を表象していない。先述したように、そのようなシーンは意図的に排除されていたからだ。だが、「いやな声」が夫の代わりに「私」を金銭の貸借関係の相手としたことで、対峙する二人の姿が鮮明に語られる。この場面は、嫌悪すべき実体として「いやな声」が捉え返される物語世界の分岐点を示しており、「いまさら私は気持が悪かつた。」という心理は、これから展開していく物語の内側に存在し続けるのだ。この視線に内在する常識では計れない男の欲望を感受した主人公の怯えが、この簡潔なコンテクストで語られている。「私」は金銭の貸借によって、この男と自分が身を縛る／縛られる関係になっていると直観したに違いない。

さて、「いやな声」は彼女にとって、本当に嫌悪すべき対象だったのか。彼はわざわざ、寝室まで覗きたくなる程の要注意人物である。そして、秘密の共有者だった語りの背後に見え隠れする「私」の対他意識は、「夫」にない肉体と実行力を持っている男というイメージに収斂していく。このように読み解いていくと、「いやな声」は、実は「夫」に代わって、セクシュアリティの欠落を埋める相手である。つまり、繰り返し表象されてきた嫌悪感は男にではなく、実は自分の欲望に向けられていたことに気づくだろう。

六、身を守る教えの表象から、セクシュアリティの深淵を覗くテクストへ
——昭和三十年に生まれたテクストをめぐって

この後、さらに語り手は主人公の他者に対する嫌悪感を表象していく。そのシーンを引用しよう。

印伝三ッ折りの立派な紙入の底へ書きつけは丁寧にしまわれ、いまさら私は気持が悪かつた。そ

れから彼は膝を崩してあぐらになり、「あんた、おひるは?」と云つた。
私はむつとして横を向いた。のとろに平つたい神経でないと負けると気をつけながら、なめるないといふ気が三角形にとんがつた。

借用書が財布に納まる様子を注視していた「私」は、自分が財物として彼の懐にしまわれたことに対する嫌悪を隠さない。だが、相手は全く意に介していない。それどころか、「あんた、おひるは?」と問い掛け、「あぐら」をかいている。この発語及び身体行為は主人の妻にとつて、無礼だ。だが、男に夫が借財をした時点で、立場が逆転し、彼女は「いやな声」にとって、窮状を救ってやった女にすぎない。

この男は「私」の視覚や聴覚で得た情報をもとにした語りをベースにしながら語られる、いわば影の存在だった。だが、ここから彼は「私」を欲望の対象として眼差し、その言動によって相手の心理に深い印象を刻んでいく。つまり、「いやな声」は語りに変換される記憶の世界を主体的に生きるのである。

語り手は夫の留守中、初めて「私」の自宅で二人が対座する場面を活写している。その際の語りは「私」に寄り添っているため、視覚で捉えられた行動と、聴覚で得た発語の内容でしか男は表象されない。だから、男の内面は「私」にも語り手にも読み取れない。隠された欲望を、「私」は探り当てようとするが、「いやな声」という第一印象に引き摺られて、言動の一つひとつに過敏に反応してしまう。そのため、語りの進行によって、対座している相手を読み解く冷静さを欠き、それがさらに男を刺激し、嫌悪感を募らせるという連鎖が顕在化する。

だが、彼女は借金をしている立場だと、自覚している。だから、一緒にパンを食べようという誘いに対して、「私は金は借りたけど別にひもじくはないのよ。持つて帰つてください。」と拒否する。だが、男は「眼も向けず、『お茶一杯恵んでください』としやあしやあと」するのである。その様子はシガレットケースから煙草を取り出す男の仕草で描写されているが、忌々しく思いながらお茶は煎れている。しかし、語りではこの動作は消去されて、「やけに熱い筈のお茶もちつとも感じないらしく、ごくり〳〵と飲む。」というように、男を注視する「私」が表象されているのだ。

このコンテクストはパンを買って来た「彼」が「火鉢の向う側の主人の座布団を、ずつと後ろへ押しのけて坐る」ところから語り出されているわけだが、語り手は「私」の記憶する二人だけの物語世界を、こうして開始したのである。語り手は「夫婦」と他者としての「彼」という人間関係が、男の夫の座布団を押しやるという行為で突き崩される一瞬を見逃さない。それはあからさまな沈黙の意思表示であるが、次に言葉として投げかけられた「二人で一緒に食べませうや。」という誘いは、男がちぎったパンの断面、すなわち「爬虫類の胴切りを聯想させ、穢といふ感じ」で象徴されている。

それを食べる「男」は、「わんぐりと食ひつくと口の端《はた》に赤いぬら〳〵がみゆつとはみ出し、それをかまはずぐんと食ひ切って、くちや〳〵やりながら舌は悠々とその辺を舐めずつた。」と表象され、これによって凝視する「私」が明らかになる。それは金銭の貸借で結ばれた関係を梃子にして、空疎な夫婦関係を突き崩していこうする欲望のありかを、身じろがず注視し続ける存在である。

自分の淹れてやったお茶を「ごくり〳〵と飲む」男に対する怯えが飽和状態に達した時、教えを説く「父」が悲しいほど懐かしく思い浮かぶ。物語世界に表象されることのなかった「父」は、ここでようやく登場するのである。それは「書は遅渋を貴ぶ」について、教える／教えられる子が対座している懐かしい記憶である。このコンテクストは「私」の心理に浮かぶ記憶の世界と、「いやな声」と対峙する現在の落差を読み取らせ、「父」に助けを求める「私」の語りへ繋がれていく。

＊

ところで、昭和二十四年のテクスト（随筆）にはこの言葉に対する主人公の認識が、次のように述べられている。

> ことばは一切の虚飾を切りすて丶事柄だけを的確に知れば足るものと悟らねばならなかつた。

昭和三十年の物語作者は、「むしろ敏感な神経があるからこそかへつて余計にいやな思ひをしなくてはならなかつた。私はたうとう父にその話を打明けて訴へた」に書き換えた。『黒い裾』に収録されたテクスト（小説）では、この後に、「父」がお金を「私」に手渡してから、「おまへは重い女だね」と語る様子が描かれる。「私」は「重いつて何です。」と尋ねるのだが、「何だと訊くやうぢやいよ〳〵重い。おまへの心が居《ゐ》しかつてゐるから物が滞《とゞこ》る。水の流れるやうにさら〳〵しなくちやいけない。」と言われ、その意味が摑めない。困惑したまま、「さら〳〵

と流れる話をしつこく訊くことはできなかった」。しばらくして、山の手の女と下町の女の情感を比較することで、「父」の言葉の真意を探り当てて、「私」は男との修羅場をやり過ごす心の安心を得る。「ことばは」で始まる昭和二十四年のコンテクストは、「悟らねばならなかった。」で結ばれているから、父が与えてくれた言葉の真意を捉えたことを表象している。だが、このコンテクストを消去して書かれた小説の、「むしろ敏感な神経があるからこそ」から始まる一文はその明快な意識とは裏腹に、過敏な心理を写し出している。人間に対する奥深い認識に至るおのれを示唆した教えを表象した随筆のコンテクストは消去されたため、テクストの表面に現われないが、メタテクストとして、かえってそれを男撃退法と受け取ってしまう「重い女」の実態を暴き出している。

随筆から小説に乗り換えていく物語作者が、テクストの改変を生み出していく。そうすると、悟りではなく対処法としか解釈し得なかった主人公をスタティックに語り、「父」の「重い女」という批評を視野に入れる時、物語の中から露伴の娘ならぬ普遍的な女性イメージが浮上するだろう。少し先回りして、このようにテクストが孕む問題性を指摘した上で、後考の布石にしたい。さて、この物語は借金を返済しても終わらない。頻繁に男が訪ねてきて、「父」の言葉によって得た修羅場を乗り切る智慧と安心を、見事に砕いてしまうからだ。

この後も語り手は、借金を返しても自宅にやって来る男を表象し続ける。そうすることで、夫がいない時は必ず物を食べていく男と対峙し、「いやな声」の心理を窺う「私」を贖める。表象されるのは「私をぶつこはしたがつてゐる」のを肌で感じて、折角得た心得を忘れてしまい、激しく抗う姿である。岩波書店版『幸田文全集』収録のテクスト（小説）では、六行のコンテクストを挟んで、突如、「きつぱりした拒絶はいろんな方法のうちでも品位の最高なるものと思ひこんでゐた」という内面語りが現われる。この内省は暴行された後、事の経緯を整理して出てきたわけだが、ここで、語り手は時系列を無視して、読者を過去と現在を往還する「私」の内面に立ち会わせている。そして、自他の心理を洞察することなく「いやな声」に怯え、ひたすら排除したことが暴行の呼び水になったという声を掬い上げるのだ。

つまり、こうである。語り手は「私」に寄り添った語りを展開しているから、恐怖感に囚われている彼女の内面だけがテクストの表層に現われる。そのため、相手の実情は覆い隠されてしまう。「わたしをぶつこはしたがつてゐる」という推測は、夫の留守にやってきて食事を共にしようという執拗な誘いの真意とは何か、を探り当てたからに違いない。だが、このように推察しても、それが肝腎な「彼」の動機にまで届いていない。直前のコンテクストで、自分が「性の合はないもの」で、抵抗するからだという判断が述べられているのだが、削除された昭和二十四年のテクストには次のような語りが行われている。「明らかに嫌はれてゐる」から始まる文脈を引用してみよう。

明らかに嫌はれてゐると知つてゐながら、さう繁々とやつて来る理由は、未知を既知にしたい欲望らしく察せられた。伝へられる満州の恋にしてももし全然の嘘でもないとすれば、あまりかけ離れた相手だつたと云へる。未知の階級といふことから云へば、権力ある富豪の婦人と同様に屈指の学者先生の娘も対象であり得る。しかもそれは今、手の届く処にころがつてゐる。

向かい合う相手に対する恐怖心を深め、男の内情を読み解いていく主人公の姿を、随筆は鮮明にしている。だが、左記のコンテクストを削除したため、小説では「私」の亢奮した心情が表出し、そのために想念上に浮かぶ相手の姿さえも摑めなくなっているのだ。

ここから小説「姦声」の物語作者は意図的に記憶の情報を操作することで、随筆から小説にモデルチェンジしたという仮説が生まれる。さらに、それを裏付けるコンテクストがある。暴行の現場にいて、隣の住人が異常に気づいて声を掛けてきたにもかかわらず、助けも呼べず立ち尽くしていた女中の言葉を響かせて、小説「姦声」の物語世界は閉じられていた。だが、一方の随筆を締め括っているのは、「私の離婚にはいくつもの理由の一ッは（中略）このときの夫の態度であつた。」というコンテクストであった。

削除された二つのコンテクストの間には、長い物語が横たわっている。だから、それらが表象する意味は直接的には重なり合わない。いや、そうではない。初出の語り手が「随筆　姦声」というタイトルで、露伴の娘をモデルにしたテクストを語ろうとする場合、「屈指の学者先生」と「離婚」は欠かすことの出来ない情報だったはずである。なぜなら、露伴の娘を確かなものにする事実だからだ。そして、このテクストが随筆として成立するために、補完し合う二重の語りの構造、すなわち「私」を物語世界の中心に据えて展開するストーリーの背後に、厳として露伴と同定し得る「父」が控えるという設定が組み込まれているのである。

つまり、随筆「姦声」において、物語の全容と主人公の「私」、彼女を語る話者は、すべて露伴の娘を指示し、このような設定によって、主人公の秘すべき体験が表象されていたのである。それは、作者と主人公と語り手が三位一体となって構築された強固な告白体の世界であった。しかし、昭和三十年のテクストは、告白体の言語空間に顕在化した自分と隔絶した知識階級の娘を犯そうとしたという想像を消去してしまう。

このように物語作者は初出のテクストに介入し、語り直しをする。そして、暴行事件によって、夫との溝が修復不能になり、露伴の娘が離婚に踏み切った物語ではなく、テクスト内に生きる主人公の内面劇へと組み替えるのである。そのために、「姦声」は暴行事件が誘因となって、露伴の娘が離婚をする歴史的事実で締めくくるのではなく、事件の生々しい現場に読者を繋ぎ止めて閉じられたのである。この時、フィクションを編み上げる物語作者は、暴行事件の被害者という主人公の記憶に縛られず、物語の力学に身を委ねているのだ。その結果、テクストは語られたものの背後に横たわる情動を掬い上げ、彼女の内実を暴くのだ。

七、暴行を語る方法／セクシュアリティの深淵を覗く問い掛け
――「一体これは何だといふんだ！」という叫び

このために用意された語りがある。対峙している「男」に対する恐怖感が徐々に言動や直接行動として表面化していく語りである。喧嘩をして顔に傷を負った鬱憤を、「私」と「夫」の前で晴らす「彼」の言動が、抜き差しならぬリアリティを帯びて身の内に響いてくる。「片頰が紫色に腫れあがつて眼が細くなつ」た顔面、喧嘩の顚末を語るに従って高まる興奮、そこから相手を運転する車で轢いてやるという「男」の激情が生まれる。芝居がかったパフォーマンスだが、対峙する「彼」／喧嘩相手の関係が自分の存在性を浮かび上がらせて、いつか危害に遭う

のではないかという直観を誘発している。

四月になり、この夜の記憶が薄れていた頃、自宅近くの路上を従兄と歩いていたところ、「彼」の運転する車に轢かれそうになる。語り手は従兄の「変だなあ、なんだかいやな気持だつたなあ」という呟きと、それが彼の悪戯と直観して「なまいきに筋を運んできたなと負けじ魂が起き上がつ」た「私」を描くことで、これから起きるであろう事件を暗示している。つまり、二つのエピソードを組み合わせて、見えない気配でしかなかった「いやな声」の暴力性が実体として、顕在化する状況を表象しているのだ。断片的な日常的な事実を取捨選択し解釈し直すことで、男の喧嘩相手になる事態が自分の身の上に迫ってきていた、というストーリーを編み上げている。その語り手が、ここには介在している。というのも語りの構造上、このコンテクストはサワリのような機能を持ち、物語はいよいよクライマックスを迎えるからだ。

さて、その物語世界は「数日後」である。ここに見られる時間の表象には過去と現在とを継起的なものと認識する「私」が現われているわけだが、だからこそもう一人の物語の主役は、「運転手」として語り出されるのだ。ということは、とりもなおさず喧嘩相手を車で轢いてやると叫び、身の危険を感じさせる悪戯をした男のイメージが、彼女の心中に滞留していたことを窺わせる。

語り手は、そんな「私」の心象を語りつつ、読者を物語の核心へ誘い込んでいく。その物語の世界は、風邪で臥せっている「私」が物音を感知する場面から始まっている。誰かが玄関の戸を開ける音（それは「いやな声」と通底する）である。その主こそ例の男だ。主人公が風邪で寝ていると聞いて帰った後、引き返したのである。そのシーンを抜き書きしてみよう。「いくほどもなく、また戸が明いた。待つ心は夫だと思ひこんでゐたから、錠をさす筈だがなと聴く耳へ、どきつと割れ声が入つた」。――このように語りを展開することによって、読者は「姦声」の冒頭、すなわち「いやな声」に過敏に反応する場面を想起するだろう。

つまり、二人が遭遇するファーストシーンを喚起させながら、語り手はこの「数日後」をクローズアップしているのだ。

*

こうして、ようやく語り手は「姦声」というタイトルに刺激された読者を、暴行シーンに誘い込む。その語りは詳細で、岩波書店版『幸田文全集』では、一行四十二字の字組で四十一行に及ぶ。ここで、語りの方法を要約しておこう。語り手は、和服を着ることで体得した女主人公の皮膚感覚を駆使して、力の込められた手や足の動きを即物的に追い、集積した情報を着衣の乱れに収斂している。そうすることで顕在化する彼女の抵抗を表象しているのだ。では、声を強調するタイトルに反して、全く音のない語りの世界を引用してみよう。

足は彼の両脚の間に搔い込まれて自由でなかつたが、ころぶはずみに上半身は抱かれた腕から乗り出し、片手は自然向うの喉にかゝつてゐた。ぴたつと対手の胸に重みを沈めると、胸から男の鼓動がぶり〱と伝つた。シーツの木綿に爪先の力を与へ、じり〱とのしあがつて締めて行くと、さすがに苦しがつてぎよろりと眼を剝いた。けれども著物は非情である。袖・褄・八ツ口は括約しない、彼我共通に開放されてゐる。嚙みあひは人を嚙むかはり自分も嚙まれる。こちらの手が喉をせめてゐれば八ッ口は彼に役立つてゐた。攻防一時に行ふことは力量の差があつてはなし得ないものである。しかし、堪へることや無感覚になることは防の一種である。

読了して分かるように、この語りは日本の近現代文学における視覚表現と異なる。リアリズムの語りにおいては、語る主体と語られる外部が切り分けられ、視覚を核にした情報を統合することで、作中人物の内面や今、此処という外部が描かれる。このような技法を携え、世間と切り離された文学領域において、私小説の作家はこの時空を生きる特異な人間像の彫琢へ向かった。このように表現の歴史は展開した。

ところが、「姦声」の語り手は、「足」、「上半身」、「片手」、「喉」、「胸」によって、「私」と「いやな声」の身体が組んずほぐれつする様を、継起的に表象している。それをよりリアルにしているのが暴行されている主人公の着衣である。私小説の作家ならば、主人公が「人を噛むかはり自分も噛まれる」状況を回想しつつ、おのれの内面を探り当てる場面を描くだろうが、あろうことか「姦声」の語り手は人間同士を苦境に陥れる着物の「非情」を表象している。これは和服を普段着にしている主人公らしい視座だ。語り手はこの「非情」を語りの基軸にしているため、暴行する側も被害者側も「足」、「上半身」という部位（モノ）でしか表象されないのだ。だから、物語は人間の心理世界へと降り立っていかないのである。

なぜなら、このパラグラフの最後、「堪へることや無感覚になることは防の一種である。」に向けて、語り手は叙述を続けていたからである。語り手は暴行する／される双方の内面ではなく、「いやな声」の攻撃に堪える「防」の体勢を表象していたのである。格闘技を見物しているようだと、筆者が述べたのはこのことだったわけである。
　暴行に対する身の備えに言及した語り手は、再び現場に読者を誘い込む。まず、初出稿の物語世界に入り込んでみよう。すると、連続するコンテクストにおいて、蘇ってきた家事の記憶とこの場面とが二重写しにされ、「感情の流入がゆるされないほど、ひた闘ひに闘はれ、はふつておけばかならずどちらかが死に至るまで互いに放しもせず離れもせず闘ふものである」という闘鶏のイメージで、暴行の現場が読み取られていることに気づくだろう。

　殺されるんだ。さう思つた。それからだつた。全き闘ひをたゝかつた。物がから〳〵と落ちたのしか知らない。全力といふことは、一分一厘の余力があつても全力ではない。めつたに全力といふものがきれるものぢやないと思ふ。父の教へがなかつたら私は自分の全力を知らなかつたかもしれない。それは極《ごく》くだらないことから教へられて行つた。（中略）鉈を揮つて薪を割ること、枯れた立木を根こぎにすること、畑へ鍬を入れること、そして最も忘れられないのは無理に闘鶏を見物させられたことだつた。

　生々しい暴行シーンが語られ、「殺されるんだ。さう思つた。」という随筆のコンテクストに出合った読者は耳目を欹てるに違いない。しかし、初出の語り手はこの欲望に応えない。虐待される身体／する欲望（読者の読みを発動させる）の代わりに、語りは直前のパラグラフを受けて、「防の一種」の心得、窮地に立たされた主人公を救った「父の教え」を表象するからである。それは「権力ある富豪の婦人と同様に屈指の学者先生の娘」という「未知を既知にしたい欲望」

（それは主人公が作り上げたフィクションにすぎない）を砕く知の力である。

　ところが、右の随筆の語りを支えている「父の教え」は、小説において消去されてしまう。「殺されるんだ。さう思つた。」を削除し、「それからだつた。」から始まる小説のコンテクストを引用してみよう。

　それからだつた。ひた闘ひにたゝかつた。物ががら〳〵と落ちた。何でもへ足で突つ張り、手で突つ張つた。歯も爪もぎし〳〵して、むちやくちやに抵抗した。腕が捻じ上げられて、ふつ、ふつと息がちぎれる痛さだつた。あつちもこつちも痛くされた。痛いからもつと夢中で暴《あば》れる。暴れて著物はいよ〳〵引ん剝ける。裸なんぞ何でもありはしない。裸！　とおもふ一瞬のことである。たとへ裸と裸がどんなに搦みあはうと、もうどうで大したことはないのである。けれども裸の皮膚のも一ツ内側には、私のなまといふものがある。（中略）今まだ全く保たれてゐるその私のなまが、金輪際彼はいやだとがんばり通してゐる。たゞそれだけなのだ。なまといふ平生は身体の器官の一ツにすぎないものが、この場合私の心に直結してゐるものだつた。二ツとは欲ばらない、一ツだけのこと、――この男にはいやだといふ一ツだけの心であつた。

　父の教えの代わりに、「この男にはいやだといふ一ツだけの心」に向かって、物語は進行している。だから、事物や「二ツ」を身体を受け止めて構造化した「非情な」着物は、引き裂かれる。そして継起的に描かれた「足」・「手」・「歯」・「爪」が、今度は「抵抗」する「なま」という身体性と、「いやだ」という心情に収斂されていくのである。

告白という一人語りを選択することによって、語りの主軸となる主人公と、彼女には見えない性暴力を企てる相手の心理とのギャップが常にストーリー内に伏在する。それが喚起する恐怖は物語の進行とともに増幅していく。

レイプのステレオタイプな表象においては、犯す／犯されるという対立する存在が補完し合い、エロティックな物語世界を形成する。「この男にはいやだ」という犯される側の強い嫌悪が、いっそう男の行為を煽る。ところが、見てきたように、小説「姦声」は読者をこのような物語世界に導かない。結果的に暴行は未遂に終わるのだが、語りはこのような状況を体感した「私」のみを表象するのである。

やがて、語り手は男が去った後の「私」を見つける。語りの中の彼女はそれがそもそも未遂ではなく、犯す意志がなかったのではないかと自問している。男が去った後、安堵の思いと同時に、彼女を襲ったのは抗い撥ねつけたという充足ではなく、誤魔化しようのない欠落感であった。語り手は物語の表層に男の姿を浮かび上がらせないが、かえってそれ故に主人公の身体に刻印された暴力が噴出する。自問はここから生じている。――男の行為は性的欲望に駆り立てられたものではなく、「いやな声」という読み取りをし続ける「私」の自意識に対する冷やかな批評（独りよがりなフィクション）だったかもしれない。このような自分への眼差しを受け止め、物語作者は強姦から身を守る知を授けた父を削除し、この問いが広がる物語世界に改変したのではないか。

「いやな声」は「私」が自分に向けた侮蔑的視線の中に、主人／最下位に位置する従業員という身分意識を感受していた。この雇用関係が存続している間は、それを遵守する規範意識があった。だが、問屋が倒産し、雇用関係が解消される。その後、主人公たちと金銭をめぐる貸借関係が生じることで、夫を軽侮する妻との心理的距離を縮め、彼は精神的優位に立つ。この間も、彼は「いやな声」という存在として排除されながら、常に彼女の視野に入れられていることを自覚している。これこそ身体のない「いやな声」が、自分の身体を露わにして暴力行為に及んだ理由である。それも「私」が感じ取ったように、自分が強姦を免れる程度まで暴力を制限しているので、男の目的は身体の陵辱そのものではない。衝動的に行為に及んでいるのではなく、冷静に相手と自分の力のせめぎ合いを感じ取り、抗われてカッとすることはない。彼は「自分」をコントロールしながら、ずっと思い描いていた事態を待っている。それは帰宅した「夫」を、この現場に立ち会わせたいという欲望である。

随筆として書かれたテクストでは、レイプを免れることが出来た「父」の教えに重点が置かれていた。その箇所を削除した物語作者は、強姦という行為の背後にあるセクシュアリティの問題を炙りだしているのだ。

注：二ヶ月前に発表された「勲章」は、トラックの運転手の好意で、酒問屋に商品を取りに来た主人公が自営の酒店まで送られるシーンを、次のように描いている。「往来からはオート三輪にエンヂンをかける爆音が聞えて来た。すべて彼等の時間外特別サーヴィスなのである。『一緒に乗つていらつしやいますか。』裏も表も同じようにきたない座蒲団なのは、彼もよく承知のことだつたが、それをしも裏返してくれる親切は快かつた。」――二つのテクストを合わせて読むと、「いやな声」という人物像のフィクション性が浮かび上がってくる。

第三章　幸田文の再生　戦後世界を生きる女性性を表象する

戦後世界を生きる〈寡婦〉の行く末――『流れる』論

一、物語の戦略上に浮上する昭和三十年
――寡婦、花柳界、そしてルポルタージュ

昭和二十五年四月、幸田文は突然、断筆宣言をして、露伴の娘ではなく、一人の寡婦として生きようと決意する。といっても、「中央公論」誌上で、「続みそつかす」連載、翌年にも繊維や百貨店のPR誌に随筆を掲載しているから、全く筆を折ったというわけではない。娘・青木玉によれば、彼女が職探しに明け暮れるようになったのは、昭和二十六年秋頃である。下駄屋、表札書き、中華料理屋の店員、犬のブリーダーの店員に雇って貰おうとして失敗し、幸田家と縁のある華道家の世話で、柳橋の芸者置屋の女中として働けることになった。だが、幸田文は体調を崩して、一ヶ月余りで自宅に戻った。

このような曲折を経て、表現者・幸田文は昭和二十九年に再起する。同年一月から一年間、『さゞなみの日記』を連載して、本格的に執筆活動を開始したのである。断筆宣言で表明したように、この物語には露伴を書く作家イメージからの決別が込められている。だから、記憶の中に測鉛していくのではなく、当代を生きる架空の中流階級の寡婦と子供が物語の中心に置かれ

る。そして、この家庭に雇われた寡婦の女中を絡ませて、家族の結婚と自立の問題が主題化されたのである。

作家論的に見れば、それは「菅野の記」というテクストで語られた「私」と娘が直面した家庭事情と直結している。「菅野の記」の語り手は、そのために戦後空間に生きる「私」を照らし出すフィクショナルな場所として、〈菅野〉を表象したわけだが、昭和二十九年に書かれた『さゞなみの日記』は、さらに女主人公のフィクション性を強く打ち出すために、小説というジャンルが選ばれたのである。したがって、作品に描かれる空間はもはや幸田家ではない。没落していく中産階級の家庭が仮構されているし、主人公の「多緒子」も会社の重役だった夫と死別した中年の寡婦であり、夫と関わりのあった「原田」の会社で書道教室を開いている。再出発を期する表現者・幸田文は、客観小説の方法を導入して、「原田」との将来を淡く考える「多緒子」と、見合いをして自分の家庭を築こうとする娘「緋緒子」とを描いたのである。

彼女はここで難題に突き当たっている。三人称で長期の連載小説を執筆した経験がない。だから、一年間の執筆を乗り切るノウハウがなかったと思われる。その事を窺わせるのは、この小説が一話完結の短編を数珠つなぎにして、物語世界を構築した『みそつかす』の書き方そのものだからである。幸田文の実像と重なる少女が視点人物、及び主人公として設定されているため、彼女の個人史の叙述を、語り手は自分の声として物語っているだろう。だから、このような単純な叙法でも、私小説的な物語世界は構築出来るし、同年に書かれた「菅野の記」はその成功例だったのだ。

文壇に帰ってきた表現者・幸田文が、戦後世界に眼を向けた『さゞなみの日記』の登場人物達は、この外部で呼吸していなければならない。だから、主人公の「多緒子」も「緋緒子」も、そして寡婦の女中も、物語世界の進展につれて、否応なく変容せざるを得なくなるだろう。だが、『みそつかす』の語りを利用した結果、破綻がない反面、十二の枠で細切れにされた作品世界は平板である。登場人物達もキャラクター通りに振る舞い、作者の意図から逸脱して生き始めたりしない。本格的なフィクションに挑戦した幸田文は、手ひどい打撃を被ったはずである。『さゞなみの日記』で、父の思い出を書く随筆家から、虚構世界の創造者へと転身しようとした幸田文だったが、思惑通りにはいかなかった。「婦人公論」の編集者も、その完成度には不満があったと思われる。というのも、昭和三十一年二月に刊行された『流れる』がベストセラーになり、幸田文ブームの高まりを狙ったように、中央公論社は単行本化しているからである。

しかし、新たなセルフイメージを纏って、幸田文が起ち上がっていく過程において、『さゞなみの日記』の蹉跌は見過ごしにしてはならない。自己体験をモチーフにしない、三人称の語りで物語を構築する、さらに短編を繋げて長編小説を仕立てるというメソッドで、彼女は一年間の連載をやり遂げた。それが失敗だったにせよ、この体験がなければ、『流れる』の構想は、生まれなかったに違いないからだ。

ところで、幸田文は、この年、一枚の肖像写真を使って、新しいセルフイメージをアピールした。その写真とは木村伊兵衛が昭和二十三年に「ほんとのわたし」を写したものである。木村との対談「写真は娘への遺産」（「日本カメラ」昭和二十九年一月発行）で、他者が誉めた露伴や母に似た顔ではなく、四十有余年の人生を余すところなく語った「おのが顔」だった。幸田文はこの後、この写真を「婦人公論」（昭和二十九年二月発行）に掲載した随筆「子猫」の口絵に、「婦人公論愛読者大会――公演と映画の会」（「婦人公論」昭和三十年二月発行）の宣伝に、中央公論社版『幸田文全集』第一巻（昭和三十三年七月刊）の口絵に使っていく。

このような肖像写真を素材にしたセルフイメージの表象は、やがて「わが家のごじまん」（「婦人朝日」昭和三十二年十一月発行）で、文士と差別化する鉛筆書きの素人作家を語る一枚へと繋がっていく。このような素人の書き手というイメージは、『流れる』の担当編集者・野平健一の「『黒い裾』から『流れる』」（『幸田文全集』月報1　昭和三十三年七月刊）や、「私は句読点すら知らなかつた。それでも感覚というものは家にあつたので知つていたが、他のものはどうしてよいかわからなかつた」といった幸田文の語り（「幸田文さんに聞く」）などで広がっていった。これについて、「それは笑顔で始まった――幸田文のセルフイメージとメディア」（『幸田文の世界』一九九八年十月、翰林書房刊）で論じたが、ここで、『流れる』がメディア表象される昭和三十年の文化状況に据え直してみたい。

「顔」（「映画芸術」昭和三十年十一月発行）を読むと、幸田文が相当な映画ファンだったことがわかる。自分の顔がどのように映し出されるかも計算できない「大写しで地の顔をみせるようなな
まな役者」、つまり下手なサイレント時代の俳優を思い出しながら、銀幕に映し出される顔に対する強い関心を語ったのが、「顔」であった。このような彼女は、昭和二十七年に封切られた「ライムライト」に驚いたのではないか。この映画で、チャップリンは新しい自分を表現して見せたといわれている。山高帽に燕尾服、ドタ靴を履いた道化師というチャップリンスタイルを脱ぎ捨てて、素顔でカメラの前に立ったからである。このチャップリン像に、大衆文化の新しい潮流を読み取ったのは、江藤文夫である。

彼は『見る雑誌する雑誌――平凡文化の発見性と創造性』（一九六六年十月、平凡出版株式会社刊）の第一章「新しい時代・新しい文化」で、戦後日本の文化状況を、「仮面から素顔へ」と「フィクションとノンフィクション」という切り口で分析している。江藤によれば、昭和二十年代後半の芸能界は銀幕のスターから身近なタレントへとシフトしていった。時代の潮流が日常を超越するオーラに包まれた原節子から、芸能人の日常生活を文字や映像で表象する美空ひばりを選択した。百万部の売り上げを誇った「平凡」の成功は、このトレンドを演出し、大衆が望んだ自分の夢を体現するタレント像を発信したからであったという。

ここから『流れる』に戻ろう。文化国家という政治戦略によって浮上した幸田露伴を書く二世作家が幸田文のイメージであった。このような仮面を脱ぎ捨てて、新しい自分を生きるというセルフイメージが発信されたのは、このタイミングであった。さらに、それを裏書きするように、自分探しとしての女中体験がメディア表象された。その時、どのような反響が起きたか。連載完結の直後、武田泰淳、埴谷雄高、椎名麟三が、「創作合評」（「群像」昭和三十一年一月発行）で批評している。この合評は、武田の「幸田さん自身といってもいいようなインテリのしつかり者の未亡人が芸者屋に女中に入って、その芸者屋の内側からこの特殊な世界をつぶさに観察したという形で語られています。」から始まっていた。このような作中の主人公と作家とを重ねる読み取りの方向は、山本健吉の「幸田文論」（『現代日本文学大系　69』昭和四十四年十一月、筑摩書房刊）で、はっきりと批評の形をなす。重要な箇所を引用してみよう。「裏がわから見た花柳界の生態を描き出そうとする視点が、そのまま梨花の存在のなかに嵌め込まれており、従って梨花は、この小説のなかの登場人物であるよりも、非人格な一つの視点なのである。（中略）だが、ほんとうはこんな出来上がった老女中がいるものではない。幸田家の最低の行儀・躾が、一般的には最高の行儀・躾に外ならぬという立場、言わば一種の超絶的な立場を、梨花は体現している。」——。

のちに、幸田文が小説のタネ取りに入ったという見方を何度も否定している程、このような読解は流布し、今日においても生き続けている。引用したコンテクストを読む限り、武田泰淳は私小説的な語りの枠組を活用しているだけだが、合評が進行するにつれて、「梨花」はだんだん幸田文に接近していく。『流れる』に対する批評がこのようにして開始されたことに注目したい。タネ取りのために花柳界の女中になったという「誤報」が、なぜ広まったのか。

この情報のベースにあるのは、幸田文が花柳界で女中として働いたという事実だ。幸田家や小林勇のような一部の関係者しか知らないのだが、それが外部に流れることで、「梨花」＝幸田文という読解の図式が生じる。その実例が映画『流れる』の封切りに合わせて、幸田文と田中絹代らが語り合った座談会である。それは「芸者と女中と妻の生き方」（「婦人公論」昭和三十一年十二月発行）である。脚本担当だった田中澄江が、こんな発言をしている。「幸田さんが『流れる』を書くために、柳橋ですか、花柳界のなかには入っていらっしゃったというように一般では印象づけられていますでしょう。」。——問題はタネ取りかどうかではない。そのように読み取らせ、これに呼応するような読解が拡大したことだ。昭和三十一年における読者の多数にとって、匿名の『流れる』書評（「週刊朝日」昭和三十一年三月二十五日発行）の見出しが「芸者風俗図絵」であるように、『流れる』は花柳界の裏面を描いた潜入ルポである。しかし、小説を読み通しても、潜入した物語の舞台はどこなのか判然としない。そして、潜入した主人公の「梨花」も幸田文自身とは異なる脚色が施されている。つまり、隠された真実を暴くにふさわしい物語設定がなされていないのだ。語り手を明確にし、そして「柳橋」を暗示する風景描写をすれば、レポートの真実性は高まるはずなのに、である。

作者の意図に反して、『流れる』は当代の読者たちにとって、隠された真実を暴露するトレンド商品になった。『流れる』(昭和三十一年四月、新潮社刊行)は初版刊行の二ヶ月後には第四版が刷られている。さらに同年十一月には、新潮社の〈小説文庫〉にリメイクされ、店頭に並んでいる。世間で評判になればなるほど、内幕を描かれた当事者側、花街はこの小説を黙殺するだろう。コメントを出すことで、何らかの言質を与えることになりかねないからだ。口を開くのは『流れる』の舞台が柳橋だという情報が広がった後である。では、この噂のネタはどこから出て来たのか。

おそらく、この情報を利用して話題作に仕立てていく広告宣伝を編み出した当人たちである。文豪・幸田露伴の娘が柳橋の置屋に女中として住み込み、その体験を小説化したという情報は、これから論述するように、実は幸田文自身がアウトプットしたものだったのだ。

さて、問題はこれからである。武田泰淳のコメントで明らかなように、連載終了直後から「梨花」=幸田文という読み取りがされていたわけだが、それを裏書きするようなコメントが彼女の側から出た。「週刊新潮」(昭和三十一年三月十八日発行)に、「幸田さんと『流れる』」が掲載されている。この見開き二ページの記事が読者の眼に触れたのは、『流れる』刊行の約二十日後である。小説が「毎日新聞」他の各紙の書評欄や「図書新聞」などの書評紙で取り上げられている最中であった。読書界で話題になりつつあったタイミングを計って、新潮社は自社の雑誌媒体を利用して、この小説の宣伝活動を行なったのだ。雑誌記者が書いた本文は、幸田文が初めて明かす執筆の裏情報を織り込んでいる。

著者最初の長編小説で、今日の芸者の生態を裏側から描きあげたものである。／舞台は柳橋、大川端紅灯の町。

最初のコンテクストは意図的な情報操作がされている。というのも幸田文は、一年前に『さゞなみの日記』を発表しているからだ。最初の長編小説が世間で話題にならなかったという既成事実を踏まえた上で、幸田文学における長編小説の扉が『流れる』によって開かれた、と強調したかったのであろう。問題なのは、小説のテーマを、読者の関心を牽きそうな「今日の芸者の生態を裏側から描きあげたもの」に絞った点である。

ここで、『流れる』連載を担当した編集者が書いたと思われる広告文を見てみたい。

大川端の芸者屋に女中として住みこんだしろうと女梨花が、その意気と誠実さによつて、くろうと衆の中で忽ち重んじられるようになる日々を、みずみずしい感覚と張りのある文章で鮮かに描き、女の生き方の一面を見事に捉えた傑作長編。新潮連載好評。新に七十枚を加筆した野心作。

（「新潮」昭和三十一年三月発行）

以上が全文だが、その後、「毎日新聞」昭和三十一年三月五日朝刊に掲載された広告には、これに加えて、三倍大の活字で「現実に抗って激しく生きる女を描いて、文壇の注目を浴びる」という惹句が躍っている。この後づけの文章は同時掲載された川端康成の推薦文「自分の心の張りと誠をぶっつけて生きてゆく姿が鮮やかに描き上げられている。」と呼応しているのである。こうしてみると、当初、『流れる』の売り物は女性の生き方であり、このテーマに沿って、広告文や推薦文は書かれたことがわかる。

しかし、メディア表象の舞台が変化すると、おのずから記事はその媒体に合った切り口で書かれることになるだろう。「週刊新潮」は出版社が初めて企画した週刊誌だが、その成功によって、「週刊現代」(講談社)や「週刊文春」(文藝春秋新社)などが発刊されていった。新聞社系の週刊誌「週刊朝日」、「サンデー毎日」と差別化を図るため、「週刊新潮」が選んだ路線は、取材によって、社会の暗部にメスを入れる誌面作りであった。だから、昭和三十一年二月九日に創刊されたこの週刊誌にとって、『流れる』は格好の材料だったはずである。週刊誌は『流れる』の文学性に着目したのではない。狙いはスキャンダラスな話題性であり、そこに焦点を合わせたため、幸田文の談話の切り取り方にも角度がついているのだ。

「週刊新潮」のたった二行の文章は、これまで幸田文が隠していた情報であった。匿名のライターは、作者自身から得た情報をもとにして、小説の舞台が柳橋、主人公は幸田文本人だということを明らかにして、「女の生き方の一面を見事に捉えた傑作長編」とは異なる読み方を提示しているのである。取材したライターは幸田文の談話から、次のような箇所に焦点を当てた。「私は外へ出ても、家へ帰っても、結局女中でしかありませんでした。〝流れる〟の梨花のように」――。このコンテクストの持つ意味は重い。なぜなら、『流れる』の読解を、フィクション世界に生きる女主人公から秘匿された芸者の生態へと乗り換え、さらに作中の女中「梨花」と幸田文を固く結びつけるからだ。

幸田文にしてみると、自分の人生を比喩的に語ったつもりだろう。ところが、それが『流れる』の内幕を知る裏情報に活用されたのである。この後、タネ取りのために柳橋に潜入したという噂が広がり、幸田文は火消しに回る。彼女も「新潮」の編集者も迷惑だったかもしれないが、それが『流れる』の売れ行きに拍車を掛けたことは間違いない。純文学的な読み方とトピック的な読み方。新潮社は差別化したこのプレゼンテーションを、二つの雑誌メディアで発信して、『流れる』のベストセラー化を企てたといえるだろう。

ところで、昭和二十年代後半から三十年代を跨ぐ文化状況には、もう一つ特徴がある。座談会「ベストセラーの生態――その本質と秘密」（「文學界」昭和三十年八月発行）で、扇谷正造は戦後の出版メディアを「事実に対する興味」と分析した。ノンフィクションへの強い関心である。その流行は文芸雑誌の誌面にも波及し、たとえば、昭和二十八年発行の「群像」には多数のルポルタージュが載っている。その一月発行には張赫宙「ルポルタージュ朝鮮」、二、六、九月発行には、田中澄江、本多秋五、深田久弥の作品、九月から三回連載のルポルタージュ「基地六〇五号」が掲載された。この連載はルポルタージュの名作「ノリソダ騒動記」を書いた杉浦明平の作品である。

これまで明かされることのなかった花柳界を題材にした物語『流れる』は、このような絶好の環境とタイミングを摑んでいたのだ。

二、『流れる』の語りの構造

――仕組まれた連続する「春」と「梨花」の語り

単発の作品論か、概論に終始している従来の幸田文論には、重要な観点が欠落している。作家論で言えば『崩れ』に到達する作品がどのようにして生まれ、展開して、幸田文の文学が形成していったかを解明する視点の欠如である。

このような認識に立っているから、いささか古風ではあるが、表現者の生活と作品を重ね合わせて、このような『流れる』の再考を試みているのである。「始更」第九号に掲載した「萱野の記」論で、筆者は以下のように述べている。「比喩的な言い方をすれば、断筆宣言とはこの文学テクスト（『萱野の記』）内の『私』が、『露伴』との決別を果たそうとした行為である。さて、『おふじさん』はどこに行ってしまったのか。自分のことを書けるようになったら文筆の世界に戻りたいと言い残した幸田文が、寡婦の『梨花』を、小説『流れる』の物語世界に据えるのは、昭和三十年のことである」。――右のスケッチは孤立無援の寡婦が戦後空間で生き抜くストーリーをどのようにして生成したか、に対する言及だが、この観点が幸田文の文学性の分岐点を照らし出してはいないか。

そうだとすると、『流れる』の語りは、寡婦の実存を炙り出すために生み出された事になり、後述するように、設定された語りの構造――「春」の感覚と「梨花」の意識が連続する――は、外部世界に対してヴィヴィッドに反応する寡婦の生態へと、読者の関心を振り向けているだろう。だから、このテクストのトポスを「梨花」と花街という秘匿する内面に設定して、この女主人公を語ることが、結果的に花柳界の生々しい日常をキャッチすることに繋がっているのではないか。

自分の興味を満たすために、読者は片方だけをクローズアップしてはいけない。語り手の視点は「春」と「梨花」を統合する寡婦に据えられているのだから。もう一度繰り返すが、この寡婦像は『流れる』という物語世界に浮上するフィクショナルな存在なのである。「春」と「梨花」のような存在をワンセットにして語った寡婦の小説は、これが最初である。

ここまで論じてきて、河上徹太郎が中央公論社版『幸田文全集』月報1（昭和三十三年七月刊）に掲載した「『流れる』を読んで」を思い起こした。というのも「身辺随筆を書く時使ふ手法だけで推し進めていつて、堂々とロマンの骨格を築いてゐるのだ。」というコンテクストが蘇ってきたからだ。『流れる』は随筆の書き方だ、という河上の指摘に留意したい。そして、この小説が新潮文学賞に決定した直後、文壇内の匿名者が「いわゆる文章上手の素人芸」（「文學界」昭和三十二年一月発行）だと酷評したのも、創作法に関わる見解であるが、これらの批評は同一の問題に向けられている。「随筆」も「素人芸」も、一般的な小説の手法から逸脱している特徴を言い表しているからだ。それを具体的に表明したのが、川端康成である。

彼が書いた新潮文学賞の選評を紹介しよう。彼はその点について「『私』がわかりにくいのと、ところどころに作中人物たちを見下すやうな短い言葉が不調和に挿入されてゐるのと、それらは気になつた。」（「新潮」昭和三十一年十二月発行）とコメントしたのだ。このような同時代評は、『流れる』で設定された「私」が随筆の物語世界を眼差す人物として解釈されたことを明らかにしている。小説をメインにして発展してきた近現代文学の常識では、このような客観小説は「素人芸」と批判されても仕方がないだろう。小説の書き方を知らない幸田文の弱点が露呈しているのかもしれない。だが、それでは彼女が立てた物語戦略が見えてこないのである。

昭和二十五年以来、この女性作家が寡婦というモチーフに拘っていたことは、明らかである。そして、混迷する戦後空間の中で、「多緒子」のような実存性をリアルに描くことが求められたこともである。だから、『さゞなみの日記』後の小説を模索する中で、自分の女中体験が格好の題材として捉え直されたのは、自然の成り行きだった。では、自己体験をいかに書くかであるが、この時、おそらく幸田文と土橋利彦は、時代の流れの中で、自らの文学性の有効性を発見したのである。

つまり、当代流行のノンフィクションに類似していることに気づいたのである。この気づきによって、執筆活動で身につけた書き方を活用しながらも、女中体験を私小説風に語らないというコンセプトの下に、新しい小説は構想されていったと推察される。だから、『流れる』は彼女の実人生と文学を切り分けるために三人称小説に仕立てられたのだ。

そこで、この構想を実現するための文体である。その規範はおそらく彼女の「菅野の記」である。そこで、「菅野の記」から、「父」の死を直観した瞬間の「私」が語られているコンテクストを抜き書きしてみよう。

「これは林檎のジュイスがはいつてゐるから、あんなには響かない音だわね、やはらかいいゝ音ね。」見ると、早く飲みたいのか子供の顔のまんま天井を向いて、ぽかんと口を明けてゐた。あ、もうだめだ、どうしてもだめだ！　からだ中ががた〳〵顫へて来、手首がをかしいほどぶる〳〵してゐる。吸ひ口を含んだ父の唇へその顫へが伝はつて、父はガラス管の尖《さき》をぎゆつと噛んだ。いやな触感。左手に代へた。これは静かで、あゝよかつたと思ふ間に、右よりもつとひどく顫へだした。が、少しばかりの果汁はもう終つてゐた。

視点人物の「私」の発語が開始されるや、素早く「見ると」から「父」の視覚情報に切り替わり、それらが重なり合って、「あゝもうだめだ」という怖ろしい死の直観が閃く。語り手は内／外を一つにして決定的な場面を捉える。心の動揺は視覚化され、手の震えがクローズアップされていくのだが、この構文は、語ることで呼び覚まされた記憶を追体験する今に、焦点が合わされている。それは、視覚的感覚と「父」の死という認識が一如となる生々しい体感表現である。

この表現は一般的なノンフィクションよりもリアルである。文壇の評価はともあれ、これこそ時代の要求する文学表現だという見通しが開けた時、表現者・幸田文は始動しているに違いない。『流れる』の執筆はこうして開始されたと言っておこう。

三、秘匿され／発信される寡婦像
——戦後空間を生き抜く主体の発見（一）

さて、『流れる』の物語世界は「蔦の家」を中心とする花柳界であるが、語り手はこのトポスを戦後空間に浮かべることを忘れない。物語の舞台になった花柳界は、朝鮮戦争の特需による経済復興によってだんだんと活気を取り戻しつつあった。一方で、GHQの婦人政策に呼応して、矯風会などの婦人団体による売春防止法法制化の動きが進行していた。芸妓はその対象から除外されてはいたものの、左前の置屋では未成年の売春問題に神経を尖らせることになっていった。

「梨花」が住み込み女中になる「蔦の家」の窮状は、このような状況と深く関わる。「主人」や「なゝ子」の旦那は糸へん景気に踊り、その景気が急速に冷え込むと同時に、「蔦の家」から遠のいてしまう。経済的足場を失った「主人」は、未成年の「なみ江」に売春をさせたため、叔父と称する「鋸山」に強請られている。こんな置屋にやって来た「梨花」はさまざまな職探しの果てに、住み込み女中に納まるのだ。「主人」に職探しの苦労を喋るシーンで、犬屋での体験を語る条がある。今で言うペットショップ「犬屋」の開業は、進駐軍が日本にさまざまな犬種を連れて来たことに由来するものだから、きわめて戦後的な業種だったわけである。このような戦後空間の中に、『流れる』の語り手は一人の寡婦をクローズアップする。

作者・幸田文が柳橋の置屋に住み込んだからではない。女主人公「梨花」は説明した戦後空間を生きるために、小説『流れる』に登場した人物である。後述するように、物語世界を生きる「梨花」が、まさに戦後の寡婦を体現しているのだ。すべては、だからこそ「梨花」の身体を通して語られるのである。したがって、潜入ルポと見紛う語りは、単に外部世界を情報化するのではなく、そのような情報の集積回路としての「梨花」の実存性を生々しく表現しようとするものだ。いささか先走ってしまったが、ここで興味深いパラグラフを紹介しよう。

「ちよいと、あの、なんていつたつけね、梨花か、……どうもじれつたい名だね、女中はかうすらつとした名のはうがいゝんだが。春さん！」けはしく呼びたてられて行つてみると、笑顔《ゑがほ》がゆつたりと優しいから不思議だ。とつさに気がかはるのか、あゝいふじれつたい物云ひにかういふのどかな顔が飾つてあるのか、一時間か二時間にしかならないくろうと衆の世界だ、わかるはずはない。と思ふものゝ、はや梨花の性癖が頭をもちあげてゐた。——わからないはずはない、と挑んで行くやうな気になつてゐるのである。相かはらずどこへ置いても自分は強いと、ひそかな得意があつた。

「主人」の眼鏡にかなって女中に雇われることになった寡婦は、名前を聞かれて「梨花」と答える。珍しい名前だ、クリスチャンかと質されて、彼女は「は？」としか反応しない。何のことかわからないというフリをして、素性を隠すのである。では、どんな字か、梨の花と書くというやり取りで、「勝代」の失笑を買ってしまう。「梨花」は怒るどころか、心中で笑われる名前がついているのを好都合だと呟く。名前の花＝若さ／身体の年増、というギャップを笑い、頷くことで、自他の緊張が緩和される。「梨花」はそれがコミュニケーションの架橋になると自覚している。一方で、この重宝な本名が障害になるなら破棄する。退職した女中の呼び名「春」を名乗れと求められると、「もちろん主人の御意のまゝである。符牒は通りのいゝはうがいゝ。」と同意するのだ。このようにして、語り手は女主人公が本名を棄て、職能の名前で呼ばれる場面を語っているのだが、単に「梨花」の目見えが済んだことを表象するだけではない。言語機能の要諦を摑んでいる主人公が、これから生きようとする世界を瞬時に感受したことを語ろうとしているのである。

さらに、それは物語の表層に現われて、女中としての職能をこなす「春」と、消去されて彼女の心中に潜む「梨花」の誕生を語っている。この寡婦は戦前まで豊かな中産階級の家庭婦人だった。子供と死別し、夫と離婚して貧窮に喘いでいる。彼女の日常は「戦後急激におちぶれて、たうとう畳一枚も持てなくなつた現在までに、梨花はそれ相応のいろ〳〵に貧しい狭さを経験してゐるが、やつとこのごろは狭さといふものをはつきり知つた。」というコンテクストで推し量ることが可能である。実は「梨花」が何者かを窺わせる語りは、極めて僅かである。語りが「梨花」に寄り添っていて、自分の出自に関わる情報を秘匿したいという彼女の意志が、物語に貫かれている。秘匿すべき自己を強烈に意識している存在が、「梨花」なのである。その彼女は自己存在があたかも記号のように、相手の都合で読み替えられてしまう現実を知り抜いているし、これによって自分の実態が消される。だから、彼女にとって、それは好都合なことだったのだ。「符牒は通りのいゝはうがいゝ。」という心中の呟きは重い。ドライに自己存在を切り捨てることが出来る彼女は、語り手が説明したように、戦後世界において過酷な生を余儀なくされた人物であった。

「梨花」が冷徹な自己認識と社会認識を抱くのは、家を失い、職を得られない体験を通して、戦後世界の周縁に捨てられたからである。それは没落した階級の矜持を持つがゆえに、その前歴を隠して生きようとする「梨花」の自閉性が引き起こした面もないではない。しかし、後述するように、戦後社会は自立したい中年の寡婦にとって、過酷な環境であった。おのれを閉ざす「梨花」が直面したのは、彼女を労働力とみなさない現実であり、内と外で閉じている状況下で、彼女は都市空間をさ迷った。そのような彼女を受け入れた唯一の場所が、外部を遮断する花柳界で、さらに過去を詮索しない芸者置屋「蔦の家」であった。そうすると花柳界が「梨花」にとって、生き直しの場になったのは、そして「春」になったのも必然だったのである。

　さて、引用したコンテクストに含まれた「相かはらずどこへ置いても自分は強いと、ひそかな得意があつた。」という内声は、そのような実存を生きていた者の言葉だろう。花柳界を生活空間に選ばざるを得ない寡婦は、女中の「春」を生きることで、おのれを殺すのではなく、より一層、「梨花」としての自意識を鮮明にしていく。語り手はこのような寡婦の実存性を生かして、語りの構造化を図る。これによって、花柳界の生態とそれを批評する寡婦をリアルに描くことに成功している。その一場面が先程引用したコンテクストであった。

　このトポスで生き抜くために、観察を怠らないし、自分の挙動にも細心の注意を払い続ける。そして決して出しゃばらない。求められた用件を飲み込んで他言せず、こなす判断力がある。「春」はこのような女中になっていくのだが、語り手はこの才覚が、花柳界で成功する者の必須条件であると、「梨花」に悟らせている。次に引用するパラグラフの中に「春」ならぬ「梨花」の批評が現われている。それは妻が亡くなったら後添いの社長夫人に納まる「蔦次」が電話で会社の交換台とやり取りするシーンである。

　あとは地声に落して何か隠語のやうなもので云ふ。梨花は圧迫を感じて聞いてゐる。芸妓のからした役に立ちかた、行きとゞきかたに圧迫を感じる。しろうとのはしこい奥さまの行きとゞきかたよりもう一段すつきりしたものが迫つてくるやうにおもふのだつた。それに夫婦といふ押しつけがましさがない。ほんたうなら夫婦には押しつけがましさがないはずで、かうした芸妓との関係こそにちやつとしたうるさゝがあらうとおもへるのに、このひとの電話を聴いてゐると、雇傭関係に似たさつぱりとしたサーヴィス精神みたいなものが快いのである。

このコンテクストの直前には、交換台と「蔦次」の通話が再生されていて、「梨花」はそれを聞きながら、「あとは地声に落として」と心の中で呟くのである。この時、「蔦次」は眼前の存在には無関心である。というのも、それは凡庸な女中の「春」にすぎないからだ。そして、この女中もまた、「春」として坐っている。だが、聞き耳を立てて、そっくりそのまま情報化した直後、彼女は、「蔦次」に対する批評者に変貌している。語り手はこのように、主人公の二面性を生かして、客観的な語りと主観的な語りを自在に切り替えて、重層的な語りを構築しているのである。そのため、語りを聴いている読者は、主人公の五官と認識とによって浮上する時空を、眼前にしているような錯覚に陥る。このようなライブ感覚が独特な語りによって生み出され、潜入ルポという読解が広がったのである。

見る身体と認識する身体が一体となって生まれる即時性を表象するこの語りは、失敗した客観小説『さゞなみの日記』の語りとは全く異なる。『さゞなみの日記』の登場人物たちは、戦後女性としていかに生きるかという問題とリンクしており、「露伴の娘」から脱皮して、時代と共に生きる表現者であるとする彼女の意欲が現われている。没落していく中産階級の家庭を中心として展開していく物語は、タイトルが明示するように世間の厳しい荒波に揉まれない。女中を雇う経済的余裕もある。彼女たちは死別した夫の部下たちに陰に陽に守られており、それを支えにして自分の今後を考えている。小説の方法は幸田文にとって、実験的だったかもしれないが、このような寡婦の設定は案外、保護されている「露伴の娘」としての生活感覚が投影しているのではないか。だから、物語の大半が寡婦の「多緒子」の家で展開するのだ。このことが象徴するように、この女主人公には外部が存在しないのだ。そのため、「多緒子」は戦後世界に対する時代感覚が鈍く、積極的に生活を切り開いていく意志をも持たない。そのような人物を中心にして展開するフィクションは、意に反してリアリティに欠ける失敗作になったのである。

ということで、『さゞなみの日記』は「露伴の娘」を脱皮し得ない小説なのである。この蹉跌を経て構想される小説は、前作で描いた庇護される寡婦を、戦後空間の只中に放り出し、自らが生きる術を求めてさ迷う存在になるだろう。

このようにして自分探しの原体験が創作の日程に上ってきたのだと考えられる。そして、語り手は自分の才覚で過酷な日常を生き抜こうとする「梨花」の姿を追いかけていくのだ。

四、身体を解放する装置としての花街
——戦後空間を生き抜く主体の発見（一）

作家論の切り口で、『流れる』についてコメントしたが、もう一つ付け加えるべき点がある。それは「菅野の記」との繋がりである。以前、「菅野の記」論で指摘しておいたが、このテクストで語られた「私」は、自分らしい自由な生き方を望みながらも、高名な父親の介護役を自ら

選び取る羽目になる。その結果、「おふじさん」のように一人の寡婦として運命に負けないで生きる望みは絶たれてしまう。その後、幸田文の物語世界から姿を消してしまった人物は、幸田文が自分探しの旅をしたように、『流れる』の「梨花」として生き直すのである。

この後に詳述するように、寡婦を切り捨てる戦後社会を背後に忍ばせて、この物語は彼女の存在感を炙り出していこうとする。だから、次のように「梨花」が驚いて呟くのを、語り手はそのまま記述するのだ。

「惜しかつたわ、あたしも実はあなたがほしかつた。」梨花はへんな気がした。なぜ自分はこゝへ来て認められるのか不思議である。しろうとの世界ではどこへ行つても対手《あひて》にされなかつた。それをこゝ三日で、鶴もともこの人も梨花がほしいと云ふ。

「梨花」は会社の寮母、掃除婦、主婦代行、ペットショップの食事係の職に就けず、「蔦の家」を訪れたと説明しているが、彼女は職を求める女性の実情を炙り出している。「朝日新聞」は、昭和三十一年六月三日朝刊に、匿名記事「女性の求職」を掲載。労働省の統計を挙げながら、ここ五、六年間に生じた顕著な女性の職業進出に言及している。職業安定所で取材した記者は、求人が一日百人、職種が住み込み女中、炊事、雑役婦しかなく、多数の女性が働きたくても勤め先がないと報じている。遡って、幸田文が女中をしていた昭和二十六年十二月には匿名記事「全く引っぱりダコ、最近の家政婦、看護婦」(「朝日新聞」十二月十三日朝刊)が出ている。記事によれば女中のなり手が減少し、求人倍率が二、三倍で、標準賃金は一日、食事付き百五十円である。

「梨花」に提示された雇用条件は、月額二千円、食事付き（配給いらずの米飯）、保証人なし、外泊自由、賃金は廉いが悪くはない、と彼女は考えている。この寡婦は自分の身元を秘匿したいのだから、保証人を立てるわけにはいかない。とすれば、まっとうな世間の住み込み女中にはなれないのだから、賃金が低くても、芸者置屋にしか身の置き場はなかったのである。そこで、引用したコンテクストに戻ろう。仕事を終えて、銭湯で体を洗っている「梨花」ならぬ「春」の才覚に眼をつけた「鶴もと」の女中が、住み替えを促しているシーンである。ここで、語り手は主人公の有能と、それに素早く眼をつける花柳界の情報流通の迅速さを描いているのだが、このリアリティを支えているのは当代の女中事情であった。

「もはや戦後ではない」と謳われた世相の中で、世間から無価値だと見捨てられつつ、彼女は自分の身体に蓄えた知を拠りどころにして生き抜く存在として語られていく。その知を認めたのが玄人の世界だった。それを暗示する語りを引用してみよう。「主人」が清元の稽古をしているのを、台所で聴いている場面である。「梨花」は男言葉のさわりを唄う「主人」が鳥肌の立つくらい未熟で、我慢がならない。そんなある日の朝である。

けふだめなら所詮もうだめなやうな気がして聴いてゐた。味噌汁の大根を刻みながら、聴くと云ふよりむしろ堪《こら》へてゐた。もつともいやなそこへ来かゝる。節はこちらももう諳《そら》んじてゐる。いやな声、へたを期待してゐるへんな感じだつた。それがさらつと何事もなく流れて行つた。できた！と思つた。そしたら、ぐいと手応へがあつた。庖丁が左の人差指と中指の第二関節を削つてゐた。

玄人でも聞き分けられない微妙な節回しなのに、なぜ善し悪しが分かったのか、いったいお前は何者かと、この後、「梨花」は「主人」に詰問される。無論、彼女は自分の正体を明かさない。『婦人の修養』(昭和四年三月、十二刷　桜友会刊)の「高貴なる娯楽としての演劇」の章で、鳩山薫子は以下のように、中産階級の家庭風景を記している。「家庭団欒の裡に、或は集会の席に於て繰返され、主客打興じ、老弱唱和し、皆劇中の人物となり、芸は拙しと雖も其の面白さは極ありません。翻つて我国の接客法を見るに、義太夫を呼び、はなし家を呼び、手品師を呼び、幇間来たり、芸妓来る、主人も来賓も手を束ね、これを見、これを聴く」。芸通が社交術の一つであったから、音曲に対する嗜好は家庭婦人にも求められ、家の客間が演芸に対する鑑識眼を育てる場所になったのである。『流れる』の語り手は、万人の茶の間に娯楽を提供したラジオ番組のようなものではなく、演芸が家庭内で展開される社交のツールであることを熟知しており、だからこそ清元に耳を傾けつつ台所仕事をする「梨花」を表象したのだ。そうしておいて、音曲に対する深い理解が、庖丁で大根を刻む身体性に根ざしている、と語るのである。このように、物語は異境だった花柳界に深く根を下ろして、知を体現した身体性を生きようとする「梨花」に照準を合わせているのだ。

そこで、少し時間を遡って、「梨花」を追いかけてみよう。彼女は病気の療養のために、花街を出て親族の家に行く。従姉の作った粥を食べながら、この味に親類縁者との縁切れを直観し、夫や子供の荷物をまとめて、新年の花街に戻ってくる(幸田文自身は腎臓を患って帰宅し、柳橋に帰ることはなかった)。このような裏情報は、『流れる』が素人/玄人社会の境界に立って、前者に拒否され、やがてそれを拒否する寡婦の物語だということを明らかにしている。すると、素人の世界からやって来た主人公が、ふいに「蔦の家」の玄関に立つところから語り出される『流れる』の設定は、周到に練られたプランだったと気づかされるのだ。

さて、先程、この物語の語り手が「知を体現した身体性を生きようとする『梨花』に照準を合わせている」と述べたが、それが端的に表象されているコンテクストを引用してみよう。

主人は子どもに纏《まつは》られながら、膝を割つて崩れた。子どものからだのどこにも女臭い色彩はなく、剝げちよろゆかたが、ばあばと呼ばれる人の膝の崩れからはふんだんに鴇色《ときいろ》がはみ出た。崩れの美しい型《かた》がさすがにきまつてゐた。（中略）梨花は眼を奪われた。人のからだを抱《だ》いて、と云つても子どもだが、ずるつ、ずるつとしなやかな抵抗を段につけながら、軽く笑ひ〱横さまに倒されて行くかたちのよさ。

「梨花」はこの直後、「それは僅かの間の影絵みたいなものだつた。」と捉え直して、無様な起き方をした主人を「つまらない女」と突き放す。それは「主人」の芸の限界を見抜いての痛烈な批判である。この場面とは対照的な「なんどり」の寝起きのシーンを対比してみるといい。見る／見られることを意識した振る舞いとして、型を演じる「主人」と、その型を身体の修練として生きながら日常の所作にした「なんどり」を、「梨花」は自分を照らし出す鏡にしている。「なんどり」の美しい身体の動きに感嘆しながら、「随分久しく美しく起きた朝がないまゝにすぎたことか。」と、彼女が呟くのはそのためである。この主人公は極力、自分の過去を語ろうとしないが、「春」として眼前の対象を凝視し、「梨花」として語る寡婦の批評行為によって、彼女の本質が表出する。

「梨花」という名前の寡婦は、男の客を喜ばせるために磨き上げた芸の中に、何を見つけたのか。このような観点は芸妓の売る身体ではなく、芸を支えている精神に迫る営為である。それは花街へやって来る遊客とは異質な女性らしいセクシュアリティへの関心である。

優れた一葉の文学表現、「にごりえ」においても、花街の女の身体は「客を喜ばせる」媚態であり、これと売り渡さない内面との相剋を生きる女を表象していた。だが、この寡婦はこうした売る身体／売らない精神という二元論に依拠しない。「梨花」が手掛かりにしたのは家庭婦人として養った知のカタチであり、住み込み女中として花街で暮らすことによって、この地が深部において家庭と通底するトポスであったと認識したからである。花街に住む二人の身体性を切り分けていく「梨花」の批評は鋭い。異性を意識する身体、そしてその意識を解いた身体の非連続に、「主人」は買う／買われる美醜の二面性をさらけ出す。そこから、「梨花」は視覚で捉えた「主人」の身体性が孕むアポリアを嗅ぎつけるだろう。語り手は、ゆすりにやってきた「鋸山」と対決する「主人」を傍観しながら、見せるための振る舞いに終始する「名妓」に感嘆しながらも、一方で、寡婦が「名妓の手法なんか口へはふり込んで食っちまへ」と呟くのを表象する。注意したいコンテクストは「名妓の手法」である。「主人」は金をゆすりに来た田舎者に一流の技芸を見せるが、それは全く通用しない。この対決シーンで、男客が要求するのは金銭なのだから、彼女が「名妓の手法」を演じれば演じるほど現実から遊離していくからだ。その結果は、眼に見えている。冷徹な傍観者である「梨花」は思わず苛立って、そこで呟いたのである。「主人」は「名妓の手法」を通して現実を見、生きてきたわけだが、その現実はフィクショナルな遊びの空間でしかない。それと「鋸山」との談判の場とを混同してしまい、自動的に売る身体を発動させてしまう。「名妓の作法」は、眼前の女から現実を生きる力を奪っている。だから、「蔦の家」が没落していくのは必然だったと言える。

客の視線に身体を晒すパフォーマンスを演じながら、身体を律する躾まで高めたのが、かつて名妓と謳われた老女「なんどり」である。「高速度写真のやうにスロー・モーションでなよやかに起きあがつて、少しの急《せ》いた気もちなどなく手鏡に髪を揃へる」と、凝視した直後、「遠く薄れた記憶のなかに梨花にもさうした朝があつたことが思ひだされはするが、随分久しく美しく起きた朝がないまゝに過ぎたことか。」というコンテクストが接続している。美しい姿態を眼前にして、「梨花」は遥か昔の性の残り香を漂わせながら、もう売る性に囚われることのない自由な身体性を手に入れた老女のセクシュアリティに瞠目している。もはや男客に曝す／曝される身体を生き続けることが、「名妓の手法」という枠組に回収されることなく、その身体が生の現実をリアルに捉える知の機構として発動する。この後、主人公と老女が会話するシーンがある。

「いえ、わたくし、今ひよいつとかう……いつもあんまり自分がざつぱくない起きかたをしてゐるやうに思つたもんですから、羞しい気がして、……むく起《おき》に起きたりのつけに憚りへ行つたり、ほんとに女らしいこなしなんてなかつたんで、いまさら大変な損をしたやうな気がしまして。」

なんどりはふゝゝとをかしがつた。「さういふことを思ふのは、かはいさうにあんたもつまらなかつたといふ証拠だし、もう一ツには、だからその埋合《うめあは》せにまだ／＼これからおもしろいことが出て来る証拠でしょ。(以下略)」

「なんどり」は賢い老女である。思わず話しかけた中年女の心中を見透かして、やさしく燃え残る寡婦の性の欲望をいたわっているではないか。「梨花」の言う「女らしいこなし」は、夫と情を交わした後に行われるべき真の性愛の振る舞いである。自分の寝起きへの省察を通じて、閨房における至らなさ(性役割という制度=「名妓の技法」)を悟ったというこの女の賢さ、「なんどり」はそれを読み取っている。この物語世界の中で、「梨花」が寝ようとして敷き蒲団に付着した生理の血痕に気づく場面や、買物に出て生理になって戸惑う彼女が表象されていたことを、読者は知っている。そして、「男が代《かは》れば代るほどこつちは情《じやう》が深くなつてね、いゝもんだよ。」という「鬼子母神」の誘いに反応して、「思はずかあと頬がほてつた。自分に指して云はれてゐるやうな気がした」こともである。老女はそんなことを知るよしもない。だが、そのさりげない言葉は中年の寡婦の急所を突いているのである。

老女は秘書より優れた「梨花」の能力を知っているが、この場面からも、美質を感得したから、「梨花」の将来を占ったのである。この時、「なんどり」は「梨花」に、「蔦の家」を任せようと決めていたのではないか。芸者置屋の寝所で、中流家庭の婦人ではなく女として生きられなかった自己を思い知るというのは、一見、奇妙である。が、生きてきた空間や境遇とは関わりなく、二人に共通する女性性を表象しようとする語り手にとって、これほどふさわしい場面はない。

花街でたくましく生きてきた老獪な女に眼差されて、中流家庭の中で性が封殺され、さらに寡婦という境遇によって身体を縛っていた自分に、「梨花」は気づく。彼女は「主人」の「名妓の手法」を厳しく裁断しているが、それは実は我が身を縛っていた家庭婦人の作法でもあったわけである。こうして寡婦は女性としての自己が陥っていたアポリアを覗き込む。その眼差しが既成の進歩的な言説とは無縁の、家事労働という日常に根ざしつつ、修練する身体に知を蓄積するという行為に内在していたと、語り手は明らかにするのだ。寡婦が花柳界に漂着することで、自分の性的欲望を解放していく。労働することで家という幻想に囚われていた「梨花」を解放するという語りと、その語りがリンクするのは、当然の道筋であった。

「なんどり」は「主人」の弱さにつけ込んで、「蔦の家」を乗っ取る悪達者なリアリストである。だから、この賢い寡婦が腹の中で何を考えているかまでは読めていないだろうが、彼女が待望する「おもしろいことが出て来る」未来を切り開いてやるのである。実は「梨花」もしたかである。「名妓の作法」に対する悪態の続きに、彼女らしい本性が現われるコンテクストがある。「(名妓の作法を) 嚥みこんぢまへばあつちはかたなしになつて、こつちは腹の足しになる、それでいゝのだといつた対抗的な気もちがある。主人と使はれるもの、すでにできあがつたものとこれから何かになりあがらうとするものの関係」――。

「梨花」は女中の分際に甘んじる気はない。――台所仕事で磨いた庖丁の腕で、「鋸山」を饗応するために誂えた仕出し屋の美しい刺身皿にアレンジを加えたら料理屋が開けるかもしれない。彼女がこのように夢想するのを、語り手は見逃さない。そうすると、潜入ルポだと解釈された花街に対する注意深い観察は、将来に向けたマーケット・リサーチだったかもしれないのだ。

五、終わりに、あるいは『流れる』が投げかける問題
――語られた〈寡婦〉を通して見えてくるもの

ここで、立ち止まって、省察してみたいことがある。「梨花」を幸田文に変換することで、さまざまな論者は『流れる』が戦後の花柳界を活写していると評価してきた。そこには書き手側の執筆戦略と当代のメディア、及び文学の問題とが交錯していた。ルポルタージュ、あるいはノンフィクションと隣接する『流れる』が書かれ、「潜入ルポ」として脚光を浴びた。その結果、女主人公は風俗を捉えるカメラに貶められてしまった。こうして今日に至るまで、語り手が表象している寡婦の生の問題は消去されている。

自力で生きようとして職を得られず、仕方なく色街に堕ちていった女の物語は戦後世界に遍在するが、男性作家は好んでこれを情痴小説のモチーフにしていった。このような物語世界では性の売り買いによって結ばれる関係性を機軸にして、擬似的な対幻想の行方や、それに纏わる暴力や、金銭や風俗に仕組まれた制度などが表象される。買う側の視点で語られるこの類の小説において、その語りの構造が性を支配する論理であることに無自覚であるため、女は買われる性として疎外されていくことになった。こうして彼女たちは文学表現によって、周縁に追いやられるのである。

子供と死別し、夫と離婚した女性は家を失って自活しようと職探しをするが、「梨花」のよう

に中年であるため、就労出来ないような寡婦はもっと過酷である。この寡婦は帰属している社会において、正規の労働者になれないし、まして売る性にもなり得ない現実に直面するからである。さらに、彼女はさまざまなレベルの表現において対象化されない存在であった。こうして戦後世界に実存していながら、彼女たちは光が当てられないまま放置されてしまう。それこそ文学批評や映像メディアが『流れる』について、風俗の問題としか捉えられなかった問題なのである。

映画『流れる』が封切られたのは、昭和三十一年十一月である。この映像世界は宣伝ポスターに刷られた惹句「華やかな芸者の世界！　その裏に息づく美しくも儚い女の宿命」で言い尽くされている。成瀬巳喜男は山田五十鈴が演じる「主人」の物語に仕立て上げた。このカメラは、大衆の関心と監督のジェンダー意識が合致するモノにピントが合わされているのだが、だから型通りの、つまり原作の「梨花」が痛烈に批判して見せた「芸妓の手法」しか描かない凡作になったのである。

こうして寡婦は世間から再び捨てられて、今もまだその存在を照らし出す批評は生まれていない。ふいにこんなことを思った。明らかに幸田文を意識していたもう一人の「文子」、女の身体性に深く測鉛していった円地文子だけは、ひやりとしたのではないか、と。

#『番茶菓子』が表象するもの

一、はじめに

東京創元社が昭和三十三年四月三十日発行、と明記した一冊の本を刊行した。奥付の記載に拠れば、それは六月二十日に五版が印刷されるほどの人気を得ていた。そこで「東京新聞」（昭和三十三年四月二十九日朝刊）を見ると、次のような広告が載っている。

女の身のまわりの様々を、澄んだ眼で観察、豊かな文藻に託す絶妙の随筆集。四季の花、きもの、おしゃれ、掃除、人と人とのつながり――古典感覚を現代に生かす著者の本領を示す傑作／華麗な造本美・瀟洒豪華本斬新なナイロン装本は著者のアイディアです。珠玉の内容にふさわしい愛蔵本として話題になっています。／5月2日発売

この広告記事で、『番茶菓子』の発売日が五月二日だったことがわかる。先に五刷の情報を出しておいたが、東京創元社が「週刊読書人」（昭和三十三年七月七日発行）へ出した広告「東京創

元社　六月の重版」には、「6版　番茶菓子」という活字が見える。このような売れ方は、いわゆる「随筆集」としては異例である。幸田文の最初の刊本『父――その死』の二刷発行はきっかり一ヶ月後、『こんなこと』の五刷は半年後である。そして、『みそつかす』（昭和二十六年四月刊）の五刷は昭和二十九年七月、『包む』（昭和三十一年十二月刊）の六刷は昭和三十二年四月の発行であった。ちなみに彼女の作家的地位を不動のものにした小説『流れる』は、半月後の三月十五日に二刷が発行されている。そして、『おとうと』（昭和三十二年九月刊）の五刷広告が出たのは「朝日新聞」（十一月二十五日朝刊）紙上であった。

出版社によって一回ごとの刷数は異なるだろうが、幸田文本の出版情報を整理してみると、『番茶菓子』がいかに人気商品だったかが鮮明になってくる。なぜ、この単行本がヒットしたのか。

まず、この本を売り出すための戦略として、造本にも幸田文が深く関与したという情報操作をしたことである。「斬新なナイロン装本は著者のアイディアです。」という広告の惹句がそれであるが、ここには新しい科学製品に対しても眼を開いている／日本の美しい伝統をも体現しているという幸田文のイメージが織り込まれていよう。このイメージは「古典感覚を現代に生かす著者」として、作品の内容も裏打ちするものだからだ。本作りのコンセプトには、おそらく彼女のプロデューサーであった塩谷賛のアイディアが投入されていただろう。その例証となるのは、『番茶菓子』の巻末に載っている「表紙意匠著者／編輯塩谷賛／写真塩澤邦一」という記録である。目次立て、つまり章立て及び作品の配列などの編集だけをとっても、幸田文の新たなセルフイメージを見事に表象している。

ところで、従来の常識では、本の制作は出版社内部の仕事であったはずである。塩谷自身もそのことは了解していたと見え、彼の名前が幸田文の単行本（文庫本や私家版『〈流れる〉おぼえがき』などは除く）に記載されることはなかった。そこで「表紙意匠著者／編輯塩谷賛／写真塩澤邦一」という情報の出し方であるが、この中で誰が本作りを主導したかは明白である。このチーム（幸田工房）で本作りの一切をやって、「一冊丸ごと幸田文」をアピールしようと、塩谷が企んだのだろう。

このような本作りに対する推察が可能なのは、第一次幸田文ブームが昭和三十三年にピークに達していたからである。この年の七月、中央公論社は『幸田文全集』の第一回配本を発売しているが、『番茶菓子』の刊行作業はこれと同時に進行していたのだ。後で考察するが、この『番茶菓子』と全集の第一回配本の内容はシンクロしていて興味深いのであるが、わずか十年あまりのキャリアしかない「女流」作家の全集を企画し実行するほどの熱気が、当年の彼女の周囲に渦巻いていた。このような状況下で醸成された自信が、幸田工房のプロデュースを強調する企画に繋がり、東京創元社はそれに便乗する形で、本作りと営業を展開していくのだ。

二、表象される幸田文のセルフイメージ

では、幸田文と塩谷賛、そして塩澤邦一が三位一体となって練り上げた造本の世界は、どのようなものであったのだろうか。

本の体裁は縦二十センチ×横十三・五センチのビニール装で、ボール紙製の函（天地がそれぞれ三ヶ所、ホッチキスで止められている。）で、表側に木立の多い公園を散歩する幸田文のカラ

ー写真（縦横十三・五センチの正方形）が刷り込まれている。下部の六・五センチのスペースは「幸田文／番茶菓子／東京創元社」の文字が褐色の地に横組三段で白抜きされている。函の裏側の上部が縦六・五センチ×横十一・五センチの白色。ここに墨で目次が刷られている。目次は「花の小品」、「夏の小品」、「きものの小品」、「きものの四季」、「秋の小品」、「冬の小ばなし」、「春の小品」、「たべものの四季」、「おしやれの四季」、「新年三題」、「一日一題」である。残りのスペースは褐色で彩られている。このような本体には白色の帯が巻かれ、本体の表の下部を包む部位には「幸田文／番茶菓子／東京創元社」の文字が刷り込まれている。裏側は帯の中央に横組で「表紙は著者の意匠による、初めてのナイロン装」と墨で刷られている。何気ないところにも、白色の帯を交えることで、褐色と白の配色の妙を演出しているのである。こうした幸田文の細やかな色彩感覚とともに、大胆な肖像写真と横組のコピーが、広告宣伝の場で活用されたのだ。

このような装本と広告がマッチして、『番茶菓子』は読者の関心を引きつけた。まず、「毎日新聞」（昭和三十三年五月二十一日朝刊）に載った「読者の新刊短評」を紹介しよう。福島県在住の佐藤恭子は短評の冒頭に、「表紙意匠も著者の手によったとか、渋味のあるしっとりした装丁も、チャキチャキの江戸っ子といわれる著者の好みの現われか。」と記している。

では、『番茶菓子』が実際に書店の棚に並んだ時を想定してみよう。まず、ふらふらと店内をうろつきながら、お気に入りの本を探している客の眼に、もしカラーの肖像写真を刷り込んだ本が飛び込んだら、どれよりも新鮮だったに違いない。前代未聞とまではいわないが、今見てもド派手な趣向なのだから。十三・五センチ四方のカラー写真は次のような構図である。

中央のやや斜めには広葉樹が緩やかに下っている土の道に沿って繁り、道端の草は奇麗に刈り込まれている。紺の縞柄の着物を着た幸田文は、手を前で組み、心持ち顔を右に傾けて緩やかなスロープを手前に向かって下りてくる。ざっと、カラー写真とはこんな構図である。この肖像写真に出会った人は、自分の方に向かって、あたかも写真の中の幸田文が歩いてくるような錯覚を抱くのではないか。塩澤の撮影した写真はまず、読みたい本を求めて書店に来た者に、鮮烈なファーストインプレッションを与えるために使われた。

実は『番茶菓子』には新聞メディアの広告に活用されたもう一枚の肖像写真がある。それはアート紙に焼きつけられたモノクロ写真で、本の奥付頁の直前にある。買うか買わないかは別にして、ともかく手に取って本を開かなければ、見ることは出来ない写真なのだ。

本が店頭に並んだ後、編集者はどのような広告宣伝活動を展開したか。このことに話題を移そう。昭和三十三年五月五日発行の「朝日新聞」朝刊と「週刊読書人」はほぼ同じ広告を掲載した。そこには『番茶菓子』に挿入した肖像写真が使われている。表紙と同じ服装をした立ち姿の全身像である。ここから、窺える広告戦略は写真を駆使した幸田文のブランド作りである。紙面の中の幸田文は読者と正対するように工夫されている。『番茶菓子』で見ると、この写真には幸田文を中心に据えた構図に背景の丘や人物が写り込んでいて、この中では、彼女が高みにいて読者を見下ろしているような印象を受ける。新聞に掲載された同じ写真では背景がカットされ、広告スペース内の写真を下方に配置する工夫が見られるのだ。その結果、画像の幸田文は新聞の読者と正対する。彼女が正対した読者に向かって、ほほえみかけているという演出が生み出されている(一方、高い位置に立った幸田文のイメージ表象は、本を読み終わった読者に対して、「暮しの達人」を印象づける狙いがあったと思われる)。

写真を用いたイメージ作りを確認したところで、今度は活字を使った幸田文と『番茶菓子』宣伝の実態に迫ってみよう。「朝日新聞」紙上の広告文は、次の通りである。「たべもの、きもの、人づきあい、そういう女の身の周りをみつめ愈々円熟の文藻に託す60章。若い読者たちも、著者の生活感覚の新鮮さに目をみはっている。／著者のアイディアによる、斬新なナイロン装本」――。

続いて、「読売新聞」(昭和三十三年五月五日朝刊)に掲載された広告文を紹介する。「暮しのもろもろについて些事もゆるがせにしない著者の生き方がにじみ出たみごとな本です。よき時代のよき日本人の生活感覚が、こんなに新鮮なものなのかと、若い読者も目をみはっています」――。ゴシック活字で、『番茶菓子』の目次とともに「出版界のベテランがアッと驚いた、気品の高いナイロン装本は著者の独創、箱のカラーフォトも評判です」という惹句が躍っている。

新聞紙面に映し出された幸田文の全身像は、活字が織り出すイメージによって意味づけられ、読者の解釈を待ち受けている。これまで新聞及び雑誌メディアが発信してきた幸田文のセルフイメージは、文豪の娘であり、露伴の躾によって日本の美質を体現する才女であった。そして自分探しの旅の果てに、書き手としてのアイデンティティを手に入れた作家であった。『番茶菓子』の広告戦略でも、後者が基盤にあることは間違いないのだ。だが、二つの広告文にはこれまでとは異なる情報が入れられている。まず第一に、このテクストのキー・ワードが「暮し」、「生活感覚」だということ。ということは、今まさに読者に向けて発信している『番茶菓子』は、単なる文学作品ではないのだ。それは若者をターゲットにした「若い読者も目をみはっています」という第二のコピーと連動しているのだ。

『番茶菓子』に収録された「掃除」には、この広告の意図を読み解く手掛りがある。第十章「おしやれの四季」の冒頭に置かれた「掃除」を紹介しよう。

掃除とは、教へず訊かずにそれで進歩するものなのでせうか。低劣な掃除、中途半端な掃除をくりかへしたこの十年の生活といふものが、現役の主婦たちにどんな習慣を浸みこませてゐるか、次代の主婦たるべき若い娘たちにどんな掃除観をもたせたかが窺はれるとおもひます。

けれども私はかういふブランクに悲観も失望もしてゐません。何でも伝統には、頼りになる面と厄介な面とが必ずあります。日本式掃除の伝統といふべきものの存在がはつきりしなくなり、新しいものもいまだ形づくつてゐない現在のやうな状態は、そんなにたび〳〵簡単に遭遇できるものではないやうです。かういふブランクのなかに、私はかへつてい丶もの、新しいものが芽ばえてくるはずだと期待してゐるのです。

いささか引用が長くなったが、このコンテクストの中から、幸田文の「生活感覚」、さらにそれによって立ち上げられる「暮し」を読み解いてみたい。このテクストは、彼女がディズニー映画の「シンデレラ」を鑑賞に行った体験から語り出される。アニメの世界に引き込まれていた幸田文だったが、シンデレラが床の拭き掃除をするシーンのところに来て、その楽しさが嫌悪に変わってしまう。それは「床掃除のシャボン玉の場面があつて、それは画も色もみごとなもの」だったので、観客が一様に感心したのだ、という。幸田文も感嘆したのだが、一方で掃除の仕方がいかにも不潔で、気味が悪いという「感覚的なきたならしさ」をもたされた。床を洗った汚水でびしょびしょになったところに、平然と坐り込んでいるシンデレラの生理感覚が我慢ならなかったのだ。

幸田文は掃除を通じて、西欧と日本の優劣を論じてはいない。西欧の掃除一般に照らしながら、戦中戦後の日本人の「暮し」へと眼を向けているのである。それは、来るべき「真空掃除器」時代に対応する日本式掃除の新しい理念や技術の構築に繋がっている。この時、露伴から掃除の仕方を叩き込まれた体験は、特権化されていない。幸田文は「あとみよそわか」に描いた家事教育が、電化の時代には役立たないことを承知しているからである。平成の幸田文ブームの時、愚かしくもテレビメディアが、青木玉に露伴から伝わった幸田家の掃除を実演させたことがあった。いわずもがなだが、幸田文の娘は電気の力を使って、日々の家事をこなしているのだ。メディア側が産み出すフィクションと共犯関係を結び、その役割を演じているから、「文学の家」は実在しているわけだが、だからといって生動する昭和三十年代以降の時代層に眼を凝らしていた幸田工房は、こんなアナクロニズムに実体を与えようとしていたのではない。

まず幸田文は日本の戦前と戦中戦後のギャップが、女性の家事のスキルや家事観に投影していることを鋭く突く。掃除に的を絞って、家事がなおざりにされている現状をあぶり出し、暮らしの貧困を焦点化していくのだ。「もはや戦後ではない」という経済白書が提出される二年前に書かれたこのテクストは、戦後の日本経済が成長期に入り、その気運に乗って、やがて到来する家庭の電化時代や洋風のライフスタイルを見据えている。幸田文が暮らしの貧困を持ち出したのは、このタイミングであった。経済が豊かになるとともに、家庭の貧困は解消されるのだから、彼女が指摘した問題は遠からず解消されるに違いない。だが、それは貨幣の代価が家庭の中に蓄積される意味においてである。そこで、モノを「暮らし」の創造へと昇華していくパラダイムが要請されなければならない。中年主婦と若い女性との間に横たわるギャップを覗き込みながら、幸田文はここに架けるべき橋を設計するのだ。

　幸田文は、『番茶菓子』において、このための情報を発信する。その時、従来の女性に課せられた労働という家事観は更新され、「おしやれ」へと読み替えられるのだ。『番茶菓子』の第十章「おしやれの四季」はこのコンセプトを如実に表わしている。オシャレといえば、身体を装うファッションのことを想像するだろうし、この章に収められている作品の多くは和服にまつわる話題である。だが、語りの本筋は着物ではない。

「信号」という作品は、貧困にあえいでいる「私」の家に、今は大阪に住んでいる友人が訪ねてくる物語である。この友人は「もとからおしやれで、いゝもの好きで、身を装ふといふことにかけては一級づばぬけてみごと」だった。だが、それが過度なため、「私」も含めて、周囲から嫌われている。そんな旧友だから、訪ねてくれるのはうれしい反面、彼女の豊かさと自分の貧しさが身に滲みる憂いがあって、迷惑でもあったのだ。ところが、「私」の目の前に現われた友人は、見覚えのある普段着の仕立て返しをさりげなく着ていた。この人は、「私」の今の境遇を聞き、心配をしていた。その気持が着て行くべき着物を選択させたのだと、「私」は知る。友人の言葉をこのように語っているのだ。「人間ですもの、離れてゐるあいだにはお互にいろ／＼と気もちは変つてくることもあるし、そんなとき著物なんてものが、かへつて率直にもとのなつかしさを早くよみがへらせるからと思つて」。――「私」は相手を気遣う友人の心の成長を感得し、こうした着物の選び方こそ「おしやれ」だと語るのだ。

衣服について書かれた文章、たとえば森田たまのものなどは自分の好みや、名店情報、流行情報がモチーフとなっている。これはこれで有名人のファッションセンスが窺われて、楽しい読み物なのに違いない。

もしこのようなファッション情報を摑みたいのなら、『番茶菓子』は買わない方がいい。身繕いは着飾るためのものではなく、出合う相手のためであること。だから「おしゃれ」とはこれをさりげなく振る舞える暮らしの知恵（幸田文は「意気」と表現している）である。「信号」はこんな「おしゃれ」を表象しているからである。したがって、この本のコンセプトは幸田文ワールドではあるが、彼女の好みや目新しい情報をアウトプットするものではない。

「おしゃれ」／暮らしの知恵という切り口によって、布団拵えも捉え直される。第十章の八番目に置かれた「はつたん」には、嫁入り道具の布団選びが語られている。「私」の失敗談である。昭和初年代、嫁入りに持って行く寝具といえば、「八端」というのが常識だったという。そこで、この布団をよく考えもしないで注文した。式や新婚旅行が終わって落ちつくと、身のまわりのことに気が回るようになつてきた。実の親たちがどんな布団で寝ていたかと――。そして、結婚に浮かれた自分が、身分不相応なものを拵えてもらったという失敗に気づく。親に負担を掛けないという心遣いに欠ける、つまり「おしゃれ」ではなかったというのだ。

掃除といい布団選びといい、これらはいわゆる「おしゃれ」の範疇には属さないものである。四十過ぎまで家事をし通してきた幸田文は、「女の仕事」に通暁していたわけだが、昭和三十年代を睨みつつ、彼女が家事を労働という通念から解き放って、家事／「おしゃれ」としてプレゼンテーションしたのだ。

こうした家事におけるパラダイムチェンジが、なぜなされたのか。幸田文が『流れる』の成功によって築いたセルフイメージと、それは関わる問題である。

五月、『流れる』で第十三回芸術院賞受賞、九月にはベストセラー小説『おとうと』を刊行というように、昭和三十二年は作家・幸田文の名前が知れ渡った一年だった。この年の六月十八日付けの「朝日新聞」夕刊第一面に、興味深い記事が掲載された。コラム「好きなもの」の第三回目、「台所の仕事　幸田文さん」である。清水崑が整理したインタビュー記事は、「あんなにいやだつた台所のことが、矢張り一ばん好きだつたんだな、このごろつくづく思う。」から始まる。ここで、幸田文が伝えようとしているのは書くことへの不安と、文筆に専念していて台所仕事のスキルが低下したことである。一家を養う女性の書き手にとって、書くことと家事は到底両立しがたい。だから、家事全般は娘の玉や女中に委ねていたわけである。家事が好きだといったところで主婦になるわけでも、なれるわけでもない。物書きだからこそ表象される大新聞メディアに、わざわざイレギュラーな情報をアウトプットしようとした背景に何があったのだろう。

それは幸田文という書き手のアイデンティティとかかわっているだろう。周知のように、彼女が自力で生きる方途を求めた時、その職業は女中だった。だから幸田文にとって家事こそが自分を活かせる労働の根幹的なイメージだったわけである。このようなイメージを鏡として、書くという労働の行く末を贖めているのだ。

だが、そればかりではない。書くことと家事が一体となった表現者というイメージを、大新聞を通じて表象しようとしたらしいのだ。著作年譜を見ると、書くことと家事が結びついた創作活動が昭和三十二年から本格化している。それは「婦人画報」に連載された「暮していること」（二月から十二月まで連載）である。さらに興味深いのは、幸田文が中央公論社版『幸田文全集』第六巻（第一回配本）に、これを「流れる」と抱き合わせて収録していることだ。

この全集のコンセプトは作家というセルフイメージを立ち上げることに成功した彼女が、ベストセラー小説を主軸にしてフィクショナルな小説空間の語り手としての幸田文を、まず演出する。そして、同時に「くらしてゐること」（全集の表記）をプレゼンテイションすることによって、書くことと家事を体現した新しいセルフイメージの誕生を告げることである。

三、『番茶菓子』の作品世界

さて、『番茶菓子』という作品集が片鱗を見せ始めたのは、昭和三十二年五月である。休載となった「暮していること」のかわりに、「花の小品」が再掲載されている。続いて翌月にも「夏の小品」（再掲載）、七月にも「きものの小品」が再掲載された。ここから判明するのは、花や夏、そしてきものというタイトルで集められた作品群が、「暮していること」のコンセプトと同一であったことでもある。それは、『番茶菓子』と『幸田文全集』第六巻との相関性を示しているのだ。だからなのだろう、全集第六巻の月報に掲載された「編纂だより」は、『番茶菓子』の広告文によく似ているのだ。

「戦後の社会に必要にして十分な条件を備へた知性美の典型、幸田文といふひとの出現」、「それは女性全体の自由であると同時に伝統であり、伝統であると同時に近代感覚につながるものであり、すなわち近代感覚とは自覚した女性の生活の感覚のなかから生まれるものである」。――

中央公論社は、日本の戦後社会が辿ってきた道程と彼女の歩みとをクロスさせることで、幸田文のイメージを再構築している。昭和二十二年十一月、「葬送の記――臨終の父露伴」を「中央公論」に掲載して以来、この出版メディアは彼女と深く関わって来た。善かれ悪しかれ、彼女は中央公論社が敷いたイメージ戦略に寄り添いながら、創作活動をして来たのだ。戦後日本のメディアが文化国家の象徴として露伴をクローズアップする中で、彼女は露伴の語り部として、マスメディアに登場した。幸田文の出発は時代のうねりと密接に繋がっていたわけであるが、彼女の文学性は露伴の表象という枠組において、評価がなされることになる。このような焦点の当てられ方は終生ついて回ったわけだが、幸田文が取材を通して書く、言い換えればモチーフを生動する外部世界に求めることを選択した時、否応なく彼女の存在性は今という時間に規定されざるを得ないだろう。昭和三十年代以降の幸田文は、たとえば高度経済成長を支えた男の群像を描いたルポルタージュ「男」のように、刻々と変化する時代相の渦中に身を置いていたのだから。

だから、昭和三十年代の幸田文は時代の空気を読み、そして時代のメディアと不即不離なポジションに位置しつつ存在した表現者だったと言っていい。その幸田文が、というのは正確ではない。塩谷賛（土橋利彦）とのコンビで、と言っておこう。彼等が読み解いた時代相は、専業主婦の顕在化である。「暮しの手帖」に代表される暮らしの雑誌が創刊され、核家族の主婦向けに生活情報を発信するという状況が生まれた。幸田文の連載随筆「暮していること」は、これに即応した仕事だったのだし、なによりも『番茶菓子』と『幸田文全集』第六巻こそが、時代の潮流に焦点を合わせた企画だったのだ。

そこで、「暮し」のメディアがどのような誌面作りをしたかを確認しておこう。まず、「暮しの手帖」（昭和三十三年五月発行）の目次には、「暮し／すまい・台所／料理／服飾・手芸／買物／こども／健康／あれこれ／本・芸術／随筆」といった柱が立てられている。これらが目指したのは「どれか一つ二つは／すぐ今月　あなたの暮しに役立ち、／せめて　どれか　もう一つ二つは」、「こころの底ふかく沈んで／いつか　あなたの暮し方を変えてしまう」ことであった。

次に昭和三十三年三月に創刊された「家庭画報」を見てみよう。目次立ては「特集一年生／その人に聞く（火星の土地分譲人？）／こんな暮し（高校生の世帯主）／動物独白集／日本版グッドハウスキーピング／実用特集／台所メモ／衣料の話／買物案内／すまいに関する特集／デラックスハウスキーピング／特別読み物（テレビ）」である。この雑誌のコンセプトは「役に立つ画報」である。

これら後発の主婦向け雑誌は、戦前から刊行されている「主婦の友」や「婦人画報」との差別化を図るため、商品テストで象徴されるように、掲載内容を暮らしの実用情報に特化した。そのため娯楽芸能や、連載小説、ゴシップ、人生相談などがカットされているのだ。したがって、いきおい誌面は直面する問題解決に役立つより良い情報を提供する場となる。読者の暮らしの現在に向けて発信する記事なのだから、なにより求められるのは選択、技術に関するハウ・ツーである。

もはや戦後ではないと謳われた当代において、暮らしのメディアが発信したものは、核家族の主婦が求める豊かな生活モデルであった。経済成長によって、豊かさの分配に与るチャンスを迎えた時、禁欲を強いられてきた彼女たちの世代がモノ／消費で、豊かさを体感したのは当然の帰結であったし、メディアはこのような欲望を善かれ悪しかれリードしたのだ。そこで、「暮し」の雑誌の目次を見直してみたい。すると、家庭生活の全般にわたる広範で細密な情報提供が志向されていたことに気づくだろう。と同時に、生活が目次に見えるように項目化されていて、それぞれが分立していることにも。たしかに項目ごとの情報は実用性が高い。しかし、これら一つひとつを束ねる暮らしのコンセプトが見えてこない。

『番茶菓子』から遅れること約五ヶ月、有吉佐和子が新制社より刊行した『ずいひつ』を開いてみたい。この本は「子どもと私」、「おしゃれ礼讃」、「芝居ばなし」、「文学私見」、「好きなもの」、「小さい感想」、「わたしの有情論」、「わたしの男性観」の全八章で構成されている。誰が目次立てしたのかわからないが、この本作りのコンセプトは何だったのか。はっきりしているのは有吉佐和子という「わたし」の素顔を打ち出すことである。が、八つの引き出しは手元にある随筆を分類するため誂えたものにすぎない。そして、八つの章を繋ぐストーリーが見えてこない。つまり、当代の「才女」というキャラクターを売り物にして、場当たり的な本作りがなされているわけである。

わざわざ有吉の著作を持ち出したのは、『番茶菓子』の特徴を見えやすくしたいからだ。随筆とは自分の告白や主張を書き記す手立てだ、という有吉のジャンル意識はまっとうで、身近な話題が創作のモチーフになった。それが「わたし」や「文学」、「……論」、「……観」などといった目次作りに現われたのだ。

当然のことだが、幸田文もこのような随筆を書いている。だが、『番茶菓子』は有吉の『ずいひつ』の対極にある、といってよい。まず、随筆のモチーフに選ばれるものといえば、文学書物、文学者としての日常生活などが思い浮かぶが、幸田文（工房）はこれらを一切排除している。登場人物も有名人はいない。というより、あらかじめ匿名、名前はあっても市井のだれかれとして語られている。食物や着物について書いたものも、名店で食事や買物をした体験をネタにしていないのだ。

では、こうした要素を意識的に排除した『番茶菓子』とはどのような書物なのだろうか。そこで、「読売新聞」（昭和三十三年八月二十七日夕刊）に掲載された一つの書評に注目してみよう。幸田文が末広恭雄他の随筆集『俎上の魚』について、コメントしたものである。

「いい本、ためになる本といろいろあってもこと食物料理に関しての本ではよくてためになるだけでは、満足とはいかない。こくが足りない感じがする。よくてためになった上に、気に入るところがなくては困るのである」。「料理法だけの本だと、それはたしかにナベの中や庖丁の刃に直接の役に立つ。だが、読んで楽しくはなりはしないし、目の前がひらけた気もしない」――。

食物料理の本一般について言及したものではあるが、ここから幸田文なりの食物料理の本に対する見解を窺い知ることが出来る。第一に実用的であること、文章は内容が読者、すなわち炊事をする女性にスムーズに伝わるように工夫されていることとなのだ。だから、まず情報であって、書き手の個性なのではない。技術を下支えし、家事イコール労働という既成の枠組から、料理を解放するプレゼンテイション（女性を「目の前がひらけた気」にさせる）が必要だ、と述べているわけである。幸田文の『番茶菓子』の語り手は、このような特徴を持っている。

たとえば、「たべものの四季」の章には、現代日本に失われつつある台所のイメージが語られた「台所雑談」が収められている。人間が種族の繁栄保存のために、いかに毒物に敏感であり、火で初めて料理した時にどんなに喜んだかを語りながら、幸田文は台所の原初的イメージを、「一家のうちの歯と爪にあたる野性の場所」と述べる。それから、このイメージの体現者として、実地にここで立ち働く女中や漁師の老婆が登場する。語り手の「私」は彼らすぐれた家事の達人にスポットを当てる役割なのだ。この達人たちは最新の家事情報に通暁しているわけではない。女性が家事労働に従事する中で身につけた知恵、言い替えれば家事のスタンダードを体得しているのだ。いや、彼女たちはそんな認識は持ち合わせていないだろう、それはスポットを当てた幸田文の所有にかかっているものだ。

もう一つ、『番茶菓子』の「おしやれの四季」から拾ってみよう。秋の長雨の頃、一人の女性が訪ねてくる。門から玄関に至る敷石道に、萩が突っ伏して道を塞いでいる。

道は通れません。どうするかと思ひました。そのかたは蛇の目を拡げてそれを横へ倒すと、自分はしほ〳〵と濡れながら、たわゝな萩の花を傘で軽く押しやります。そしてそのまゝ傘を緩く車のやうに廻しながら、敷石を一歩一歩と行きます。行くにつれて傘はくるり〳〵と廻り、濡れた萩は揺れて順々に起きたり返つたりして道を明けます。ほうつと息の出てしまふみごとなことでした。花もきれい、傘もきれい、足も人もきれい！　と感じました。（「雨の萩」）

ここで採用されている視点は、芝居を鑑賞している客のものである。その観客の代表が幸田文で、あたかも目に映る女性の所作を指し示すようにしながら、「どういいでしよ。きれいでしよ。」と語りかけているようである。このようにして、スタンダードを提示しているのだ。

さて、作中の女性は道を塞ぐ秋草にも、いささかも動じない。自分が濡れることを厭わず、雨と白い敷石の道と萩が織りなす秋の風情を見事な身ごなしで演出して見せた。――幸田文の「おしやれ」とは、流行のファッションや装身具の選択ではなく、T・P・Oをわきまえた暮らしの知恵のことなのである。

この情報を発信する際、幸田文は『番茶菓子』の語り手を、文学者として特権化しないし、自己とそれとの同一化を避けようとしている。有吉佐和子が「才女」というキャラクターを表象したのに対して、この語り手はターゲットにした主婦層に寄り添いつつ、生活の知恵（スタンダード）を伝達するために、仮構されている。このような設定により、幸田文はスタンダードの背後に隠れ、語られるべき情報自体が浮上するのだ。だから、幸田文という「私」が表出することがあっても、この語りの上ではスタンダードをわきまえた存在であり、このような語り手が紡ぎ出す作品世界をアピールしようとしたのだろう。目次に現われた「小品」、「小ばなし」には、有吉のような随筆との差別化を図った塩谷の編集意識が感じられるのだ。

「新潮」（昭和三十三年六月発行）に、『番茶菓子』の広告が載っている。ゴシック活字で組まれた「生活の知恵に満ちた快い新鮮な珠玉集」という一行である。幸田文と塩谷賛は、約十年間にわたって書いて来た短文を取捨選択して、嗅ぎ取った時代のニーズにマッチした本を作り上げた。それが、この一行に凝縮しているのだ。ここから浮上してくる暮らしの達人というイメージが、新しい幸田文の世界を開いていくことになる。それは、『番茶菓子』というネーミングが示すように、家事にいそしむ主婦に向けて発信されていくだろう。性役割によって、女性が家庭に囲い込まれていく状況下で、幸田文の提示したコンセプトは消費された。第二の幸田文ブームの実態とは、これなのである。かくして、幸田文は高度成長期の家庭を演出する一人になったのだ。

四、増幅する「暮らしの達人」のイメージ戦略
――「わが家のごじまん」欄の肖像写真をめぐって

このようにして、幸田文は「暮らしの達人」というイメージを植えつけることに成功したわけであるが、これが明確な画像として、読者の前に立ち現われるのは昭和三十三年十二月である。『幸田文全集』第一巻月報のフロントページに、一枚の写真が収められている。もともとは「婦人朝日」(昭和三十二年十一月発行)の「わが家のごじまん」欄に掲載された写真である。おそらく塩谷賛と練られた自画像の発信プランの下で、それが再発見されて中央公論社版全集を表象する肖像となったのだ。

今、語った一枚とは、涼しげな縞の着物を着、左手に芯を尖らせた鉛筆三本を持ち、座卓の前に坐っている写真である。座卓に両肘をつけ、カメラ目線で心持ち左に顔を傾けている彼女の右前に、筆箱、鉛筆を収納する紙箱、鉛筆削り。正面にはきれいに削った鉛筆が集められている。その奥(画面の手前)に、右側からよく削られた四十数本が長い順に横一列に立てられている。その手前にも乱雑に十本あまりの鉛筆が転がっている。

幸田文は、この肖像写真のキャプションとして、つぎのような文を書いている。

鉛筆で原稿を書くなら、ちびたのが沢山たまるのはあたりまへだと云はれるだらうが、これがなかなかさうは行かない。病人があつたりよその事件をしよはされたり、そんなとき不思議に鉛筆はみんなどこかへ行つてしまふ。それからお手伝ひさんが愛情のある人だと、使ひかけの鉛筆は終りを全うして、豆粒ほどになってもなほ踏みとゞまつてゐてくれる。ちびるまで使つたことは私一人の心やりだが、豆鉛筆の描く家内天気図を見るのは家族全員いさゝかたのしい。

家庭の平安を象徴する豆鉛筆が、幸田家に沢山存在していることを表象する。これこそ彼女が読者に指示した画像の読み方である。物書きにとって、文房具とは自分の創造世界を身体運動によって顕在化させるための必須アイテムである。だから、筆や万年筆の選択に拘りを持つ。それは時として単なる筆記用具の域を超えて愛玩の対象にもなった。幸田文の父、露伴もこうした文学者の一人であった。筆者が所蔵する「珍撰会」第一回目の原稿は、毛筆で書かれている。漱石は漢詩や俳句を書く時こそ毛筆だったが、小説の執筆には万年筆を選んでいる。繰り返しになるが、運筆という運動は精神のそれと連動しており、書き手が毛筆から万年筆へとシフトした背景には、変動するメディアの要請に対応するためであろうが、一方では、書き手が新しい文学性を身体のリズムとして実感するスリリングな体験でもあったはずである。露伴の娘が発信しようとする文具のイメージは毛筆・万年筆＝文学という定番ではない。まず、幸田文と文房具（鉛筆）はどのように表象されていたのか。野平健一が「新潮」（昭和二十九年七月発行）に掲載された「黒い裾」にまつわるエピソードを、『幸田文全集』第五巻月報（昭和三十四年二月、中央公論社刊）に書いている。「黒い裾」の前半部分を清書していた塩谷賛に所用が出来た。そのために、野平が残りの清書をしなければならなくなったのだが、その原稿の文意がとれない。その原因は野平が通常の原稿のように、原稿用紙の右端を一行目と捉え、ここから左へとコンテクストが展開していくと判断したからであった。

「ウロウロしていると、『すみません、私の原稿は左書きですから……』とわびられて、なるほどと思った。左堅書きで、原稿用紙のマス目におかまいなく、流れるように書かれてあるのだ。」――。幸田文は以下のように説明している。B、2Bのような鉛筆を用いるために、一般的な原稿用紙の使用法をしていると、運筆によって用紙の上に載せた掌の側部や原稿用紙が擦れてしまう、と。だが、野平はこの行為に、「原稿を書くということに対する初心者」、「露伴翁の娘であることの照れ」を読み取っている。

編集者間で流通していた鉛筆書きにかかわる文豪（父）／素人（娘）という読解は、幸田文伝説を語る格好の材料となっていく。先ほどの肖像写真は、幸田文と塩谷賛が彼女の新たなセルフイメージのために、この伝説を活用しようとしたと考えられるのだ。野平が描いてみせた文学者像は、これまで存在しなかったタイプの「素人」であるが、執筆のためにすり減った「豆鉛筆」は文学的達成や生活に資する原稿料の象徴ではない。「豆鉛筆の描く家内天気図を見るのは家族全員いさゝかたのしい」というコンテクストは、鉛筆が幸田家の平穏無事を計るバロメーターであることを語っている。つまり通常の女性作家が文具（万年筆）／文学（原稿料）によって、文学生活を特権化していく回路を、文具（鉛筆）／暮らし（家庭の平和）へとズラしつつ、主婦層の心象にコミットした「暮らしの達人」を演出するのである。

ところで、ほぼ同時期に、文明論の見地から「女と文明」などによって、梅棹忠夫は幸田文と背反する主婦論を展開していた。梅棹は「家庭の合理化」で、「家庭の主婦なんてものは、まったくのんきなものだ。毎日の家事労働といっても、たいていは機械的に手足を動かしていたらすんでしまうものばかりで、ほとんど頭をつかうこともなさそうである。」と切り込んでいく。合理的思考と経営学的感覚を導入して、煩瑣な家事労働は軽減されると論破した後、「妻無用論」を打ち出していく。これはジェンダーによる労働分化を前景化して、女性を家庭に囲い込む社会状況に批判を加えたものであった。梅棹は攻撃の的を、家事労働を主婦権として主張する女性に絞っているのだが、彼は家事労働について、次のような見解を提示した。「生活の必要からやむをえずおこなわれているというよりは、主婦に労働の場を提供するためにつくられた」。――つまり、家事労働につきまとう強いられるイメージはフィクションであり、むしろ女性が積極的にジェンダーの囲い込みに加担しているというのである。

このような家事観や主婦論を前提にして、梅棹は以下のように、一九六〇年代における核家族の状況を分析した。労働賃金の拡大と家電の低コスト化で家事の機械化が進行し、主婦は家事担当者としての存在意義を喪失する。その結果、主婦が妻の座を追われる事態が将来するだろう。その時、主婦は愛情による慰安の提供者などと主張することで抵抗するに違いない。だが、主婦が手放そうとしない家庭における妻の位置は「愛玩用の家畜によほどちかい」のだから、女性は男性を媒介としないで、社会的な職業を持つしかない、と。

このように近未来の家庭像を分析した梅棹だが、周知のように主婦化は加速し続けた。女性に向けて労働マーケットが開放されない社会状況にあって、女性の志向は逆のベクトルを描くしかなかったからである。

中央公論社は女性をめぐる背反する主張を発信する二正面作戦で、読者を獲得した。このようなメディアや社会状況において、幸田文は主婦化現象を推進する労働政策を、結果として底支えする役割を担ったのだ。

「台所育ち」というセルフイメージと創作戦略――連続随筆論

昭和三十年代初頭に執筆された連載随筆が孕む問題

昭和三十年に入って、執筆活動を本格化させた幸田文は、小説『流れる』を連載する。当代の関心はここに集まった。そのために今日においても見過ごされている著作がある。「婦人画報」昭和三十二年二月から十二月まで連載された随筆「暮していること」である。この著作は中央公論社版『幸田文全集』第六巻（第一回配本）に初めて収録されている。筆者は小説と随筆を抱き合わせにして、幸田文がフィクション世界の創造者、かつ主婦化現象下における「暮らしの達人」を演出したと論じたことがある。このように指摘することによって、昭和三十年以降に執筆された暮らしを舞台にした随筆群が、幸田文の執筆活動において、重要な位置を占めていたことを示唆したわけである。

この時期の婦人雑誌や暮らしの情報誌の目次に、「実用随筆」という見出しが出現し、広がりを見せていく。この「実用」がキー・ワードになる随筆がどのようにして派生したのか。「婦人画報」の編集者は三年間にわたって、見開き二頁（四百字詰め原稿用紙十五枚）の連載随筆を、幸田文に執筆させている。執筆状況を記すと、昭和三十年一月から十二月に「日々断想」が、翌年の一月から十二月に「身近にあるすきま」、そして「暮していること」が雑誌に発表されているのだ。

幸田文はこの間、彼女の作家的基盤を築く『流れる』と『おとうと』(昭和三十一年一月〜翌年九月)を連載しているのだが、それと平行して連載随筆群が書かれたことは注意されていい。フィクションと身辺雑記とではかけ離れている、というのが常識的な見立てだが、どちらもおそらく幸田文にとってパラレル、〈身近なこと〉である。それは縞の着物に家事の労働着/それを着て書くというイメージの重ね方で示されている。そうした観点は二つのテクスト群が表裏一体であり、だから『幸田文全集』第一回配本で、「流れる」と「暮していること」が組み合わされたという推論を導き出すだろう。

筆者はこうした観点で、「露伴の想ひ出屋」から「台所育ち」へというセルフイメージの刷新と独自な文学性を立ち上げていく幸田文の動向を捉えてみたい。

これら連載随筆は露伴の「想ひ出屋」としての著作と一線を画している。語りの構造を分析していくと、かつての露伴の娘という固定観念を一掃し、新たなファンを摑む物語戦略が仕掛けられていたことが仄見えてくる。くしくもそれは、『流れる』とともに、露伴の思い出話から彼女の物語へと転換していく時期の創作であった。『流れる』を書くことで捉え直されたセルフイメージと、当代の主婦化現象を読みながら自画像と主婦の問題とをバインドさせたところに、表現者としての独自性があるのではないか。と言うのも、男性作家は言うに及ばず、女性作家も家族制度に根ざす性役割としての家事を、文学表象の対象にしなかったからである。そして、今日においても、近現代文学の研究者などは、家事=性役割の雑用という紋切り型の認識に立ち、この身近な労働に対する表象を問題化し得ないでいる。性差別の現場を分析する絶好のテクストにもかかわらず、だ。幸田文の文学性が論議の対象外に置かれてきた背景には、石垣りんが述べているように、形而上的な哲学、思想を孕んだテクストに較べて、暮らしの文学表象が軽く扱われてきた批評状況がある。だから今こそ幸田文固有の問題ではなく、周縁に置かれている女性表現の検証として語り始めなければならない。

二、「生活」が主題化される時代性
――高度経済成長期にメディア表象された生活／その主体の差異

さて、幸田文の連載随筆「暮していること」の語り手はすべて女性で、物語世界の「私」は語り手でもある。このような設定によって、物語世界は家事に従事する主婦「私」を中心に展開する。物語は一年間にわたって「さまざまな足袋」、「振袖」、「ふとん」、「気に入りの隅つこ」、「出入りぐち」、「表と裏」、「たべること」、「たべるまへ」の順序で行われるが、表題から推し量れるように、内容は家庭の衣食住である。身体に身につけるもの、夜具、「気に入りの隅つこ」から「表と裏」は隠れ場所や玄関出口などといった居住空間、そして食事――。話題はどれも日本人の生活と密接に関わる家事ばかりなのだ。だから、このようなラインナップで約一年間の連載随筆を書くのは容易だし、多くの作品例があると思うだろう。だが、「暮していること」のようなテクストは、実は少ないのである。

一人或いは複数の著作を集めた食物随筆や着物随筆などは、周知の通り、繰り返し出版されている。それから、「実用随筆」と銘打った「生活の本」全十一巻（文藝春秋刊）、という大掛かりなアンソロジーもある。この前年に文藝春秋は「これだけは読んでおきたい／混乱の時代を生きるために」（「人生の本」内容見本に刷られたキャッチコピー）というコンセプトで、「人生の本」と名付けた随筆選集を刊行しているが、この企画はその姉妹編に当たる。「人生」あるいは「生活」という切り口は、高度経済成長下を生きる日本人の指針を提供するものであった。二つは如何に生きるかという命題とその具体的な実践を示すものだから、編集者は手始めに読者になじみ深いハウツー本「人生」を刊行し、その反応を確かめて「生活」を付加したのである。『人生の本』と『生活の本』——両者の交響は、われわれに、人間の生き甲斐と幸福のありどころを探しあて、それをどうつかむかをおしえてくれる」という臼井吉見の文章で、それは明らかである。

当代の「生活」をデザインしたのも、河盛好蔵と臼井吉見である。煩瑣だが、巻立てを第一巻から順に紹介しよう。「わが師わが友」、「私の人生遍歴」、「お金の哲学」、「美味求真」、「自然との対話」、「趣味のすすめ」、「親子・夫婦」、「旅と人生」、「科学者の目」、「生活の中の美」、他に別巻「こころのうた」が刊行されている。河盛はこの企画について、次のように説明している。

私たちは常に先きを急いで、究極の目的ばかりを追いすぎる。日常生活のなかにこそ人生の悦びや楽しみのあることを忘れている。そのために生活の工夫について思いをこらすことを考えない。

私達は今こそ生活の達人たちの知恵に学ぶべきではあるまいか。

各巻に生活に関わる十数名の随筆を配したその企画は昭和四十二年十一月にスタートした。その第十巻に、森田たまの「絹のこころ」（『もめん随筆』所収）、幸田文の「たべものの四季」「おしゃれの四季」（ともに『番茶菓子』所収）が収められている。

こうした企画本は善かれ悪しかれ、情報提供者（監修者は男性）の生活に対する意識が投影する。さらにあらかじめ想定される読者の関心によって、収録作品の選定も方向づけられるだろう。「これだけは読んでおきたい／混乱の時代を生きるために」というキャッチコピーで明らかなように、高度経済成長期のめまぐるしい変化を体感していた日本人に、この本は届けられた。したがって、彼らは時代の潮目を読み、日本人が築き上げた生活基盤に光を当てる企画を立ち上げた点で、幸田文の連続随筆と共通している。このような編者にとって、次のような文章で、セルフイメージを表象する人物は好個の材料だったはずである。

> 戦後の社会に必要にして十分な条件を備へた知性美の典型、幸田文といふひとの出現、（中略）それは女性全体の自由であると同時に伝統であり、伝統であると同時に近代感覚につながるものであり、すなわち近代感覚とは自覚した女性の生活のなかから生まれるものである。
>
> （『幸田文全集』第六巻月報の「編輯だより」）

『生活の本』の編集者が幸田文の随筆集『番茶菓子』の中から、食物と着物について書かれたものを選んだことは先述した通りだが、ここには幸田文に対する評価が反映している。任意にいくつかを抽出してアンソロジーに収めるという作業によって、おのずとテクストは彼女が表象しようとした暮らしのコンセプトから切り離され、メニューの一品目になるだろう。本一冊の中に切り貼りされ、生活情報と化すのである。つまり、この時の幸田文は「生活の中の美」における一項目を知るためのツールなのだ。出版社の再録許可に応じているのだから、彼女はこのような事態を引き受けなければならない。出版資本と繫がって稼業を営む表現者である以上、当然の成り行きである。

それはともかくとして、収録された「たべものの四季」と「おしやれの四季」は、生活の中の美を表象した作品ではない。たとえば「おしやれの四季」のうち、樋口一葉の妹、邦子が登場する「雨の萩」を例に取ってみよう。

多くが化粧・髪がた・衣裳・持ちものといつた限界内でしてゐる、いはば平面的なおしやれにすぎないから、印象が深くなつて来ないのでしやうか、鏡に映す範囲をはづしてみると、おしやれは声とことばづかい、しぐさと気もち・考へかた、つまり心の置きどころへ行き著きます。

このコンテクストは「雨の萩」の冒頭部分だが、語り手は一般的な意味の「おしやれ」の対象を数え上げた上で、その限界を示している。茨木のり子が「わたしが一番きれいだったとき」（「詩文藝」昭和三十二年八月）で、軍国少女の呟く声を、「わたしはおしゃれのきっかけを落してしまった」と表象しているが、昭和三十年代になって、大衆は戦時体制下で抑圧されていた欲望を充たしていく。幸田文が「化粧・髪がた・衣裳・持ちもの」とわざわざ列記したのは、女性がおしゃれを楽しむ時代の到来とその消費動向を映し出すためだった。こうしておいて、それらの「限界」を示して、内面に根ざす真の意味の「おしやれ」を提示したのだ。

「雨の萩」などで構成される「おしやれの四季」には掃除や寝具が話題になっているが、ここには家事に対する新しいプレゼンテーションが存在している。家事は単調かつ過重なイメージだが、これまで誰も思いつかなかった捉え方（おしゃれ）をして、身近な労働に対して眼を開かせようとするのである。身近な、それでいてなおざりにしてしまう日常性への批評が、ここにはある。

高度成長の始まりと成熟へ向かう時代を背景にして生まれた幸田文の家事随筆と「生活の本」は、どちらも日本人の暮らしを主題化していた。「実用随筆」の一方は主婦の感性に富む女性の著作、片方は男性の編集意識が投影した企画本である。同じように家事を主題化していながら、はっきりとした相違がある。それは単に性差の問題ではない。

その点について、森田たまの「絹のこころ」を取り上げながら言及してみよう。作者を紹介した文、「女性らしい繊細な感覚で日常生活の風韻をとらえ、多くの読者をもっている。」（傍点筆者）に注意したい。というのも、あらかじめ「絹のこころ」の読み取り方が示されているからである。この随筆は、着物を着こなす女性たちのセンスを語っているのだが、表題にもなっている巻頭随筆には晴れ着を着た老婦人が登場する。初釜の席で、グリーンのかかった鉄無地の紋付を着て端座する老女に惹かれた語り手の「私」は、「功なり名とげて、主婦の座はすでにつぎの世代にゆずり、自分はお茶三昧に明け暮れしておられるのであろうと、ちよつと羨ましい心地がする。」――

そして、老年になっても女を忘れない老女の心映えについて、「袖口にちらりとのぞいた洗い朱のじゆばんが、老いの美しさを語っている」と感じ取るのである。

日常生活に生かされる美的感覚の集成『生活の本』は、昭和三十年以降の高度経済成長の消長を俯瞰し、その上で四十年代において日本人の知的枠組を設計した。だから、俎上に載せる課目も多岐にわたり、著者も多数にのぼる。その結果、イデオロギーの異なる表現者の言説を並列するという事態が生じる。こうした混乱は当然、テクスト自体にも波及し、本作りのコンセプトが異なるため、著者のオリジナル本と他者が編集したアンソロジーでは、同じテクストでありながら、表象する意味内容が異なってしまいかねない。『生活の本』第十巻に、「雨の萩」などが収録されたという事態は、はからずも昭和三十年代に幸田文が表象した生活と『生活の本』のコンセプトとのズレを顕在化させることになった。幸田文の家事随筆は、河盛たちが設定した枠組、「美」(すなわち、「実用」ではない)に到底納まりきらないものを内包している。美的観念による意識の平準化が目的ではないからだ。幸田文のテクストは読者の五官に訴え掛けながら、平板な日常に対する気づきを促す身体性の世界、実用の物語ではないか。

三、連鎖する連載随筆/深化する物語の主体
――自分語りをする「幸田文」から主婦の感性世界を物語る装置へ

随筆は身辺雑記と言い換えられるように、内容も語り方も表現者の個性が投影しやすい。だ

から、このジャンルを利用して、キャラクターを強調する例が多い。物語世界に表象される場所、人物、事物には、表現者らしさを演出する固有名詞が登場する。読者はそのような読物を楽しんで、表現者の私的領域（交友関係や関心事、趣味や嗜好）を覗くわけである。その一例として、再度、森田たまを俎上に載せてみよう。彼女は昭和三十三年四月から一年間、産経新聞社発行の「随筆サンケイ」に随筆を連載しているが、読解の対象に選んだのは連載第一回目の「待つ」である。四百字詰原稿用紙六枚程度のこの随筆は、「庭の紅梅は一輪、花ひらいた。あとの蕾はかぞへると四十ある。」と語り出されていく。このコンテクストは東京青山に住む森田が二月に書いた日記から引用したものだが、この後には、戦時中の鎌倉山で暮らした日録が続いている。梅にちなんだ記録を戦前と戦後の日記から選びながら、物語は進行し、テクストの前面に、森田たまの像が浮上する。このような語りの構造であるゆえ、読者は「待つ」の物語世界が森田たまと分かちがたいものだ、と認識するのである。

このように設定された物語において、語られるのは春を告げる「梅」である。森田は過去と現在という二様の時間に咲いた花をめぐって、あったもの／今はないものを語ろうとしている。まず喚起されるのは、梅に来る鶯の鳴き声が最近聞かれなくなったという嘆きである。「梅に鶯」という春らしい取り合わせから、「新しい生命の息吹を待つ」という読み取りをする。それは日本人らしい季節感であるが、それを使って、森田は過去の自分を表象しておき、老年に達した自分であるがゆえに、いっそう梅の風情が美しく思われると述懐する。このような美感の背景に、森田は自分を待ちかまえている死を感受しているのである。

「待つ」は以下のコンテクストで閉じられる。

いま、老年の私が待つてゐるのは、――やはり死といふものであるかもしれない。それゆゑに紅梅の枝にこほつた雫は、すきとほるやうに美しく、心にしみてくるのであらうか。

読者は物語の終盤に来て、自分の予想（それは通俗的と言ってもいい）とは異なる作家・森田たまの清澄な心象風景に打たれるだろう。だから、このテクストは森田たまの生活ではなく、作家的世界を表象しているのである。後年、彼女はこの随筆を表題にした本（『待つ』昭和三十四年六月、文藝春秋新社）を刊行しているから、思い入れの深い一作だったに違いない。したがって生や死の機微を感じ始める中年以上の男女向けの文学作品が森田の随筆「待つ」なのである。

そこで、幸田文の連載随筆である。このテクストは作家的世界を語ろうとした森田の随筆と異なる。なぜなら、語り手は作家・幸田文でありながら、再発見された主婦感覚の体現者だからだ。だから、一連の作品群のモチーフはいずれも主婦の日常生活に因むものが選ばれている。それらが語られた作品は、婦人雑誌にふさわしい。「婦人画報」は保守的な「主婦の友」とリベラルな「婦人公論」の中間を狙った雑誌メディアなのだから、主婦向けの読物を提供するのは当然である。だが、三年連続で同じ題材の随筆を書いた表現者／書かせた編集者の存在は珍しいのではないか。というのも、このような企画が、今日まで存在しないからだ。家事に焦点を当てるという編集者がいたとしても、性差によって囲い込まれた主婦の労働を書く意味を、女性表現者は見出されなかったに違いない。

つまり、家事労働に従事する主婦に向けて、実体験で得た家事観を語る企画は、「台所育ち」・

幸田文の登場によって初めて実現したのだ。「婦人画報」の連載期間中、幸田文は自分と家事とを結びつける上で、効果的な情報を開示していった。その手始めが「露伴直伝のマキ割り」（「読売新聞」昭和三十一年八月四日朝刊）である。「あとみよそわか」は家事の手習いを受けた思い出を綴ったテクストだが、その中に、鉈で薪を割る現場で、「これ渾身」という教えを受ける少女が登場している。「読売新聞」の記事は「台所育ち」・幸田文が、薪割りを実演した写真付きで紹介したものだった。続いて彼女は「台所の仕事　幸田文さん」（「朝日新聞」昭和三十二年六月十八日夕刊）で、「あんなにいやだった台所のことが、矢張り一ばん好きだったんだなと、このごろつくづく思う。」と述懐している。このように、彼女はこれまでの作家とは異なり、主婦感覚を前面に出したメディア表象を展開することで、セルフイメージの刷新を果たしていくのだ。戦後の高度経済成長という時代性を見据えた時、「主婦」及び「家事」は、婦人雑誌にとって新しいパラダイムで提示すべき問題であり、書く側と書かせる側を強くバインドする魅力があったと思われる。

「婦人画報」誌上で長期の随筆連載が展開していくうち、「編集後記」に彼女の随筆を支持する読者が現われてくる。そのような存在が、家事随筆の書き手・幸田文と編集サイドに力を与えていったと考えられる。今日の歴史認識に立って記述するならば、昭和三十年代の日本が体験した核家族化と、それに伴う主婦化現象の胎動を、幸田文と「婦人画報」編集部の企画はビビッドに捉えていたと言えよう。

＊

ここで、「婦人画報」に連載された「暮していること」に戻ってみよう。掲載された随筆は、既述したように、「さま〴〵な足袋」、「振袖」、「ふとん」、「気に入りの隅つこ」、「出入りぐち」、「表と裏」、「たべること」、「たべるまへ」である。こうして約一年間続いた連載随筆を通覧すると、あらかじめ執筆内容が決定していて、回を追うごとに日本人の衣食住の総体を浮かび上がらせるという物語の構成が仕組まれていることに気づくだろう。だから、ある回の随筆だけを抜き出すことは不可である。そうすれば作品世界は瓦解してしまうからである。というのは、この随筆は暮らしの情報ではなく、それとシンクロする暮らしの主体者を書いているからである。

さて、その暮らしの主体者を書く上で、どのような物語の設定がされているのだろうか。「たべるまへ」は「暮していること」の最終回だが、それにふさわしく、大晦日当日、主人公の「私」が正月料理について書いたメモを紹介して閉じられる。岩波書店版『幸田文全集』第七巻からその箇所を抜き書きしてみよう。

「戦後二三年間のおせち料理は今おもへば何と純粋だつたか。一しよう懸命だつた。（中略）このごろは一応世の中がおちついて、何でも金を出して間に合はないものはなくなつた。もうあちらも私に背負つてくれとは云はないし、私も背負はうとは云はなくなつた。隠すつもりはないがめい〳〵に黙つてやつてゐる。これでいゝんだらうが、つまらなくもある。たべることは、なんとなく一ト皮かぶつた感じだ。歯はしまわれた感じだ。もつともさういつまでも剝き出しになつてゐるのも不快だけれど」と。

語りの現在は昭和三十二年十月である。闇で食料を買い入れていた主婦たちは食べることを通して、流行語になった「もはや戦後ではない」という豊かさを実感している。その一方で、「私」は食事に関する重要な実感と知恵が忘れられていると指摘する。引用したコンテクストで明らかなように、語りの対象は食物随筆にありがちな名物料理ではない。主婦が料理をするために求める食材であり、自ら台所に立っている「私」が戦後十年間で体験した日常に向けられている。つまり、この物語の特徴は読者である主婦と同じごく普通の生活感覚が、物語のベースになっている点にある。

登場人物の「私」が語り手であり、表現者でもあるというのが随筆の基本的なスタイルである。「たべるまへ」を読むと、この物語もこのような規範に則っているように思われる。しかし、この「私」は語りの上で、特権的な位置にいない。自分が手にしている情報を読者に与える存在というより、読者との関係は家事をする主婦同士である。だから、「私」は食べ物を作るために苦労してきたという共通体験をベースにした語りを進行する。如上の「私」の設定を容易にしたのは、「朝日新聞」に掲載された「台所の仕事　幸田文さん」である。主婦感覚を体現した表現者という情報を自ら発信しておいて、「幸田文」は今、切り拓いて行こうとする物語世界を指し示していくのだ。この行動は文学表象されることのなかった「家事」というモチーフを書くための布石であったに違いない。そして、「私はいまはほとんど遠くなつてしまつたが、ついこの間まで台処が私の部屋のやうなものであつて、一時はそこに私の生活に関するもの全部をはめこんでおきたいと考へた。」(「表と裏」昭和三十二年十月発表)という語りが読者の眼前に現われる。この時、幸田文と家事をバインドするトポスとしての台所が強く印象づけられ、引用文に表象された家事労働の現場感覚が生きて来るのだ。

ところで、「たべるまへ」は現在進行している語りを中断し、その直後に過去に書いたメモを挿入、そして再び語りが展開する仕組みになっている。したがって、読者へ開かれたコンテクストと「私」の内声とで出来た織物はおのずから、挟み込まれたテクストに、読者の関心が向かうように作られているのである。そのテーマは食の根源的イメージであるが、幸田文は「台処雑談」(「食生活」昭和二十九年十一月発行)で次のように語っていた。

人間が生れてこのかた、爪でひき裂き、歯でこなして来て今日にいたつてゐる。幾千年昔のわれ〳〵の先祖はいかに食物へあら〳〵しく向き合つたか、生命の持続のためにどんなに粘り強くたべては獲《と》り、たべては漁《すなど》りしたことか、(中略)台処はもと〳〵たべものをこしらへるところだ。云つてみれば、一家のうちの歯と爪にあたる野性的な場処だ。

このテクストは「たべものごしらへは原始的な積極性をもつてすべきものと私は思つてゐる。」で閉じられる。物語の構造において、「台処雑談」のコンテクストと「たべるまへ」内に組み込まれたメモ書きとは、内容も形式も同質である。

だから、「たべるまへ」に登場した「私」は庭で騒ぐ雀を見て、動物園の鳥たちの姿を見に出かけたり、偶然見かけた空腹でいらいらするライオンに恐怖を感じるのだろう。その後、物語の舞台は自宅に移動して、語り手は食事前に喧嘩をする猫に目を凝らす。読者に語りかけが始まるのはその後だ。ライオンの食べる前の荒々しさや、猫の食べようとして暴れる姿は「しつかり覚えてゐなくてはならないものではなからうか」と――。なぜなら、餌を食べている動物たちの光景が人間のものでもあると認識するからである。

この物語は、最近の出来事をつなぎ合わせて成立している。語りの進行によって出現する庭の雀、動物園の猛獣、自宅の飼い猫はそれぞれ別の時間と空間で見つけられたものだから、それらはランダムに記憶されているだろう。食べるという生物にとって不可欠な問題を語ろうとした時、初めて三種類の記憶が呼び出されて、この話題を表象するにふさわしいストーリーへと編み上げられていくのだ。一見何でもないようでありながら、だんだんと物語の核心を顕在化させていく仕掛けがされているのである。なぜなら、この物語の構造は語りの常道である三題噺、すなわち自宅の庭・雀、動物園・ライオン、自宅の室内・猫を三点セットで成立しているからだ。このような物語の構造により、視点人物である「私」の佇み歩き坐るなどの身体運動を表象しつつ、語られていく知が観念ではなく、身体と深く繋がっていることを示すのだ。そのような身体に自覚的であろうとする「私」だから、雀が餌をあさる時の「身を引きしめて細くなつて、ちよん〳〵と跳」んだり、ライオンの「へたをすると暴れるぞ」という表情を見逃さないのだ。そのような注視は、並んで餌をもらう猫の「すぐにも一撃を加へたい危険な心理状態」にまで届いている。

こうして、「私」は自分をサンプルにして、食をめぐる問題に、読者を誘い込む。物語の舞台は、「私」が料理して調えた「荒寥たる食卓」である。

「私」の一家は貧乏のどん底で喘いでいる。副食もない塩かけ飯の食事が汁沢山の雑炊に変わり、雑炊の米が尽きてすいとんへ、さらに、すいとんの量が減る。そうなると、夫婦は互いに不平不満をぶつけるようになった。語りの現在から振り返って、その不和不平は単なる夫婦間の相剋ではなく、実は「食欲の本性の現れ」だったと、「私」は気づくのだ。性格の不一致や家族、幸福などの価値観のズレといったことが、夫婦の亀裂を誘発したという常識的見解は退けられる。この時、動物と人間を差別化する文化／野蛮というパラダイムが、身体を通して得た食のイメージで突き崩されているだろう。こうして、動物と何ら変わらない「私」と「夫」の存在性が捉えられるのである。

四、主婦感覚を前景化する物語戦略
――同時代を生きる女性たちと共振する物語世界の構築

前章の最後で、「動物と人間を差別化する文化／野蛮というパラダイムが、身体を通して得た食のイメージで突き崩されている」と書いておいた。大仰なコメントに思われるかもしれないので、連載随筆第六回「表と裏」に表象された台所のイメージを紹介しよう。

台処を通して、「人間は、考へ、智慧をふやす。ふやした智慧をつぎの人間に伝へてゐる。伝へられたものは、それを大切にし、さらにそこへ新しく考へ足す」と思われるし、（以下略）

幸田文のテクストに親しんだことのある読者は、後年の『木』や『崩れ』に、台所などで体得した主婦感覚を働かせて、景観の読み取る「私」が描かれているのに思い当たるだろう。その問題に対する詳細な論述は後考に譲ることにして、本章では主婦感覚が横溢する物語世界の仕組みを明らかにしてみたい。いったいどのような語りの構造によって、引用文の中に、主婦「私」の身体と知が顕在化するのか。

そこで、連載随筆「暮していること」の第一回「さま〴〵な足袋」に着目しよう。このテクストの語りは「さきごろ撮影所を見学させてもらつた。」で始まる。語り手は登場人物の「私」に寄り添いながら、芸者置屋のセットで、岡田茉莉子、杉村春子を見つける。二人は芸者に扮し、化粧も衣装も美しくできている。だが、「私」には履いている足袋が気に入らなかった。語り手はこのコンテクストの冒頭で、ベストセラー小説『流れる』の映画化を伏せたまま、「私」がある撮影現場を見学に行ったことを話題にしている。いささかまわりくどい説明になったが、語りの筋道を忠実に辿っていくと、このようになる。

『流れる』は新潮文学賞、並びに芸術院賞受賞作で、幸田文が華々しく文壇再デビューを果たした話題作であった。マスメディアに棲息する表現者は生産を続ける限り、否応なく作品あるいは実人生において、求め／求められるセルフイメージを生きる運命にある。勿論、彼女もその例に漏れない。であれば、昨年の出版上のキャリアは作家・幸田文を印象づける恰好の材料であり、加えて初の映画化という情報は作家イメージを増幅する効果があったはずである。

そこで、冒頭の「さきごろ撮影所を見学させてもらつた」というコンテクストに戻ってみると、どうだろう。自作の撮影現場を語り始めたのに、どこか他人事のようで、このテクストではついに、それが映画「流れる」の撮影現場だったと明かされない。つまり、幸田文と「私」を区別する語りが展開されているのである。

昭和三十一年十一月二十日に公開され、芸術祭文部大臣賞を受賞した映画だから、芸者置屋のセットに岡田茉莉子と杉村春子がスタンバイしているという叙述するだけで、読者は「流れる」が話題になっていると察知したかもしれない。

でも昭和三十二年二月発表の随筆の冒頭部分を読むと、幸田文の撮影所見学が最近だったと誤解されかねないのではないか。映画「流れる」のクランクアップは少なくとも前年の十一月初旬だったはずだから、撮影スケジュールを知っている者なら尚更である。つまり、二人の女優が芸者を演じる新しい映画について語ろうとしていると、読者は錯覚するかもしれないのだ。なぜ、このような作家・幸田文を強調しない語りを選択したのか。それは連載随筆の総体に関わる物語の設定なのか。このように問い掛けることで、テクストはどのような内実を現わすのだろうか。

「暮していること」を通読していくと、語りの世界が露伴の想い出を書いた初期作品とは異質だと、すぐ気づくだろう。物語から極力、露伴が排除されており、彼がテクスト内に招き入れられたとしても、存在性は「私」の結婚時代の居候、子供などと同格に設定されているからである。それは意図的に強烈なキャラクターを喚起させる固有名詞「露伴」を奪取し、普通名詞化したことと関わる。このようにして露伴は物語の中心から外されて、入れ替わるように、「私」が核となる語りが形成された。それによって、露伴とワンセットの「私」、すなわち幸田文の色彩は薄められる。言い換えれば、語りの世界を構築するルールに規制されるため、連載随筆の主人公は幸田文そのものではない。物語のコンテクストから浮上するキャラクターとなるのだ。

このようにして幸田文は家事を表象する語り手から批評される対象として、物語世界を生きる。それに加えて、初期随筆と差別化するため、戦前の貧乏な結婚時代や、物資が欠乏していた戦中や敗戦直後、露伴死後の生活が語りの対象に選ばれ、露伴というキャラクターを削いでいる。この周到さはどこから来るのか。それもこれも日本の近現代作家が決して打ち出さなかった「台所育ち」というセルフイメージを語っていく上の設定だったのではないか。

「暮していること」の語り手は、戦前、戦中、戦後の見聞や体験が風化する世相において、時代に逆行するかのように、過去の記憶をバインドしつつ、「私」を物語ろうとしている。その拠点が「台処」というわけである。この時の「私」は、三十年という時間を家事で生き通した主婦である。表象されるのは、その体験を風化させてはならない生命の時間だ、と感得する存在である。語り手が彼女を前景化する時、連載随筆は身体を通して得た家事の知に、命を吹き込み伝える主婦の物語となるだろう。

このような主婦を主題化した表現者は、これまで皆無である。というよりも、文学が築き上げてきた表現の制度において、女性表現者たちさえもが、このモチーフを反文学的だと見做し、周縁に追いやって来たと言ってもいいだろう。今日もなお、まともに幸田文が批評の対象とならないのはそのゆえである。

幸田文は一見、文学とは無縁な「台所育ち」というキャラクターを打ち出しながら、既成の文学が見過ごし、現在も等閑視している台所というトポスを、表現の拠点とし、世界を知るための定点観測地とする。こうして、連載随筆「暮していること」という批評性に富む言語世界が現出したのである。

五、浮上する主婦の身体／知
――「考へ、智慧をふやす」トポスとしての台所

連載随筆の語りは、身体に密着する足袋にスポットを当てて始まった。テクストは徹底的に身体を通して、暮らしを表象しようとしている。そして、足袋が身近な下着ではなくなった昭和三十二年を起点にして、過去と現在の暮らしに通底するものを描こうとしている。このように語りの戦略を仄めかして、物語は身を装う振袖、寒さから身を守る蒲団へ、やがて身を置く住居に逢着する。そして、連載随筆の第六回「表と裏」で、炊事をする台所が主題化される。身体とアイテムとの物語を読者に聞かせながら、「暮していること」の核心部分に到達するのだ。

昭和三十二年に至るまでの幸田文のテクストを読み込んでいく。すると、否応なく政治とメディアと向かい合わざるを得なかった露伴の娘が、家事労働によって獲得した知を手掛かりにして、新たな表現者に変貌していった道筋が見えてくる。「暮していること」の語り手は、「振袖」で当代の才女ブームを、「表と裏」では欧米志向に傾斜する家事を焦点化したように、優れた時代感覚を体現している。

一方で、経済復興の呼び声とともに、戦中戦後に直面した飢えの記憶は薄れていった。終盤にさしかかった連載随筆「暮していること」で、語り手は飢えを体験した主婦「私」に寄り添いながら、台所と食物について省察していく。このような語りの原点が最終回「たべるまへ」に及び、連続随筆全体を締め括る「私のその後のメモ」である。本論の第三章で引用した「戦後

二三年間のおせち料理は今おもへば何と純粋だつたか。一しよう懸命だつた。」から始まるコンテクストは「私のその後のメモ」の一部である。「私」は食料の欠乏を主婦の協力でカバーし合った記憶を想起しながら、こうした戦後風景が消滅した現在、「これでいゝんだらうが、つまらなくもある。食べることは、なんとなく一ト皮かぶつた感じだ。歯はしまはれた感じだ。もつともさういつまで剝き出しになつてゐるのも不快だけれど」と書かずにはいられないのだ。なぜ、彼女は食に関わる戦後の世相を切り取ったのか。

昭和三十一年一月から十二月にかけて、連載随筆「身近にあるすきま」が「婦人画報」に掲載されている。節約から消費へ転換する国民の意識が様々な形で表面化した現場を取材し、その随筆第二回目「ごみ」ではゴミ収集業者に密着しながら、ゴミ処理の問題を描いている。第三回目「ち」は急増する自動車事故の流血と、食肉需要の増加を賄う芝浦屠場で見た動物の血とをリンクさせて都市問題を素描している。これらのテクストには台所からの視点が、ふんだんに生かされているのだ。

「身近にあるすきま」は専業主婦から表現者になった語り手が、「歩く」、「ごみ」など暮らしの根幹にかかわることをなおざりにしていたと気づき、それを身体を通じて捉え直すというテクストだ。その語りには必然的に、主婦の感性が生動している。

さて、語り手は台所から遥かに続く女性の行列を想起するという。その行列が「今日のステンレスの調理台やタイルのながしに続いてゐる」と指摘している。その後のコンテクストを辿っていくと、現在の台所は明るくて使い勝手がいいとコメントしている。この台所は器具の改良による家事の効率化（実は家事労働の見せかけの省力化）を情報発信するメディアと、それを有効的に活用しようと考えるメーカーとが手を携えて提示した欧米型の暮らしのデザインであった。

実は、この当代の流行は、台所というトポスを問い直すために表象されている。そのために、様々な飢餓体験を語り通し、現代に向けて疑義を提示する地点に立つのだ。語られた飢餓体験とは、次のようなものである。結婚時代の貧窮生活（「たべるまへ」）。信州旅行で寓目した美しい松虫草が飢餓をしのぐ食料になるという話（「たべること」）。それから、震災と戦災である。

私たちは関東震災で一時食物に不自由したし、この戦争では戦中も戦後も、えらく食物に詰つて四苦八苦した。震災のときには焼死した人の持つてゐる焼け焦げの風呂敷包みから、焼け焦げのお米を取つてたべてゐた人があつた。空襲のあとでは他人に見られないやうにお弁当を腕で囲ひつゝ、それでもなほ人に見られてゐることを知りつゝ、しかもたべてゐる人があり、取つてもたべたい表情でそれを見てゐる人があり、（中略）その光景を眼の横から覗いてゐた。

連続随筆の語り手はこのように「私」が生きてきた時代を、食と台所とリンクさせながら表象しようとしている。昭和三十年初頭という歴史的文脈に置き直すと、語り手が当代の要請だった家事の省力化や調理法、栄養のバランスなどよりも、もっと根源的な視点に立っていたことに気づくだろう。主人公の「私」は「家の封建制」に、そして自分が台所に縛られたことに対する差別的な意識を持っており、戦後における家事の論調にも理解がある。それを是認していながら、いや、だからこそ批評の原点に、台所を据えたのに違いない。塵芥が東京都のゴミ問題になり、食肉が一般の食卓に上るという食の転換期が訪れた時、折しも「婦人公論」を舞台に主婦論争が戦わされた。それに参加した論客の誰一人として、真の意味で家事に従事したこともなければ、この語り手のように生存／餓死とリンクさせつつ、家事そのものを論じた者はいない。いや、そもそも論争に参加した人々は、論争の口火を切った石垣綾子が「主婦という第二職業論」（「婦人公論」昭和三十年二月発行）で示した「家事は雑用だ」という見解を共有していたのだから、家事に対する認識を深める土壌は、ここに存在しなかったのである。

六、女性性を生きること、知への冒険

家事を仕込まれ、家事が単なる雑用ではなく、水難から生命を救うものでもあると捉え直した少女を、筆者は「家事少女」と名づけたことがある。そのテクストは昭和二十三年発表の「あとみよそわか」の第二章「水」である。家事に組み込まれた労働の原理と自分の生と深くつながる「家事少女」の感受性を、表現の原理として起ち上がった女性が幸田文である。だが、それは彼女だけではなかった。

ここに労働組合運動の中で生まれた「私の前にある鍋とお釜と燃える火と」の詩人、石垣りんを加えてもいい。茨木のり子も石垣も国家に挺身した軍国少女だが、身内や同僚などの名誉の戦死を無惨な悲劇と読み換えることで、生き残った存在性を梃子にして、自己の表現世界を切り開いていった。石垣は労働運動が衰退していく時代の中で、家庭を根城にした「食わずには生きていけない」から語り出される詩「くらし」などを書き継いでいる。

幸田文の問題に、この女性詩人はかかわりがないと思うかもしれない。たしかに、実生活上においても、創作活動上においても関係はない。だが、そんなことはどうでもいいのだ。肝腎なのは、性差の囲い込みを甘受しながら、二人が「家事業」に専念する家庭婦人、あるいは「軍国少女」として、ともに多くの死を見、苦闘の戦中戦後を生き抜きながら、表現活動をしたという共通点である。

石垣りんの詩「私の前にある鍋とお釜と燃える火と」に、次のようなフレーズがあるのを知っているだろうか。

それらなつかしい器物の前で
お芋や、肉を料理するように
深い思いをこめて
政治や経済や文学も勉強しよう、

それはおごりや栄達のためでなく
全部が
人間のために供せられるように
全部が愛情の対象あって励むように。

この詩は日本興業銀行の労働組合が発行した「『職組』時評　女子版」（昭和二十七年二月十四

日発行）に掲載され、『私の前にある鍋とお釜と燃える火と』（昭和三十四年十二月、書肆ユリイカ刊）に収録された。詩の中で、語り手は性差で切り分けられた女性の歴史に深く沈潜して、台所で働く女性性を眼差す。のちに、石垣りんは「詩を書くことと、生きること」（「図書」昭和四十六年八月）で、創作の舞台裏を次のように明かしている。「男たちの既に得たものは、ほんとうに、すべてうらやむに足るものなのか。女のして来たことは、そんなにつまらないことだったのか。という疑いを持ち続けていたので、職場の組合新聞で女性特集号を出すから、と言われたとき、書いた」。こうして顕在化していくのは家事労働を通して知を体得する身体、そして立身出世の階梯を登る手段としての知を転倒させる普遍的な知のイメージである。

幸田文が生み出した語り手は、空襲による爆死を避けようと腐心し、それがかえって、老父の怒りを買う主婦を表象していた（「終焉」）。さらに、この主婦が食料難の戦中戦後、老父のために食材を求めて歩く姿も描いていた。その「菅野の記」の冒頭には、茨木のり子の「わたしが一番きれいだったとき」（「詩文芸」昭和三十二年八月発行）で語られた焼跡が登場する。「溶け流れたガラス、反つくりかへつた鉄骨、崩れた石。地上満目の焦土は、いまだに宿火をいだいてゐるかに、ちろ〳〵と火のない焔を燃やしてゐる」というように。この風景が再び登場したのが、連続随筆「暮していること」（「婦人画報」昭和三十二年一月〜十二月）である。家屋の構造から語り出した「表と裏」と、「たべること」、「たべるまへ」を繋げ、語り手は生命をクローズアップする。このようなコンテクストに浮上したのが、台所だった。

父・露伴を書くというメディア側が求めた表現の枠組を守りながら、幸田文は「家事少女」を表象した。この物語は父の存在を大きく照らし出すゆえ、少女は脇役になる。そのため、読者は躾ける「父」／躾けられる「私」の関係性を読み取ってきた。一旦そのような読解を中断して、家事を強いられる少女がなぜこのように活き活きしているのかと考えてみたい。すると、語りの現在において、この少女が露伴を表象するための装置ではなく、みずからの生を生きる存在であることに気づくだろう。その姿は強いられた過去を語ることによって、主体的に生き直す喜びに彩られている。「家事少女」は、こうして摑まえたセルフイメージであった。このセルフイメージとは、生きるための知と家事労働が組み込まれた身体である。

昭和三十年、彼女は家事手伝いの「梨花」の物語と、主婦の感性を表象した連載随筆とを発表して、表現者の地位を築いた。おのれを拘束する父との関係性に楔を入れて、表現者として再起していく時、幸田文は「家事少女」というセルフイメージを、「梨花」によって捉え返したと思われる。強いられた身体性を、自己表現を切り開く装置として――。

だから、文豪の家に生まれたからではなく、「家事少女」という気づきが幸田文を誕生させたのである。

第四章　身近にある生と死を物語る

読者の想念上に生き続ける「おとうと」を求めて――『おとうと』論

一、はじめに

昭和三十一年一月から翌年九月まで、「婦人公論」に発表された幸田文の小説『おとうと』は多くの読者から支持を受け、連載が完結した直後に、中央公論社より単行本化された。その後、新書版（中央公論社　昭和三十四年五月）、文庫版（新潮社　昭和四十三年三月）、リメイクした軽装版（中央公論社　昭和四十六年七月）というように刊行され続けた。この間、NHKのラジオ番組「私の本棚」（昭和三十二年十一月）で朗読、次いで日本テレビのドラマ「金曜劇場」（げん・香川京子、碧郎・津川雅彦　昭和三十三年六月）、新派公演（げん・水谷八重子、碧郎・花柳武始　昭和三十三年十月）によって、その物語世界が広く受け入れられていく。

さらに、当代の人気俳優でキャスチングされた映画（市川崑監督、げん・岸惠子、碧郎・川口浩　昭和三十五年十一月　大映／山根成之監督、げん・浅茅陽子、碧郎・郷ひろみ　昭和五十一年十二月　松竹）が、若年層の読者を掘り起こし、現在も新潮文庫版『おとうと』は読み継がれ、現在二十八刷を数えるロングセラーになっている。それもあってか、「朝日新聞」平成二十一年九月六日から二十日にかけて、「百年読書会」で『おとうと』が取り上げられ、重松清が二十代から七十代の読者から寄せられた多くの感想文を読んでいる。それらを纏めたコピーを抜き書きしてみよう。

①「すれ違う思い　家族ってなんだろう」
②「姉はなぜこんなに弟に尽くしたのか」
③「自分の寂しさ埋めるため／寄り添うことで強く……」

大正期の家族を描いた物語でありながら、時代を超えて、「げん」と「碧郎」の姉弟関係が読者の身近な問題として捉えられている。『おとうと』がロングセラーになっていく要因は「百年読書会」の感想に現われているのだが、読者から多くの支持を得られたのは偶然ではない。幸田文と塩谷賛、そして出版メディア側は、新潮文学賞受賞作となった『流れる』以後の展開を考えている。次にメディア表象されるべき連載小説は、「断筆宣言」ののち自活するために職を探し、再び書くことを選択した女が筆一本で生きていく礎でなければならない。文豪の家に生まれ育って文筆生活を立てていくことの苛烈さを熟知する彼女は、作家的地位を強固にする必要があったわけである。そのために、求められたのは多くの読者を獲得し得る小説である。

そのような見地から、『おとうと』の構想とメディア表象の場所が固まっていった。つまり、『おとうと』はベストセラー小説になったが、もう当初からベストセラー小説になる仕掛けがされていたと考えられるのだ。

二、ベストセラー小説となった『おとうと』の背景
――「婦人公論」編集長・山本英吉の存在を補助線にして

日本近代文学を通覧してみると、発表あるいは出版直後、多くの読者を獲得したテクストは、時代の推移とともに忘れ去られていった。時代の特有な空気を見事に捉えた一過性の話題作、愛や死という永遠のテーマを時代に合った新しい設定と読者の共感を呼ぶ通俗的な語りによって提起したテクストたち。

幸田文の『おとうと』の連載中、有吉佐和子らとともに「才女時代」を体現した原田康子『挽歌』が読書界を席捲しているが、今日、その成功の要因として、フランソワ・サガン『悲しみよこんにちは』の翻案であったこと、小説の舞台となった北海道の異国情緒が、戦後復興を実感する国民のレジャー志向をそそったことなどが挙げられている。

昭和三十年代初頭の中央公論社は、新聞雑誌で、谷崎潤一郎の『鍵』、宇野千代の『おはん』、深澤七郎の『楢山節考』の増刷を謳い、一方で映画とのメディアミックスを仕掛けて、ベストセラーを創出していた。

連載中にもかかわらず、この小説についても「中村登『おとうと』の映画化について」(「婦人公論」昭和三十二年八月発行)という記事で明らかなように、同一の販売戦略が練られていたことがわかる。この手法は『おとうと』内容見本(昭和三十二年八月と推定される)で顕在化する。「この秋を独占するベストセラー! 映画化決定」という文字が躍り、小林秀雄と阿部艶子

の推薦文が添えられている。続いて、刊行後の「婦人公論」（昭和三十二年十一月発行）にも、『おとうと』のキャッチコピー「ベストセラーの中央公論社が初秋に贈る感動の名作！」に加えて、松竹映画化決定の情報、小林秀雄の推薦文が再掲載されていく。さらに、「中央公論」（昭和三十二年十一月発行）にも知的男性向けに、『婦人公論』連載中〝おとうとを死なせないで！〟と圧倒的反響を呼び、まさかこんなと思われる人が〝泣いた〟と赤い顔をして現われるという、正に『感動の名作』の名にふさわしい幸田文『おとうと』」（無署名「〝おとうとを死なせないで！〟」）という情報が発信されている。

引用文中の「まさかこんなと思われる人」が誰かはわからないが、この小説に対する広告宣伝の流れによって、読書人は言い当てることが可能だったはずである。自分で編集していた「創元」第二輯（昭和二十三年十一月発行）に、小林秀雄は幸田文の「あとみよそわか」を掲載している。「季刊　文芸評論」（昭和二十四年四月発行）は小林秀雄特輯号だが、編集発行を担当した川口央の執筆と思われる「編輯後記」には、彼女の「ずぼんぼ（父露伴の記）などについて」他に対して、わざわざ『『特輯』と関係がないわけではない」とコメントしている。幸田文の読売文学賞と日本芸術院賞を祝うパーティ（昭和三十二年五月）に、彼が現われて、参加者は歓声を上げたというエピソードも残っている。このように状況証拠を積み上げていくと、幸田文の文学性に対して並々ならぬ関心を寄せた小林秀雄が浮かび上がってくるだろう。では、彼が書いた推薦文を引用してみよう。

幸田文氏の「おとうと」は、大変個性の強い作品である。人生の入り口で、病気の為に挫折して了う弟の不安定な行動や夢が、鮮やかに描かれている様だが、実は、この鮮やかさは弟を見守る姉の心の鮮やかさなのである。弟によって、惜しげもなく消費される青春は、姉の秘め、抑えた、心の象徴であり、それが為に、「姉」の世界は、生きようとする意志の緊張で苦しい様な一女性の世界になる。それが、よく表現されている、と思った。

小説集『おとうと』は、この文章と阿部艶子の「私は幸田さんの『おとうと』を読んでいたのに、いつの間にか戦争で失った自分の弟のことを思っているのだ。」から始まる推薦文とを刷った赤い帯で装われ、店頭に並んだ。一方が作品世界を眼差し、もう一方は自分の戦争体験に引きつけて、バラエティーに富んだ読書情報を発信している。なかでも、小林の文章は短いが、彼らしい批評眼がテクストの内実を照らし出しており、『おとうと』の魅力を雄弁に語っている。

＊

中央公論社の商品である『おとうと』を検証することで、読者がこのテクストと出会う現場に、あらかじめ仕掛けられていた誘引策を素描した。

ここからは視点を変えて、商品を生み出していったライターとコーディネーター、雑誌編集者の動向に焦点を当ててみよう。

まず、『流れる』で一躍ベストセラー作家になった幸田文について――。

『流れる』は子と死別し、夫との離婚を余儀なくされた女主人公「梨花」の物語である。彼女は生きる糧を求めて職探しに奔走するがうまく行かない。やっと芸者置屋の女中の職にありついた彼女は、中流階級の家庭婦人として培った素養を生かした仕事ぶりが花柳界の中で認められて、料亭を任せられる存在になる。しかし、このようなストーリーにもかかわれず、これまで表に出なかった花街の内幕を暴露する潜入ルポという話題性と、それを裏書きするように幸田文＝「梨花」という情報が加味されて、ベストセラーになった。こうして「露伴の想ひ出屋」から独立して、自分の物語を創造する作家となった彼女は、断筆宣言によって関係を断った文学の世界に完全復帰した。このような状況によって、職業作家という自意識を持つと同時に、露伴の作家生活をつぶさに見て育った彼女は、筆一本で家族を養うことの難しさを痛感していたに違いない。

山本英吉は幸田文の最初の単行本『父――その死』、「中央公論」、「婦人公論」誌上で、「みそつかす」、「草の花」と関わった編集者である。表現者・幸田文の誕生に深く関わった彼は、彼女のこうした事情に通じていた。

「中央公論」から「婦人公論」の編集長に配置転換されて、『さゞなみの日記』を書かせた山本は、『流れる』後の連載小説について、「みそつかす」、「草の花」の続編を期待していたようである。そのことが窺える文献資料がある。彼が執筆した「『おとうと』に関するメモ」（『幸田文全集』月報３　昭和三十三年十月）である。

「婦人公論」にお願ひした「おとうと」は三人称で書かれ、「みそつかす」や「草の花」そのまゝの形式ではないが、内容からは全くその系列に属する作品である。いまとなつては一貫した形態ではなくとも、右の系列の作品が次々に具体化されることを私は願つてやまない。

そこで一つ、押さえて置かなければならないことは、山本が「露伴の想ひ出屋」という幸田文像を演出した点である。そして、断筆宣言を挿んで、この作家イメージから脱皮していこうとする幸田文の転換点にも、彼が介在していたことである。

彼女は昭和二十九年一月から十二月まで、小説『さゞなみの日記』を、山本が編集長だった「婦人公論」に連載し、本格的な作家活動を再開した。この小説は中年の書道教室を開いて生計を立てている「多緒子」と娘「緋緒子」と子離れ／母離れを主軸にした物語である。身辺随筆から客観小説へ、「女家族」を執筆中死去した林芙美子のように、戦後社会に遍在した女性問題にコミットする意欲作だが、意に反して失敗作である。というのも、随筆から小説に転換しようとする彼女が手に入れなければならない物語のメソッドが欠落していたため、「手習いの師匠を営む母と年頃の娘、そのひっそりと平凡な女所帯の哀歓を、洗練された東京言葉の文体で、ユーモアをまじえて描きあげた小説集。」(二〇〇七年四月刊の講談社文芸文庫版)とでも書かなければ仕方のないようなものになってしまったのである。

ここで急いで書き留めておきたい。失敗作に終わったとはいえ、フィクションの創造者・新しい幸田文はここから芽生えてくる。自立する寡婦像は「多緒子」から「梨花」に引き継がれ、彼女たちの生きるトポスは家庭から都市空間へ設定し直されて、『流れる』の物語世界が立ち上がるからである。

『おとうと』にかかわる情報を整理した。すると、好評だった「露伴の想ひ出屋」の著作の延長線上に次回作を構想していた編集者と、客観小説『流れる』の路線を継続しようとする幸田文及び塩谷賛の間でズレが生じていたことがわかるだろう。だが、ベストセラー作家の第二弾として、『さゞなみの日記』のような失敗はしないという認識は共有したはずである。そこで、キリスト系の女学校に入学し、異文化（カトリック教育や女学生特有の生態）に対する戸惑いと憧れを、連載随筆「みそつかす」の主人公「私」が回想する「草の花」の続編というプランが浮上したのだ。だが、新しい表現の可能性を探っていたライターとコーディネーターは、山本が提示した一人称の語りを拒み、随筆で語られた二人（「私」と「弟」）は「げん」、「碧郎」と名づけ、『おとうと』というフィクション世界の中に生かした。

このような経緯ののち、昭和三十一年一月から小説の連載が始まったわけだが、「婦人公論」の編集権を握っていた山本英吉は誌面をうまく活用して、読者に向けて『おとうと』という資材をプレゼンテーションしていった。特集記事に着目して雑誌のバックナンバーをチェックしていくと、周到な彼の計算が見えてくる。それらは「朝日新聞」（昭和三十二年九月二十八日朝刊）に載せた広告文に向けて準備されてきたのである。新聞広告には小林秀雄と阿部艶子の推薦文が活用され、それらはメインのキャッチコピー「清冽／魂を洗う／純愛の書」に収斂される。そして、担当編集者は以下のような文章で、顧客を本の世界に誘引していった。

　文豪の家庭は淋しかった。継母、不和、暗い日々――そこに姉おとうとの息苦しい青春が始まった。『出来の悪い子』『不良』と蔑まれながらも、どこか善良で姉想いのおとうと碧郎と、青春を秘め抑えて、ひたすらおとうとを気遣う姉げんと。
　しかしある秋の一夜、碧郎はついに帰らなかった……。

これは幸田文さんが、薄幸の愛弟の面影を求めて綴った「愛のかたみ」である。

『おとうと』の連載中、「婦人公論」（昭和三十一年六月発行）は、「高村光太郎遺稿詩集」、高村光太郎「狂える智恵子とともに　中原綾子さんへの手紙」、北条秀司「戯曲　智恵子抄」で、もっともよく知られた純愛の世界を表象した。

昭和三十一年十一月には「結核対策に新しい道を」というタイトルで、丸山真男と北錬平の対談「結核療養者より医師への注文」、松田道雄『親子結核』の不幸は避けられる」、川上武「治療の歴史と現代の治療法」が掲載されている。これによって、「婦人公論」編集部は「いまなお二百九十二万余の結核患者があるというのに、政府の結核対策は余りにも貧困です。丸山・北両氏の提出された問題を、みんなのもんだいとして考えようではありませんか。」というメッセージを送っている。昭和三十二年六月には「近代日本女学生の青春譜」の特集を組んでいる。

編集会議における議論は、時事問題に切り込むアイディアと情報とを探り当て、販売部数の拡大を狙うために戦わされる。それらの特集は一回で完結していて、有機的な繋がりはない。だが、その総体は時代の空気を体現しているから、昭和三十年代初頭の日本の断面である。編集者たちには、特定の表現者や連載物を焦点化しようとしていなかったかもしれない。

にもかかわらず、「婦人公論」が組んだ企画は、純愛、結核、近代の女学生の青春というように列記してみると、これらが『おとうと』の物語を形成していく重要なモチーフだったことに気づくだろう。一つひとつの特集は雑誌で表象され、バックナンバーに収納される。これらの断片たちが、読み続けている小説の登場人物の身体の中に生きていると実感する時、一片一片はアーカイブとなり、読者は大正時代を描いたフィクションと、自分が呼吸している今と此処を読もうとするだろう。

単行本が発売されると、『おとうと』は多くの読者を獲得していった。同誌の編集部がプレゼンテーションした時代性を体現していたことが、ベストセラー化していった要因である。

さらに、幸田文の担当者・山本英吉は、昭和三十二年という空気感を、広告文の中に漂わせている。「朝日新聞」紙上の広告文に書き入れた「愛のかたみ」で、その空気感は表象されている。この五文字には当代のベストセラーを想起させる仕掛けがある。それは田宮虎彦の『愛のかたみ』（昭和三十二年四月、光文社刊）そのものだからである。昭和十三年に癌で死去した妻・千代と田宮の往復書簡を収録した本の世評が窺える文献がある。平野謙の「誰かが云わなければならぬ――『愛のかたみ』批判」（「群像」昭和三十二年十月発行）である。「なにか普遍的な、正常な、純愛ぶりの美談として、世に受けいれられているらしい事実」に対する批判が展開された評論だが、その是非はともかく、引用文からもその反響の大きさが伝わってくるだろう。

さらに、十月十五日には被爆した不良少女役の中原ひとみ、その恋人役・江原真二郎主演の『純愛物語』（今井正監督、東映）が封切られた。癌、原爆症という不治の病で女主人公が亡くなってしまう物語に魅了されていく人々に、『おとうと』は結核、純愛という切り口で宣伝されて、支持されていったのである。

三、小説『おとうと』の物語戦略
――広告文から読み取れる構成意識を手掛かりにして

多数の読者が支持した理由を出版社側から炙り出してみたが、ここからはテクストの構造を分析して、ベストセラーとなっていった要因に迫っていこう。
そこで、批評家たちがどのように評価していたかを素描してみよう。最初に引用するのは「読売新聞」（昭和三十二年十月三十日夕刊）の「読書手帳」欄に掲載された無署名記事だ。

継母をめぐっての姉と弟の関係をこまかく書いているだけのことで、小説というよりはむかしの若い女学生が身のまわりのことを日記風に記して机の抽出しの中にでもしまっておいたような一文である。（中略）文学としてはともかくとして人間的な善さが地肌のまゝでてくる。（中略）愛は技巧よりもつよい。この本がベストセラーズのトップになるにはそれだけの十分な理由がある。

当時の雑誌、新聞に発表された書評の評価がここに凝縮されている。「これではただ追憶記というだけに終わって、文学まで高められているとは言うことが出来ない。」で締め括られる無署名の書評は、「姉の思い出」（「週刊朝日」昭和三十二年十月二十日発行）である。その理由はこうだ。「弟が中学校へ入学した時から、病院で死ぬまでを、時間の経過を追って書いただけで、特に作品としての構成があるというわけではない。書き方も、情緒的に場面場面を捕らえただけであって、弟という人物がしっかりと描かれてはいない。」――。

　このような批評の枠組が見直されるのは、約三十年後である。「幸田文――『おとうと』の計算」（「国文学　解釈と鑑賞」昭和六十年九月）で、冒頭シーンが『おとうと』の物語にとって重要なモメントだ、と指摘したのは登尾豊である。「『流れる』にはまだあった随筆的な書きぶりや何もかも詰めこもうとする強引さが影をひそめて、小説としての計算――と言って悪ければ構成上の工夫――がよくなされている。」と批評して、新しい読解の可能性を開いた。かつて、このような視点で、筆者も『おとうと』の物語性を分析したことがあるが、近年、引用した新聞広告を読み直して、再びテクストと向かい合える発見を得た。

　示唆を与えてくれたのは、「しかしある秋の一夜、碧郎はついに帰らなかった……。」という短いコンテクストである。この一夜が「碧郎」と「げん」にとって、どのような時間だったかを、編集者は説明しない。そうすることで、広告を読んだ人に好奇心を植えつける。何が書かれているのだろう、「愛のかたみ」を読み解く鍵がここにあるのかもしれない、と。――そこで、編集者の案内に従って、テクストを開いてみよう。読み進めていくと、彼が指示した箇所が現われる。


　しとゞの露になつて夜は明け、碧郎は帰らなかつた。朝食の膳の父はいつもと変わらなかつたが、げんはその顔を見ることができなかつた。父の憂ひは母やげんと比較にならない深さのやうだつた。碧郎はその夜、童貞をどこかへ捨てゝゐた。

＊

梅雨があがつてきら〱する日の午前十時、碧郎は二階三畳の自分の机のまへに端座し、こちらへは背なかだけを見せて、しよぼ〱と泣いてゐる。彼が童貞を捨てたあのときから二年たつてゐた。

引用したパラグラフまで、語り手は姉弟の生活を時系列に沿って描いてきた。にもかかわらず、ここに来て突然、大切な二年間なのにもかかわらず、空白にしてしまうのである。語りのセオリーを崩してしまったのはなぜか。おそらく、ここに正常な語りの動きを妨げる事件が伏在し、コンテクストを分断する記号（＊）がそれを暗示している。言葉にし得ないくらい衝撃的なモノが、二年の歳月を分断する構文で表象される。こうして、「げん」の暗い心象が浮かび上がってくるのだ。

「げん」に寄り添う語りを中断させたモノは、生活を一変させた関東大震災の記憶である。ようやく語り起こされるのは、「碧郎」の結核だと知って、「げんはすでに顚倒する思ひ」を実感したという叙述の後である。「二年のあひだにはいろ〱な変化がある。」から、その大災害が表象されていき、やがて大川端にあった家を捨て、東京市内の小石川に移住した姉弟の会話を紡ぎ出していく。

「東京つてほんとにしよつちゆう埃くさい臭ひがしてゐるところだと思はないかい、ねえさん。」
「あたしもさう思ふ。あんまり空気がどろつとしてゐるんで、どうかすると、ふつと吸ふ息をとめてみることがあるの。」

テクストを読み直してみると、語りを中断した「げん」に代わって、彼女のショックを、空白という形で表象した語り手の存在が浮上するだろう。「碧郎はその夜、童貞をどこかへ捨てゝゐた。」という簡潔な一文が、現在形でリアルに二年後の「碧郎」を表象するコンテクストの前に置かれ、読者はその事態を捉え返そうとする「げん」を発見する。このような語りの構造によって、語り手は「げん」が泣いている「碧郎」から容易ならざる異変を感じ取った瞬間を描いている。その記憶が生々しく今、此処という時空に浮上するさまを顕在化させ、まだ語られない重大事が、姉にとってショッキングな「碧郎」の童貞の喪失を枕にして表象されるのである。弟が結核を発病し、重症患者になってしまった。それを見過ごしてしまった悔恨の思いがブランクで語りを進行していた「げん」に覆いかぶさり、絶句してしまうさまが、ブランク（＊という指示記号）で表現されているのだ。

この事件は病院で「碧郎」の介護をしている時、弟が打ち明けたことに違いないが、引用したような語りによって明かされるのは、「げん」が少年の純潔を捨てたという衝撃的な「碧郎」の身体上の秘事と重ね合わせながら読み取ってしまうモノであった。ここで、『おとうと』の物語は前半と後半に分かれる。まだ牧歌的な佇まいを残す向島が主な舞台となった前半から、後半の物語は都市空間内の病院へ転換していく。姉にまとわりつく「スパッツ」を追い払う「碧郎」と不良仲間の愉快なエピソードや、スカルを操る弟、モーターボートを疾駆させて快感を共有する姉弟、乗馬をする弟を語る前半で、語り手はスポーツに明け暮れる（その振る舞いは内面が深い虚無に蝕まれているからである）弟と、彼を気遣う姉が離反していくさまを表象した。関東大震災のあと、このストーリーは不健康な内面が呼び水になって結核を発症した弟と、看護する姉が強い絆で結ばれるものへと転調していく。すなわち、読者を感動させる「純愛」は、二つのストーリーが映発する語りの構造によって表象されるのだ。

そのため、語り手は「げん」の記憶に刻みつけられた印象深い風景を描いて、読者に弟の他者性を刻みつける。

「ねえさん、こんな景色考へたことない？　自分が丘の上にゐて、その丘は雲の下なんだよ。うす寒い風が吹いてるんだよ。眼の下には港があつて船と人とがごた〳〵してる。入江がぐうつと食ひこんでゐて、海は平ら。あちらの岬に人家がならんで見えて、うしろは少し高い山。海は岬の外へずうつと見えてゐる。陽は自分のゐる丘だけに暗くてあとはどこもいゝ天気なんだ。平凡だよね。平和だよね。どこにも感激するやうな事件といふものはない。でもね、さういふ景色うつすらと哀しくない？　え、ねえさん。おれ、そのうつすらと哀しいのがやりきれないんだ。ひどい哀しさなんかまだいゝや。少し哀しいのがいつも浸みついちやつてるんだよ、おれに。癪に障らあ、しみつたれてゝ。――」よくはわからない。けれど、陽のあたつてゐるあちらに平常の世界があつて、自分は丘の上にひとりすか〳〵と風に吹かれてゐるといふ景色はよくわかる。

弟の言葉を聞き漏らすまいとした「げん」が、この風景の中に存在している。なぜなら、弟の口調までそのまま記憶し、再生し得たのだから。その「げん」はどんな返答したのか。このような読者の期待は、裏切られる。次のコンテクストは対話シーンの代わりに、十全の読み取りが出来ないため、呑みこんでしまった「げん」の言葉を表象している。発語のリアリティを消去した地の文で——。というのも、引用した長い「碧郎」の独白は、「ねえさんは健全な女で、ぐれつこないだらうよ。」という姉への眼差しと、そんなことを言う弟を、了解不能の他者「彼」と語っているからである。

「碧郎」は「げん」に自分の内面を心象風景（精神的な虚無感とそれを紛らわせる行動＝不良）として語るが、「げん」には理解出来ない。語り手は「碧郎」の不良性と、それに同情しながらも手を拱いているしかない哀しみを抱える「げん」を印象づけて、二年後の語りを始めるのである。

四、大正期の東京　姉弟を表象する装置
——姉弟の離反を表象するトポスとして

では、「げん」と「碧郎」が離反し、固い絆で結ばれるというストーリーを、語り手はどのように演出したのか。このような問い掛けをしたら、直ちに幸田文は自分と成豊の実人生をそのまま語っただけだ、という答えが返ってくるだろう。その一番手が「げん」＝幸田文という読解のモデルをアピールして、販売促進を狙った編集者である。多くの評論家も女主人公と「げん」を重ね合わせる読解に終始し、「単なる追憶記」という辛口のコメントを残した。文学テクストとしての価値を認めない評論家たちに追随するように、現代文学研究の領域においても、フィクションとしての『おとうと』の文学性を解明する試みは少ない。幸田文というバイアスを

掛けて行われる非生産的な批評行為は停止し、今こそ独自の感性と批評性の横溢しているテクスト群と向き合うことが求められている。

テクストを読解する原点に回帰すると、「げん」と共犯関係を結びながらフィクションを構築していった語り手の企図が浮かび上がってくる。たとえば――。このテクストには大正期の東京市と寺島村の変貌がふんだんに盛り込まれ、それとリンクするように姉弟の物語は展開していく。ここに、「みそつかす」のような随筆のテイストを求めた山本英吉と、フィクションを創造していこうとした表現者がせめぎ合い、折り合って作者の人生を批評し、語り直していくアイディアが伏在している。

先回りして言えば、語り手は幸田文と成豊をフィクション化した「げん」と「碧郎」を表象する装置として、一九二〇年代初頭の首都圏を設定しているのだ。そして、読み終わった時、彼らは読者の心に生きる。つまり語り手は、読書行為が継続する限り、永遠の生命を吹き込まれていく「おとうと」（物語世界の中しか生きられない「碧郎」とも「弟」とも異質である）を表象しようとしたと考えられる。ひとまず、次のようにコメントしておこう。このフィクションの語り手は、自分の語りで死んでしまった「弟」が次々に出現する読者の感性世界に生き続ける物語を夢みていたのではないか、と。

＊

そこで、『おとうと』の冒頭部分を引用してみよう。

太い川がながれてゐる。川に沿つて葉桜の土手が長く道をのべてゐる。こまかい雨が川面《かはも》にも桜の葉にも土手の砂利にも音なく降りかゝつてゐる。とき〴〵川のはらから微かに風を吹きあげてくるので、雨と葉つぱは煽られて斜になるが、すぐ又まつすぐになる。ずつと見通す土手には点々と傘《からかさ》・洋傘《かうもり》が続いて、みな向うむきに行く。朝はまだ早く、通学の学生と勤め人が村から町へ向けて出かけて行くのである。

通勤や通学のために川沿いの道を急ぐ人々がクローズアップされている。その視覚には驚きが感じられる。さまざまな傘、洋傘が陸続とつながっている群衆、まだ主人公は姿を現わさないが、風景の中にその景観を瞶める人物として伏在している。語り手はビビットな主人公の感性を活用して、その動的な風景を作り上げている。「太い川が流れてゐる。」自然と、その流れと逆方向に歩いていく群衆。彼らが差している傘を濡らす細かい雨、吹きつける川風に揺れる桜の葉。このように動的な対象をさまざまな視覚から摑まえ、繋ぎ合わせて、語り手は物語の主低音となるイメージを暗示しているのである。

そこで、通勤や通学の人々でごった返す川端の景観が出現した背景を追ってみよう。第一次世界大戦が勃発すると、日本は大正四年の下半期から大正九年三月まで、戦争景気に沸き、東京市内も周辺の郡部も人口が増加した。人口統計によれば、東京市の人口は百六十万八千人（明治三十六年）、二百七十四万九千人（大正七年）、三百三十五万千人（大正九年）と激変している。『おとうと』の前半部の舞台となった寺島村にもこの動きが波及して、三千八百六十一人（明治三十六年）が七千七百十四人（大正二年）に、物語が始まる大正七年の人口は一万三千四百八十十人、二年後は一万九千百五十九人、大正十四年には四万千二百五十八人に膨れあがった。

『都市問題』は日本統計普及会が昭和三年三月に刊行した統計図集である。都市問題に関わるデータを集積した編輯部は、次のような認識を示している。「一歩その巷に足を入れると、そこには驚くべき罪悪の塊り《(ママ)》、また軽薄な人情、危惧の暗黒などが、無限大に拡がつてゐるのが目にうつり、心ある者をして、常に大に嗟嘆せしめて居るのでありました。」(「編輯後記」)という記述には、強い危機意識が現われている。

匿名性と犯罪性を帯びた大衆を顕在化させた時代性は、大正期の文学表現にも深く浸透している。たとえば、大都会の巷に紛れ、監視の目から逃れる心地よさを描いた萩原朔太郎の「群衆の中を求めて歩く」(「感情」大正六年六月発行)。古本屋を経営していた大正八年頃の団子坂界隈を推理小説に生かした江戸川乱歩の「D坂の殺人事件」(「新青年」大正十三年一月発行)である。

このような都市に対する批評的な眼差しは、おそらく読解を続けているテクストと無縁ではない。といえば、父・露伴の都市論「一国の首都」を想起して、その薫陶を受けた娘は、という言説が発せられるかもしれない。しかし、それは批評の不在をみずから証明しているにすぎない。露伴の視線は都市問題を看過している政府に向けられていて、このテクストには天下国家を論じることが自己証明と考えた明治期の精神のカタチが示されている。一方、その娘にとって、大正期の東京市と近郊農村の寺島村は、一貫した都市政策もなく、人々の欲望が限りもなく顕在化していくトポスであった。そこに仕掛けられた罠や家庭内の暗闘をくぐり抜け、柔らかい感性に芽生えた夢をどのように育むか。娘にとって、喫緊の問題はここにあっただろう。

この時、彼女を取り巻く世界は、自分を包摂し、無邪気に青春の喜びを表現する舞台ではない。血縁や地縁から解き放たれて、アトム化された匿名性の空間の中で、人々に出会うという体験は十代の幸田文にとって、自己存在の危うさを実感させる事件だった。つまり、大正期の東京市と周縁にある寺島地区はたとえ漠然とだったにしろ、自分を眼差していくための外部だったのだ。

『おとうと』の語り手は、大正期の青少年として弟と生きた記憶を眼差し、語っていく「げん」に寄り添う。この語りの設定は、語りを通して、「げん」が意識の中に生きている弟と、批評的に生き直していく語りの現在を表象する意図と関わっている。だから、語り手は隅田川に隣接する田園地帯が急速に市街化していく状況を表象することから、物語を開始する必要があったのである。通勤通学の波の中で、「碧郎」は姉に追いつかれまいと歩度を速め、「げん」は必死に後を追いかける。そのシーンが「げん」の心理描写も交えながら表象されていくのだが、「碧郎」の姿は群衆の中に消えてしまう。その姉弟が語りによって都市空間に出現する時、「げん」は万引き犯に疑われ、「碧郎」はその実行者となっている。映画「おとうと」のストーリーは、「げん」が万引き犯人と間違えられて刑事に取り調べられて、激しく抵抗する姿と、姉弟の通学シーンとを組み合わせて、映像世界のドラマツルギーを象徴化している。市川崑は小説『おとうと』のストーリーに介入し、編集し直すことによって、原作の時代背景を批評的に捉えて見せた。

さて、「碧郎」は物語の進展につれて、グレて、「不良」というレッテルを貼られる存在になる。その度合いが激化していくのに気づきながらも、父母に報告することも出来ず、「げん」は彼を気遣う傍観者の位置に立っている。家庭の不和に不満を持っていた弟が自分の眼の届かない都市内部で、了解不能な「不良」となってしまったからである。その存在は「弟」や「碧郎」でもない「彼」として語られるのだが、時間の経過とともに、ますます「彼」という他者になっていく物語と、向かい合おうとする「げん」の物語が合わせ鏡になって、語りの世界は構築されていくだろう。「弟」でも「碧郎」でも表象し得ない「彼」とは何か。

　語り手は「げん」と「碧郎」のように名前を与えられたキャラクターと、役割（父母）や職業（先生、刑事、医師、看護師など）、姓名（不良仲間の中田、母の友人の田沼夫人）で表象される存在とを差別化し、物語世界で焦点が当てられる者とその背後に伏在する者を描いている。さらに一対の姉弟「げん」と「碧郎」は、姉が一貫して物語の主軸を担うため「げん」という呼称で表象されるに対して、弟は語り手から客体化される、「彼」という役回りを振られる。

「碧郎」と語っていた語り手が、三人称の指示代名詞「彼」で表象するのは、ファースト・シーンの翌日である。級友に怪我を負わせて、休学処分を受けた「弟」は不良たちに眼をつけられ、仲間にさせられて、周囲から疎外されている。そんな「碧郎」に寄り添おうとする「げん」の心情を描写した場面である。そのパラグラフに「彼は『おかあさん！』といふことを恥ずかしがつてゐて云へないのだ。小さいときから彼自身も云ひそびれていたのだし、」（傍点筆者）という彼女の独白が挿入されて、読者は姉らしい心の動きにシンパシーを感じるだろう。その一方で、語り手は故意に怪我をさせたのではないかという彼女の疑念も書き加えていた。こうして兆していくアンヴィバレントな二つの弟の像をめぐって、「げん」は揺れ動く。

　寺島村という地域共同体を離れ、都市内部にある中学と女学校に通う年齢になった仲のいい姉弟が、追いつこう／逃げようという状況のまま別れていく場面によって、語り手はあらかじめ「げん」の心象を風景化していたのである。身近だった存在が突然、離反していくという状況によって、弟が同一円内に存在しているという「げん」の認識が揺さぶられ、やがてその円が壊れていくのではないかという予感が生じる。この予感が生みだした「彼」というイメージが、今後、「げん」を戸惑わせ、理解不能にさせ、彼女は「一年まへの弟といまの弟」の間をたゆたい続ける。

万引きをして、満員の電車に飛び乗る弟を目撃することで、彼女の予感は現実のものとなる（このコンテクストは人口増加と通勤通学のために市電が整備されていく東京市と、少年犯罪がリンクする現況を示唆している）。姉が弟を問い詰める場面によって、語り手はいくら安価な物でも盗めば犯罪だと主張する「げん」と、自己を正当化して罪を認めようとしない「碧郎」のズレを炙り出している。その裂け目が拡がって、弟に寄り添おうとする姉と、もう自分の味方ではない弟は離反してしていく。川端の道を一緒に歩いて通学する習慣は途絶し、「碧郎」は「げん」の視野から消えてしまう。

しばらくして、川端の道に登場するのは、弟をつけ狙う「スパッツ」と揶揄される不良刑事である。標的を「げん」に定めた彼は、市内から寺島に戻ってくる「げん」を待ち伏せて、彼女の知らない弟の情報をちらつかせながら、誘惑する。隅田川河畔で浮上した姉の危機を察知した弟は、不良仲間と練り上げた愉快な方法で、隠密裏に不良刑事のストーカー行為を封殺する。物語は姉思いの「碧郎」の姿を背後に忍ばせながら、玉突きに興じるかと思えば、隅田川で一人乗りのスカルを、その次はモーターボートを乗り回し、その挙げ句に乗馬中に事故を起こしてしまう彼をスケッチしていく。大正期に流行した娯楽、スポーツのために金と時間を浪費するエピソードを一つ一つ拾い上げて語ることで、語り手は「碧郎」の不良性が大正という時代状況とリンクしている事実を明らかにしている。だから、『おとうと』の前半部の物語は、大正期の詩壇を席捲した口語詩の愛読者らしい「碧郎」の独白で閉じられるのである。「ねえさん、こんな景色考へたことない？　自分が丘の上にゐて、その丘は雲の下なんだよ。うす寒い風が吹いてるんだよ。」から始まるパラグラフは、「碧郎」の心象を象徴する、いやここまでの語りのすべてを集約する重要な文脈のはずである。というのも、その語られた心象風景が「碧郎」を理解する鍵だったからだ。だが、「げん」には「よくはわからない」。

ここで、大正期の社会問題となった不良少年を論じた文献を紐解いてみよう。東京区裁判所検事・鈴木賀一郎の著書『不良少年の研究』（大正十二年四月初版、五月三刷。大鐙閣刊）である。塩野秀彦が寄せた「序」を読むと、この刊本が時代のニーズに応えるものであったことが窺える。「近年都市生活の一現象として不良少年の群頻出し、教育家の手裡を脱するものあり、誠に邦家将来の為寒心に堪えざる所なりとす。」に行き当たる時、『おとうと』の物語世界の背景が浮かび上がってくるだろう。つまり、「碧郎」は大正期の流行現象を体現したキャラクターだったのである。大正期に普及し流行していったスポーツや文学で、「碧郎」の身体と内面の不良性が暗示され、「ねえさんは健全な女で、ぐれっこないだらうよ。知らないんだ、こんなになんにもしないやつのつまらなさやしみつたれさ加減は！」という眼差しの中で、「よくわからない」と呟いた「げん」が顕在化する。

五、連続する不良性／結核
――姉弟の絆を表象する装置

こうして、語り手は自分の理解が届かない「碧郎」（「彼」）について懊悩し、何もしてやれない「げん」の哀しみを、物語世界に響かせながら、語りを進行していく。

自分の内面を抒情的に語った弟と、その心象風景（テクスト）が読み取れない姉との乖離を表象したあと、このパラグラフを凝縮した物語が始まる。二年後の「梅雨があがつてきら〳〵する日の午前十時、碧郎は二階三畳の自分の机のまへに端座し、こちらへは背なかだけを見せて、しよぼ〳〵と泣いてゐる」。この光景には、「きら〳〵する」外界がいっそう暗さを際立たせる室内で泣く弟を見つけ、驚く姉の姿が刻印されている。このシーンで、読者は外界のような「碧郎」の生命が暗転していく物語を予感してしまうだろう。

二年の間に弟の身の上に重大な変化が起きていた。にもかかわらず、叙述しない語り手の思惑については先述したとおりである。「碧郎」の鬱屈した内面が、関東大震災による生活環境の変化と不摂生な生活に投影し、結核という身体上の不良を発症させてしまったという「げん」の気づき。――その衝撃を物語の構成に生かし、新たなストーリーが展開していく。

さて、結核が深刻な社会問題になっていくのは、近代以降である。「婦人公論」（昭和三十一年十一月発行）が小特集「結核対策に新しい道を」を組んでいたことは紹介しておいたが、その中の論文「治療の歴史と現代の治療法」に着目したい。筆者・川上武は上井草診療所勤務で日本科学史学会幹事である。

軍事的・専制的な資本主義の発達にともなって、結核死亡数も年毎に増加してきた。資本主義のもつさまざまな矛盾（都市への人口の集中・工場労働・労働強化・生活の崩壊・失業者及び病弱者の帰郷等）に由来するのは、明治三十三（一九〇〇）年から昭和十八（一九四三）年にいたる死亡数の曲線のなかの二つのピーク、明治四十二（一九〇九）年と大正七（一九一八）年が各々経済恐慌直後と米騒動のとしであることによって端的にしめされている。

引用文が明らかにしているように、結核の蔓延は近代社会が生みだした負の産物であり、樋口一葉、国木田独歩、石川啄木、正岡子規、大手拓次、堀辰雄ら多くの文学者が健康を蝕まれ、結核の悲劇を表象する文学表現が次々に現われていった。その中で映画、演劇の原作ともなったため、広汎な読者を得たのが徳冨蘆花の『不如帰』である。

『不如帰』の主人公の若々しい美と情熱的な恋愛は近代の家族制度から超出する対幻想である。文学はそれに荷担するような振る舞いをしながら、家族制度に阻まれて敗北するというコースを用意していた。家の存続を第一義とする封建遺制は近代がリニューアルした家徳として、「武男」の母に受け継がれ、対幻想と家徳という二つのイデオロギーの対峙を浮き彫りにするための装置が結核であった。「浪子」と「武男」が軍人の家に生まれたという設定によって、その悲劇性は強化される。つまり、二人の愛が引き裂かれる物語を劇的に演出したのが、結核だったのだ。この病が、明治以降、この病が近代日本において蔓延していくという状況を背景にして、不治で伝染病という結核の悲劇性を語りの枠組に使ったがゆえに、『不如帰』は成功を収めたわけである。
以後も堀辰雄の『風立ちぬ』（昭和十二年六月、新潮社刊）、檀一雄の『リツ子・その死』（昭和二十五年四月、作品社刊）などが、純粋な対幻想の世界に憧れる文学ファンに読まれていった。『おとうと』はこれら結核文学の特質を生かし、その上で姉弟の純愛というテイストを加味している。そこで、二人の緊密な関係性（離反は絆がより強固になるモメント）を構築するために、繰り返し家庭の不和を表象する。引用するのは姉が万引きをした弟を問い詰めてしまい、それがきっかけで溝が出来たことを後悔している場面である。語りの底流に「重大な家族の問題だ、父母に伝えて不良の芽を摘み取つていればよかつたのに」という苦い思いが澱んでいる。

父母の不和な家は、父母が夫婦といふ一体ではなく、二人の男女といふ姿に見える時間が多い。さういふ家は子と親もよその家ほど、くつついてゐる時間が少い。その子もきやうだいの中がばらばらなのが多い。それをこの家ではわりあいに中のよい親密な姉と弟だつたのに、げんが偶然電車の窓からへんな光景を見てしまつたのをきつかけにして、距離ができてしまつた。きやうだいはたうとう一人一人になるらしかつた。しかし姉は困惑しながらもたうとう両親にそのことを云はずにしまつた。

登場する家族は高名な作家とリューマチを患う後妻、女学生の姉、中学生の弟、すなわち幸田露伴家をモデルにしていて、『みそつかす』の読者にはなじみ深い。蝸牛庵という出版メディアが創出した家は、都市中間層が好んで採用した中廊下式型の住宅だった。それは個人のプライベートを尊重するという新しい人権意識を投影した住宅様式なのだが、文学の家の実態は露伴の執筆、編集者と応対する部屋（家人の自由な出入りは禁止）が中心だった。『みそつかす』は筆者が「『向嶋蝸牛庵』／中廊下式型住宅というトポス」で論じたように、語り手だけでなく、実母、継母が疎外されていく物語である。したがって、家族は蝸牛庵の現実を表象するため、一人一人に注がれる視線の強度は均一に設定されている。このような設定がなぜ必要だったのか。語り手にとって、彼らが自分の記憶を形成する存在であり、語りの現在において、自分を捉え直す重要な磁場に実存していたからだ。

だが、同じ家族をモデルにした『おとうと』では、固有名詞で語る姉弟と、普通名詞でしか表象されない実父と継母とが切り分けられている。このような設定があって、「碧郎」の不良化を防止し得なかったというコンテクストが有効に機能してくるし、その罪障感ゆえに弟に寄り添いたいと願う「げん」の心象に近づけるのだ。語り手はその心象を物語に響かせながら、弟が結核に冒されたのは自分の不注意だった、と痛感する姉を表象している。

この心象を梃子にして、語り手は『おとうと』の中でも印象的なワン・シーンへと、読者を誘う。「碧郎」の病気が重篤な結核という診断が下ったあと、喫茶店で休憩したり、写真館で記念写真の相談をする場面を接続して、物語が形成されている。その世界を覗いてみよう。

「おれ結核だあ。伝染するだろ、人にうつすよねえ！」
げんも匙を置いた。弟はりつぱに見えた。姉は、——なすところを知らなかつた。

（中略）

自分のからだ一ッを残して皮膚一ト重のぐるりにぎつしりと建てつらねられた遮断の垣根であることを悟つた以上、彼にはみじろぎ一ッの自由も許されてゐないことに気がついたのだ。

このあと、「伝染の負け目を感じて、彼はまつたく孤立させられた。げんは彼の気もちをおしはかつて、きつとさう感じてゐるだらうと察した。」というコンテクストが続いている。語り手は弟の内奥に分け入って、「孤立」を読み取った姉について、「どうしてやつたらい丶か。――げんだつて失望にぐんと重くのしか丶られてゐるのだつた。」と叙述し、電車内で沈黙している二人に対する説明を加えない。その代わり、下車して、弟の「記念に撮《と》つておかう」から対話が始まると、語り手は親しい姉弟のテイストが浮き上がってくる言葉のやり取りを掬い取るのだ。遺影だと察知した彼女はそのアイディアに腹を立てるが、ツーショットの写真撮影（遺影には使えない）に乗り気になって、心中で「やはり他人が一枚はひるのはい丶ことかもしれない」と呟く。語り手はその呟きを逃さず、地の文に生かすのである。

このような文脈を読んでいくにつれ、読者は「孤立」する弟と、その内面を鋭く察知する姉とがカメラのフレームに収まっていく道筋を歩いていることに気づくだろう。

この写真は実在していて、のちになって出版メディアや映像メディアで表象されるのだが、語り手ほど見事に一枚の写真を活用した者はない。なぜなら、姉弟が深く結ばれていく予感を見事に演出したからである。

やがて、彼は病院内で結核患者／看護する者という関係を生きることによって、絆は深まってくるのだが、「げん」は弟を入院させてから帰宅し、自家に自分の居場所がないことを思い知らされる。「自分は弟の発病によつて病院のなかだけの範囲に綱をつけられてしまつた観がある。もう両親のゐるうちといふものも、自分の綱の外のやうである。あがいてもむだなのだつた。」と悟って急いで病室に戻る。「げん」のようないたたまれないものではないが、小康を得て帰宅した弟の内情に分け入って、語り手は「はたして碧郎はげんと同じく、ちぐはぐな居ずまひのわるさを感じた。」と述べている。二人の心情を合わせ鏡にして、父母との精神的な紐帯と生活の場に対するリアリティーが削げ落ち、それに代わって、二人だけの密室空間が彼らの意識を占有していくさまを印象づけるのである。二人の存在意識に則って物語を構築していくため、語りの主な舞台は病室と「碧郎」の保養先に限られる。

物語を通読する時、女学生から年頃の女性になっていく姉と中学生から青年に成長する弟のキャラクターが顕現していく。語り手が彼らを「げん」、「碧郎」と名指すのはそのためであり、それとは対照的に、親役割でしか語られない存在ゆえに、父母は物語の周縁にとどまる。このような物語のルールが機能し、姉弟がいない自宅は語りから除外されるのである。

＊

その一方で、「げん」に寄り添う語り手は、彼女の内なる声に耳を傾けることを忘れていない。彼女は弟を気遣う姉だが、まだ現われない男性に思いを馳せる思春期の女性である。碧郎の万引き事件が発覚した夜、飼犬に餌を与えながら、「ふと、誰か話す人がほしいと思ふ。犬でなく人がほしい。話し対手になる男の人！　げんの心の中にはまだ誰も特定の影はない。特定な人はいないけれど、影だけがある。」と考え始めるのだ。そんな彼女にニューヨークに行く銀行員との縁談話が持ち上がる。将来を共に生きる異性と、見守ってきた弟のどちらを選択すべきか。結局、彼女は「アメリカの魅力よりも弟を去つて行くことの危惧のはうが、はるかに大きい」と考えてしまう。その姉の意志決定に「銀行屋つていふ商売いやだね、一銭一厘だからな」と言って、「碧郎」は同意するのである。

「げん」が姉役を降りたいと願う時が来るのではないか。読者も病床にある弟も、そう考えてしまうだろう。姉に寄り添う語り手は、勝手に純愛を捏造しない。冷静に彼女の内面を贖め、語りを進行していくのだ。だから、そこに浮かび上がる「げん」は自分が継母の家事を代行する労働としか見做されていないと怒り、わがままな弟への哀しみ、不和な家族関係に対する失望で混乱するのである。自分の幸福か、弟への献身か。彼女の心は揺れているが、語り手はそのような姿を隠さない。揺れ動く思いを表象し、「げん」の真実が浮かび上がってくるのを待とうとしているのである。「げん」に寄り添っていると、背反する彼女の物語が映発し、編み合わされて、強固な絆となっていく道筋が現われてくる。

その物語は「げん」にとって忘れられないエピソードで縫い合わされ、螺旋をえがくように進行する。まず、自分の死を悟った「碧郎」が姉に花嫁姿を見せて欲しいとねだるシーンである。戸惑いながら、「腸も喉も蝕《むしば》まれてじり〳〵追ひつめられて行かうといふ碧郎へは、突飛でも何でも云ふなりにしてやりたかつた。」と考え直して、「げん」は承知する。見てしばらくしてから、彼は「ねえさんの島田は、かはいゝつて形容する島田ぢやないけれど、りつぱつて云へるよ。取つつきにくいんで驚いた」と、姉を批評している。

そんな「碧郎」は姉を試す。入院前に喫茶店でアイスクリームを匙で食べようして、「碧郎」が病気を感染させる結核患者だという自己存在に気づく語りを補助線にして、次のシーンが浮上する。自分が食べた鍋焼きうどんを姉にすすめるシーンである。「げん」と「碧郎」の家では一つの器のものをつつき合うという習慣がない。だから、咄嗟に姉は返事が出来ない。「一人でたべる味気なさ」を察知できなかった「げん」と「碧郎」の対話を引用しよう。

「かんにんしてよ碧郎さん。ほんとに済まない、私がばかなもんだから、わからなくて。」

「い丶んだつてば。もう試験は済んだやうなもんなんだ。――ねえさんて人がい丶んだね。それに較べると俺は悪党だ。肺病が悪党なんだ。」

このコンテクストの中に、読者は皮膚一枚で隔たった姉弟の試し／試される姿の代わりに、許し合い、結核を憎む二人を見つけるだろう。このような危うい心理ゲームで、かえって二人の精神的な紐帯が固く結ばれる。「碧郎」は臨終の日、自分と姉の手を一本のリボンで結びつける。彼のアイディアで手と手を結んだリボンは、ただのモノではない。語り手はこのエピソードに説明を加えない。解釈は読者に委ねられている。

六、過去の記憶を今、此処と実感させる語り手の言表
――読者をフィクション世界へ誘引する語り方

語り手は「げん」を美化しない。「げん」に寄り添いつつも、女性作家特有の感傷的なナルシシズムに陥らないで大正期の首都で展開した大衆文化を眼差し、それを姉弟の精神空間に読み換える。こうした『おとうと』の物語世界が構築し得た背景には、家事労働の役割を負わされ、台所から家族や世間を見通す視点を養っていった女性性が介在している。この女性性と言葉に寄り添って物語を紡いでいく中で、語り手は既成の文学にはない批評性を手中にしたからだ。「げん」の言葉に寄り添って、語り手は物語を編んでいく。その時の語り手は彼女の言葉の力を引き出すために、感覚を研ぎ澄ませている。もう一度、冒頭に戻ってみよう。

　太い川がながれてゐる。川に沿つて葉桜の土手が長く道をのべてゐる。こまかい雨が川面《かはも》にも桜の葉にも土手の砂利にも音なく降りかゝつてゐる。とき〲川のはうから微かに風を吹きあげてくるので、雨と葉つぱは煽られて斜になるが、すぐ又まつすぐになる。ずつと見通す土手には点々と傘《からかさ》・洋傘《かうもり》が続いて、みな向うむきに行く。朝はまだ早く、通学の学生と勤め人が村から町へ向けて出かけて行くのである。

一見、眼前の景観をワイドな視点で客観的に描写しているようだ。しかし読み返してみれば、この語り手が春から初夏に移りゆく日常的な景観を静かに見廻しているのではなく、この渦中に実在する動的存在であり、そのリアルな身体感覚とシンクロするモノを、風景として表象していることに気づくはずである。「降りかゝつてゐる」、「まつすぐになる」、「向う向きに行く」という連続的な言語表象は、ぞくぞくと上流に流れていく群衆の後ろ姿を追いながら、歩いている誰かの感性のありさまを明らかにしてくれる。このパラグラフの直後に、語り手はこの誰かが「げん」だと打ち明けるため、読者はおのずとこのようにして物語世界に登場してきた「げん」と、引用した風景のイメージを重ね合わせるだろう。

そして、展開していく語りの中で、「点々と傘《からかさ》・洋傘《かうもり》が続いて、みな向うむきに行く」風景の中に、「足達者な人たちを追ひぬき追ひぬき、げんは急いでゐる。一町ほど先に、ことし中学一年にあがつたばかりの弟が紺の制服の背中をみせて、これも早足にとつとと行く。」という情景が潜んでいたことに気づく。語り手は、このようにして動的な群衆の中に二人の主人公を見つけ出し、今度は身体と同じようにビビットに働く主人公の心理の世界に引き入れていく。「その後ろ姿には、ねえさんに追ひつかれちややりきれないと書いてある。げんはそれがなぜだか承知してゐる。」というように、だ。

主人公「げん」の鋭い感性を行使しながら叙述をしている語り手に言及した。そこから判明することがある。主人公を「げん」、「碧郎」と名指しする客観小説でありながら、実は『おとうと』の語り手は自分の語りによって生成していくストーリーと、そこに生きている登場人物の物語を綯いまぜにしてフィクションを構築していくタイプではない。――というのも、三人称の物語に登場する人物たちは、すべて語られる存在であるという客観小説のセオリーから逸脱しているからだ。それを示すコンテクストを引用しよう。

げんも傘なしにひとしく濡れてゐた。だつてそんなに急げば、たとへ傘はさしてゐても、まるでこちらから雨につきあたつて行くやうなものだからだ。

最初のセンテンスは、雨に濡れている群衆の中に見つけた主人公を視覚で描写したものである。問題なのはこの直後の「だつて」から始まる語りである。前方にいる弟に追いつけない「げん」の事情を、語り手は客観的に説明しようとしている。そのために、地の文による叙述を選択しているのだが、その語りの主体であるはずの語り手が押しのけられている。なぜなら、地の文にもかかわらず、語られる対象である「げん」が「だつてそんなに急げば」と、読者に直かに語りかけているからだ。そのため、「きかん気のくせに弱虫にきまつてゐる。――碧郎《へきろう》のばかめ、おこらずになみに歩いて行け、と云ひたいのだが、まさか大声を出すわけにも行かないから、その分《ぶん》を大股にしてせつせと追ひつかうとするのだが、弟はそれを知つてゐて、やけにぐい〳〵と長いずぼんの脚をのばしてゐる。」が地の文にもかかわらず、「げん」の肉声（碧郎のばかめ）が語り手を押しのけて表出しているため、読者は女主人公とともにその光景を見入ってしまうような感覚に陥ってしまうのである。

このような語りの構造によって、読者は弟と自分の記憶を批評し、言葉を与えようとする「げん」の感性世界に誘い込まれ、物語の行方を追う。そして、テクストの中に登場人物の生を生きようとする。そして、その一人ひとりは物語に各々の意味を与えようとするだろう。「碧郎」は死んで、テクストの中に封じ込められる。だが、読者が現われ、読み継がれることによって蘇る。読者の想念の中で生き続けるのだ。不死の命を生きること、語り手は「げん」の希求を掬い上げて、語りを展開していった。「おとうと」という表記はテクスト内部には一度も使われない。なぜか。彼は読者たちの想像世界に生き続けるフィクショナルな存在だからだ。

ロマンとしての結核小説を脱構築する――『闘』論

一、「結核」という言説
――近代文学における結核の表象、『おとうと』の問題性

『闘』の作者について素描するところから、考察を始めてみたい。幸田露伴の家族、そして幸田文の家族には、結核の影がつきまとっている。露伴の妻・幾美、長男・成豊はこの病のために死去し、幸田文は結核に罹患した夫と離別した。この病で苦しんだ彼女は結核医療医のもとに一人娘・玉を嫁がせている。この間、約半世紀の時が経過しているが、結核医療の進展によって、結核は不治の病ではなくなった。

如上のようなスケッチを、作者・幸田文の表現史にスライドさせると、この病が極めて重要なモチーフだったことに気づく。大正十五年十一月に死去した成豊をモデルにした小説『おとうと』(「婦人公論」昭和三十一年一月~二十二年九月)――。玉の夫・正和が勤務していた清瀬の結核予防会結核研究所付属療養所を舞台にした『闘』(「婦人之友」昭和四十年一月~十二月)など、結核の影が色濃く表現史に刻印されているからだ。

そこで、『闘』（昭和四十八年六月、新潮社刊）に収められた「あとがき」を読んでみよう。

この十年のうちに結核という病気の姿も、それを病む人の姿も、すっかり変りました。これを書いた当時、もし結核をかりて、病む人のかなしさがうつせたらと気が走るあまり、闘などと題をつけて、その気負いがいまははずかしうございます。が、当時病んでいた方々は、やはり闘という字がいいのではないかと考え、このままにいたします。

『闘』の作者は結核医療の歴史性に言及しながら、タイトルの由来を説明しているが、筆者にとって興味深いのは、「闘」というタイトルに示された批評性である。日本近代になって顕在化した結核は、伝染病で不治であったために、人間の根源的な生死、そして病む個人と家族、それを取り囲む差別、医療を含む社会制度が絡み合って、さまざまな悲劇を生んできた。それらを「闘」として捉えた彼女は、結核の社会史的文脈と、近代文学が生産した『不如帰』などや、みずからが語った結核の物語を望見しつつ、どう向き合ったのか。「水木先生」として『闘』に登場した青木正和が、幸田文との対話を記録している。

この連載をはじめるとき、文が最初に考えた題は「しんがり（殿）」であった。薬を使いながら五年、一〇年と病んで苦闘している現在の重症の結核患者は、薬がなかった頃に見た命短い結核患者とは大きく違う。抗結核薬が出現し、結核の流行がおさまりつつある、いま見ている患者は結核流行の波の最後で闘っている患者と見たわけである。

（中略）

『しんがり』はお終い、放っておいても自然になくなるって思ったら間違いよ。『しんがり』は思いもよらない問題でもまれて一番大変だし、強くなければだめなの。リレーだって一番速く、頼りになる選手がアンカーを務めるでしょう。いまと昔の結核の問題を一身にもって患者さんは苦闘しているし、結核医だって『しんがり』が一番強く、がんばらないといけないんだわ」

（『結核の歴史』二〇〇三年二月、講談社刊）

青木は「日本の結核がなくなるにはまだ何十年もかかる」ので、「しんがり」というタイトルを取り下げるよう進言したという。その返答が後段のパラグラフである。幸田文の実生活レベルにおいて結核医療の歴史性が問い返され、このような言葉が生まれていった。それはまず病の克服に対する希求が投影したタイトルから、それが過去、現在、未来を貫く生のカタチを眼差すタイトルへ捉え直される――。

ところで、結核医療に従事する娘の夫は、刊行した『結核の歴史』のサブタイトル「日本社会との関わり――その過去、現在、未来」で明らかなように、医師である自己を病の歴史の総体において捉え、未来の結核医療を考察していく視野の広さを持っていた。科学の最先端に位置する娘婿と、この病につきまとわれてきた表現者とが家庭内で対話する状況、そして彼が「水木先生」として『闘』の世界に生きる。つまり、語られる現場において虚と実が交差しつつ、結核に対する言説が批評され、社会史の文脈に位置づけられた文学表象が誕生する。

少し補足すれば、こうである。『おとうと』のような大正期の一家庭の物語から、それを内包する病の内と外、過去と今を束ねる語りのダイナミズムが生まれていく。実生活におけるコミュニケーションのレベルで、そして「水木先生」がフィクションの中で生動することで、青木正和が「闘」という物語を批評する役割を担ったのである。

＊

さて、本論の目論見を先回りしてコメントしておくと、『闘』は徳冨蘆花の『不如帰』に代表される結核の文学表象を乗り越えるテクストである。日本の近現代文学において、結核はどのように表象されてきたか。『結核という文化』（二〇〇一年十一月、中央公論新社刊）の第七章「肺病のロマン化」、第八章「結核患者の群像」で、福田眞人が詳述しているように、文学は読者に「美的で特権的な結核のイメージ」を植えつけた。

そこには必ず結核がもたらす佳人薄命、夭折天才といったプラスのイメージがあったのであり、それゆえにもう一方の極点にあった女工哀史を陰のないものにするほど強烈な結核像がそこに構築されたのである。

福田が捉えた日本近現代における結核の言説は、首肯されるだろう。青木正和は『結核の歴史』の第三章「爆発的蔓延明治から昭和初期」の第三節「ロマンティックに美化された理由」について、福田の著書を参照しつつ考察している。こうした結核をめぐる言説とその原因について記述した後、思わず彼は「実際、結核患者の療養生活はロマンティックというにはほど遠く、悲劇的であり、絶望的である。」と慨嘆している。このように病の言説と医療の現場とのズレを見通していく合理的精神が、『鬪』の物語が立ち上がろうとする現場で機能し、それが「しんがり（殿）」というタイトルを批評する形で顕在化したことを、筆者は重視したい。

こうした推論を足掛かりにして、幸田文の『おとうと』を読解してみよう。すると、姉が追い、弟が逃げるというファーストシーンから始まる物語の内実が見えてくる。「太い川がながれてゐる。」から始まった語りは、川沿いの道を歩く通行人の中で、「碧郎」を追う「げん」の心情を映し出しながら展開していく。蝙蝠傘の修理をしてくれなかったことで、日頃の継母への不満を爆発させた弟と、それに同情する姉の心情が物語の縦糸、横糸となり、一旦は離反した二人が結核の罹患、介護によって緊密に繋がるストーリーの序幕である。

> げんはせめて自分の持つてゐる手拭を渡してやりたい、手や顔や肩を拭くやうにと。しかし橋は、向う岸の町ほどなくてもこちら側の方々の道から絞れて来るかなりの人数を渡して込んでゐる。所詮追ひつけないとあきらめて、げんは歩度を緩める。碧郎は橋へかゝつた。そして白い顔でふりむき、後れて来る姉へへんにまじめな顔で手を掉《ふ》つた。げんも思はずさしてゐる蛇の目をあげさげした。にこにこつと碧郎が笑つた。（中略）もう機嫌はなほりかけてゐると察し、かへつて寂しく、げんはもう橋の人ごみのなかに弟を追はうとしなかつた。

市川崑は制作した映画「おとうと」で、このシーンを姉が弟に追いつく設定に変更している。原作を改変することは映画界では珍しくないが、この場面に市川のテーマ、すなわち、姉弟愛が暗示されており、この市川崑らしいテーマの提示は回復期にあった弟が姉の見合い話にショックを受け、無断で船を漕ぎ出して病を悪化させるというストーリーの変更（原作では、野球観戦のために木に登った「碧郎」が病気を再発させたことになっている）にも投影しているのだ。「おとうと」の語り手は、物語の主人公「げん」に寄り添っているため語りの中で、「げん」は彼と共有した時間を語る今、此処において、助けることが出来なかったという記憶を、語りの中で生き直す。それが物語の主調低音として反響し、物語世界を規定している。だから、語り手は語りを続ければ続けるほど、主人公の内面に引きずられてしまう。この虚と実の狭間の中に、文と成豊、そして姉の「げん」と弟「碧郎」を浮上させるというフィクショナルな設定で、自叙伝風に姉弟の世界をロマンティックに詠い上げたのだ。

青年と文学とは切っても切れない関係にあるが、二つがシンクロするステージにおいて、結核という不治の病に取りつかれた若い身体と繊細な内面は、いっそうソフィストケイトされる。そのため、病の当事者の悲劇性と、健康であるがゆえに隔てられてしまうことを意識せざる得ないパートナーの苦悩が前景化する。この悲劇のヴァリエーションは家族の問題と密接に絡んでいるが、結核という病が文学においてテーマ化されるのは、結核が単なる病気ではなく近代日本が抱え込んだ病を象徴していたからである。このような見地に立つと、文学者の家、キリスト教、継母という複合的な大正期の家庭の問題、その中で不良化する少年の心身の問題を探り当てた『おとうと』は、結核の文学史に新しい一ページを加えたと評価出来るだろう。

では、『おとうと』と読み較べてもらうために、『闘』の冒頭部分を引用してみよう。

雨あがりの、明るい朝だった。赤松の疎林の断続する道には、ところどころに藪があり、藪のなかには山茶花《さざんか》の淡紅がつづられていた。喜助は次男夫婦にはさまれてタクシーに乗せられ、松と山茶花の道を走っていった。

タクシーに乗っているのは、左官職の老人「喜助」と同居する家族である。これからしばらくは、彼に寄り添う語りが進行し、喀血による身体の違和と、結核病院の正面玄関の高い階段に対する嫌悪を読み取る職人気質をコンテクスト内に表出させるそれによって、直面した彼の病を顕在化させている。ここで語られるのは、病に対する不安を抱えた老人と何気ない日常の風景である。こうして、病院の入り口と物語の入り口が重ね合わされたトポスが読者の眼前に現われる。ここに早くも、語り手が『闘』において貫いた物語の要諦が示されている。

結核というロマンの装置と言説を活用した『おとうと』を経て、リアルな結核医療の現場を射程に入れる物語のメソッドが導き出され、このテクストは生み出された。

それは対幻想を焦点化する既成の物語性から脱却するため、一話完結の物語の中に年齢、性別、境遇を異にする多様なキャラクターが次々に登場する。物語は次の物語へと引き継がれることで、遍在する結核患者と医療の問題を一つひとつ提起する。そして、このオムニバス形式に拠る語りが完結した時、病の顕在化する病院の総体が浮かび上がる。この件について、敷衍した文献を挙げてみよう。それは小松伸六が執筆した新潮文庫版『闘』（昭和五十九年四月刊）の「解説」である。小松は「この患者たちを治療する、〈生〉への奉仕者である医師、看護婦、付添婦など、別天地を形成する人たちの姿とその人間関係も描く。」と述べているが、このコメントは不十分ながら『闘』の語り方をも明示している。

以上のように、結核に対する新しい文学表象が達成された『闘』の魅力を略述したが、次章より提起した問題を具体的に記述していこう。

二、結核病院内の群像、蓄積された病の歴史
――語り手、「別呂省吾」と「南条信也」というキャラクターの問題

本論の第一章で、「喜助」が物語世界に登場する場面を引用したが、語り手は雨上がりの明い朝、赤松の疎林、藪、山茶花の花を眺めて、一まとまりの風景にしていた。景観をスケッチするこの手つきから、或る年の早春を起点として、『闘』の語りが開かれること、さらに物語内の人間の生死と自然の移ろいとがパラレルだと認識する語り手が読み取れる。

やがて、語り手は、しゃがんで建物に見入る老人の姿をクローズアップする。「これは左官職喜助の、習慣である。」と、語り手が説明した後、地の文の中で「五段もの階段をつけた設計はどういう気だろう。それにその段の割りかたがきつい。上り下りするのは病人にきまっているのに、思いやりのない冷淡な入り口を作ったものだ。」という「喜助」の内面語りが始まる。そして、「こんな嫌な入り口に、今この病院で出逢おうとは、ひどくげんの悪い気がして目をかえせば、ゆうべの雨にうるおった松の幹は赤く、木洩れ陽はいいようもなく穏やかに光り、」と、叙述は鬱屈した内面から心地よい外界へとスライドしていく。

このようにトータルな『闘』の語りの構造は、語り手の客観的な叙述と「喜助」の心中語と

を綯い交ぜにすることで形成されている。これによって、「嫌な入り口」の非日常性と昨日までの「穏かな」日常との連続／不連続が浮かび上がる。語りの中に焦点化した人物の五官や内面を活用することで、読者に「喜助」の「嫌な」予感を読み取らせる。その後、語りの舞台は待合室に移動し、次のような場面が現われる。

「どうした、おじいちゃん。」

そうはいったものの、気を呑まれて、夫婦は手もださない。喜助は震えのきている手をそろそろと懐に入れ、畳んだ手拭をひきだしながら、二つ三つ喘いで背をまるめた。そのとき喉にくうっというような音がして口へあてた手拭の端から溢れて赤い色がたらりと、手の甲を這った。追い打ちに咳いて、血がぬるぬるとあふれた。喜助はベンチからずり落ちそうになり、息子が慌てて支えつつ、二人とも一緒に床へ膝をついた。嫁が叫んで受付へ走った。まわりが総立ちになった。親子は人の環の間に陥没したように、低くかがまっていた。外来病棟の婦長がわさわさっと駈けてくると、喜助のうしろ脇から右手を胸にさしこんで抱え、吐きいいように手伝う。喘ぎに合わせて、咽喉のほうへさすりあげる。

引用したのは診察を待っている間に、「喜助」が待合室で吐血をするシーンである。焦点化される人物だけを固有名詞で表象する一方、「喜助」以外の人物は無名の群像としてリアルに描かれている。この時の語り手は、この光景を静（「喜助」）と動（周囲）を一体として描ける位置に立っている。このようにして、患者の内面と外界とを自由に行き来しながら、語りを進行していくのである。語り手は静かな一点を取り囲む動態を、手を拱いて見ているしかない野次馬と、機敏に応急措置をする婦長の姿によって描出した。さらに、この取り囲む／囲まれるという構図によって、「嫁」と野次馬たちの対話を構造化し、そのまま語りに導入することで、読者は野次馬たちから「喜助」の息子夫婦と同様に、結核患者が直面する悲惨な現実を教えられることになる。ここで語り手が企図したのは、病院の「入り口」の外と内を切り分けつつ、「喜助」の身体を活用して、そのトポスで起こった事態を連鎖させるストーリーを編み出すこと。そして、このストーリーに乗せて、読者を結核病院の機構の中に誘導することであった。これを可能にしているのは、病院の機構や入院患者を知悉し、多角的な視点で収集した情報をフィクションに変換していく語りの方法である。

『闘』は女流文学賞受賞作ということもあって、平岡篤頼、串田孫一、高橋英夫らが書評を書いている。「別呂省吾」を語り手に見立てる平岡（「波」昭和四十八年六月発行）、「看護婦の眼を借りているかと思われる」という串田（「婦人之友」昭和四十八年九月発行）の後、「付添婦の視点に、あへてカメラ・アイを据ゑて見てゐる」という見解が現われた。岩波書店版『幸田文全集』月報16（一九九六年三月）に掲載された岡井隆の「『闘』を読む」である。これに追随する論文「看護の知の水脈から読み解く師長の臨床―幸田文『闘』」（「看護管理」二〇一三年三月）が、東京女子医科大学看護学部の佐藤紀子によって発表されている。このような見解を視野に入れながら、『闘』の物語世界を一望してみたい。

さて、このテクストには多数の人物が登場する。ざっと数え上げてみよう。

第一話　喜助（老いた左官職人）喜助の息子夫婦　隣にいる青年（南条信也）外来病棟の婦長　居合わせた人々　谷先生　村田先生　花崎よし江（看護師）

第二話　別呂省吾（闘病歴十年の選手　三十八歳）気の弱い患者　南条信也（結核が治癒し、定期的に診察に訪れる大学生）

第三話　喜助　先生　難波邦子　畑山かつ子（婦長）野犬さん

第四話　別呂省吾　木村英子　すず子　みよ子　宮内加代子　梁瀬はる子（病棟の看護師）南条信也

第五話　倉地よう子（第十一病棟婦長）三十七歳の夫の不倫の相手　後藤つね子（狼瘡に罹った結核患者）江連民子　小沼先生

第六話　寺田宇市（農民　癌性胸膜炎を病む老人）水木先生　見栄坊な女性患者　宇市の息子夫婦　伊東明子（第五病棟の婦長）長谷先生（第六病棟主任医師）鮎沢青年　病院長　宇市の親戚

第七話　門衛の森谷さん　滋賀先生　掘留きい（糖尿病の結核患者）小堺あつ子（婦長）別呂省吾　羽柴睦夫（山陰にある町で開業している内科医・五十一歳の結核患者）志摩晶彦（裕福な実業家の長男、東大卒の二十七歳、独身銀行員。第十二病棟の患者）

第八話　井上清司（晶彦より二歳上の東大卒の会社員。豊かな暮らしをする妻帯者）別呂省吾　別呂省吾を担当する看護師　会津先生（第十二病棟の主任）婦長　若い女性療養者

第九話　南条信也　高田あつ子（治癒して結婚、子供を産みたいと切望する三十一歳）
第十話　茅薙うい子（退院を間近にして、社会復帰する恐怖のため自殺する十七歳）　広江一朗（退院を間近にして自殺する青年）　軽症患者たち　藤本静子（第十五病棟の婦長）
第十一話　伊津木先生　斎藤先生（病棟主任）　曽根すず（准看護師）　別呂省吾　南条信也　阿倍常夫（雑貨商の一人息子・二十四歳）　栗生みよ子（病棟婦長）　間垣茂太郎（薬剤師・独身で三十五歳）　茂太郎の姉妹（独身の開業医と薬局店主の妻）　須坂いの（付添婦）
第十二話　別呂省吾　北原さん（婦長）　須坂いの　夏川先生　鶴巻亨（元裁判官　七十五歳）　鶴巻の長男夫婦　鶴巻の次男　看護師　南条信也　別呂省吾の遺体を安置した霊安室を訪れた先生、門衛の森谷さん、売店の金子さんたち　加藤先生　岩国先生　菅井さん（別呂省吾の病棟の看護師）　畑山さん（解剖室の名物男）

このように整理することで、物語世界の全体像が鮮明になっただろう。病院で病没するさまざまな職種と経歴を持つ老患者たち、異様な性癖を持つ怠惰な中年の患者たち。治癒して社会に出ることがかえって重荷になって自殺する「うい子」たち。治療期間中に語学を修得して退院する東大卒の二人。そして、彼らの家族たち。さらに、結核医療に当たる医師、婦長、看護師たち。病院に勤務する門衛や介護をする付添婦。これらのキャラクターとその家族の生態がそれぞれの物語に結実する。その一つひとつがオムニバス形式で連携されることで、病の多様な内実や人間像が照応する物語の世界が形成される。このような語りが遂行されて、昭和四十年前後を結節点とする結核医療の全体像が浮き彫りになるのである。

そのため、必然的に語りの領域は、結核患者以外にも及んでいる。看護師という職業の習癖が仇となって夫婦生活を壊してしまったのではないか、と自問する第十一病棟婦長を描いた第五話は、その典型である。「彼女の家庭はいま壊れそうになっていた。夫婦と姑と五年生の女の子の四人暮し、病院の近くに住んでいる。」という簡潔な人物紹介が印象的なこの話は、夫の不倫に悩む結核患者「後藤つね子」の懊悩に決着をつけることで、不仲な夫婦関係にピリオドを打つ婦長「倉地よう子」が語りの中心に置かれている。

ところで、『闘』の物語はオムニバス形式によって展開していくが、よく読むと、さり気なく十二話をバインドする仕掛けがされていることに気づくだろう。

その仕掛けの一つは時間の設定である。物語の冒頭で、語り手は、赤松の疎林が断続する道の所々に咲く山茶花に、「喜助」が眼を留めるさまを描いている。こうして、『闘』の語り手は四季の移ろいと結核病院内の時間をシンクロさせながら、物語世界を形成していくのである。小説は春、夏、秋のイメージをふんだんに盛り込みながら、「別呂省吾」が死亡する冬で閉じられている。この設定には自然の変化と人間の生死とを重ね合わせる語り手の死生観が投影しており、それが生死の狭間で苦しむ人間世界と生命が循環する自然を照応させる語りの世界を生み出している。

もう一つの設定は、「南条信也」と「別呂省吾」のキャラクターである。「信也」は、「喜助」が待合室で診察を待っているシーンに登場した。不安な老人に安心感を与え、彼が喀血をした後、機敏に行動して応急処置を手助けする。その登場は印象的である(このキャラクターが物語に伏在し、全体に安定感を与えていることに注意したい)。この出来事の後、彼が面会した相手は「省吾」であった。

結核が治癒して退院し、定期的に検査のため通院する青年「信也」は、物語世界の内と外を交通するキャラクターとして設定されている。『闘』の物語世界において、このようなキャラクターは他になく、語り手はこの「信也」を使って、生／死、開かれた外部／閉じられた病院という境界を暗示しているのだ。物語世界において、「信也」は「省吾」が唯一信頼する存在であり、そのため闘将といわれた「省吾」が解剖される現場に立ち会って、この物語を閉じる役割も担わされる。そのことで明らかなように、彼は「省吾」と表裏一体となって、物語の世界を支えているのだ。

次は、『闘』の物語における「殿《しんがり》」というべきキャラクター「別呂省吾」である。彼は大正末に東京に生まれた。結核患者が最も多かった時期に誕生したという設定で、現在三十八歳。大学在学中に発症したが回復、就職をして明るい未来が開けたかに見えたところで再発し、ベッド生活を余儀なくされている。姉は結婚後、結核で死亡。語りの現在では身寄りは誰もいないという境遇である。この病院の最古参で、自分を押し通すことが強く、ひどく利己的で冷淡だという悪評がある。病気に対して挑みかかるような闘志を漲らせるところから、「闘病歴十年の選手」だと崇められている。病院内では情報通で知られ、結核という病、治療薬（特に新薬）、病院内の出来事や、先生たちの学閥閨閥、看護師たちの私生活、病人たちの家族関係や懐具合までも承知している。語り手は『闘』という物語において、病院内に流通する情報が集積する「別呂省吾」を巧みに操作しつつ、語りを展開している。この時、彼を瞶める眼差しは冷静である。『闘』という物語の総体を浮き彫りにする装置・「省吾」が機能するように、語り手は客観的な地点に位置取りしているからだ。

彼は結核病院というトポスで生き抜いてきた結核患者の代表であり、それ故に結核治療の歴史を体現している。「省吾」が死亡した後、医学の発展のため、遺体は解剖学の実習用教材となる。いわゆる「献体」に供されるシーンで、『闘』の物語世界は閉じられているのだが、このような構成の底流には、生き抜く身体／医療の史的発展というイメージが埋め込まれているのだ。「省吾」の解剖を見届けた「信也」に、執刀医の「夏川先生」が「別呂君は、まったく闘将だった。みごとというほかないくらい、すっかり使い果たしている肺だった。こんなに使いつくしたのも珍しい。」と語りかけるシーンの直後に注目したい。というのも、語り手が「信也」の内声を地の文にして、次のような物語を展開しているからだ。

解剖は省吾が身をもって、この病院へ、いいえ、この国へだろうか、いいえ、病院でも国へでもなくて、結核という学問へだろうか、治療へだろうか、なにかしらないが、省吾が身をもって寄与した遺産である。だがしかし、遺産のその肺も腸も、取りどころないほどぼろぼろだったという。光輝あるぼろである。

一読して分かるように、語り手は「信也」の呟きを地の文に組み込むことで、感傷を排除したコンテクストを形成している。この語り方は「省吾」の死を焦点化するのではなく、献体によって顕在化した事実を表象する手立てとして、生み出されたのだ。その事実とは肺や腸がぼろぼろになるまで「省吾」の生命を維持させた結核研究の進捗と医療保険の整備である。「省吾」は『闘』の主人公でも語り手でもない。そのことが最終章で明らかにされている。語り手は日脚の短い冬が様々な職業や年齢の人間に与える心理、侘しさ、淋しさ、もどかしさ、気の重さを素描した後、長い年月、病と闘うことでこのような心情を克服した「別呂省吾」を登場させる。

「省吾」について、語り手は簡潔に「この一年、彼の病状ははなはだ芳しくなかった。危機が何度も来た。」と記述しているが、傍点で示した時間に注意したい。というのも、「喜助」が『闘』の物語世界に現われたのが早春、以後、語りの対象となった結核病院は四季の移ろいの中に存在してきた。傍点を付した時間は「別呂省吾」の生きてきた証しであるとともに、彼の視線や思念を通して、語り手がさまざまな人間模様を見続けてきた時間でもある。彼が生き死んでいくまでの一年間を、『闘』内部の時間に設定した理由は、語り手にとって、「省吾」が結核と対峙する闘将で魅力的だから、彼が生きた時間を物語の枠組として活用したのだ、というロマンティックな読解が提出されるかもしれない。

だが、物語の中で主体的に生きていると思われる彼も、常に患者や看護の眼差しの中にある一存在に変わりがない。最終章で語りの中心に位置しているのは「省吾」だが、「省吾」は常に注意深く病棟婦長「北原さん」に監視されている。病棟婦長の「すぐれた闘病者省吾も、残念ながらついに病気に対する鋭敏さを欠いてきた、といたましく思う。」という感慨を起点とし、それに付き添いの「須坂いの」の眼差しを加えながら、死にゆく「省吾」の眼差す語りは展開する。ここで意図されているのは、治療と介護が連携するシステマティックな病院の機構を前景化し、それによって浮かび上がる「省吾」の存在を描くことだ。それは「省吾」の物語をロマン化しないという戦略によって立てられた語り方である。病状が悪化し、自らの過失で死亡してしまう「省吾」の悲劇を詠い上げることで、フィナーレを迎える設定が、何よりも読者の共

「省吾」の物語は、『闘』の物語は、そのようには構想されていない。語り手は「省吾」の物語の中に、死を目前にして次男が駆けつけるのを待っている元裁判官「鶴巻亭」の物語を挿入し、麗しい親子の情愛と老人の安らかな死を表象した。このような物語は「省吾」を特筆すべきキャラクターとして読解しようとする存在にとって、不快極まる夾雑物である。これによって、「省吾」の物語は中断してしまうからである。この語り手は家族に看取られる「鶴巻」老人を描くことで、看取ってくれる者のない「省吾」の孤独を印象づけるのかもしれない。いや、腰折れした物語を、再び語り起こすというロスの多い構成をわざわざ企図して、「省吾」の悲劇をロマンティックに表象することを回避したに違いない。このような語りが展開する物語において、「省吾」でさえも、結核医療の総体を浮かび上がらせる一キャラクターとして使役されるのだ。

彼は『しんがり』は思いもよらない問題でもまれて一番大変だし、強くなければだめなの」というキャラクターとして、物語世界を支える存在である。だが、ベッドから一歩も出られない彼は、「喜助」を目撃出来ない。囲まれる嫁／囲む野次馬の言動が病院内に拡散していく道筋の中で、彼は噂の対象となった老人の情報をキャッチする存在だ。文芸評論家や歌人が語り手と考えた看護師も付添婦も、現場にいなかったのだから、「省吾」と同様である。彼らは読者に向けて誰一人物語ることが出来ない。にもかかわらず、語り手をめぐって見解が分かれるのはどうしてだろうか。読み手の不手際のせいだろうか。

いや問題はそれだけではない。物語の世界の外に位置取りして、客観的に語ったり、登場人物に寄り添ったりしながら、結核という病と医療の総体を炙り出していく語り手の設定と新しい語りの方法こそが問題なのである。

ポスト結核小説としての『闘』の問題性

一、第六話はどのような物語か

金井景子が執筆した「幸田文年譜」（『幸田文全集　第二十三巻』一九九七年二月、岩波書店刊）の昭和三十七年の項に、幸田文が『闘』の取材のため、東京都清瀬市松山にある結核予防会結核研究所を訪問したという記述が見える。同研究所には娘・玉の夫、青木正和が勤務しており、彼女はこの医師から複十字病院に関する詳細な情報を得ながら当代の結核医療の現場を実見したのだ。昭和三十年代には俳人の石田波郷、芥川賞作家の吉行淳之介たちが入院していた。

取材という事実に重点を置いて、筆者は『闘』のルポルタージュ的な側面を指摘したことがある。要約すると、「見て歩き」が幸田文の作家的特質だという批評に立脚し、彼女が取材情報に拠りながら、オムニバス形式でそれぞれが独立した十二の短篇を書いたという見解である。すると、オムニバス形式にして結核病院の内実を表象した『闘』の物語構造の中に、取材を重ねて行った幸田文の足取りが読み取れる――。

一見、合理的な解釈らしく思われる。だが、そこには作家とテクストを安直に結びつけてしまう実証主義者のアポリアが潜んでいる。というのも、患者と医療スタッフの生態を一話完結にして表象し、あたかもスライドを上映するようなオムニバス形式に焦点が絞られすぎていて、物語の全体像を照らし出す視点が失われてしまうからだ。作家の実在に囚われず、ひたすらテクストが表象する語りの世界に入っていくと、次のような問題が浮上するだろう。女流文学賞作『闘』の中で、なぜ「水木先生」を中心にした第六話の物語が「婦人公論」に再掲載されたのか。そのような問いは、さらに連鎖する。この一篇が六番目の物語ではなく、十二話の中核なのではないか。すなわち「水木先生」と「第五病棟の婦長伊東明子」と入院患者「寺田宇市」の物語が、『闘』のメインテーマを表象しているのではないか、という問いを喚起していくのである。このような眼差しが『闘』の三種類のテクスト（初出・再掲載・単行本）に波及していく時、テクストを読み較べるという能動的な実践が始まるだろう。その過程で、読者はおのずから単行本のテクストが、雑誌掲載のテクストから書き換えられていたという事実に直面するはずである。

さらに、そのような推論を進めていくと、医療側と患者側の人物が三位一体として表象されていく語りの中から、青木正和をモデルにした魅力的な医師像（「水木先生」）が立ち上がってくるだろう。その彼はもはや治癒する病気となった結核医療の、ひいては医療の総体とかかわる難題に直面する。語り手は彼の肉声を地の文に変換することで、堅牢な医療機構に風穴を開ける医師のエネルギッシュな内面劇を統御して、医療の難題を読者にありのままを伝えようとしている。

第六話の冒頭で、届いた飾りものを見ながら不治の病だった頃と、治癒が可能になった今日とを思い起こす病院長に焦点を当て、語り手は結核治療の歴史を浮き彫りにしていた。この語りは第六話だけでなく、『闘』の総体に関わる時代性をも説明している。そして、医療の歴史は結核を美しい悲劇として表象してきた近現代文学の歩みでもあることを照らし出している。

だから、このモチーフを語ろうとする時、必然的に表現者は結核を対象にした表象の歴史と向き合う。そして、結核が治癒する時代に求められるテクストとは？　という問いを呟いていることだろう。このような問いを携えつつ、第六話は語り始められたのである。

二、書き加えられた「別呂省吾」と「病院長」の述懐
——語りの変更について

『闘』第六話の物語は「くだものは長く病むものにとっては、厚いビフテキや色どりうつくしい菓子類とは、また違った好ましい食べものだった。」から始まる。さり気なくどの病室にも見られる事柄を語ることによって、読者を物語の世界へ導き入れ、その後から始まるパラグラフによって、いつの間にか語り手とともに誰かの肉声に聞き入る位置に立っていることに気づく。こんな仕掛けによってテクスト内に招き入れられるのは、物語の裏側に潜んで、独白する結核の闘将「別呂省吾」だ。

岩波書店版『幸田文全集』第十六巻に収録された『闘』の百六頁の六行目から百七頁の三行目に及ぶ「別呂省吾」の独白は、「婦人之友」に掲載された初稿、さらに女流文学賞の受賞が決定した後、「婦人公論」に掲載されたテクストにも、実は存在しない。そのパラグラフは単行本

『闘』を読む者の前に開かれている。

「婦人之友」に表象されたテクストにおいては、「くだものは長く病むものにとっては、厚いビフテキや色どりうつくしい菓子類とは、また違った好ましい食べものだった。」という取材情報に依拠した語り手の客観的な語りが、「みかんがしなびて味を落す時季になると、」にスムーズに接続される。こうして、第六話の時空間がごく自然に立ち現われてくる。だから、その病室内を点描する語り手の視野の中に、自然に主人公の姿が映り込んでくる。このような第三者の平板な語りの中に、結核病院内を隅々まで知り尽くしている「別呂省吾」の述懐が新たに挿入される。ここまで継続してきた地の文は断絶して、次のようなパラグラフが現われるのである。

「入院したときは、どんなに落着いているように見えても、環境にもなれないし、病状もよくないし、多少興奮しているさ。（以下略）」

このように、叙述が転調することによって、おのずから冒頭で語られた入院患者の平板な情報にリアリティーが吹き込まれるのだ。やがて、叙述はまた語り手に委ねられて、客観的に病室の中にある花や果物の移り変わりが、客観的に語られていく。それが「ついに院長のもとにまでとどく。大正末期の、いちばん結核の蔓延した時代の、しかも適薬のまだ発見されていなかった、暗い時代を見てきている老院長は、」というところまできたところで、病院長の語りを地の文に活かしたコンテクストが編まれていく。それによって、死病だった結核が治る病気になり、果物で玩具を作ったり、忌避されていた切花や鉢植えで病室を飾るようになった病院内の日常が明かされる。

このようにしてテクスト内に現われた語り手は、二人の述懐をフォローすることで、蜜柑の皮で作った「鮹」が「ついに病院長のもとにまでとどく」、「もちろん省吾のところへも、逸早く誰かが鮹を奉っていた。」というように、明るい波動が伝わっていく物語空間の広がりを浮かび上がらせるのだ。病院の奥行きを利用したこの語りによって、行き止まりに存在する「起きられない重症の人」が浮上する。それが「寺田宇市」である。

書き加えられたパラグラフに着目することで、物語の変容を明らかにしたが、問題はこれだけではない。物語作者が一旦、メディア表象されたテクストに、客観的な読者の一人として向き合い、さらに能動的な創造者となってテクストに介入していく時、初出稿とは異質な語りの方法が誕生しているのだ。

新しいテクストは、語り手が取材から得た二人の述懐を生かしている。一つ目のコンテクストは「それでもやはり壁や天井よりも、生きた花へ目は止めやすかった。それにもう一つ、無意識のうちに病人が花を好く心があると、別呂省吾がそういう。」である。もう一つは病院長の「病人に、いのち短く、すぐ散り果てることを連想させてはいけない、という心遣いである。鉢植えもそう、病気が根づくなどと縁起をかついだものだ。」という談話である。二人の談話を物語の地の文に生かし、語り手は入院患者のいらいらした心情と、結核医療の暗い道のりとを印象づけた後、対照的なキャラクター（寺田宇市）の語りを開始するのである。

家族がすべて死に、身寄りのいない都市生活者の「省吾」と、「鮹」を手掛かりに闘病中の彼の現在を浮き彫りにする「病院長」が物語の裏面に配置され、その表層に病院を居心地がいいと実感する癌性胸膜の患者「寺田宇市」（武蔵野の農民）の肉声を浮かべる。つまり、第六話の冒頭は二つのストーリーが表裏一体となって進行していくのだ。だから、蜜柑の皮で加工した「鮹」について、「一銭もかかっていない贈物というのは、貰うほうも持ってくるほうも、気楽でいいじゃないか。」というように、「宇市」も肉声を響かせながら物語世界に登場するのである。

　話し相手に対する「いいじゃないか。」という肯定的な言動をフォローして、語り手が「宇市」を語り始めたことは見過ごせない。死を目前にしているにもかかわらず、彼が明るく心地よい物語を牽引するキャラクターであり続けるからである。あまり裕福でない農家の長男に生まれ、一度も給料取りに憧れたことのない「一途ものの武蔵野の農人」という「宇市」の個人情報を開示し、変貌していく東京近郊の農村と揺るぎない彼の生を照らし出したところで、語りは「宇市」の魅力的な人間性に向けられていく。病苦への恨みや治療への詮索が充満する病院において、「からりと明るい気性」で、「鬱とうしさや、小ざかしさは一つもない。それがまわりの心をひきよせるのだった。」というコンテクストで、死んだ彼を哀惜する多くの存在を印象づけている。「寺田宇市」に好意を寄せていた群像の中から、第六話の主人公たちが出現してくる。さながら、地の文の中から「寺田さんみたいな人、珍しいわね。患者さんがみんなあんなふうだと、あたしたち助かるんだけど。」という肉声が浮上し、その声がまず、「ねえ先生、（中略）寺田さんの痛々しい我慢づよさを見ていると、あたしはしみじみ男性の立派さに打たれるんです。」という第五病棟の婦長「伊東明子」を顕在化させる。そして、その問い掛けに「たしかにあの人、いいね。」と応じる担当医「水木先生」が前景化される。このようにして、第六話の主役たちは物語世界に登場するのである。

つまり、物語作者は定稿の冒頭部に病院長と「別呂省吾」を書き加えて、「宇市」を自宅に帰そうとする「水木先生」と対立する病院長と、「寺田宇市」とは対照的な気難しい「別呂省吾」を物語世界の周縁に配置する。一方、「宇市」と「伊東明子」、「水木先生」は物語の中心に据え、彼らが三位一体となっていく医療現場を表象していくのである。

三、「水木先生」というキャラクターを創造する
――シンクロする三人の心象をめぐって

さて、「宇市」のプンクチオンという施療（肺に溜まった滲出液を吸い取る）を終えた「水木先生」に、介添えをしていた婦長が話した内容を叙述する形で、語り手は表象すべき対象を三人に絞り込んでいく。その直後に現われるのが、以下のパラグラフである。

ここ第五病棟の婦長伊東明子は三十二歳、背の高い痩せ型、額ぎわも襟あしも生え際がくっきりとして、眉が長く、一見して清潔を感じさせる。看護婦としての経験もまず一応積んできたし、一人の女としての心の安定もついてきているし、ここでもう一度熟考して生涯の目的をどこへ置くかをきめよう、となやんでいる真面目なひとである。

あたかも要領よくまとめた情報ファイルを読み上げるような語り方である。第六話において、このような語り方はレアである。ここから窺い知れるのは、取材ノートに書き留めた記録を生

かしながら、物語世界における彼女のキャラクターを作っていく語り手の姿勢である。この物語が始まる以前では、書類にきちんと纏められるようなキャラクターであるが、ストーリーが進展していくうちに変化していく。

その予感が「熟考して生涯の目的をどこへ置くかをきめよう、となやんでいる」自画像の中に伏在し、その心理のフレームの中で、「宇市」の肖像が大きくなっていき、彼女の内面が波立ってくるのだ。この婦長は決して自己主張せず、看護師らしく武蔵野の農人「宇市」の実存を静かに深く脳裏に刻んでいる。その見えない内面の動きが、ファイルに綺麗に整理されるにふさわしい、いわば病院のマニュアルを遵守するキャラクターだった彼女を変容させる。やがて、この看護婦長は病院長の命令を無視する若い医師を引き留めるどころか、彼の行動に同調していく。第六話にとって、「伊東明子」は目立たないが、欠かせないキャラクターである。だから、語り手は二人の男から「伊東さん」と眼差されるような存在性と重要な現場に必ず立ち会い、サポートをする彼女の視線を借りながら、「水木先生」を焦点化していく。

「ねえ先生、こんなことをいうと、また女の感傷だっていわれそうですけど、寺田さんの痛々しい我慢づよさを見ていると、あたししみじみ男性の立派さに打たれるんです。女の患者さんにも、いい態度の人がいて感じ入ったことがありますけど、こうは打たれません。一生土を耕していればああいう力がもてるんでしょうか。それとも、種を播いては育て、播いては育て、七十になるまでもののいのちを育ててあげてきた功徳でしょうか。あたし考えさせられて仕方ありません。」

地の文で叙述していた語り手はその語り方を中断し、物語の中に婦長の肉声を響かせている。いや、「あたし考えさせられて仕方ありません。」という述懐には、「伊東明子」という一人の女性の心情が込められている。職務を意識した「私」とは異質な「あたし」の発語である。医療側の二人がパーソナルな会話で向き合い眼差す先に、一人の患者の姿が浮上する。婦長の肉声をそのまま持ち込んだパラグラフから、客観的な語りでは表象しがたい立場を超えた三人の親密な関係性が伝わってくる。ここで重要なことは、語り手の言語に対する鋭敏な感覚である。一見、何でもない会話のようだが、心を揺すぶられた者の真実の声ゆえに、聞き手に強く響く。そのような言葉を持ち込んだため、「伊東明子」の内情が地の文で進行していた語り手を押しのけて、表出したかのようだ。だから、このコンテクストは、語られるだけの存在ではなく、二人が自分の力で言語空間を開いていくようなイメージ（後になって、病院のマニュアルを破ってまで患者を帰宅させようというエネルギッシュな「水木先生」の内面語りとして顕在化する）を暗示しているのだ。

その「水木先生」はまず、「寺田さんみたいな人、珍しいわね。」と言う「伊東明子」ら看護師の会話を受けて、物語世界に登場する。それは彼が「宇市」にプンクチオンを施している医療現場である。婦長の姿は描かれていないが、行間の中にいて、先生の施療を注意深く見守っているその姿を容易に想像出来るだろう。

語り手は何度も治療する／される、二人を注視するということの場面を表象している。物語のプロットとして、このシーンが活用されることで、三人の心理世界が開けていくだろう。引用するコンテクストには、患者と向き合う「水木先生」のキャラクターが表象されている。

絶えず病人を注視し、その苦痛をそらすために、軽い平安な話題を提供して、しかも相手に返事の言葉をしゃべらせないようにしながら話す。そんなにしなくても済むことではあるが、水木先生はその三、四十分を無言でいられない気になる。（中略）自然に持つ医者の心掛けともいえたし、宇市の人のよさが先生をそうさせるともいえた。

読み終わって分かるように、このパラグラフもやはり、「宇市」に対する医師の共感を表象している。眼差し合う三人を何度も描くことによって、語り手が「水木先生」のキャラクターを立ち上げていく叙述である。

こうした物語の運び方を確認したところで、「水木先生はその三、四十分を無言でいられない気になる。」というコンテクストまで読み進めてみよう。すると、読者は奇妙な感覚に襲われるかもしれない。なぜなら、取材した情報を地の文に生かした語り手が前景化する構文なのに、取材された「水木先生」本人が喋っているような印象を受けるからである。どうしてかというと、語り手が情報ファイルを開きつつ、「ここ第五病棟の婦長伊東明子は三十二歳」と紹介したケースと違って、若い医師が自力で物語世界に現われて来たからだ。

語り手は執筆の準備段階で、取材ノートに書き込んだ青年医師の情報を丹念に読んで、第六話の中核となる医師像を作り込んだに違いない。だが、『闘』の物語がスタートし、語りが進行していくにつれ、物語世界の秩序に従って動き出してしまう。ノートに書き留めてあった記述を生かした「ここ第五病棟の婦長伊東明子は三十二歳、背の高い痩せ型、額ぎわも襟あしも生え際がくっきりとして、眉が長く、一見して清潔を感じさせる。」で登場した第五病棟の婦長は、語りの力学によって、平板なファイルの地平から抜け出した。若い医師を取材したノートを読み込んで行くうちに、自分の力で物語世界を生きる状況が起きたのではないか。物語の構想を転換させる言語が稼働し、『闘』の中心に置かれた物語にふさわしい「水木先生」はこうして誕生していたと考えてみることができる。この青年医師は物語の方針を変更させるくらい魅力的な人物だった。さまざまな障害や医療上の困難が待ち受けていることを承知の上で、病院長の命令に背き、自宅で安らかな死を迎えたいという患者の望みを叶えようとする医師が存在している驚き。

十二個の話の主人公はほとんどが患者であるが、医師に焦点を当てたのはこの第六話だけであり、それが『闘』の中心に配置されている。このような物語の組み立て方から、取材者がフィクションの語り手になっていく過程で、この青年医師の存在がクローズアップされていったことを察知し得る。それは連載第五回目だったこのテクストが、定稿の中心部（第六話）に置き換えられたことからも明らかだろう。この医師を「水木先生」として語る適切な方法とは何か。その方策として、語り手は彼に寄り添い、彼がどのように悩み、決断し、行動していくかを見守るという選択をしている。

そのような語りを遂行することで、病院長の命令に背いて、自宅で死を迎えたいという「宇市」の願望に応えようとする医師像が鮮明になるだろう。そのために、語り手は第六話を、「水木先生」の内面語りが横溢する物語世界に仕上げているのである。次のようなパラグラフを読んでみよう。

荒いやりかただけど、自分一存で遂行すればそれ迄である。病院が集団であり、集団の一員は勝手な行動をとることを許されないのも、忘れてはいない。けれどもそういっていたら、宇市は帰らせることはできない。止むを得ない、と腹をきめたのである。

なぜそんなに宇市へ親身な気持ちをもつのか、明瞭な個条書きにしていえるものではない。ただ、庇ってやりたい、無力の宇市に代って、彼のねがいを通す代行者になってやりたく思う。それだけのことだった。

このような無軌道ともいえる情念に突き動かされる医師の内面が、第六話の主調低音となって、物語世界を紡いでいく。テクストの中に、語り手が設定した地の文に封じ込められていながらも、テクストの表面に彼の内面語りが溢れてくるのは、取材ノートの中に、語り手が眼に見えない意思に突き動かされていくストーリーを探り当て、それに深く共感したからであろう。そのために後述するような語りの変更が生じ、「水木先生」を主人公にした物語が立ち上がっていくのだ。

四、物語を展開させていく動力
——医療情報を知る／知らないという設定をめぐって

さて、プンクチオンによる医療現場を繰り返し表象することで、語り手は治療する二人が知る生の危機／知らない「宇市」というコントラストを印象づける。そして、徐々に物語の核心へ近づいていく。それは「水木先生」が「宇市」に問い掛ける「どう？　今日は鮨の日じゃないかな。もうそろそろ嫁ごが来る時間だ。」というコンテクストから語り起こされていく。そこには食事を話題にしながら、さりげなく体調の変化を探ろうとする医師の視線が内在しており、「水木先生」は相手の「ああ。」という気のない返事に反応する。そして、鮨好きの「宇市」が喋った「飽きたのかもしれねえな」という一言に、患者の異変を確信するのである。「飽きただけではない。徐々に徐々にそうなってきているのを、先生は知っていた」。

もう気づいただろうが、このコンテクストは地の文にもかかわらず、「宇市」の身体に起きた重要な変化に気づき、決して口外してはいけない医療秘密を摑んだ「私」、すなわち「水木先生」の語りそのものである。語り手は引用したコンテクストを呼び水にして、「この食欲があるうちはいい、食べられなくなった時は、患者にも医者にも辛い時期がはじまる、とわかっていた。」（傍点筆者）という彼の内面語りを響かせて、いよいよ物語は動き出す。

食欲の減退について、「宇市」の息子夫婦は気づいていないし、苦痛を軽減する先生の投薬によって、「宇市」も以前のように顔一杯に笑みを湛え、平安でのんびりしている。普通のご飯より流動食を摂りたがってきた変化も気にしていない。だが、数日後である。緊張しながらプンクチオンを施療している先生は、「これでまあいい」と安心していた。その時、「宇市」が自宅に帰りたくなった、と話しかける。

先生も伊東さんもぎくっとした。やはり承知していたのか、と思う。急にまたどうしたのですか、といってみた。

二人が思わず顔を見合わせるシーンだが、医師が婦長を眼差すという語り方になっている。この後、患者と対話を始める医師の姿が前景化していく物語を展開していく上で、引用したコンテクストは重要な楔の役割を担っている。初出稿（『闘』第五回目）をみると、この箇所の後半は「やはり承知していた、と動悸がした。動悸がうっているくせに、言葉が反射的にすべって、急にまたどうしたのですか、といった。」である。語り手は一旦、取材ノートに書き留めた情報を使って、このように臨場感の溢れる場面を描いている。患者のすべてを把握していると信じていた医者が、それは誤りだったのだと気づいた瞬間が、ここに表出している。この動悸や、冷静さを失って思わず口走ってしまった言葉。――一旦、メディア表象したテクストを読み返して、『闘』の語りを組み替えようとする物語作者は、狼狽する「水木先生」像を消去している。

これによって、おのれの狼狽を押し隠し、医師らしく冷静に対処する彼の姿が、患者の眼前に現われる。語り手は医師から聞き取った情報を使って、物語におけるターニングポイントとなるこの場面を、リアルに表象した。だから、医療の現場において、患者の内実を見誤ったという事実は重要だったのだ。

しかし、テクストを書き換えた物語作者にとって、事実よりも大切なエレメントがあったのではないか。それは――。この医師の人間に対する温かい眼差しと誠実さである。右のコンテクストには〈患者の心の内を察知し得ず、おまけに動揺してしまうという失態を演じて、大切な精神的な安定を損ねてしまったかもしれない。〉という悔いが、おそらく張りついている。

書き換えていく作業において、この心象に物語作者（幸田文ではなく、『闘』というテクストに刺激を受けた読者であり、その立場から主体的にテクストに関与しようとするクリエーター。既存のテクストと生まれようとするテクストの間で、自らの感性を更新させていく存在と言っておこう）は気づいた。そして、過誤を隠さず取材者に語った医師の誠実さを梃子にして、語り手は死にゆく患者の願いを叶えようとする医師像を立ち上げていったのである。

ここで、論述を辿り直してみよう。筆者は「物語におけるターニングポイントとなるこの場面を、リアルに表象した。」と書いた。初出稿に内在する語り手は、青年医師が医療現場で直面したなまなましい瞬間を書き込もうとしていた。この時、「動悸がうっているくせに、言葉が反射的にすべって、急にまたどうしたのですか、といった。」過去の記憶を伝える／聞くという関係性の中に、語り手は生きている。この実在は医師と対面した取材者そのものではない。取材ノートに書き込まれた事実を取捨選択し、語られるべき物語に組み入れる行為とは、語りの道筋を太く、有機的に繋いで材に変換する能動的な働きなのである。引用したコンテクストは、語り手が医師の語った物語に介入し、そのパラグラフから必要なコンテクストを切り出し、もう一つの物語を誕生させた証である。その試みはまず、情報提供者の言動を使って、表に出ない医療現場における専門医療者の姿をなまなましく表象することにあっただろう。したがって、地の文にはなっているが、表象されたコンテクストには医師の口吻が生かされているのである。

これによって、医師の語ろうとしていた事実は、よりリアリティーの度合いを増し、二つのミス（診断と対処法）をした「水木先生」が描かれた。その結果、初出稿における先生のイメージは接続するパラグラフによって増幅され、物語全体に思いがけないダメージを与えている。

「わるく思わねえで、先生――ちょっとも早く自分んちへいきてえんだが、息子へ電報ひとつ、なあ伊東さんよ。」

先生は覚悟してしまった、帰そう、と。

このコンテクストの後半は、定稿では「息子へひとつ、むかえにこう、と、なあ伊東さんよ。」となっている。絶命しそうな重病患者の願いを聞き入れて、自宅に搬送する決心をした医師はこの後、病院長に相談に行く。そこで、「水木先生」は「困るね、そんな無茶なことをいっちゃ。だけどまた、どうしたんだい、君ともあろうものが、ひどく揺すぶられたじゃないか。」という病院長の拒否に合うのである。このような初稿のテクストから浮上するのは、二つの判断ミスが呼び水になって、医師の行動規範から逸脱していく「水木先生」の姿である。

このような彼のイメージは、第六話にそぐわない。物語作者はそう判断して、「やはり承知していた、と動悸がした。動悸がうっているくせに、言葉が反射的にすべって、急にまたどうしたのですか、といった。」という箇所を書き改めたのだ。この事実によって、「やはり承知していたのか、と思う。急にまたどうしたのですか、といってみた。」という新たなコンテクストが、取材ノートに実在しなかったことに気づくだろう。つまり、それは進行していく語りが、物語に内在する真実を絡め取っていく属性によって生まれた一行であった。この小さい書き換えで、医師のイメージは一新されている。なぜなら、彼が冷静に患者を見守る様子を表象した一文(「急にまたどうしたのですか、といってみた。」)がテクスト内に加わることによって、判断ミスの連鎖によって、「宇市」を帰宅させようという無謀な決心が誘発された、というストーリーは消去されるからだ。それに代わって浮上するのは、判断ミスを犯したという動揺を悟らせないように自制しながら、患者の大切な内面へ降り立っていこうとする「水木先生」の姿である。

こうして、医療情報を知るスタッフ／知らない患者が生命に対する危機意識を共有し、連帯するストーリーが始まるのである。

五、「水木先生」の医療行為を語ること
――『闘』が表象する施療する者／治療される者の根源的イメージ

実は、この若い医師の決心は実行されず、「宇市」は病院で息を引き取ってしまう。「伊東さんが入ってきた。息子と孫とにはかまわず、まっすぐ患者へ行き、はっとして手首をおさえた。伊東さんの指頭におさえたものは、平安だった。決して乱されることのない、ついの平安だった。」で、第六話が閉じられるからだ。

この結末までに、語り手は「水木先生」に寄り添い、多くの頁を割いて彼の内面で展開される自問自答を表象している。当時二十九歳だった医師から取材した打ち明け話から、語り手が「水木先生」というフィクションを創造したことで、偶然だった「宇市」の平安な最期は、物語の必然となった。偶然を必然にしてしまう重要な鍵がある。

このような結末で閉じられる第六話が語った鍵とは何か。美しい悲劇として結核を表象した近現代文学の流れを視野に入れながら、「水木先生」の内面劇を表象したパラグラフに近づいて

みよう。

そこで、もう一度読みたいコンテクストがある。それは「宇市」の食欲減退の理由を知る「水木先生」と婦長／気づかない患者とその家族とのコントラストを印象づける文脈である。先生に寄り添う語りによって、語り手は「宇市」の食欲を注意深く観察している医師を表象していた。長いパラグラフは、「食べ続けていた鮨だから飽きもしようが、飽きただけではない。徐々に徐々にそうなってきているのを、先生は知っていた。」を経由して、再び「この食欲があるうちはいい、食べられなくなった時は、患者にも医者にも辛い時期がはじまる、とわかっていた。」に回帰する語りの構造が組み込まれている。そして、「九時の消灯前の検温に行ったとき、やっと三、四個つまんだだけで、蓋もせずに置いてあった、と看護婦から報告されていた。」で、食欲をめぐる語りは閉じられる。

このパラグラフは、のちに「宇市」の「うむ――先生よ。おれなあ、うちへ帰りたくなった。」という発語の呼び水になっていることは、前述した読解で明らかだろう。ここで焦点を当てたいことが、もうひとつある。それは語り手のミスである。

買うのを惜しがったり、けちをする気ではないのだが、息子もその嫁も本人さえも、それ以上のもっとおいしいものがある、とは知らないらしかった。おじいさん（傍点筆者）は病院の食事のほかに鮨折を平らげて、おなかも気持も満ち足りてよろこんだ。

先生も宇市のその食欲をよろこんでいた。

さっき筆者は「語り手のミス」を指摘した。「おじいさんは病院の食事のほかに鮨折を平らげて、おなかも気持も満ち足りてよろこんだ。」の直前の一文は「知らないらしかった」で閉じられているが、治療する側が文面のように推察する対象は「宇市」たちである。一連のパラグラフが「水木先生」に寄り添う語りであること、さらに改行の冒頭は、「宇市」の喜びが我が事のようだと思う「先生」を表象している。このことから、二つのコンテクストは連動していると考えられる。

とすれば、あの筆者が注意を促した箇所は「宇市」と記述されなければならない。にもかかわらず、「おじいさん」と語ってしまったのはなぜか。語りのミスか意図した作為かはわからないが、取材ノートを読み直すことで、患者に対する医師の深い親愛に打たれた語り手の姿が、この用語に投影している、とはいえるだろう。こうして、思わず「おじいさん」と呼びかけてしまうような医師が、物語の行間にはっきり刻印されることになった。

第六話において、それは重要である。なぜなら、「どうしたんだい。君ともあろうものが、ひどく揺すぶられたじゃないか。珍しいことだ。」という病院長の批判を待つまでもなく冷静な彼自身がなぜ無謀とわかっていながら「宇市」の希望を叶えようしたのか。院長に反対されながらも無理を押し通そうしたのか。「宇市」の願いを叶えようとする強い意志は、まさに、語り手を押しのけて、思わず「おじいさん」と呼んでしまう「水木先生」の深い親愛の情が作動しているからである。

この語り手は、決して物語のスピードを速めない。冒頭部分で「別呂省吾」の肉声を地の文に生かし、「宇市」とのコントラストを鮮明にしながら、「省吾」に第六話の陰の役回り（自分に対する医療行為を神経質に詮索する）を振り当て、ゆっくり物語世界を展開させている。その後、今度は二つのイメージが照応しつつ、語り手は螺旋を描くように歩度を進めていく。そのイメージが顕在化するのは、「水木先生」が院長室に押しかけた場面がある。「宇市」の退院を直訴した「水木先生」は、談笑している「第六病棟主任医師長谷先生」と「鮎沢君」と院長の姿に戸惑う。重症の膿胸だった小学五年の少年があまりに可哀相で、感情を制御することに慣らされる「長谷先生」は、我知らず憤慨と同情と勇気の入り交じった心情に陥り、その場から親身な治療に取りかかった。少年は医師の愛情を汲み取り、素直に信頼を寄せ、院内では「長谷先生の坊や」と呼ばれるようになる。その甲斐あって、奇蹟のような治りかたをし、少年は退院していった。「水木先生」はその「鮎沢君」が東京の高等学校に入学して、病院に挨拶に来た場面に遭遇したのである。語り手は「水木先生」に寄り添いながら、「宇市は癌性胸膜、これは膿胸、一人は老人、一人は子供、片方はいま本能的に死を予感して、親代々の我が家へ帰りたがっているし、片方はいま堂々と、上京、健康で進学しようという。」という独白に聞き入っている。そして、受け取り、表象しているモノは、死にゆく「宇市」、未来の生を輝かせようとする高校生と医療スタッフとの深い信頼関係であった。

この後、語り手は、病院長と対峙する「水木先生」の内面を覗き込み、まず、患者の退院許可が下りない理由についてクールに推断する「水木先生」の判断をスケッチしている。「理由の第一は、」、「理由の第二」と数え上げた上で、今、自分と対立する病院長の方が合理的だと確信している。だから、「許可できないよ。」と宣告されて、彼はあっさり引き下がるのだが、彼はその直後、次のようにつぶやいている。

院長にも強さがあるし、宇市にも押される。どっちへ行っても、自分が弱い。だが弱いからといってぺしゃんこになっているつもりはなかった。裏をひっくりかえせば表だ、と思う。我ながらおどろくのは、そのくらい強い気持で、宇市を帰宅させてやりたく思っていることだった。

第一の理由、第二の理由と病院長が退院許可を出さない根拠を数え上げた冷静さが、ここにはない。いや実はある。病院勤務の医師が遵守すべきマニュアルによって、自分の行動を判断する冷静さ。そして、マニュアルから逸脱して患者を帰宅させる決意を固めるやいなや、瞬時に実行マニュアルを作り上げる冷静さ。語り手は「水木先生」の内面劇の一部始終を描くことで、院長が認める技量（「だけどまた、どうしたんだい、君ともあろうものが、ひどく揺すぶられたじゃないか。」というコメントで明らかだろう）を表象しながら、読者に真の意味の医師を読み取らせようとしている。「水木先生」は医療の現場で機能するハードウェアー（規律）と、生命の尊厳とは何かという内なる問いの狭間で苦悩し続けた医師である。長年にわたる自問自答の末、彼は「荒いやりかただけど、（中略）止むを得ない、と腹をきめ」るという決意に至るのだが、乱暴な医師の言動の中に、ある時は作中人物に寄り添い、ある時には冷静に地の文でストーリーを展開してきた語り手は、治癒する病になった現在の結核病院で展開する物語『鬪』の総体を支えるキャラクターを探し出したのである。

思い返せば、第六話において、婦長「伊東明子」のパーソナルな心情が、「水木先生」へ連鎖し、語りの世界に「宇市」に対する共感がうねりとなっていく、そのような行文によって、やがて医師としてのメンタリティーの基盤を形成していたマニュアルとがぶつかり合う内面劇に、読者は立ち会うだろう。こうして物語は核心に迫っていったのである。

つまり、あるべき医師とは何かを問い続けた「水木先生」の内面が、第六話の物語世界だったのである。

六、世界を幸福で充たす知とは

「水木先生」は最先端の医療技術と薬学、設備、それらを有機的に編み上げて、病気と闘うスタッフの一員である。語り手はプンクチオンの施療風景や「宇市」の食欲に心配りをする姿を表象することで、その一面を描いている。だが、読者に読み取らせる優秀な医師像は、この物語を成立させる一要素に過ぎない。物語世界は視覚では届かない彼の内面に設定されているからだ。そのような彼だからこそ、詳細に武蔵野の一隅にある患者の家を想像し得たのだ。「きっと、うしろには欅だの孟宗だの椎だのを、ごた植えにした風除け林を負い、前には穀物を干す広場をとった農家なのだろう。敷居をまたいで土間、土間をあがった上り端の部屋、次があいの間で、その奥が仏壇を嵌めこんである奥の間。宇市は多分その中の間に落ちつきたいだろう。」――このように「宇市」の家の間取りや風除けに植えた欅や孟宗、椎の木の林を、そして農人の安らかな眠りを想起し得る洞察力が、語り手にとってきわめて重要だったのである。なぜなら、この心象風景が反問する内面世界から外部へと、若い医師を解放し、円満な結末を予感させる現実が眼前に展開していくからである。

先生は窓の外を眺めながら、息子のいうのをきいていた。白い蝶が二羽、花壇をもつれていた。猫がつうとからだを低くして寄っていった。一度静止して、狙って、跳躍した。が蝶はもつれつつ、高くなって、ひらひら行ってしまった。ふっと先生は、暗示をうけた。「まだまだ様子を見てからだ」という暗示であった。

読者は一瞬、戸惑うかもしれない。ひらひらと舞う蝶、それを狙って跳躍する猫の動画が、なぜ「水木先生」を動かしたのだろうか――。眼前の猫が「宇市」を退院させるチャンスを狙う彼と重ね合わされている。このワン・シーンの解釈そのものは容易なのである。しかし、そんな合理的な解釈が、かえってごく平凡な自然の景観とこの主人公に対する理解を妨げてしまうのだ。

第一話の冒頭について、筆者は「或る年の早春を起点として、『闘』の語りが開かれること、さらに物語内の人間の生死と自然の移ろいがパラレルだと認識する語り手」に言及していた。そのような語り手だから、医師が話した日常的な白い蝶と猫のエピソードを聞き逃さない。難題に直面した医師に訪れた幸運だったからである。病院という合理的な論理の世界／窓外の多元的でファジーな意味の世界は、実はハードウェアー（規律）と、それを問い直す生の尊厳のメタファーである。「水木先生」の想像力が蝶や猫と「宇市」の家や林とを結び合わせた瞬間、小さい出来事が彼を動かす言葉（天啓）となった。

「まだまだ様子をみてからだ」という決断は、一瞬である。語り手は地の文と切り分け、わざわざ括弧で括る措置によって、「水木先生」の肉声を掬い取っている。それは岩波書店版のテクストで二頁半に及ぶ長い自問自答の後に下された決断であった。若い医師の苦しい内面劇と日常的な小動物の軽やかな行動とが交錯し、この世界を幸福で充たす知が示されている。このような確信によって、取材した医師を「水木先生」というキャラクターで描く物語が立ち上がっていったのだろう。

翌日は春の温暖と明るさが行き渡っている。病院にも春の色彩が際立ち、若い女性の入院患者の寝巻が鮮やかな淡色に、病室に飾られた鉢の花も赤、黄色、すみれ色に咲いている。語り手はこのように外景をスケッチした後、婦長の視覚を使って「宇市」の最期を表象する。

伊東さんが入ってきた。息子と孫とにはかまわず、まっすぐ患者へ行き、はっとして手首をおさえた。伊東さんの指頭におさえたものは、平安だった。決して乱れることのない、ついの平安だった。

見舞いに来た人たちは安眠を続け、病人を見守っていた息子と一番上の孫もぽかぽかした陽気に耐えきれず、眠ってしまう。

物語の最後に登場するのは、大病をしても自若としている「宇市」を見て、生きる態度について考え込んでいた「伊東明子」である。『闘』の主調低音を奏でる「水木先生」の内面世界を展いていった婦長の医療行為を語って、物語の円環は閉じたのである。

関東大震災を起点とする『きもの』の世界

一、はじめに

連載小説『きもの』の第一回目は「新潮」昭和四十年六月に掲載された。その冒頭部分を抜き書きしてみよう。

引き千切られた片袖がまんなかに置かれ、祖母と母とるつ子が三角形にすわつていた。るつ子が叱られているのだつた。

このコンテクストは、大人になった「るつ子」に寄り添った語りである。一見、懐かしい回想シーンとも受け取れるが、それにしては語りの現在においても生々しさが失われていない。記憶の古層から呼び覚まされるのではなく、この三角形の風景は今の自分を、ありありと照らし出すものだ。したがって、もう一度、その時間を生き始めるような実感を、この語りは読者に伝えている。語られ始めた少女はこの物語の総体を全身で受け止めるキャラクターだが、語りの現在において、彼女の一生を知り尽くしている語り手が、生誕から物語を説き起こさなかったのは理由がある。おそらく、語り手にとって、六十代の老婆になるまでの人生が関心事なのではない。人間にとって、産み落とされる条件を所与のものとして受け入れざるを得ないように、そこからスタートする生のカタチも、生きている世界の秩序に拘束されている。というと、この語り手が運命論者のように思われるかもしれない。が、人間の生涯を物語化しようとするほどの存在ならば、すべからく、様々な因子が綯い交ぜになって生きる時間が死の方向に伸びていくということは、極めて常識的なことである。その因子を選択したもの／させられたもののいずれかに比重を掛けることで、生きられた時間と、その中身に対する認識は異なっているだろう。

たとえば、昭和二十四年二月から連載された『みそつかす』は、次のような語り出しである。

明治三十七年九月一日、暴風雨《あらし》のさなかに私が生れたといふ。命名の書にはたゞ文とだけ。第一子は母体を離れぬうちに空しくなつたが、これは男子であつたさうな。位牌には夢幻童子とあつた。第二子は女、歌といふ。父は三子に男を欲してゐたといふ。そこへ私が出てきたのである。

伝聞に基づく第一パラグラフは、大切な生命の誕生を記述するにはあまりに素っ気ない。このコンテクストによって、「私」の物語を開始した語り手が、歴史的事実を尊重するとともに、余計な修辞を嫌う人物だったことが判明する。が、よく読むと、この素っ気なさは「たゞ文とだけ。」という認識しか持たなかった外部の存在を語っており、誕生した女子に失望した「父」

を通して、自分と世界の出会いが表象されている。だから、一切の情感は排除され、「出てきた」という即物的な言挙げがされるのだろう。名を与えられることで、他者と差別化された個性でありながら、それがかえって女子であるために生の尊厳性を殺がれてしまった。生まれながらにして、このような自己が刻印されていた、という発見が、『みそつかす』というテクストを紡いでいくだろう。余計者、半人前を意味する『みそつかす』について、「みそつかすなんていふことばは、もう無い方がいゝ。辞引にもない方がいゝし、なくしてしまひたい。」（「みそつかすのことば」）という語りは、物語全体を貫いているが、「露伴」という文学の家に生まれた一女性が、余計者という自意識を梃子にして立ち上がっていったのは、自己を疎外した文学の家、その家を文学として書かされる自己のあり方に対するシニカルな視線に違いない。わざわざ、「大言海をあけて見た。そこにみそつかすといふことばは載つてゐなかつた。」と述べた上で、「みそつかす」という〈ない〉用語で、〈ある〉存在を語っているところを見ると、主人公の「私」はおそらく語られるに値する特異なキャラクターだったのである。だからこそ、物語は「私」が誕生した時間から開始されなければならなかった、といえるだろう。

これから読解していく『きもの』は、『みそつかす』と同様に幸田文という表現者が書いたテクストである。『みそつかす』はメディア側から「露伴家」に誕生した二女が記憶する文学者・露伴を表象するように要請されたため、史実を掘り起こしながら語る必要があった。したがって、視点人物として設定された「私」の登場も、このようなバイアスが掛かっているため、まず誕生の履歴を記さなければならなかったのだ。ここから、創作を書き始めたばかりなのに、「幸田文」という表現者は、いかに書くか／書かねばならないかという要諦を掌握していたことがわかる。

こうした事情を明らかにしたところで、昭和四十年六月から四十三年八月まで文芸雑誌「新潮」に連載された『きもの』の冒頭を、もう一度紹介してみたい。

> 引き千切られた片袖がまんなかに置かれ、祖母と母とるつ子が三角形にすわっていた。るつ子が叱られているのだった。
>
> 袖はいまるつ子の着ている胴着の左袖で、水色の地に紫のあやめの花模様がついていた。袖口は赤いふきをみせてそつくりしていたが、袖つけのほうがびりびりに裂けて、綿がはみだし、気持がわるい恰好をしていた。今朝、学校へいく前に、着たままで、右手で左袖を力任せに千切つて、屑かごへ突込でおいたのが、早くもう見付けられ、帰る早々にそこへ引き据えられたのだつた。

語り手は、いきなり引き裂かれた片袖を真ん中にして、三人が睨み合うという緊迫した場面から物語を開始している。これによって、読者はタイトルで明示された着物を、三人の視線と重ねて讀めることになる。つまり、このコンテクストは三人の人物よりも「引き千切られた片袖」の存在を強く指示しているのである。

これまでの批評は、「るつ子」と幸田文とを重ね合わせ、自伝的小説として読解している。そのため、少女期から語られ始めた「るつ子」の行く末に照準を当てたためであろう、どの批評も冒頭のこのコンテクストに注意を払っていない。たった六行にすぎないが、それはすでに物語の枠組を暗示しているのではないか。

冒頭に登場した三人は、以後も物語の中心に設定され、まさに三角形という図形に象徴される関係性を彼女たちは生きながら、「きもの」に仕組まれたモノの物語を紡いでいく。この物語は「るつ子」／幸田文を語る自伝的小説ではない。したがって、多くの「着物」という漢字で表象される衣裳とそれらを着る存在を語りながら、和服を着る習慣が途絶えた語りの現在において、語り手は着物ならぬ「きもの」とそれを巡る女性の生を表象しようとしている。したがって、日露戦争勃発の年に生を受け、第一次世界大戦の好景気を経て、関東大震災で資産を失う西垣家の三女「るつ子」の行く末と、身につける着物に仕組まれ、彼女を支配する機制「きもの」が、パラレルに物語られるのだ。

リアリズムが表現の基軸になって進展して来た日本近現代文学において、物語内の語り手は必然的に眼差しを世界に向けつつ、語るべき対象を描写する技術を洗練させていった。したがって、四季折々の自然の景観や人間の容貌、装いが語られるとき、物語世界に欠かせない意味表象になっている。近年、刊行された林真理子の『着物をめぐる物語』（平成九年十月、新潮社刊）には、このセオリーが継承されている。収録された幾つかの短編の語り手は同一人物で、彼女が出会った友禅染の職人や、芸妓のような人物に焦点を当てつつ、和服と人間の美しい交点へと読者をいざなう。したがって、着物は主人公のキャラクターと強く結びついている。着物好きであり、その蘊蓄を語り、着て、物語を書くことに快感を覚える語り手だから、このような物語世界を創造するのだろう。いささか意地悪な物言いをすれば、日常はカジュアルな洋服を着ている表現者が、成功者にふさわしい装いをする。だから、着物はこのような快感と無縁ではないはずである。

生活者・幸田文にとって、和服は自分と他者とを差別化する装置ではなく、生活に欠くことの出来ない日用品であった。その彼女が「幸田文」というフィクショナルな文学表現者となる時、和服に対する知識も愛着も一入であろうから、着物をめぐる物語を構想した場合、林真理子よりも巧みにキャラクターを作ることが出来よう。

だが、先程コメントしたように、『きもの』は単なる人間のドラマではない。なぜなら、「るつ子」というキャラクターには、日常生活の中で知らず知らずのうちに、女なるものを作り上げていく「きもの」の物語が張りついているからだ。とコメントをすれば、このテクストの特異性が見えてくるだろう。このような物語は、生涯を和服で過ごした女性表現者だからこそ着想し得たのではないか。

このような読み取りを提示しておいて、テクストが表象する世界に分け入ってみよう。

二、「きもの」に潜む規制／馴致させられる「るつ子」の表象に向けて
――円地文子『朱を奪うもの』との比較を通して

三女として「るつ子」が生まれた西垣家は、「父」、「祖母」、「母」、「姉」二人、「兄」の七人家族である。東京の市街地に家を構える「父」は株仲買店の番頭、「母」は夫の給料で家計を切り盛りする専業主婦である。兄弟はすべて中等教育を授けられている。

物語は、日露戦争が勃発した年に誕生したため、「戦争のときうまれた子だから、気がきつくてこまる」と批判される「るつ子」を視点人物にして語られていく。まず冒頭で表象されるの

は小学校低学年の彼女だ。先述した『みそつかす』や女子学院時代に取材した『草の花』、あるいは『おとうと』の如く、幸田文は自伝的と言われるテクストを発表している。筆者は自叙伝を編み上げていくという欲求からこれらが生み出された、という見解について懐疑的なのだが、構仮にこの見地に立ったとしても、ここに召喚したテクストと『きもの』と読み比べてみると、構築された物語には隔たりが大きい。先回りして言っておくと、「るつ子」のキャラクターは、幸田文という強烈な個性を脱色し、大正時代を生きる平凡な一女性として設定されている。そのキャラクターが十全に機能するために、当代を反映する都市に住むサラリーマンの父と、標準的な家庭モデルが選ばれているはずである。

では、ここで『きもの』の物語性を、別の角度から照らし出してみたい。もう一人の「文」、円地文子は昭和三十一年五月、河出書房より小説『朱を奪うもの』を刊行している。物語は歯科大学の抜歯室で、手術を終えた「滋子」が麻酔から目覚めるシーンから始まる。身体の欠損を通して、主人公の女性性を表象する円地独自の物語のパターンが、このテクストにも採用されているのだが、次のようなコンテクストから、この物語の語り手が浮かび上がってくる。

司馬遷は失われた性の執着を全部史記の中に注ぎ入れたのだ。
こんな風に女性の機能を失ったことが生な悲哀や足擦りにならず、すぐ何千年も前の中国の歴史家への共感に滑っこく結びついてゆく自分の思索自体の奇妙さを滋子は滑稽に感じた。これも滋子の中にどっかりすわって動かない化物の仕業であった。

二つ目のコンテクストで、「滋子」の内面を読み解いた語り手が表出しているが、『朱を奪うもの』において、語り手はこのように女主人公から片時も眼を離さない。「滋子」に寄り添い、彼女を常に物語の主軸に据えて物語るのである。身体の欠損という事態に遭遇して、そのように処断する／される自国と自分との現実を梃子に、自国の歴史を折り返しつつ相対化する視野に立った表現者を呼び出し、一人の女の実存を覗き込む自意識のカタチと、その「滑稽」を笑う怜悧な批評性――。このような「滋子」の内面を覗くだけではない。すべて意識化し得ると信じる彼女の内奥に、得体の知れぬ「化物」が蠢いている。語り手は、「滋子」という個性的なキャラクターを操作しながら、極めて批評的な物語世界を編み上げようとしているわけである。だから、『朱を奪うもの』において、日本近代と反近代が交錯する時空間を意識的に生きる「滋子」と、彼女に潜む「化物」が対象化されるのである。こうして物語を立ち上げた語り手は、以後も「滋子」と「化物」の実相を、『傷ある翼』（昭和三十七年三月、中央公論社刊）として表象し続ける。この営為は近現代文学が対象とした近代的自我の飽くなき追求だったのである。

いささか、横道に逸れたかもしれないが、『朱を奪うもの』の物語戦略の概要は摑めたのではないか。そこで、『きもの』に戻ってみよう。すると、「るつ子」と「滋子」との際だった差異に気づくだろう。では、このテクストに眼を向けたい。

るつ子の家ではおばあさんもばあやもいたから手は届いて、四月三十日には一家中の袷がそろう。子供たちはめいめい一重ねずつ着物を渡され、自分でしつけ糸をとり、明日まごつかないように用意するのだが、その時の茶の間はさわがしい。なにしろ男一人に女三人のきょうだいだから、誰のが新調で、あたしのはおさがりだ、と文句がでる。るつ子は毎々姉たちのおさがりである。（中略）それはあきらめきれない不満と淋しさだつた。大きい姉にはいつも、小さい姉にも時々は、新調をしてやるくせに、なぜ、自分にだけは新しいのを着せてくれないのか。

引用したコンテクストは、語り始めて六十三行目に現われる。冒頭とこの文脈には大きな相違がある。当初、登場人物は「祖母」、「母」、「るつ子」と語られていたのだが、「おばあさん」、「るつ子」と語り直されているのである。物語が開始した時点では、世界の中に現われた人物たちは俯瞰的な位置に存在する語り手が捉えた対象であっただろう。その上で、三人のうちで少女のみを名指しながら語っていることで、誰が物語の基軸になるかを明らかにしたのである。こうして始まったものの、わずかのうちに語りの方法が変更されてしまう。というのも、外部から「るつ子」の家族の一人を客観的に捉えようとしていた語り手だったら、一貫して「祖母」と名指しするため、「おばあさん」（この物語の場合は物語内部に生きている家族が眼差し合ってコミュニケーションするための用語）が、地の文で使われるはずがないからだ。

このことから、当初の俯瞰的な視点による語りによって、物語の基本的な枠組（主要な登場人物とそれが基底音なる予感）を仄めかせておいて、物語が軌道に乗ったところで語り手を変換する。客観的に物語世界を捉える存在だったものが、「るつ子」という固有名詞を持った作中人物と同化していく。その証左が、「大きい姉にはいつも、小さい姉にも時々は、新調してやるくせに、なぜ自分にだけはあたらしいのを着せてくれないのか。」というコンテクストである。俯瞰的な視点によって、語り手が「るつ子」の内情を写す場合、「着せてくれないのか、と思った。」

としか表現し得ない。この不可能が可能になるのは、語り手が「るつ子」に寄り添いながら物語を開始する時である。

間歇的に、「おかあさん」などによる数行の語りが挿入されることはあるが、瞬く間に「るつ子」の語りに飲み込まれていく。他者の語りには自分の存在するトポスや、一緒にいる「るつ子」に対する批評が含まれる場合があるが、このようなコンテクストも、「るつ子」に寄り添う語り手が物語全体を統御しつつ語りを進行するために活用される。だから、たとえ他者の視点が導入されていても、「るつ子」を客観的に照らし出す力は持ち得ない。

物語の外側からも内部からも、主人公かつ語り手の「るつ子」を批評する者は不在である。そして、『きもの』の第一回目が語り出された時点で、六十三歳になった「るつ子」自身も、語りの現在から自分の生涯への省察を企てようとしていない。このような事情は、引用したコンテクストを読めば明らかであろう。

『朱を奪うもの』が強靭な「滋子」の批評性を軸にして構築したフィクションとすれば、『きもの』は、気付かぬうちにジェンダーに囚われている女性像を表象した物語である。したがって、「滋子」と「るつ子」は対極的なキャラクターだが、『きもの』は成長とともに没個性的になっていく「るつ子」の生を辿り直すことで、女性が着る着物に仕組まれた機制を描いているのではないか。それが捉え返されるのは、関東大震災後である。東京の崩壊と西垣家の変容を体験した彼女は、装う着物を脱ぎ、自分自身の生を充足する労働着に着替えることで――。

三、物語を深化させる関係性としてのトライアングル
――変容する「るつ子」の心象／顕在化する機制

前章において、『きもの』に仕組まれた物語戦略の一端を示した。ファーストシーンは着物の袖を破って叱られても、なかなか屈服しない「るつ子」が生き生きと描かれていて、印象的である。だが、語りが進行するにつれて、彼女の個性的な輝きは喪われていく。それは周囲から発せられる言説に馴致させられ、自立していく為に必要な対他を眼差す批評性が殺がれていく道程である。主人公で物語の進行役になった「るつ子」は、スポイルされた存在性を、自ら語っていることに気づくことがない。このような事態は俯瞰的な視点に立って、背後で彼女の語りを操る語り手が仕掛けた人間設定と関わっているのだ。

では、語り手はどのような設定の中で、女主人公の生を物語っているのか。それは「るつ子」をめぐる三角形の人間関係である。まず、物語の冒頭に提示されたシーンを想起してもらいたい。雪国育ちの「母」が寒さを防ぐために余分に綿を入れて縫い上げた着物の切れ端が、「るつ子」、「母」、「おばあさん」の視線が交わる場所に置かれている。このシーンが象徴するように、しばらくの間、この三人の物語が『きもの』の基軸になっていく。だから、冒頭で語られたヴァリエーション、すなわち与えられた着物に違和感を覚えて拒否する「るつ子」と、それをいさめる「母」、宥める「おばあさん」が語られているのである。「るつ子」の背後に存在する語り手はさまざまな着物と主人公との関わりを語っていくが、それによって少女期における「る

つ子」の特異なキャラクターを表象する一方、それに背反する〈きもの〉(着物に仕組まれた規制)をも顕在化させている。

「るつ子」は寺の住職が羽織っていた着物を破ってしまい、「母」と謝りに行くのだが、この衣に魅了されて、是非買ってくれとせがむ。しかし、「母」も「おばあさん」も取り合わない。そして、二人の姉から嘲笑され、願いを叶えてくれると考えた「父」にも諭される。その後も、農民が着る蓑笠が好ましく思ったり、木の葉で作った神農様を真似て着物を試作したりと、自分に合った着物探しが続くのだが、ひとつもうまくいかない。こうした語りで、ジェンダーの機制によって先鋭化していった〈装い〉としての着物と〈着る〉という根源的な機能とのズレを表象する。こうして、後者に固執する「るつ子」が、読者に印象づけられるだろう。

だが、語り手は同時に、さまざまなレベルの機制(それが平仮名表記の「きもの」である)と衝突した「るつ子」を表象することも忘れていない。

それは衣更えの慣習とセットにして語られる。四月三十日には一家中の袷が揃うのだが、三女の「るつ子」の着物はいつもお下がりと決まっている。「それはあきらめきれない不満と淋しさだつた。大きい姉にはいつも、小さい姉にも時々は、新調してやるくせに、なぜ、自分にだけは新しいのを着せてくれないのか。」——このコンテクストは地の文であるが、「るつ子」の憤りが語りの枠組を破って表出していて、立ちはだかる慣習に抗う存在性を際立たせている。次は「田舎者」と誰かから誹られた「母」が奮発して誂えたセルの着物の物語である。この事件はのちに『きもの』の語りに浮上して、「母」の悲劇性を炙り出す。「るつ子」を、「母」と同席していして、「母」が苦心したセルが肌に合わずただ一人かぶれた「るつ子」を、「母」と同席していた「おばあさん」は羽二重が気にいるかもしれないと慰める。だが、「女は着ない、つめたい着物地である」と思い返したことを、「るつ子」は語っている。このエピソードは男物／女物の区切りを、身に沁みて教わった少女を表象して閉じられるのだ。

四、交錯しつつ、物語を深化させる関係性としてのトライアングル（一）
――変容する「るつ子」の心象／発見される主婦の「割烹着」

この物語に仕組まれた二つ目のトライアングルは、三人姉妹という設定である。上の姉は父親似の美人で、おのれの容貌を誇り、驕慢な性格である。下の姉はやはり父親似の顔立ちだが、長女ほどでない。万事、長女の陰に隠れて目立たなかったこの次女だが、姉が嫁いだ後に、めざましい変貌を遂げることになる。

このトライアングルが機能し始めるのは、長女の結婚が西垣家の問題になり始めた頃からである。「るつ子」は女学校に入学して、華族の娘「ゆう子」と親しくなる。この友人に自宅で自転車乗りの稽古をしないかと誘われるのだが、菖蒲が咲く堀に落ちて着物を汚すという失態をしてしまう。後日、手土産を持って詫びに行った上の姉が、「ゆう子」の親戚の男性と知り合う。家族に内密でデートをしたことを知って、「父」は交際を断念させる。

家庭内に小事件が起こった時期は「るつ子」が女学校入学の年なので、大正四、五年頃と考えられる。同年、長女は東京市内で経営する病院長の長男と結婚している。一見すると株仲買店に勤務する番頭の娘には不釣り合いだが、この背景には第一次世界大戦による好景気が伏在している。そこで、『山一証券史』（一九五八年刊）の第三節「証券流通市場の発展」を読んでみよう。

第一次世界大戦時から戦後にかけての株式ブームによって、東株市場の規模は拡大した。三年七月を基準とする日本銀行の株価指数月中平均では、五年に二〇〇の線を突破し、その後多少の浮動はあったが、九年一月には二五一にまで騰貴した。

日露戦争以後、重工業を基幹とした企業勃興に支えられて、日本の資本主義が発展していく状況を、「るつ子」の父親は株の変動で、ビビッドに感受し得る人物だった。「るつ子」は、これまで幸田文と重ね合わせて読解されてきたが、このような金融経済の状況に組み込まれている西垣家の内実を、彼女の誕生が裏書きしていたわけである。自伝的小説『少年』（昭和五十年十一月、筑摩書房刊）を読むと、株の仲買人だった大岡昇平の父は、この時期に財を築いているが、貧乏な和歌山生まれの男にも一攫千金の夢が叶えられる世相であった。

そこでもう一つの文献、すなわち岸柳荘の『兜町物語』（大正八年四月三刷、株式世界社刊）を開いてみたい（引用文は総ルビ）。

米に株に手を出さぬものは紳士の資格が無いと云ふ時代も遠き未来ではあるまい、今日東京市内の開業医で株相場を知らぬものは無いと云ふ話もある、このようなコンテクストから、株仲買店の番頭をしている「父」と長女の婚家先との接点が見えてくるだろう。さらに女学校を中退して次女が嫁いだのは、「舶来の化粧品、ハンケチ、手袋、ネクタイから男下着」などの高級小間物を扱う商店なのである。彼女の相手も次男で、二人は横浜の支店を切り盛りする生活に入っていくが、ここにも世の好景気の波が打ち寄せている。そうしてみると、このような見合い話が相次いで舞い込んでくる西垣家は、当代の東京に生まれた中間層の一典型であったといえる。物語世界の中で、長男は中学在学中、長女は女学校を卒業して花嫁修業中である。そして、下の姉と「るつ子」は女学校在学中である。さらに、「ゆう子」のような華族の子弟が在籍する学校に通っていた主人公は、女子大学への進学を夢想している。

持家に住み、親子五人、祖母一人、下女一人の家族を賄い、さらに大岡の父親と同様に、物語世界に棲息する「父」も妾を養っている。こうした経済力が、経済発展を遂げていく時代層において蓄積されていたのである。では女学校教育を受けた三人姉妹は、どのようなトライアングルを形成していったのだろうか。

語り手は、この人間関係をそれぞれの結婚衣裳で表象している。前述したように、華族の一族に嫁ぐ夢を「父」に阻まれた上の姉は、富裕な開業医院の長男と見合い結婚をするのだが、この女性が選んだ結婚衣裳は「おかいどり」である。語り手によれば「身分のいい人とか、よほどお金持とかは着るが、なみの家では着ようという気さえ起きない」。身の程知らずの跳ね上がり者という誹りを受けるからと、「父」と「おばあさん」は拒絶する。頑強に娘が譲らないのは、それだけの財力があると考えているからに他ならない。同情した「おかあさん」だけが願いをかなえてやりたいと思うのだが、結局、白襟、江戸褄紋付、金糸の光る帯という豪華な衣裳で、身体を飾る。そして、結婚式場で挙式した後、料理屋で披露宴をしているが、湯沢雍彦編『大正期の家庭生活』（二〇〇八年八月、クレス出版刊）に参照すると、このようなスタイルが当代のトレンドだったことがわかる。少し前、すなわち明治四十四年二月、日比谷大神宮で挙式し、帝国ホテルで披露宴をした柳原白蓮がその代表的な例である。

この経緯を述べる語り手は、「父」が苦言を呈する姿に「感動して堅く座つていた」主人公を印象づけているが、ここまで物語を読んできた読者は、女学校に入学した「るつ子」と「おばあさん」とが下着について対話していたシーンに思い当たるだろう。雑誌の口絵写真に登場する令夫人の下着が絹ならば、「いくら姉がつんとすましこんでいようと、これは間ちがいなくみの木綿組だ」と、彼女は呟いていた。この後しばらくして、西垣家を訪問した学友の「和子」が帰った後、この姉は口を極めて木綿のイメージによって語られる和子を貶す。語り手は、このような語りを積み重ねながら、〈装い〉の着物によって露わになる欲望を表象しているのだ。

次女の「みつ子」は洋品店の次男「磯貝有二」と見合い結婚をしている。いかにも横浜で洋品店の経営を計画している相手の妻らしく、下の姉は実利的である。「いい着物はいらない。簞笥も一棹だけでいい。（中略）すべて体裁めいたことは省いて、式に費用をかける分を予備の金にしておく。なるべく簡単に、実用的な披露をしよう」――。義父母と同居している長女に較べると、これから共に働いて新しい家族を営もうとするにふさわしい言動である。言行通り、結婚衣裳は式場で借りて済ませた後、この姉は洋服を着て里帰りをしている。

そこで、少し時間を巻き戻してみたい。「みつ子」が臥せっている「母」に嫁入りの挨拶を交わす場面である。二人に目を凝らす主人公を伏在させた描写がある。

母はおき返つて一つだけ、みつ子のお祝の酌をしてやつて、泣いてばかりいた。なにもしてやれなかつたと詫びたり、こんなに早く縁がきまるとは思わなかつたとか、愚痴である。

「るつ子」は無言である。そこで、語り手は病気見舞いに来た次女を描写しながら、この時の主人公の内面に触れている。それが「嫁入道具はいらない、金がいい、と娘らしくもないがさつなことをいつたみつ子」という呟きである。下の姉は夫のライフスタイルを受け入れて、〈装い〉としての結婚衣裳に代わる現金を手にした振舞いが、「母」を悲しませたという非難である。さて、結婚問題によって、好景気を背景にした新中間層の家庭ドラマが進行する中で、姉たちは対照的な衣裳選びをしたのだが、実は相手との利害を計算した上でのことである。したがって、二人を可愛がって来た「母」は、長女に対しては望みを叶えてやれず、次女についても病気のために満足に相談に乗ってやれなかった思いがあり、自分の至らなさを詫びこそすれ、不満を漏らしていない。だから、結婚後、病気見舞いに来た二人を喜んで迎えるのである。

語り手は再び、そんな「母」と姉たちを傍観する「るつ子」の視点で描いている。したがって、このコンテクストには「るつ子」の「娘らしくないがさつなこと」というバイアスが懸かっているため、母娘の良好な関係／西垣家で唯一理解できない末娘のコントラストを印象づけている。それは今に始まったことではなく、子供の中で唯一疎外され続けた「るつ子」にとって、了解不能なことは当然のなりゆきであり、語りの現在においても疑問のままである。

姉妹のトライアングルという設定は、なぜ「母」に愛されないのか自問し、それ故に「母」に接近していく主人公を顕在化させていく。この設定は第一のトライアングルと連動して機能し、常に主人公の奥底に伏在しつつ、物語世界の枠組を形成していく。主人公の心象に寄り添う語りゆえに、おのずと読者はその端緒が「母」、「おばあさん」、そして「るつ子」に破られた片袖を瀆めた過去に回帰し、次のようなシーンの意味を読み取ることになるだろう。

着心地がわるくて破ってしまった「母」の作った綿入れの筒袖胴着の秘密が、祖母から明かされるシーンである。

「母さんはね、雪国の人だもので、綿を沢山いれちまうのさ。越後は寒いから、みんなむくむくした綿入れで暮らすらしいよ。そういうのが身にしみているから、るつちゃんの胴着にもひいき分に沢山、綿をいれたんだろうよ。（以下略）」

この後のコンテクストは「おばあさん」の話を地の文に生かして展開しているが、聞いていた彼女は「母がこごえているように錯覚し、台所へかけていくと、ごめんなさい、ごめんなさいと本気であやまつて泣いた」と、語られている。このような記憶は、そののち母との軋轢ごとに甦り、反芻され、女学校の友人「和子」の母と重ね合わされる。

母子家庭のため、貧しい「和子」は家計を支えるため、自転車に乗って配達のアルバイトをしようとする。この友人と一緒に家に入ると、母親はボロに継ぎを当てて、娘の仕事着を縫っているところであった。この情景に出会って、貧窮というものを知らなかったことを思い知らされるとともに、継ぎ当てのお下がりを嫌がった自分に気づくのだ。

一旦、継ぎ当てをしている母親のイメージは物語の表層から消えてしまうが、長女の結婚後、それは病気の「母」に代わって「るつ子」が台所に立つシーンに接続する。そして寝巻を新調するため、祖母にことわって「母」の箪笥を開けて、あまりの貧しさに驚くシーンにも――。こうして、「母」が絣で手作りした「つぎはぎの割烹着」と「みすぼらしい寝巻」は家事を引き受けた主人公にとって、初めて実感する母親の象徴となった。それは〈装う〉ものでも〈着る〉ものでもない最も根深いジェンダーを着る存在であった。こうして、「るつ子」は家制度に馴致する／される専業主婦が纏う着物を発見するのだ。

ここで、もう一度、「母」、「おばあさん」、そして「るつ子」の着物をめぐるトライアングルが生かされる。学校から帰ってきた主人公は、袴を脱いで「母」の着ていた割烹着を身につけ、祖母とともに家事に励む。語り手は三枚の割烹着のうち、小さい頃の「兄」の着物などを継ぎはぎした手製の二枚を焦点化しつつ、「るつ子」の心情を掬い取っていく。

なにか貧乏くさく見えるので、以前からるつ子は嫌がつていたが、自分で着てみるとなおみじめで、ひどくふけてみえた。だが、本気で家事に手をだしてみると、母がそうした紺絣の手製を着るのがわかつた。白はきれいすぎて、手置きが面倒くさかつた。あまりに汚れに弱い。紺絣はそこが強い。地の黒い部分は汚れをさりげなくかばうが、絣の白い部分はどれだけ汚れたかをかくしはしない。不潔にならない程度に汚れを沈めてみせる。紺絣の強さをるつ子は知つた。母がるつ子たちの不評判を相手にもせず、ずつと紺の割烹着をこしらえた筈である。

一度、物語世界に継ぎはぎの労働着は登場していた。それは自転車で配達する「和子」の着用するもので、彼女の母が裁縫をしていたものであった。やがて、姉たちや二人の友人と異なって、唯一、物語内で運針する人物として「るつ子」が語られる場面が訪れる。こうして彼女が主婦の視線に立った時、嫌だった着物と「母」が捉え直されるのである。それは彼女の母が家事労働を通じて得た合理性への気づきだったわけだが、「おばあさん」は「割烹着」を以下のように拒絶する。語り手は襷と姉さん被りで働く祖母の肉声を響かせながら、「嫌だよ。そんな大袈裟な。さも、着ました、働きますつて、ふれまわつてるみたいなもの、恥かしくて着られるものかね。」というコンテクストを作り上げている。

周知のように、明治三十年代、割烹着は赤堀割烹教場が、料理だけでなく掃除洗濯も可能なものとして考案し、主婦にとって家事労働に欠かせないアイテムとなった。割烹着姿の女性たちが雑誌「食道楽」に表象されたのは、「るつ子」が誕生した一年後、明治三十八年九月である。とすれば、西垣家のような都市に住むサラリーマンの主婦にとって、割烹着はおのれにふさわしい格好の作業着だったはずである。こうして、割烹着姿の嫁と姉さん被りで襷掛けの姑のコントラストを浮彫りにしながら、一見穏やかな義母／嫁の関係の裏面が語られるのだ。義母の厳しい眼差しに応え、共感を得ている嫁の内的葛藤を象徴する割烹着——。既製品の汚れの目立ちやすいエプロンを使わず、我が子の不評にもかかわらず、継ぎはぎの手製で身を包む主婦が、「るつ子」の母親だったのである。

この時、初めて気づくことがある。家族の反対に対して、「かいどりを着たい」と一歩も引かない長女をただ一人擁護し、おのれの至らなさを夫に詫びる「母」の心象についてである。何度も繰り返しているように、この物語が「るつ子」に寄り添う語りで進行しているため、他者の心情は彼女の読み取りによってしか表象されない。だから、長女が嫁いだ後、体調を崩して寝ついてしまう母親の内面が描かれることはない。一切の嫁入り支度を委されたものの、自分と娘が夫に叱責され、その娘が「皮肉ばかりをきかせた」と恨むといった家庭内の不協和音を招いてしまい、心労のために心臓病で寝ついたこととそれを結びつける語りは発動しないのだ。だが、ここまでの物語を、客観的な立場から読んで来た読者には、容易に推測されるだろう。浮上してくるのは夫と義母／娘の狭間に立たされた心労、そして強いられ／自らに強いた良妻賢母像を砕かれた彼女の失意である。

このような「母」の心象に、「るつ子」は気づいてはいない。もっと後、家族の反対にもかかわらず、自分で結婚相手を決めて、「父」の妾に衣裳の相談をしようと思い立った時、亡き「母」の姿が彼女に寄り添うことだろう。だから、まだ主人公に寄り添う語り手は、次のような叙述にとどまっている。「家の中は暗くなつた。暗くなつてはじめて気がつくのは、今迄が明るかつたということであり、母がどんなに家の中で大切な人だつたか、ということだつた。」――衝突ばかりしていた「母」の存在を実感する瞬間である。

これまで書かれた『きもの』論は「るつ子」と「おばあさん」を基軸にしてきた。二人はテクスト内に頻出し、物語のアウトラインを形成しているには違いない。主人公に寄り添い、教え諭す祖母／孫は太い絆で結ばれているようだ。確かに震災後、祖母の家庭教育から逸脱する自己に気づくまで、この関係性は継続する。だが、祖母は『きもの』の語りの構造において、トライアングルの一角を形成し、「るつ子」を拘束する。語り手はこの祖母／孫の関係性を巧みに利用し、それゆえ彼女が眼差さずにはいられないもう一角を照らし出す。コミュニケーションの明暗を語り分けながら、語り手は外部に潜在し、やがて物語空間に浮上してくる関係性を、「母」が語りの中で発見される伏線にしているのである

だから、母親が縫った服の片袖を破った少女は、成長して「母」の家事スタイルを選択するのだ。「おばあさん」から炊事を手伝うように言い渡されたにもかかわらず、下の姉は聞き入れない。結婚問題に夢中になっている。嫁いだ姉は病気見舞いに来ても、母親に対する気遣いをそっちのけで、新しい生活の自慢話に終始している。お茶を淹れてきた「るつ子」は、その様子を冷やかに傍観しているのである。こうして、ただ一人、家事と介護に専念する彼女は、「母」に寄り添い、同化していく。寝巻を縫おうと、母親の箪笥を開けて布地を探すシーンは、こうして語られるのである。

母の箪笥の中はあつさりしすぎていた。大きな金具を貼りつけた箪笥は、さもいい衣裳を沢山仕舞つてあるようにみえたが、四季の外出着すべては、四ツ引出しの上二段だけで間に合つているほど少かつた。意外なほど少い。下二段の引出しは縫いかえした不断着、洗い張りもの、萎えた下着、足袋などが押しこんである。

五、交錯しつつ、物語を深化させる関係性としてのトライアングル（二）
——変容した「るつ子」／拘束する主婦の〈きもの〉

物語は貧しい家計を支えようとして火傷を負った「和子」を見舞う主人公たちを点描しながら、「るつ子」の悲しい日常に及ぶ。それは「ゆう子」に打ち明けた話として表象される。「母の病気、父の沈鬱、おばあさんの負担、上の姉中の姉のもの足らなさ、硬化した自分の気持と家事の手伝い、心臓病への不安、それをみんな聞いてもらいたかった。」——。自転車の運転を練習する場面に登場した女学校のクラスメートたちは、物語の中に伏在しながら交友を深めて、家族の誰にも話せない苦悩を共有する存在として再登場する。「るつ子」は理性的なキャラクターではない。自分の苦しみの断片を一つひとつ思いつくまま語っており、それが読者によって繋ぎ合わされることで、彼女の現在が了解出来る。引用したコンテクストは、彼女にとって重要度の高い順が「母」、「父」、「おばあさん」、「姉」、「自分」であったことを明らかにするとともに、これらの断片を収斂する中心問題が全く見通せていない「るつ子」をも表象しているからだ。自分の日常を覆っているさまざまな困難と、それらと向かい合っているおのれが客観化されず、身体を取り巻いている。だから、継起的に家庭内で発生する小事件に振り回され、物語も必然的に彼女の感情が投影してしまうのだ。

本論の冒頭で、円地文子のテクストと比較しながら、「るつ子」は自らを捉え返す意識が微弱なキャラクターだ、とコメントしておいた。この主人公は、家庭内において、自分の重要度をみずから最も低く見積もってしまうコンテクスト内に顕在化しているのである。

読者にとつて、少女期の「るつ子」は「きもの」の機制に抗い、自分の身体性を優先する主人公であったわけだが、もはやその片鱗も見られない。語り手は家庭内に存在する二つのトライアングルを活用しながら、主人公が気づかぬうちに着物に仕組まれた機制に囚われていく道程を表象していった。その道程とは理由も分からず差別化され、姉妹の中で、なぜ自分だけが母親に愛されないのかという反問の歴史である。この主人公は、それゆえ、「母」を眼差していたと考えられる。「おばあさん」の家庭教育は、彼女の暴力的な感性を撓め、家事を担えるまでに馴致させていった。その結節点が「割烹着」を着る母親の発見だったのである。

三つ目のトライアングル、すなわち家庭の外で築かれた交友関係を、再び物語に導入したのは、外部世界との接点において、「割烹着」姿の「るつ子」のその後を炙り出すためであった。それは「母の病気」から始まる家族の問題に心を砕き、自分を後回しにするコンテクスト（これは彼女が見つけた「母」の箪笥と同義である）として、表象されている。このあと、語り手は主婦役割を受け入れた主人公の毎日を語る。そして、学業を犠牲にして「母」の看病に専心する心象を印象づけて、そんな彼女を見つけ出す存在に着目させる。こうして濃密な友人関係で結ばれた「ゆう子」と「和子」が再び物語世界に召喚されるのだ。彼女たちは「るつ子」を西垣家の外に誘い出す。物語世界に封印されていたものに引き合わせるために——。

二人の友人は基本的に洋服と労働着で象徴されるように、自力で意志決定をして、おのれの欲望を外部に開いていく存在である。親の反対を押し切って海外に飛び出した「ゆう子」、職業婦人になって出会った異性との恋愛を夢見る「和子」。それに引き替え、「るつ子」は家庭内に取り残され、生きるべき未来がイメージ出来ない。卒業後、進路を見つけ出せない主人公は、彼女たちを想起しながら、取り残された自分を実感する。実現すべき自己を見つけた親友にアクセントを置くことで、語り手は「割烹着」を見つけ出す主人公の生の時間を照らし出しているのだ。

だが、語りの現在において、ひとり取り残された寂しさを体験した日々が「るつ子」のすべてではない。語り手は一瞬明るく照らされた主人公と、ひとりの女と出会うシーンを挿入しているのである。この出会いは西垣家の秘密を暴き、これまでの物語世界を揺るがせていく。

六、顕在化する「父」をめぐる三角関係
――震災、解体する家、そしてしきせ縞の仕事着を纏う「るつ子」

その語りは「るつ子の成績はおちていつた。」で始まる。主人公は遅刻や早退が多く、宿題もこなせないため教師の質問に答えられず、立ち往生している。「ゆう子」は深く首を落としてうな垂れ、もう一人は身体ごと「るつ子」に向けて気づかっている。この授業が終わった後である。

「ねえ、あしたの午後、一緒に行つてもらいたいんだけど。」

猫を貰いに品川の貿易商の邸を訪問する友人の誘いに、主人公は友の気遣いを感じ、「家族の

こと以外は、なんにも考えずに暮していた、とも気付く」のである。翌日の放課後、三人は品川に出掛けて、ペルシャ猫を見せてもらう。語り手は「るつ子」の変化を見逃さない。「猫どもはまた世にも美しく高貴だつた。真つ白なのだ。汚れていない。ふかふかしている。三角に立つた耳の内側が、うつすりと赤い。引きしまつた顔。動かなければどこからが足なのか手なのかわからない雪である。」——視覚で捉えた情報を、短いセンテンスで接続することで、語り手は「るつ子」の生き生きした内面を表象し、眠っていた感性を呼び覚ますのである。このような彼女の前に現われたのが、「清村その」である。「じんわりと強い印象が残つていた。座ぶとんの真中にゆつくり座つていたゆう子と、指をついたままの姿勢で、老婦人の言葉の切れるのを待つていたそのひととが、両方とも立ちまさつていい形だつた」。このような深い印象を残す女性だったため、「るつ子」は帰宅後、祖母に語り聞かせる。孫の弾んだ語りに感じるものがあったのだろう、相手の特徴を探り出すうちに、「おばあさん」はこの女が息子の愛人と気づく。そして、「るつ子」に口止めをするのである。こうして、彼女は家庭内に封印されたままの秘密を知るのだが、祖母は愛人問題に対して、主婦らしい賢さで耐え忍んだ「母」を語りつつ、孫のショックを軽減するのである。

物語の表層には現われていないが、同じように「おばあさん」は口止めした場面がある。それは夫にも相談せず、「母」が自分の一存で家族全員の着物を新調し、それを着て食事をし、写真館で記念写真を写した時の「セルの着物」である。母親の簞笥を、開けて、「るつ子」が見つけた着物である。

「つい、江戸っ子じゃないから、田舎者だからって馬鹿にされたくやしさで——」

おばあさんが慌ててさえぎったが、母は涙ぐんでいるようにみえた。

「誰が馬鹿にしたの？」

「誰でもいいんだよ。世の中にはいろんな人がいるんだから。いいからそんなこともうお忘れ。」


着古した着物が良妻賢母の証とすれば、「セルの着物」は嫁して自家には戻れない女のやり場のない苦悶を象徴している。幼い主人公の記憶に鮮やかに残された思い切った母親の行動は、祖母の口出しで、長く物語の中に封印され、徐々に事実が明るみに出て来る。「るつ子」に寄り添う語り手は、その一つひとつに立ち会わせることで、引用したコンテクスト内の「誰」を知るのだ。

「父」の再婚について相談するシーンで、「おばあさん」が次のように回想している。「あたしもお母さんの心を察して、かわいそうで困ったよ。つまりあのひとが東京の町の人だってことが、お母さんにはこたえたんだよ。よく、田舎者はつらい、どうやったって東京のひとにはかなわないって、泣いてたよ」。引用した過去の会話と、今、「るつ子」が聞かされている話とが符合しており、長い年月の後、真相が明らかになるのである。「清村その」は芸事の世界に生きる粋な女、「ひと」だが、「誰」ではない。主人公はこの時、はっきりと「誰」を眼差している。「父には東京風がしみ込んでいて、田舎風を許して容れるだけの妥協がなく、母のほうには抜きがたい卑下感と、口惜しさがあって」と、感じ取るからだ。つまり、「セルの着物」とは「ひと」を挟んだ夫婦の確執の象徴であり、子供のために我慢をした「母」への同情と、それを強いた者への不信が芽生えた主人公を物語るのだ。やがて、このような心象は「ひと」に対する読み取りにも波及していく。

物語は進んで、結婚の祝いとして、「清村その」が手紙を添えて反物を送ってくる場面である。「るつ子」は鋭く「旦那様」という文言に反応し、「清村そのの身の位置を、これほどはつきり語る言葉はない。このひと何年、こうしてきているかと思えば、そうさせている父がうとましく、このひとも亡母もかなしかつたろうと、またしてもそれを思う」のである。こうして、主人公は父親と関わる二人を同一の視点で捉えるのだ。だから、家族の反対を押し切って縁談を決め、結婚衣裳の相談相手に「母」と重ね合わされる存在を選ぶのである。いささか、論述が先走ってしまったので、元に戻そう。

語り手は「るつ子」に寄り添うという物語戦略を選択しているため、彼女にとって思い出深いエピソードが時系列に沿つて繋ぎ合わされているように思われる。だが、一見、老女となった語りの現在において、主人公が紡ぐ取り留めのない一人語りに任せているように見えるのは、記憶を解体し再構築し、現在の生を捉え返す物語（フィクション）としていく過程で、必然的に立ち上がってくる自己と向かい合う批評性の欠如を表象するからである。語り手は女性性を拘束する〈きもの〉と、幾つものトライアングルによって、抑圧される主人公を表象するのである。

さて、『きもの』という物語の分岐点は震災である。首都壊滅という大状況の中で、「母」の病気を契機として綻び始めた西垣家も同じ過程を辿っていく。生活空間の大状況と小状況をパラレルに見通す観点に立って、語り手は「るつ子」たちを追跡していく。だから、主人公の視覚を借りて描写された災害の生々しさは、語りの現在において、単なる記憶の再現ではない。ここに至って、彼女に寄り添う語り手は自分の内面に立ち会う存在性を表象し始める。
そこで、注目したいのは、「るつ子」と祖母が上野公園に逃げ延び、行方知れずの「父」と再会するシーンである。

人ちがいの洋服姿になつて、父は来た。るつ子はびつくり呆れてそんな父親をみつめた。野宿のこんな非常時でも、服装はるつ子の感情を動かした。ふだんの父より若くみえ、似合う。

ここでも、焦点化されるのは衣服である。語り手は父親の安否を気遣う主人公に寄り添っている。だから、再会し得た喜びを驚きに変えてしまった異装（その衝撃度は「人ちがいの洋服姿」という破格な表現で明らかである）に、眼を奪われるのだ。それはまず、これまで感じたこともない男性的魅力によって――。それは一転、不快感を起こさせる。「父」がたまに着る洋服は黒や濃紺のため、野暮ったいのだが、社長から貰って着用しているものは鼠色で、襟も袖も細目でまだ新しい。じろじろ見ているうちに、主人公の印象は変化し、「社長が呉れるといえばいま平気で新品を着るのは、節度も誇りもない仕業だ、とけなしたい感情」が芽生えてくるのだ。二つの感情のベクトルは外部に生きるもう一つの顔を浮かび上がらせ、「るつ子」は愛人の存在を気づかれていないと思っている「父」を瞶めている。「父」に対する信頼の揺らいだ主人公の眼前に、愛人が現われるのは偶然ではない。この「清村その」こそ、具象化された「人ちがいの洋服姿」だからである。

父親の愛人は魅力的な同性だった。「どこまでも自力を尽して、生計費を生みだそうとする。それは男と同じ態度といえた。主婦にはない颯爽としたものである。」――。こうした読み取りがあって、「母」を主婦役割に縛りつけ、「清村その」を性的欲望として支配する父親像が浮上するのだ。先述した通り、祝いの反物に添えた「その」の手紙は、震災当夜の記憶と絡み合いながら読み解かれていたのである。

さて、震災後、西垣家の家族の服装は変化していく。社務に専念するため家長の地位を長男に譲った「父」と、「兄」は和服から洋服に。「おばあさん」の服装も最新モードのアッパッパに変わった。ちなみに、アッパッパは丸山直子「衣服生活の変わりぶり」(湯沢雍彦編『大正期の家庭生活』二〇〇八年八月、クレス出版刊)によれば、大正十二年末に発売されたという。一方、露天商を始めた「るつ子」はしきせ縞で作った仕事着に着換えている。もはや、母親の代わりに、主人公が守ろうとした家族団欒の生活は描かれない。

消失した家に代わって焦点化されるのは、人が行き交う路地である。「るつ子」はこの年、石橋徳次郎が特許申請した地下足袋(『ブリヂストンタイヤ五十年史』一九八二年三月、ブリヂストンタイヤ株式会社刊)などを販売し、これまで接触しなかった階層の人間達と出会っていく。最初は戸惑ったものの、客との駆け引きが上手になり、そんな孫が「おばあさん」には不快で、「蓮つ葉になつてもらつちや困る」と苦々しい顔をする。その意味に、「るつ子」はしばらくして気づいている。「物を売るのは、媚をうることではないが、どこやらに浮いた気持が育つものであ」り、「るつ子は自分が案外浮気めかした心の持主」だということに――。

七、おわりに

さて、住んでいた場所に家を建て直して、西垣家の人々は暮らし始めた。揺らぎ始めた家庭内に、早晩、「るつ子」の居場所がなくなるだろうと考えた祖母が、見合い話を持ち掛ける。そうした中で、近隣に住む住民から縁談が持ち込まれる。相手は近くで開業している歯科医師だが、家族も主人公も気に入らず破談に終わる。だが、路上を歩いていた彼女に、この男の運転していた自転車が追突するというハプニングによって、「るつ子」の心境は変化していく。だから、不快だった相手にどうして好意を寄せることになったのか、自分でも判然としないままなのである。結婚に踏み切った理由も同様である。

とすれば、歯科医師の妻になるという選択肢をくっきり浮かび上がらせたのは、外部である。父と祖母の不承知が逆バネとなって、「るつ子」の不信感を増幅させ、家を出るというエネルギーになった。これまでの語りに登場した「るつ子」の衣裳は、ほとんどが〈装い〉としての着物であった。しかし、物語の重要な節目で、語り手は彼女の労働着姿を描いている。「母」の着用していた割烹着としきせ縞の労働着が、それである。割烹着で家事労働する主婦を引き受けることを表象した語り手は、震災後の戸外で働く「るつ子」の労働着姿によって、彼女の内的変化を暗示する。それは実は、〈きもの〉の意味表象を通して、物語を構築する語り手ならではの読み取りだ。

家の機制に馴致されてきた主人公は、家父長との保護する／される関係性の中に生きる存在であった。西垣家に次々に起こった「母」の病気と死、震災という悲劇によって、隠されていた「父」の実像が暴かれて、彼女の精神的基盤が崩れて行く。その度に感情は揺すぶられ、不安が増幅して行くのだが、だからといって彼女の自意識は明確なカタチを取り得ない。このような語りによって、「るつ子」をコントロールしてきた機制が炙り出され、その「父」の虚像／実像を鏡にして、彼女は抗う自分を捉えていった。その時、読者は父親の実像も母親の苦悩も承知していた「おばあさん」が、「父」に従属する賢明な家庭の管理者だったと気づくのだ。

そこで、着目したいのは父と祖母の反対を押し切って、結婚が決まった後の語りである。語り手は花嫁衣裳をめぐって、「るつ子」が苦悩する姿を焦点化しつつ、祖母との齟齬を表象する。そして、「清村その」が結婚衣裳の相談相手になったことを語る。この時の「清村その」は彼女にとって、「母」を悩ませた女ではなく、「父」の欲望に支配される女性であったはずである。背反するようでありながら、実は「母」と同質のメンタリティーを体現する女性像——それが想起された時、「るつ子」の記憶は物語に編み直されていくのだ。

第五章　大自然を歩く　「台所育ち」の豊かな感性世界

「身近にあるすきま」の発見とその展開――「ひのき」（『木』）論

一、日常的な主婦的感性と非日常な森の世界と

幸田文は昭和四十六年一月から「木」の連載を開始した。その第一回目「えぞ松の更新」には、植物学者が語ってくれた話に感動し、なんとしても一文字に発芽するえぞ松を実地に見たいと切望する「私」が登場する。長期にわたる「木」の物語は、こうして始まった。第二回目の「藤」には木に関心を寄せるようになった「私」の記憶が語られている。三人の子どもが木に関心を持つことを願って、「父」は屋敷内にそれぞれが世話する木を植える。木の葉を見て木の名前を答える利発な「姉」は「父」に可愛がられ、「私」はその様子をねたましく見ているしかない。「姉」が早世した後も、その面影を懐かしむ「父」が、「私」に少女時代の嫉妬を想起させる。こんなトラウマともいうべき原体験が、彼女を突き動かしていく。語り手はこのようにして、木と出会う旅に出て行く老婆を表象してみせるのだ。

さて、作中人物の「私」と幸田文を重ね合わせるのが「木」の読解の定番である。

しかし、筆者はこのような読解に与しない。そして、幸田文と名づけられた女性そのものに

ついても、筆者はあまり関心がない。もっぱらの関心は「幸田文」という表現者とテクストだ。「文壇の崩壊」が話題になった時代において、文壇と一線を画し続けた自称「素人」の文学性に、である。昭和三十年代前半、『流れる』と連続随筆「暮していること」などによって、「台所育ち」というセルフイメージを紡ぎ出した「素人」が生み出したテクストは、「木」や「崩れ」に到達した。今日の問題は、既存の文学と異なるこれらテクストの物語性を明らかにすることである。

ところで、かつて筆者は「えぞ松の更新」を読み、このテクストの中に、ルポルタージュという既成の文学型式から逸脱した独自の語りを発見した。その喜びは今も鮮明だ。「崩れ」に到達する道筋が、このテクストを創造することによって切り開かれたと考えたからである。

連載随筆「木」は何度も読み返させる魅力がある。その後も繰り返し読むうち、「ひのき」の語りの中に、もう一つの道筋があることに気づいた。

「木」の第一作目「えぞ松の更新」と第三作目「ひのき」は、語りの対象は異なるものの、物語の基本的な構造において類似点がある。森に詳しい案内者／好奇心旺盛な見学者が、同伴しながら樹木を見て歩くことで、見学者は木に対する新たな知見を得る。この好奇心に満ちた見学者「私」は、自分の身体を通して木を体感するキャラクターである。だから、物語は向かい合う二人を印象づけながら、案内者の知見が常に身体によって確かめられ、そしてさらに、それが見学者に更なる問いを生じていくという語りの構造を持つ。というように、ざっと整理してみたが、「えぞ松の更新」を書いて得たノウハウを生かすことで、「ひのき」の物語世界は深化しているらしいのだ。

えぞ松と異なり、日本人になじみ深い檜を語るという戦略と、それは関わる。「日本の北海道の富良野の林中には、えぞ松の倒木更新があって、その松たちは真一文字に、すきっと立っているのだ」と感動する「私」は、一体どのような存在なのか。第二作目「藤」の冒頭で、語り手は読者に樹木を見て回るようになった「私」について説明している。「私」や姉弟に植物への関心を持たせた「父」の存在をクローズアップしながら、よく植物名を言い当てて「父」に可愛がられた姉への嫉妬を炙り出す。こうして、語り手は「えぞ松の更新」で表象した「私」のキャラクターを明確にし、なぜ老女が北海道の森林に足を踏み入れたのかという読者の問いに答えている。

だが、「藤」を語り終わった時点で、語り手は、実はまだ真の「私」に気づいていない。その肖像が起ち上がっていくのは、「夏の檜」に出合って日々の暮らしに生きた自己を発見した瞬間である。このテクストで表象される木との出合いは、「えぞ松の更新」で語り出されたように、非日常の空間に踏み入る老女の体験である。だから、それと同様に「ひのき」の語りの舞台も奥深い山林だ。語り手はここでも、森に入って、「私」を視点人物にして檜を表象していくのだが、それが物語の狙いなのではない。

というのも、「ひのき」の語り手は生命感に溢れる夏の檜を媒介にして、家事業で得た感性を再発見する「私」を前景化している。このような老女像が語りの世界に屹立して行く時、非日常な空間と思われた樹木の世界は、家事業に専念してきた身体とシンクロする身近なものに変貌しているはずだ。だから、外部を表象するルポルタージュではなく、この物語の基本構造は身近なものの再発見なのである。興味深いコンテクストがあるので、引用してみよう。

それにしても家事の経験というものも、そう悪くないと思う。最低一年間を手がけてみなければ、話にならない、という掟が檜で効いたには意外だった。

表現されているのは、主婦の感性を体現する老女の自問自答である。身近なイメージから心理的にも物理的にも懸け離れた森の世界を舞台として、どのような旅が彼女の内面で展開したのだろうか。この物語はどのような語りによって生まれたのか。そのような課題を提示し終えたところで、話題を連続随筆「身近にあるすきま」（昭和三十一年執筆）に転じたい。

二、〈身近にあるすきま〉を書くこと
――〈暮らし〉に根ざす知的感性の再発見

幸田文は昭和三十年代に入り、『流れる』、『おとうと』といった連載小説の執筆と平行して、「婦人画報」に連載随筆を掲載していった。「日々断想」、「身近にあるすきま」、「暮していること」がそれであるが、これらは作家の日常を描いた従来の随筆と異なり、日々の暮らしを支える主婦の観点で書かれたテクストであった。

そこで、昭和三十一年一月から十二月にかけて発表された（七月は休載）「身近にあるすきま」に着目したい。翌年十月に角川書店から刊行された『身近にあるすきま』収録の「解説」を読むと、編集者サイドには「半永久的に」続けたい企画だったことがわかる。連載随筆のタイト

ルを追っていくと、「日々」という時間性が「暮し」という生の連続性へと深化していることが見て取れるだろう。企画段階でこのような過程が織り込み済みだったかどうかはわからないが、「日々断想」の主人公は一日として完結しつつ、なお日々として連続していく時間を生きる個人である。だから、表象された物語はメディア側が望んだ「半永久的」という時間によって、実存に縛られた一回性という非連続を、時間の連続性(「日々」)に置き直したものである。〈暮らし〉はこのような日常的な体験を生きながら、自分に出会う営為の蓄積である。したがって、それは幾重にも蓄積した実存を省察し、自分の生のカタチを知ることである。「暮していること」の主人公は戦中戦後を主婦として過ごした人物だが、それゆえ、語り手は彼女を「幸田文」という特権的な存在にしていない。そうすることで、戦争を生き延びた身体とシンクロする命と直結した食べ物、それを作る台所を拠点として、昭和三十年代を生きぬく主婦像と、〈暮らし〉のイメージを立ち上げているからだ。

一回性を生きる実存にウエイトを置いた「日々断想」とそれを生き続ける実存(暮らし)して表象する「暮していること」の間には生活思想の成熟が介在している。この深化を実現したのが「身近にあるすきま」である。このテクストの成立について、塩谷賛が「解説」(『身近にあるすきま』昭和三十二年十月、角川書店刊)で、次のように述べている。

「歩く」を書くときは郵便屋さんといつしよに歩き、「ごみ」を書くときにはどこかの厨芥処理を見せてもらひに行つて、現場監督からいやな顔をされたりもした。「ち」を書くまへには芝浦の屠場へ行き、そこでは好意的に迎へられて目的を達した。(中略)著者の計画では、身近なものにつながる何かをその都度見て歩いて、自分の考へをたしかめ、知らなかつたことを知つて、そのことを書かうとしたのであらう。

われわれは何気なく歩き、ゴミを捨て、ものを食べる。それを無意識に繰り返す日々を送っているのではないか。なぜなら、どれも身近に遍在し、熟知している対象だと考えるからだ。如上の認識者にとってみれば、このようなことが繰り返される一日は、空疎な生の断片に過ぎないだろう。こうして、日々の営みは些末な具体として看過される。だが、自分の生が取るに足りない日常と深く関わっていたという現実に逢着したらどうだろう。その時、人は生きているが、生のカタチ、すなわち暮らしというデザインを構築し得なかった自己を実感しているであろう。この瞬間から、些末と思われた歩く、食べる、捨てるが日常的に繰り返される行為であるがゆえに、その行為のように、日々繰り返し省察することで、生活の断片は暮らしのデザインを作り上げるピースになるだろう。

このような思索を、幸田文は歩くという身体行為によって摑もうとするのだ。それが「台所育ち」というセルフイメージを立ち上げて行く中で意識化され、彼女は「暮し」の表現者となっていった。日本の樹木や崩壊地帯が、このような暮らしをベースにした知的感性で読み解かれるのは、十数年後のことである。

つまり、家事を再認識した「ひのき」は〈身近にあるすきま〉を探求していくという台所から生まれた発想と、認識の方法が顕在化するテクストなのである。

〈身近にあるすきま〉とは単なる物理的な空間ではない。ある事物や現象を既知として処理してしまう認識と、そこから出発しながらも、既知の事象とともに、その認識の枠組に囚われた存在性を問い直していく時に顕在化する磁場である。連載随筆「木」の二つのテクストを読み比べて、明らかにしてみよう。

その手掛かりは「えぞ松の更新」と「ひのき」の終盤の語りにある。主人公が「えぞ松」と「アテ」に触れる印象的なシーンである。おそらく、既存の語りを生かして、それとは異なる物語世界、すなわち〈身近にあるすきま〉を表象しているのだ。まず、「えぞ松の更新」から引用しよう。

この古い木、これはただ死んじゃいないんだ。この新しい木、これもただ生きているんじゃないんだ。生死の継目、輪廻の無惨をみたって、なにもそうこだわることはない。（中略）このぬくみは自分の先行き一生のぬくみとして信じよう、ときめる気になったら、感傷的にされて目がぬれた。木というものは、こんなふうに情感をもって生きているものなのだ。今度はよほど気を配らないと、木の秘めた感情はさぐれないぞ、ともおもった。

引用した文脈から浮上するのは生死の根源的イメージを摑み取った老女である。語り手は枯死した「えぞ松」の身内に手を差し入れて、そこに蔵された「ぬくみ」を体感する。この時の彼女にとって、腐った木は普遍的な死を幻視させるものである。だから、「えぞ松の更新」が表象するものは、恐れることなく死体に触れて、生死の確かな実相に肉薄しようとする強靭な実証精神なのである。案内者に導かれて、老女はこの「えぞ松」と向かい合うのだが、語り手はもうテクスト内に存在していた案内者の存在を消去している。ここで、認識する目的が分岐するからだ。こうして、枯死した木は木でしかない案内者と、それが迫り来る自分の死でもあると直観した老女とが切り分けられて、後者がやがて前景化していく――。

そうしてみると、科学的な実証主義という案内者の認識のカタチで、語り手は木と老女を表象している。そのような語りの枠組の中に存在するから、彼女は案内者の説明に耳を傾けるのだ。したがって、「えぞ松の更新」の語りにおいて、案内者の言動は、彼女が把持している認識の到達する境界を示し、その地点に老女を誘導する装置として機能する。

物語の核心はここから先である。というのも、このテクストが科学的見地が踏み込まない領域を眼差しているからである。「今度はよほど気を配らないと、木の秘めた感情はさぐられないぞ、ともおもった。」というコンテクストが、それを物語っている。

図書館の書棚を見ると、樹木に関する本がたくさん並んでいる。白神山系などの環境保護を考察したもの。日本人の信仰や伝統文化と木の関係を「樹霊」というキー・ワードで論じたもの。木工文化という視点でアプローチしたもの。旅行や日常生活で出会った木の話など。それぞれ魅力的だが、「木の秘めた感情はさぐられないぞ」と呟く老女が登場する物語は一つもない。連載随筆「木」をルポルタージュ〈見て歩きの記〉だ、と即断してしまう前に、このようなキャラクターが浮上する物語であることに気づく必要がある。

が、「えぞ松の更新」がルポルタージュ〈見て歩きの記〉のように読解してしまう理由は、読者のせいだけではない。というのも、このテクストの至るところで、語り手は見る老女／見られる「えぞ松」を表象していた。外部だった「えぞ松」は終盤の語りで、「私」がようやく内面化する存在になるのだが、それもまだ気づきでしかない。そして、第二作「藤」はなおも、この気づきを表象する物語になっていない。連続随筆「木」において、語り手はそれをどう生かすのか。

この気づきを発見した「私」を創造することで、「木」は独自の物語性を獲得していったのではないか。というのも、本論が問題にしている「ひのき」に至って、次のような語りが生まれたからだ。そのテクストは老女と檜の内面がシンクロしていく物語世界である。

「そんなにけなしつけるとは、あんまりひどい。さんざ辛い目を我慢して頑張ってきたというのに、厄介者だの役立たずだのと、なぜそんな冷淡なことをいうんでしょう。木の身になってごらんなさい、恨めしくて、くやし涙がこぼれます。」

引用文で表象されているのは、案内者の説明に反発した「私」が思わず口走った肉声そのものである。このような発語を随所に導入して、語り手は物語を編み上げている。そこで、「えぞ松の更新」を読み直してみると、気づくことがある。案内者と老女が対峙し、お互いの肉声が物語世界に響くこんな場面はない。二つのテクストは連作でありながら、語りの方法が異質なのだ、と――。そうすると、「ひのき」において、「えぞ松の更新」では表象し得なかった新しい物語が創造された可能性がある。視覚や触覚で捉えられる外部だった「えぞ松」、その中に「感情」を読み取ったところで閉じられたテクスト「えぞ松の更新」を、語り手はこっそり利用している。それは切断された檜の不良材「アテ」に触って、「反った所を掴んだ。固かった。掌など、退けてしまうように、固かった」と老女が嘆く場面である。このコンテクストに出会った瞬間、読者は「えぞ松」の死体に触った彼女を想起しているだろう。このように二つのテクストをバインドしながら、語り手は「木の感情」を読む老女が木とシンクロしてしまう内面劇を、表象するのである。案内者と老女との言い争いは、この内面劇を演出する装置だったかもしれない。こんな奇妙な老女と出会った読者は、物語が進行するにつれて、彼女と対峙する案内者側に立っている自分を発見し、物語の行方を追っているのではないか。この時、老女は物語の内からも外からも違和感を持たれる存在となっている。物語の中の案内者と老女との対峙、その奇妙な光景を眼差す読者の間で、彼女は屹立する。語り手はこうして物語の中心に彼女を据えるのだ。

＊

では、「私」とは何者か。この人物は「それにしても家事の経験というものも、そう悪くないなと思う。最低一年間を手がけてみなければ、話にならない、という掟が檜で効いたには意外だった」と呟くキャラクターである。この語りには家事労働に対する省察が伏在している。単純で非生産的、ジェンダーで囲い込まれた女性の労働として、家事は問題化されてきた歴史がある。表現者としての幸田文に言及すれば、「婦人公論」が仕掛けた「主婦論争」が白熱していた同時期に、主婦的感性で読ませる連続随筆をライバル女性誌「婦人画報」に発表している。テクストを読む限り、直接的に「主婦論争」とつながるコンテクストは見当たらない。だからといって、単純に無関心だったとは言えない。彼女と「婦人画報」の編集者は「婦人公論」が発信する言説を注視しながら、全く別な切り口で、体験に根ざした主婦労働を表象して行ったのではないか。連載随筆を一読してみるといい。すると、家事労働を強いられた女性の一人だと、語り手自身が実感していることがわかるのだが、さらに読んでみると、それを語りの戦略にしていることが見えてくる。その戦略とは家事と労働を一括りにする（性差別を読み解く枠組）のではなく、二つを切り分けて、家事の具体を一つ一つ掘り下げていく手法だ。そうすることで、労働に備わる知と、それを蓄積してきた女性群像とを接続し、抑圧され続けたことがアドバンテージとなる知の回路を発見する。こうした眼差しによって捉えられる家事とは、生命と密着した女性特有の感性と知覚、それに根ざす知の枠組を形成させる身体活動である。勘違いをしてはいけない。この身体は政治が主導する道徳は無論のこと、二項対立で立論する流行思想さえも捉え返す原初的イメージなのである。

「ひのき」の語りが進行する中で、前景化するのはこのような身体と感性なのである。秋に「檜」を見に来ているが、彼女は再び「夏の檜」に会いに来ている。静かなたたずまいだった秋とは一変して、「夏の檜」が全身で生命の歌を謳っているのを眼前にして、「料理も衣服も住居も、最低一年をめぐって経験しないことには、話にならないのだ、と痛感したその思い」が、再確認される。ここから、歩くという身体行動は〈身近にあるすきま〉への眼差しに変換され、老女の内面と檜がシンクロする語りの世界が拓かれていくのだ。

では、その物語世界はどのような語りの構造によって、顕在化していくのだろうか。

三、読み換えられる「檜」／「いのち」の表象
――「ひのき」における物語戦略（一）

さて、物語は次のように始まる。

八月の檜は、意気たかい姿をしていた。まだ遠くに見るうちから、木が活気あふれて立っていることが、よくわかった。近付いてみれば、どの檜もどの檜もが、意欲的に生きていることを示していた。

このコンテクストは眼前の「檜」を描写している。遠くから見た「意気たかい姿」は、接近することで、「意欲的に生きている」と言い換えられている。だから、語り手は一見、視覚レベルで処理しているかのようだが、「活気あふれ」る、「意欲的に生きている」木の情動を掬い取っていることがわかる。さらに、「もし木がしゃべりだすとしたら」から始まるコンテクストでは、「意志みたいなもの」、「木の持ついのちの勢い」、「精気」が語られる。およそ、これらは木に対する一般的な読み取りではない。そして、このテクストに登場することで、「私」も変容していく。というのも、「木がこんなふうに気を吐くものとは、はじめて知った。」からである。

「檜」について、何気なく語りが始められているようだ。だが、優れた視覚描写を読んで来た連載随筆「木」の読者は、このような風景に違和感を持つだろう。老女の視覚が生きていない

からである。実は、一連の「檜」の語りによって、これまで使っていた描写の方法が機能しない状況に遭遇した彼女を、語り手は表象していたのだ。

こうして、語り手はまず、「檜」に対する「私」の認識が揺らぐシーンに、読者を立ち会わせる。そして、昨年秋と今、此処が対比されて、木を一面的にしか捉えていないにもかかわらず、熟知しているという錯誤に陥っていたことが語られていく。こうして、気づきをもたらした「家事業」で養った感性が前景化する。

つまり、引用した冒頭部分のコンテクストは、「家事業」の感性によって摑まえられた木々の姿だったわけである。活気に溢れて立っている「檜」が「よくわかった。」と言いながら、さまざまな言語で言い換え、摑まえようとするコンテクストの連続はかえって、そうすればするほど、かえって理解が及ばない「八月の檜」を語ってしまっている。視覚レベルから、「檜のいのち」にまで降り立っていく想像力によって、「私」はじかに木に触れたような「こわい」、「恐れ」、「ひるみ」を体感するわけだが、語り手はこのような「私」を表象することで、発語として繰り返される「はじめて」に、読者を立ち会わせる。それはこういうことだ。——この「はじめて」をめぐる語りは、読者が木に対する常識的な理解の域を出なかった「私」を読み取り、以後も物語を読み続けて、最後には木に対する自分（読者）の認識も揺さぶられていたことに気づかせるだろう。

だから、「木」が表象する存在たちは絵画をカノンとする美的表象、環境問題を炙り出す装置、あるいは日本文化の深部を照らすモチーフ（樹霊を発見する白洲正子や司馬遼太郎たち）とは異質なのだ。

ちょっと先を急ぎすぎたので、「木の一面にはじめて出会《でくわ》した」という記述のところまで戻ろう。語り手は「夏の檜」を語り出した冒頭部分を意識しながら、それと対をなすように「去年の晩秋にも」と語り出している。このような語りの構造を築きながら、「秋と夏では、『檜』の様子はまるでちが」うことが明らかにされていくのだが、語りのポイントはこの相違点に置かれていない。次のように自問自答する「私」自身の姿をクローズアップするところにある。――「一年中なんとなく目をやる機会があるが、針葉樹にも四季があることはつい忘れて、一度見ればそれで知ったつもりになる」。だから、「家事の経験というのも、そう悪くないなと思う。最低一年間を手がけてみなければ、話にならない、という掟」を重ねて呟くのである。こうして、尋常な秋の「檜」／異常な「夏の檜」という二項対立としてではなく、それが一年というサイクルを生きる木の実相であるという発見へと導かれる感性の有様を開示してみせたのだ。

この後で詳述するが、この時の木は「檜」ではなく、タイトルにしか使われない「ひのき」として、眼差されているはずである。そこで、ごく短い、だがこの物語の総体において大切なコンテクストで、語り手が表象した「檜」のイメージを摑んでおこう。「どの檜もどの檜もが、意欲的に生きている」、「木の持ついのちの勢い」がそれである。この物語の中で、やがて、多くの登場人物たちと出会い、「檜」を良材と不良材「アテ」とに切り分ける常識に、「私」は突き当たる。彼らと向き合う度に、その呟きが彼女の胸の中で繰り返されていたと思われる。

四、表出する肉声／肉声が対置される語りの構造
——「ひのき」における物語戦略（二）

さて、この物語は第二章で、森の世界から日常の生活空間に転換する。このような空間処理は、まず日本人の一般的な「檜」に対する見方をリサーチし、次の展開に持って行くためのものだ。語り手はさまざまな場所で、「檜」について質問をする「私」を表象しながら、優良な建築材という人々の「檜」に対する共通認識を炙り出す。そして、次のような「私」の呟きを聞きつけるのだ。

　これは長く伝わってきた常識だから、若い人にも自然それが浸みこんでいても不思議ではないが、材としていうだけで、生きている檜、立っている檜、枝葉をもっている檜に、なんの関心ももってくれないらしいのは、私にはたまらなくさびしいことだった。

先程書いておいた次の展開のために、次のような語りが用意されている。語り手が材木の専門家に尋ねる「私」の語りと、地の文とを接続させることで編み出した語りは「良質の檜は～～という。」、「質と美しさは～～という。」、「檜の木肌は～～という。」のように、対句的に整序されて淀みない。檜の材を語るにふさわしい美的リズムが、おのずから備わっている。語り手は、そのまま業者の説明を地の文に活用することで、それに頷く「私」を伝えている。さらに、

「かんな屑さえ、時に手に取って捨て惜しく見る」という大工の声も加わって、彼女は優良材としての「檜」を教えられる。ランダムな叙述のようだが、材の消費者と材を売買する者、加工する者の三者を配することで、檜に対する常識の広がりと合理性が示されるのだ。

こうしたコンテクストの全てを受け止める語りが、「でも、あまりによすぎると、こちらが淋しくなってしまう。」から始まる。このコンテクストに出合って、読者は戸惑うだろう。檜をめぐる対話がスムーズに進行して決着した後、理解不能な呟きが現われるからだ。おそらく、「私」は対話を重ねる度に、このような思いを増幅しており、それが深く「私」の内部に蔵されていた「賤しい」心を喚起させてしまっているのである。

この箇所と直後の語りから、「アテ」のイメージと、「えぞ松の更新」には見られなかった語りが起ち上がっていく。だから、このコンテクストこそ「ひのき」の重要な転回点なのである。この直後に語られたのは、次のような内容である。

> 檜とはそれほどにまで良い木なんですか、人間に欠点のない人はないといいますが、檜には欠点一つないんでしょうか、とほそぼそと、けれども心の底には少し反撥もうごいていて、聞いた。

「えぞ松の更新」にも「私」と案内者のコミュニケーションが地の文に生かされているが、この場合は情報のキャッチボールはスムーズで、「私」は案内者の説明に頷く設定になっている。ところが、「ひのき」というテクストは、「檜」を用材としか認知しないさまざまな人間の言説に聞き入る「私」の心中に分け入り、それに対するわだかまりを持つ「賤しい心」を顕在化させ、その発露として案内者に対する「反撥」、すなわち、加工されないままの肉声を読者の前に提示しているのである。これによって、円滑な双方向のコミュニケーションによって成立した「えぞ松の更新」とは異質な物語世界が拓かれていく予感を与えている。

もう一つ、「私」の「反撥」を内在したこのコンテクストには重要な点がある。ここまで物語が展開していながら、「私」の心中とシンクロするためだろうか（それは家事業をしてきた「私」の感性が読み解いた風景である）、森の中に林立する「檜」の景観は描かれていない。「檜」の景観は問題にしているコンテクストのうち、「私」のこの「反撥」に答える形で、テクストに浮上する。それが「目の前の二本立の老樹」である。

同じ場所に同じように生きてきても、優秀な木は少なくて、難のつく、よくない木も多いものですよ、とつい目の前の二本立の老樹をさした。

樹齢三百年ほど、とその人は推定する木だけれども、さながら兄弟木とでもいうような、より添ってそびえた二本立だった。（中略）何百年のいのちを疑わせぬ強さが現れている。

この後、「何百年のいのちを疑わせぬ強さ」が備わった木を例にして、案内者が材の最良と最悪を説明するのだが、彼女には「わからな」い。初めて生じたディスコミユニケーションであるが、それがもう一度、表象される。語り手は案内者の言葉を取り込んで、「まっすぐなほうは申分ない、という。傾斜したほうは、有り難くは頂けない、という」とコンテクストを編み、「そういわれても、わからなかった」と語ることで――。こうして、語り手は案内者の説明に肯んじない「私」を強調するのである。

ここで注意しなければならないのは、案内者と「私」の木に対する捉え方の相違である。前者は林業や学術の見地に立っているから、「檜」は森林学や建築工学によって照らし出される対象でしかない。したがって、人間と檜とをシンクロさせることはおよそ学問的ではないから、「私」の言説を排除してしまうだろう。「相手はさらっと受けて」という案内者の反応は、それに当たる。こうして、この物語の中で展開するコミュニケーションはズレていくわけだが、そのズレの表象こそ、「ひのき」の物語を核心に導いていくダイナミズムなのである。

＊

二回繰り返される「わからない」という構文が記述された後、現われるのは案内者の肉声をそのまま生かした八行に及ぶパラグラフである。その一部を引用してみよう。

「だいたいこれだけの高さ、太さをもった木が、自分の重量をささえて立つのに、真直に立つのと、かしいで立つのとは、どっちがらくか、考えればすぐわかる。（中略）もったいないがこの木は材にしても、上材はとれません。檜にもピンもキリもあるんです。」

このような説明を括弧に入れて表象する処理は、先行する「えぞ松の更新」、「藤」には見られない。というのも、二つの作品では、語り手があらかじめさまざまな言語活動を整理統合した上で、一人語りの型式に取り込み、物語を遂行しているからである。したがって、語り手とは「私」を含む作中人物の言語行為に干渉し、それらから肉声を剝奪して、構築すべき物語に即応した意味の表象に変換する存在なのである。

しかし、指摘したように、「ひのき」は、コミュニケーションの現場で行き交った肉声を表象しようとしている。このような新しい語りが生じたのは、「えぞ松の更新」で運用した語りのマニュアルで解決できない問題が生じたからである。その問題に対応するために、物語の戦略が見直され、登場人物の肉声を取り込んだ物語が設計されたと考えられる。

語り手は「わからない」と繰り返す「私」を基軸にして、これまで地の文でしか生かされなかった案内者の肉声を顕在化させた。だから、このコンテクストは案内者の説明も、おのずと科学的な知識だけに依拠したものではなくなる。なぜならば、「賤しい心」を喚起させられた「私」に引き摺られるように、彼も「檜」の身体を語り出したからだ。「身に、どこか、無理な努力が強いられている」、「このかしいだ木、兄でしょうか。弟と見ますか。」という案内者の肉声は、「檜」に対する比喩表現ではない。人間と同じように、「檜」にも履歴書があって、「どんな種類の障害に逢ったのか、そういうことはみな木自身のからだに書かれている」と、案内者が「私」に教えてくれた。と、語り手は語っている。このように、共有しているはずの常識に疑問を呈し続ける「私」と出会うことで、彼は科学的思考の枠組からはみ出して、これまで視野に入ることも語ることもなかった木の内面を覗き始めたのだ。

コミュニケーションの現場に立ち返って、語り手が肉声の再生を企図した狙いは、これである。「檜」は優良の材という常識が、能動的に森の中を歩く／会話する「私」と案内者との間で問い返される。このような言語空間を表象するコンテクスト、すなわち新しい「ひのき」という認識に至る道程から、その「いのち」のカタチを体感する瞬間が刻まれていく。

三、シンクロする「私」の身体、「アテ」の身体
――〈身近にあるすきま〉のイメージ表象（一）

では、兄にも弟にもなぞらえられて物語の前面に迫り出してきた「苦患の記録をつけた木」をめぐって、語り手はどのような言語世界を紡ぎ出していったのだろうか。眼に見えない木の内部について、「何歳のとき、何度の、どんな種類の障害に逢ったのか、そういうことはみな木自身のからだに書かれている」などの説明を聴いて、「私」は木の生きていく苦しみと人間の生きていく苦しみとを重ね合わせる。このような読み取りの背後には、良材だと讃えられた「檜」に嫉妬する「賤しい心」が潜在していたはずである。（この嫉妬が第二作「藤」で語られた「姉」／「私」の関係性を、喚起させていることに注意したい。）だから、あらためて周囲の木々を見やるのだ。こうして、自分の内面と通底する「檜」の歪みや曲がりを、彼女は強く意識するのだが、案内者によれば、それは材としての価値を損なう性質だった。語り手は二人の肉声を前景化して、背反するコンテクストを形成する。

「なぜなんでしょう。だってその曲りやゆがみは、いわば力ではないんですか。それあったが故に、木は折れも倒れもせずに生きてきたんじゃないんですか。」

「そうです、木が立木で生きていた時はね。しかし、木が立木ではなくなって、材とするとき、ア

テはどう救いたくても救えない、最も悪い欠点です。」

二人の対話の直前に、案内者が曲がりや歪みのある「檜」の材について説明した叙述がある。「私」の琴線に触れた木の力強さ——。だが、それは挽いている最中からひどく反ったり裂けたりすることから、森林関係者の間で「アテ」と呼ばれる、「救いたくても救えない、最も悪い欠点」であった。「なぜなんでしょう。だって」と切り出された発語は、それまでの質問とは異なる。蟠っていた「賤しい心」の中に、案内者が発した「アテ」という聞き慣れない言葉が投じられた瞬間を指している。この時から専門用語「アテ」は「苦患の記録をつけた木」と自分の「賤しい心」とを名指し、バインドする。「ないんですか。」を繰り返す「私」の肉声を、そのまま物語に投入し、語り手は二人のディスコミュニケーションの現場へ読者を引き入れることで、木と人間がシンクロする「アテ」の物語世界を拓いていくのだ。

そのために、二人の肉声はさらに活用される。これから紹介するコンテクストは、さきほど引用した会話部分の直後に配置されている。

「そんなにけなしつけるとは、あんまりひどい。さんざ辛い目を我慢して頑張ってきたというのに、（中略）木の身になってごらんなさい。恨めしくて、くやし涙がこぼれます。」

「こりゃ珍しいことをきくもんだ。（中略）アテはそりゃもう、鼻つまみですからね。かわいそうなんていう者はない。」

「わからない」を連発する「私」に答えるうちに、彼女の観点で「檜」を捉えるようになった案内者だが、この対話シーンでは再び立木／材というダブルスタンダードに立ち返っている。そのため、二人の認識にズレが生じた状況は、さらに顕著になる。このコンテクストで、語り手が鮮明にするのは、「アテ」に固執する彼女の姿である。だから、会話の直後に語り出したコンテクストから、語り手は案内者に受け入れられなかった反噬、これを「感傷」と引き取って黙思する「私」の内懐に入り込むのだ。やがて、内向から一転して、それは「アテ」の正体を突き止めたいという思いとなって迸る。

その様子を表象した部分はたった三行足らずだから、即断と言っていい。それもまた、「檜」を秋だけで理解していた自分を、「一年めぐらないと確かではない」という家事業で体得した知で捉え返す試みだったといっていいだろう。「私」にとって、立木／材（常識）というダブルスタンダードで照らし出された「アテ」は、檜の「実体」ではない。いくら専門家によって、家事業の感覚が「感傷」だと思い知らされようと、人間の価値判断が生んだ「アテ」を、「自分の目で見て確かめなくては、このままではすまされない」のである。

「アテ」を切断して見せて欲しいと頼むと、案内者は驚きのあまり、きょとんとし、呆れ、困惑し、笑った。案内者にとって、「こんな注文はじめてだ」ったからである。利用価値のないものに手間を掛けても無駄だ、という常識論は、こうして揺さぶられ始める。

この後、語り手は案内者の説明に頷きながら歩く「私」を点描していくのだが、突然、場面が反転する。

森林の中から、一気に物語世界は彼女の内面に切り替わるのだ。「アテ」の切断を強引に了承させたという語りは、読者を驚かせるに十分である。このような前後の文脈を分断する力強い語りの構造は「ひた押しに押して頼み、達《た》って願って、とうとう特別に、アテを挽いてもらう承諾を得た。」という彼女の希求とパラレルである。

家事業で体得した感性と、科学及び要／不要という価値判断とのせめぎ合いを、このようにコンテクスト内に凝縮させ、自らの「賤しい心」と通底する「アテ」の本性を確かめる「私」に焦点を当てる。彼女が立ちはだかる常識論に屈しないのは、ここに来て「アテ」が単なる客体ではなく、自分の身体と重なり合っているからである。だから、切断を希み、相手を承諾させたというコンテクストは単なる比喩ではない。表象された心象には「アテ」とともに、彼女自身の身体に刃物を入れるという強靭な実証精神が躍動している。

「アテ」を包み込む新しい「ひのき」の捉え方を提示したテクスト、すなわち連載随筆「木」の第三作が形成されていく推進力がこのコンテクストに集約されている。だが、このテクストの語り手は「私」だけをクローズアップしない。というのも、材としてしか「檜」を見ていなかった人に照明を当て、彼の肉声「アテなんて、これまで心にかけたことはなかったが、いわれてみれば木も人間も、生きるにちがうところはないかもしれない。」をテクスト内にそのまま組み込んでいる。こうして読者を彼女とともに、木の「アテ」が切断される現場に立ち会わせるからだ。

四、シンクロする「私」の身体、「アテ」の身体

――〈身近にあるすきま〉のイメージ表象（二）

夏の檜に出会った時の「私」の驚きは、「とにかく、静かになどはしていない。音をたてて生きている、といった姿だ。」、「夏の檜は見るからに、その生きる騒音を幹の中に内蔵していることが明らかだった。」と表象されている。

生きる騒音を幹の中に内蔵している「夏の檜」に出会った驚きを表象することから、語り手は物語を開始した。物語のクライマックスとなる「アテ」を切断するシーンは、家事業の感性を再認識させた「夏の檜」の場面を想起させながら、それとは異なる騒音が響く場面から語り始められる。これまで聞いたことのない製材所の機械音と穏やかな美しい秋景に刺激され、研ぎ澄まされていく「私」の五官を、語り手はまず描出しておく。それから「アテ」と対面する場面となる。

目視したところでは、眼前の檜材が「アテ」だという印は確認出来ない。このあと、「うろはなし」、「わからない」、「難点はない」、「あるのか、とうたがう」と、継起的に「ない」の構文を繋いで、検出できなかった「アテ」について、自問自答しながら、「私」が自力で「アテ」のイメージを形成していく様子が語られる。だから、これ以降、「だろうか」、「なるだろうか」、「思う」、「くるむのだろう」という彼女の内声が、テクストの中に響くのである。やがて「生きているものは人も鳥けものもみな、傷にはくるみを要する。木も当然そうする。」という着想を得て、「私」は目視出来なかった「アテ」を実感するのである。

この間、機械音も人声も一切排除される。このコンテクストの長さは、「私」の沈思の深さを教えてくれるのだが、この実感が「自然の理」であったという気づきに逢着することで、「私」はモノローグから解放される。語り手が企てた物語の設計は周到である。なぜなら、物語はこのような準備を整えて、改行の後に現われる「では挽きましょう、といわれた。いつか製材の音がぴたりと止んでいた。」という簡潔な一文から、物語の核心部分に進んでいくからである。では、物語の世界に入っていこう。案内者の説明を「、という。」として地の文に生かし、説明に頷きながら作業を注視する「私」に寄り添いながら、語り手は切断の現場を語っていく。だから、案内者と「私」の視覚と会話の交点が情報化されるわけだが、読者はおのずとその交点に立つことになる。こうして生み出されるパラグラフを抜き書きしてみよう。

まあ、見ていてもらいたい、アテなんだから——ほら、もういけないやな、という。半分まで素直に裁たれてきた板が、そこからぐうっと身をねじった。裁たれつつ、反りかえった。耐えかねた、といったような、反りのうちかただった。途中から急に反ったのだから、当然板の頭のほうは振られて、コンベアを一尺も外へはみだした。すべて、はっと見ている間のことだった。

語り手は案内者と「私」、そして裁断される「アテ」とを、さながら三位一体として風景化する。それぞれが存在する空間は、「アテ」が露わになる瞬間に向けて生動しているようだ。暴れる檜材、それを「アテ」と名指す案内者、「身をよじる」「頭」と直観する「私」がそれぞれの存在感を主張しながら、生き生きとテクストの前面に表出している。この文体はいわゆる文学形式としてのルポルタージュではない。書く方法と内容はパラレルであるというのが定式であるならば、「ひのき」が設定した主人公は既成のルポルタージュでは表象し得ない。これまでの文学は、家事業で体得した感性の持主を発見できなかった。このような物語を立ち上げて行く上で、既存の方法は有効ではない。

いささか比喩的になるが、「檜」に対する常識に囚われずに、新しい「ひのき」という知に到達する過程、そして物語化には、語りの新たなスタイルが用意されているだろう。

「すべて、はっと見ている間のことだった。」直後に現われるのは案内者の肉声である。括弧で括られた「な、わかったろ。アテはこうなんだ。だからワルなんだ。」という発語は、眼前で起こった事実を受けているから説得力がある。だが、それゆえ、いっそう反噬する「私」の内面に入り込み、「アテ」に触れ、その固さを歎く場面を、語り手は前景化していく。これに類似した語りが「えぞ松の更新」にもある。朽ちて洞になった箇所に手を差し入れて、かすかな温もりを感じるシーンだが、筆者はこのコンテクストについて、怖じけることなく死体に触れて確かな手掛かりを摑もうとする知への歩みを読み取っていた。

そこで見落としてならないのは、曝け出された「アテ」の実態である。語り手は注意深く言葉を選んで、「掌など、退けてしまうように、固かった。」と記述する。そこには材の堅さに、人間の性格を読み取る「私」の感性が働いており、その直後に、「きらわれている癖の固さ」と言い換えられるのである。だから、「な、わかったろ。アテはこうなんだ。だからワルなんだ。」という材に対する決めつけを受け入れながら、なお彼女は〈固い癖〉に執着しようとする。実はこのシーンは視覚化されていない。だから読者は自分の奥深くに測鉛していく「私」の思いしか辿ることが出来ない。だが、このような語りによって、切断された「檜」に寄り添う「私」の姿が、喚起されるのではないか。つまり、彼女は今、「アテ」のような「きらわれる癖の固さ」を眼差しているのである。「私」は案内者に一言もしゃべっていないのだが、「もう一度、挽いてみせる」と決断させたのは、このような無言の姿勢であったに違いない。

こうして、「私」は「アテ」の最深部に踏み込む。引用してみよう。

切れていくかに見えて、人がゆるんだその時、またガッと高く歯向って、瞬間、材はさっと二つに、斜めに裂けて、小さく裂けたほうが裂目を仰に向けて、ごろんと、ころがった。その場がしんとした。一斉におごそかな空気が包んだ。たまらなくて、裂けたもののそばに膝をついた。自爆したみたいな、その三角に裂けたアテは、強烈な、檜の芳香を放っていた。裂けた木の目は、あぶらをたくさんに含んだうす紅の色沢で、こまかい木目を重ねていた。だが、抱けば、その頑くなな重量。このアテをどうしたらいいかとだけ、あとは何も考えられなかった。

「ひのき」の物語は、こうして閉じられた。見ての通り、引用した冒頭の一文は長い。それに較べて、後は短いコンテクストの連続だから、その長さは意図的である。「アテ」を切断する語りは、岩波書店版全集では四十八行にわたっているが、第一回目の切断シーンは「スイッチが入って、材は刃へ進む。」から始まる。語り手は食い入るように切断されていく「アテ」を見、シンクロしていく「私」を描出している。そして、二回目の切断現場を、「私」の視点を使って語り続ける。こうして語り終わったあと、「私」の存在は失われる。いや、それどころか、語り手は全ての背景を消去してしまう。こうして、「おごそかな空気」を表象しようとする。顕在化した空間がこれまで表象してきたものではないからだ。

「切れていくかに見えて」から始まるコンテクストは、食い入る「私」の視線を生かし、一時的に機械や人の声のない、激しく抗う「アテ」の生々しい音と動きを描いている。直後に、語り手は簡潔に記す。「その場がしんとした。」——。一瞬にして物語の世界は動から静寂の世界に変貌する。それは時間や空間に支配される現実ではなく「私」が読み取った世界である。現実は機械が板を裁断しているに過ぎない。だが、語りに浮上した「私」は異質な風景を見ている。それは作業員によって切られるのを拒否して、自らがおのが身を開いていく強烈な生のエネルギーである。

こうした語りによって、読者は一度目の切断が終わった直後に引き戻されるだろう。つまり、案内者が語った「な、わかったろ。アテはこうなんだ。だからワルなんだ。」という認識にである。そして、二度にわたる「アテ」の切断を表象した、あたかもこの生体を切開しているような二つのコンテクストが同じ材でありながら、全く異なる位相を提示していることに気づくだろう。「ワル」とは板に対する材木業者の評価でしかない。語り手はここで終わらせず、木の生体に内在する「ワル」を腑分けして確かめる現場に、読者を連れ込んだ。一度目の「私」は「反った所を摑んだ」。今度は「たまらなくて、裂けたもののそばに膝をついた」。と、語り手は二つの場面をダブらせながら、家事業の感性を体現する「私」に肉薄していく。確かめた「ワル」の正体は、強烈な檜の芳香と油をたくさん含んだ薄紅を帯びた細かい木目だった。ここで、「ワル」の見方は転倒する。もっとも檜らしい美しさを表象しているからだ。

五、女性性を生きること、そして知の冒険へ

論述を続けて見えてきたのは、連載随筆「木」の三作目が「檜」のルポルタージュではなく、

徹底した身体表象のテクストだという点である。物語に登場する老女は家事業に専念した人物であるが、彼女は労働する身体によって作り上げられた感性を手放さない。「幸田文」という表現者は、このようなキャラクターに繋がる少女を、昭和二十三年発表の「あとみよそわか」に描いていた。筆者は「家事少女」を名づけたことがある。自分の生と深く繋がる感受性を表現の原理として起ち上がった女性像は、やがて書かれる小説『流れる』の女中「梨花」、弟の看取りをする「げん」に引き継がれる。

昭和二十五年の断筆宣言から四年を経て、幸田文は再び創作活動を開始するわけだが、それは「想ひ出屋」との決別を意味していた。昭和三十年、彼女は家事手伝いの「梨花」の物語と主婦の感性を表象した連載随筆とを発表して、表現者の地位を築いた。バインドされた父娘の関係性に楔を入れて、表現者として再起していく時、幸田文は「家事少女」というセルフイメージを梃子にしたと思われる。強いられた身体性を、自己表現を切り開く装置として——。

こうして立ち上げられたのが、新たなセルフイメージ「台所育ち」である。

だから、もう一度言っておきたい。「ひのき」は樹木のルポルタージュではない。知の冒険といえば、数理の世界にしろ、顕微鏡の世界にしろ、深海のような未開の領域に踏み入れるというイメージがあるが、女性性を捉え返して生きる老女は、身近こそ真の知的冒険の領野だと伝えているのだ。

どのようにして想定外の景観を書くか（Ⅰ）――『崩れ』論

一、はじめに

日本の文学者で、崩れという荒々しい自然現象があることに最初に着目したのは幸田文だ、と指摘したのは川本三郎である。彼によれば、穏やかな自然に恵まれたという思いの深さゆえに、日本人は「『崩れ』というカタストロフィがあることはほとんど考えたことがない」（『崩れ』の「解説」平成六年十月、講談社文庫）。そのために起こった過剰反応なのだろうか、平成二十三年三月十一日の東日本の地震と津波に対する周章狼狽と、老人の孤独死を生んだ社会に矸す気味悪い「がんばろう日本」の大合唱は――。この時期にテレビに流れて話題になったのが、金子みすゞの童謡である。小さい掌の幸福に癒しを求める現代人の脆弱さを見る思いがして、何ともやり切れないが、この時、幸田文の『崩れ』に、焦点を当てたメディアはあっただろうか。日本各地の崩壊地に足を踏み入れて、余すところなく見尽くそうとした語り手の精神のカタチが、今こそ求められている。

ところで、幸田文の没後、『崩れ』、『木』、『台所のおと』、『きもの』が矢継ぎ早に刊行され、読書界の関心を集めた。このような状況を演出する側でもあった中野孝次は、「にわかな幸田文珍重ムード」について、バブル崩壊後の世相が反映したものだと述べている。グルメ、ファッションに興じる田中康夫などの都会派小説と対比した「幸田文の再生」(「新潮」平成五年五月発行)は、二項対立的な構図によって、彼女の「独特の古風な心の動き」を再評価した評論である。このような仕掛けはわかりやすさもあって、幸田文の再生の印象を深めた。これ以降、未刊行のままだった作品が続々と刊行され、中野が捉えた「幸田文珍重ムード」は拡大深化して、幸田文の一大ブームとなっていった。

このような幸田文の流行によって、当代の文学動向に変化が生まれたのかといえば、そんな現象は全く起こらなかった。そして文学評論や研究においても、平成の文学を見通す材料として彼女を対象化する試みは、ごく少数だったのである。それどころか、評論家も研究者も幸田文ブームを冷やかに見ていたのではないか。

それはそれとして、第一次『幸田文全集』二十三巻本(平成六年十二月〜九年二月)は八千セットを売り尽くすという出版成績を収めたわけだから、幸田文ブームは『崩れ』の刊行ののち六年余もの間、継続していたことになる。では、長期間にわたる流行現象がなぜ生じたのか。この問題が本稿のテーマではないので、要約にとどめるが、まず、新聞及び雑誌メディアが女性向けのファッション、生活情報に活用したことである。

その一つが季節感のある粋な生活という切り口である。ちょっと前までクリスタルな都会派だったマンション住まいの女性にとって、このようなコンセプトは一九六〇年代の生活空間という今はない贅沢感をそそられる情報操作だったし、それは娘と孫・青木玉、奈緒の身体を通して、今あるものとして発信された。さらに、この空間は四代にわたる「文学の家」という物語によって、繰り返し表象されていった。

まだある。二十世紀末の日本は老人問題に直面していたのだが、そこで出版メディアは七十二歳になった幸田文へと、老人の関心を振り向けていった。

端緒は『木』の書評である。宮迫千鶴の「幸田文『木』」（「読売新聞」平成四年七月一日朝刊）を皮切りに、「文學界」同年九月一日発行掲載の松山巖の書評まで十本が量産され、知的好奇心に溢れたエネルギッシュな老人作家像が発信し続けられた。このような読み取りの方向性を決定づけたのが、勝又浩である。新潮日本文学アルバム『幸田文』（一九九五年一月、新潮社刊）のために執筆した評伝の第六章「『見てある記』の人」で、外向的で行動力に溢れる幸田文像を描いて見せた。幸田文は昭和三十四年、ルポルタージュ「男」を執筆して以降、高度成長期の日本をリポートしていくのだが、勝又は定番になっていた幸田文＝「露伴の娘」だけではない、もう一つの「見てある記」の人という作家像を提示した。それは幸田文の長い作家活動の中に、『木』や『崩れ』を位置づける批評といえるだろう。

さて、これまでの批評はもっぱらテクストの中に、案内人に背負われながら崩壊地を実見する幸田文の飽くなき知への関心と行動力を読み取ってきたといえよう。これによって、固定化した幸田文のイメージが破られたのだが、だからといって『崩れ』の読解が進展したわけではない。物語世界に浮上する「私」と幸田文とが同一視されて、結果として日本文学史上で、かつて表象されなかった景観をどのように風景化するか、という彼女が直面した問題は見過ごされたままなのである。語られたものを幸田文に回収するという批評行為は終わりにしたいものだ。本論は崩れという景観に出会った幸田文が、書き手として『崩れ』の物語世界を構築していくために、どのような語りを創造したかを考える。

二、「崩れ」に仕掛けられた物語戦略
――「えぞ松の更新」との比較を通して

さて、「崩れ」は「婦人之友」昭和五十一年十一月から翌年十二月まで連載され、最終回の末尾に「『崩れ』見てある記おわり」と付記されたテクストである。物語は次のようなコンテクストから始まる。

ことし五月、静岡県と山梨県の境にある、安倍峠へ行った。これは県庁の自然保護課で、ふとした雑談のうちに、その峠に楓の純林があり、秋のもみじもさることながら、初夏の芽吹きのさわやかさはまた格別ときき、ぜひ見たいと願って、案内していただいたのである。

このような語り出しは連載「木」の第一回「えぞ松の更新」(「學鐙」昭和四十六年一月発行)の冒頭、「ふっと、えぞ松の倒木更新、ということへ話がうつっていった。」と重なる。このように指摘をすると、それは二つとも「見てある記」のテクストだからだと早合点するかもしれない。が、『木』には『崩れ』のような付記「見てある記」がない。似たような語り出しで始まった物語だが、この事実から類推していくと、二つのテクストは語りのコンセプトが異なって

いるのではないかと考えられる。

少し注意すれば、それはすぐに了解されるはずである。たとえば――。「えぞ松の更新」の冒頭の語りの直後である。その第二パラグラフの「北海道の自然林では」から「知識のない人にも一目で、ああこれが倒木更新だ、とわかる――とそう話された。」までの語りの量は、岩波書店版『幸田文全集』(第十九巻)では十行分である。この語りは植物に詳しい知人の肉声をそのまま地の文に生かすことで、対話の中から、語り手の「私」に芽生えてきた知への強い関心を臨場感豊かに伝えようとしたものである。だから、この語りのコンテクストは「私」の感動を編み上げるために、対話を再編集しているわけであるが、そこで気をつけたいのは、この作業において話者の風姿を消去し、その発語だけを浮上させることが目指されていることだ。

ここには「えぞ松の更新」の物語性が端的に示されている。木をめぐる何気ない雑談が深い感動を呼び起こしたという対話空間は、これから語り続けられる物語の原点であり、「私」と案内人との知の受け渡し(「私」にとって、それは感動である。)が、「私」と読者へと反響していくイメージなのだ。したがって、「えぞ松の更新」の語りは二つの話体が綯い合わされ、それを一つの地の文として統御する「私」が語り手として浮上する構造を持ち、じかに読者と相対する仕掛けになっているのである。この時、対座の場を喚起する、まさに今話をしているように書く文体が有効に機能するわけである。ということは、設定された語り手は常に読者を視野に入れ、物語の場を統治しながら、語りの道程を歩き通す存在であろう。

そこで、「見てある記」と命名された「崩れ」に眼を転じてみよう。語り出しの直後のコンテクストは、以下の通りである。

その日、楓は芽吹きにはちと時期が早すぎたが、林はいい風情で見ごたえがあり、山気に身も心も洗われて、私は大満足の上機嫌で、秋にはもう一度と思いつつ下山した。私にはこうした旅がいちばんうれしい。名所をめぐる遊覧旅行も、それはそれで楽しいが、山道を歩いて樹木に逢ってくる小旅行は、最も心に叶うものなのだ。

ある年の五月、語りの場所は静岡県と山梨県の県境にある安倍峠である。初夏の楓の芽吹きを見ようと訪れた「私」が語りの前面にせり出し、自然保護課の職員はその背後に控えている。語りの構造は「えぞ松の更新」と同じであるが、一体それは何故か。その要因は「林はいい風情で見ごたえがあり」という景観の読み取りにあるだろう。案内し、される両者は楓の林を眺めながら、おそらく共感しており、「私」はそれを「いい風情」と表現したのである。さらに、日本人である読者の反応も先読みしていたと言っていいだろう。テクストをめぐる三者の感性の集約が、「いい風情」というわけである。あらかじめ、語り手は視点人物の「私」の立ち位置を、このように設定して物語を開始していくのだが、翌日の「私」はこのバランスのいい立地を失ってしまう。

その原因は「ショッキングな光景」、「ぎょっとしたものが出現した」と実感する大谷崩れとの出合いである。語り手は「妙に明るい場所だなという感じがあり、車から足をおろそうとして、変な地面だと思った。」という「私」の足許への注視から、一気に視線を正面に据え直して、「はっとしてしまった。巨大な崩壊が、正面の山嶺から麓へかけてずっとなだれひろがっていた。」と畳みかけている。これは身体感覚を駆使した見事な描写であるが、この後、しばらくすると背後に隠れていた案内者が、地の文に、「そのとき、ダメ、と声がかかった。」というように姿を現わす。そして「私」の質問に答えて、「たどって行けば、崩れに突当たります。」と会話を始めるのである。このようにして、「私」の身体感覚に寄り添いながら、語り手は彼女と案内者の崩れに対する意識のズレを焦点化していくのだ。

物語の発端において、「えぞ松の更新」で消去した他者の声を、一転して生かす語りの構造が示されているわけであるが、今後、さまざまな声に取り囲まれながら、崩壊地を旅する「私」を、語り手は注視するだろう。こうして、「崩れ」が「私」の一人語りでは収まりがつかない物語世界だという予感を抱かせるのだが、それは主人公である「私」が直面していた難題とかかわっている。というのが、この物語の設定らしいのである。

こんなキャラクターは、幸田文の物語世界には、これまで登場しなかったのではないか。では、語り手は読者に向けて、この「私」がどのような問題に出くわしたと伝えようとしているのだろうか。一つ目が崩れに関心を示す聞き手の不在。二つ目は彼女がなまなましい崩れの景観や、それに出合った感動を語る文体を持っていないということである。

三、読者不在に直面した「私」という設定

前章の終わりで、「私」が直面した難題について要約しておいた。この「私」とは何者か。林野庁広報課の職員が電話で他局の者と交わした通話内容、「幸田さんは年齢七十二歳、体重五十

二キロ、この点をご配慮どうかよろしく」（第三章）で、それは明らかである。だからといって、従来の評論・研究のように、幸田文と物語世界の「私」、すなわち「幸田さん」を同定してはならないだろう。というのも、このキャラクターは「崩れ」というこれまでにない特異な物語世界とリンクする存在として表象されているからである。では、このような存在性が窺われるコンテクストを引用してみよう。それは大谷崩れを見たショックで、落ち着きを失った彼女の日常を語っている。

逢う人ごとに、崩れる山と荒れ川の話を訴えた。けれども手応えのある反響は、ほとんどなかった。多くはただ、へええ、と聞き流されるだけであり、またもう少しよく話をきこうとしてくれる人からは、どうしてそんな無関係なことを、そんなに気にするのかと不審がられた。

（第二章の冒頭部分）

彼女は会う人に崩壊地で受けた感動を語ったのだが、結局、「どうやら大谷崩れも安倍川も、私の話だけでは人の心を得ることはできないようだった。」と気落ちをしてしまう。この「私」は日常生活の会話レベルにおいて、誰も味わったことがない自己体験のテクスト化に失敗している。こうして新鮮な驚きを共有するはずであった期待感が一気にしぼんで、手酷いコミュニケーションの断絶を実感したというわけである。一連の語りには、おしゃべり上手な「私」が格好の話題を手にして友人を待ち構えていたろうことが想像出来るのだが、だから一層、自分の話術を駆使して目新しい話題を語った後のリアクションに戸惑ったに違いない。

実は伝達不能という「私」が経験したことのない事態こそ、「崩れ」という物語を構築していく最大のエレメントなのだ。だから「本来はこんなごたくは書くべきではな」いと承知していながらも、あえて自己言及する「私」をクローズアップするのである。

「崩れ」のテクストには、このような推測を可能にするような会話レベルのメタテクストが伏在しており（したがって、物語内において「私」は常にメタテクストによって、批評される存在になっているだろう）、それによって生じたディスコミュニケーションを解消しようとして動き出すのだ。

そこで、まず「私」は詳細な「崩れ」に関する書類を林業会議所から手に入れて、自分の感動、換言すれば以前にテクスト化し得なかった「私の話」を、伝達可能な情報にしようと試みる。だが、ここでも「係の方々を当惑させ」、「こちらが困」る状況に陥ったという。求めている／求められているものがお互いに掌握できないというジレンマが待っていたのである。さらに、「私」は書店で「崩れ」に関する書物を探すのだが、助けを得て手に入れた本の内容がほとんど理解できない。結局、彼女は「私の話」を伝達可能な情報へ変換出来ない自分に直面せざるを得ないのだが、そこで「私」はあっさり書物を捨てて、実地に崩壊地を見て歩く旅に出て行く。このような一連の語りで浮上するのは、知識人の端くれらしくもなく書店で大騒ぎをしたり、頓馬な質問する「私」のキャラクターである。このように語られる存在は、外部世界を取材し伝達するルポルタージュに適した視点人物なのだろうか。

たとえば、ここに視点人物のようなライターがいるとしよう。彼女は出版情報メディアと組んでいるわけだから、自分に振り分けられた書く役割を演じようとするだろう。この時、編集部が求めるルポは正確な現地情報ではない。彼女がそんなレポートを書いたとしたら、没にされるに違いない。欲しいのは、十分な予備知識も書く方法もない彼女の鋭敏な身体感覚だからである。ライターが出版メディア内に生息し続けるためには、常にアンテナを張りながら、自分のウリを最大限に生かす戦略をめぐらせなくてはならないだろう。崩壊地帯を取材するという仕事を依頼されて、作中人物のような状況に陥った場合、彼女はこのマイナス要素を最大限に生かし、悪戦苦闘しながら、次々に起こる予測不能な状況と、それを体感する自分のドタバタ劇を書くに違いない。

ここで、『崩れ』の第一章に戻ろう。第一章の後半には、「その（崩れやあばれ川　筆者注）姿を私はどうかして、お伝えしたいと切に思う。」姿が表出してくる。前述したように、崩れの景観から受けた感動を伝えたいにもかかわらず、「私」の発話行為は「関係ない」と切り捨てられた。引用したコンテクストの背後にはこの現場が伏在しており、書記行為に向かう「私」には、右の読者像が想起されているだろう。伝えたい／伝わらないというディスコミュニケーションの原体験が、書く現在で甦ってきたわけである。

しかし、このような物語の状況が、現実の出版メディア内で起こり得るのだろうか。『崩れ』の語り手はまず、身近でニュースヴァリューのリサーチをし、メディア表象の可能性を探った「私」について表象している。この「私」は明らかにメディア内に生息するライターである。だから、崩れのルポルタージュには商品価値のないことが判明したのだから、この企画を没にしてしまうだろう。だが、それでも諦められないライターは、編集者にテーマの重要性を訴えて、執筆場所を与えてくれるように要請するかもしれない。果たして、それで編集者を説得出来ただろうか。仮に成功したとしよう。だが、「私」の苦闘はこれからである。最も重要な懸案を解決しなければならないからだ。それは書くという根本的な問題、すなわち、読者に情報を伝達する文体の発見である。

語り手は「私」が読者を見出せず、また文体も持ち得ない書き手であることを、あえて読者に示している。『崩れ』というテクストの問題は、ここにある。従来の評論、研究は知的好奇心に溢れる老作家・幸田文をクローズアップするあまり、物語内で苦悩する女主人公を見過ごしている。語り手が表象するライター、「私」のイメージは日本各地を精力的に飛び回る老女の能動性とズレていないだろうか。テクストに仕組まれた物語の構造は、このズレを鮮明にしながら、『崩れ』が語られていく現場において、どのようにして「見てある記」の文体が立ち上がっていくか、すなわち、この物語にふさわしい創作主体が誕生していくかを主題化しているのではないか。ライターである彼女は当初からさまざまな困難を体験しており、語りの現在においても、その課題に直面しているのだから——。

ところで、連載第一回目が掲載された「婦人之友」昭和五十一年十一月発行の編集後記に、『崩れ』の担当編集者・田中郁子は、「感動をどうしたら読者に伝えられるだろう、ぜひ読者の感想を聞かせて欲しい」という幸田文の言葉を紹介している。そして、取材に同行した印象も付記している。そうすると、やっぱり作中の老女は幸田文の現況を投影しているのだ——。と喜んではいけない。なぜなら、作家と編集者はテクストを生産する上において、常に共犯者だからだ。したがって、彼女たちが発信する情報には、これから展開していく物語をいかにプレゼンテーションしていけばいいかという欲望が介在しており、田中はその効果が得られる情報を開示したと考えた方がいい。そこには予想される読者をどのように誘導していこうか、という最初の読者・田中の思惑が潜んでいるわけである。それはさまざまなレベルの困難に直面しながらも、辺境を歩き書く作中人物（いかに書くかというプランニング上に浮上したフィクション）と幸田文を重ね合わせるイメージ戦略である。

多数の読者を獲得するという資本の要求を実現するために、編集者は書き手を馴致させ、目的を達成する役割を担う。その役割のために、田中は『崩れ』の取材に同行しているわけである。幸田文は出版情報メディアに原稿を提供して代価を得るべく、資本と契約を結んでいるわけであるが、そこで読者がつくかどうか疑わしい代物を書かせる／書かせられる関係は成立し得ない。『崩れ』の語り手は主人公が読者を得る勝算もなく、崩壊地を経めぐり語る、という孤立無援のキャラクターとして表象している。そうすることによって、読者に伝えたいという極めて私的な情念が前景化するだろう。

では、このような物語世界に生きる「私」は、どのような書き手なのだろうか。習得した景観の読み取りが機能しない対象に出くわした「私」を、語り手は提示している。そうしておいて、新たな読み取りの枠組を構築する上で欠かせないコードと文体を持たないために、もどかしさに苛まれる彼女を顕在化させる。『崩れ』の物語が重要なのは、崩壊地そのものの発見ではない。なぜなら、崩れは防災や自然地理の見地から風景化されてきた歴史があるし、研究者や建設工事に関わる人々にとって、馴染みの光景でさえあるだろう。彼等にとって、崩れは科学的知見によって分析される対象であり、そのための読み取りのコード（風景化を可能にする）が機能する限り、いささかも驚異ではない。観測し分析する行為者は解析用のコードを運用しながら、事象と対しているだろう。だからこそ科学性を具有する客観的存在たり得るのだ。したがって、ある事象を長期にわたって観測する彼は有効なコードに依拠する、いわば想定内の日常を送るだろう。そのような日常が揺らぐとすれば、想定出来ないような劇的状況が発生した時に違いない。この瞬間、彼は真の意味で自然と出会ったと言える。

『崩れ』には「私」のほかに、こうした人々も登場するが、彼等は「崩れ」の景観に驚く「私」の視点で、風景を捉え返そうとしない。だから、彼等は読み取りのコードを手放さず、結果として更新し続けられる風景のイメージ（生動する想定外の地殻運動）を喪失しているのである。自分の身体によって崩れを読み解こうとするフィクショナルな老女は、このようなステージに登場する。そして案内者たちの視線に晒される対象でありつつ、一方で桜島の大噴火を語るコンテクスト上に現われて、人々を死に至らしめた科学的知見を照らし出す存在になっていくのだ。『崩れ』のテクストに浮上する「私」はこのような批評性を体現しているのだが、それを担保しているのは、このような自己存在に対する気づきであろう。

「崩れ」の現場において、「私」は案内者の視点で、かつ自分の感性で景観を瞶めているわけだが、この時の彼女には確かな風景を描き得ない自分に対する自己批判が芽生えているはずである。それがテクストの内部に生きている「私」の姿である。それだけではない。書く主体を築き得ていない存在に向けて、このような批評の眼が間断なく注がれており、『崩れ』の作品世界は、その批評の力によって開かれていくのだ。だから、この物語が崩壊地の景観に内蔵されたエネルギーへの想像力（これが感動で、それは常に科学的な知による批評に晒されている）の表象であるとともに、自己の存在性に対する批評であり続けるのは、このためである。

そうだとすると、『崩れ』とは次のようなテクストである——。日本の文学が表象し得なかった景観を風景化していくというストーリーには、『崩れ』を語り終えて、作家、すなわち「私」というアンデンティティを獲得していくもう一つのストーリーが用意されているということである。だから、物語が全容を現わした場合、このような読物はルポルタージュではない。幸田文はこのような事情に自覚的だったからこそ、『崩れ』の最終回で、「見てある記」という独自の表現形式を提起したのだ。

四、浮上する新たな語りの主体

さて、日常の会話レベルで、ディスコミュニケーションの状況に陥り、書くレベルにおいて伝達することの困難さを予感した「私」は、次のように語っていた。

狭く細いのが本性だ、と私は判断している。それがいま、わが山川わが国土などと、かつて無い、ものの思いかたをするのは、どうしたことかといぶかる。しかし、そう思うのである。

本来はこんなごたくは書くべきではなく、自分ひとりの中で始末するのが道ときまっている。ただお詫びとおゆるしを乞いたいのである。私にはどう足掻いてみても、崩れだのあばれ川だのという、大きな自然は書く手に負えないのである。でも、その姿を私はどうかして、お伝えしたいと切に思う。

引用したコンテクストに登場する「私」は、叙述しようとする対象の「大きさ」と「狭く細い」自分とのズレに戸惑いながらも、書く主体を立ち上げていこうとする存在である。この書く主体について寸言を加えてみたい。

「婦人之友」昭和五十一年九月号に、「新連載小説幸田文」という広告が出た後、十月号の奥付ページには「崩れ」というタイトル名が記されている。このような事実から浮かび上がってくるのは、人間模様が織りなされるトポスだったものが、物語のテーマへと転換されたということである。小説の取材が終盤に来て、その予告まで掲載されたわけだが、第一、二章のような〈伝達不能状態の「私」〉では、フィクション世界を物語ることは不可能であろう。小説から「見てある記」への変更について、青木玉は執筆している時間がなかったからだと説明してくれたが、それは、どのように作用したのだろうか。この時、幸田文が、語りの問題に出会ったことは容易に想像がつく。

小説「崩れ」はある土地の一族の物語として構想されていたという。本家の地主の家は何代も同じ位置に建っているが、分家した者たちが建てた住居は何代目かに災害に遭って破壊されてしまう。にもかかわらず、彼等はその土地を棄てずに住み続ける。という災害をめぐる土地と人間の営みが主題化されるはずであった。このような物語の構想メモは残念ながら残っていない。だから、どのような語りが展開したかは想像するしかないわけだが、『流れる』のように村の共同体に流れ着いた女性を焦点化するのか、ここを訪れた旅行者を設定して、この者の視点から物語世界を紡いでいくのか。いずれにしても、表象される世界は設定された物語の枠組に規定されているわけだから、語り手もその秩序の中に存在する。したがって、このような語り手はあらかじめ語ろうとしている内容や、それに対応する文体を持っていなければならない。どのように語り始めたらいいかと戸惑う語り手が、冒頭に登場する石川淳の「佳人」のようなテクストもないではない。が、語り始めはそうだったとしても、語りが進行し、物語の全容が見え始めた頃には、この語り手はもう手探り状態を脱しているはずである。でなければ物語一巻を語り終えることは不可能なのだから。語り終わった後、この語り手は自分の語りを振り返り、検討し直して、冒頭部分の混乱を消去、あるいは修正も出来るのだ。そのような選択をした場合、語り手の設定変更という問題が生じるわけだが、もし混乱した語りがそのまま残された場合、その部分を生かした語り手が捉え直されたことになるはずである。つまり、混乱する語りの主体は、あらかじめ設定された仕掛けというわけである。

ここから、再び『崩れ』の本文に戻ってみたい。幸田文はこれまで、多様なジャンルの作品を発表してきているが、これほどまでに「書けない」、「伝えられない」語り手を表象したことはない。さきほど、小説『崩れ』が構想のままで終わったことを記したが、これは連載期日が迫る中、十分な執筆プランが立てられず、やむなく断念という作家自身の「書けない」事情であった。だからといって、書かなかったわけではないから、『崩れ』は見切り発車にしても、実は書けるものだった。解き明かされてもあまり意味のない作家の内情に立ち入っても仕方がないが、彼女が「書けない」から書かない選択をし、別種の物語を書くに到る過程が、『崩れ』の語りに投影されていないとも言えない。先程、手探り状態の語り手についてコメントしたが、小説から別のジャンル（ルポルタージュと似て非なる「見てある記」）へとシフトする時、幸田文は一年間の物語を支えられる語り手を手に入れていたと思われる。これを裏づけてくれるのが、田中郁子の文章である。

「いつもとちがう手ざわりのものになりました」と幸田さんが第一回の原稿を渡して下さる。お願いしてから半年余、今感動していることしか書けない、それをどうしたら読む方に伝えられるかと、暑い夏、何度か現地へ足を運ばれた。雪にならないうちに立山へ、上高地へとスケジュールも組まれている。大自然の姿と人間の心を結ぶさまざまな哀歓を、読者の方々と共に感じ、考えたい、「ぜひ皆さんの感想をたえず聞かせてほしい」とは切なご希望。

引用した文章は、『崩れ』の連載第一回目が発表された「婦人之友」に載っているのだが、担当編集者・田中の観点を通して、幸田文の執筆状況が巧みにアウトプットされている。「今感動していることしか書けない、それをどうしたら読む方に伝えられるか」というのは書き手としての幸田文の現在であるが、それが『崩れ』の物語に生かされていること。さらに自分の感動に形を与えたもの（語る方法とそれによって実体化された物語）が、読者と共有するものになることを明らかにしてくれる。

さて、問題はこれからである。これまで発表された『崩れ』論は作中に登場する「私」、そして語り手も、幸田文として読解してきた。勘違いをしてはいけない。『崩れ』は物語世界なのである。そこで、田中は「編集者日記」の冒頭に、着目してほしい。さらに「読者と共に感じ、考えたい」というコメントにも注意を向けたい。田中は『崩れ』第一回目を書き上げた後の幸田文を情報操作している。「いつもとちがう手ざわりのものになりました」――。それは作家生活の現在と過去を振り返った上で、彼女が書く「私」や書くことに対する認識、さらに想定される読者（あらかじめテクスト内に組み込まれたディスコミュニケーションの現場をメタテクストにしたイメージ）をも叙述するという新しいフィクションを構想していたことを仄めかしていないだろうか。

取材に付き添い、最初の読者になった田中は、幸田文が自分と原稿の中に立ち現われてくる「私」を切り分けようとしたと、気づいているのである。先走って言うと、これまで幸田文は『崩れ』に登場したような「私」を書いたことはないのだ。

そこで想起されるのは処女作の「雑記」と、『崩れ』と同時進行で連載された『木』である。「雑記」には書く方法が分からず戸惑う「私」が描かれていた。（この設定が「菅野の記」まで及ぶ「おれの子？　おれの子！」という命題を明示するものだったことは、前述した通りである）だが、この「私」は自分の発信した「父」の情報が、読者に伝わると信じて疑わない存在であった。そして『木』だが、この語り手は見聞し得たものを存分に語り尽くす自信に満ちている。だから、おのれの物語世界に没入し、語りの現在において、ノイジーな他者を意識していないのだ。したがって、『木』の語り手は語る／聞くという状況において、常に特権的な立場にある。つまり、物語の生産と受容をめぐって、語り手と読者との関係性は垂直の構造を呈しているから、『木』の物語がテクストになり得ることは、この語り手にとって自明なのである。

それに較べて、『崩れ』の語り手は、「書けない」、「伝えられない」を連発しているではないか。さらに読者の姿も探し出せていないのである。

『木』と『崩れ』の連載時期は重なっているが、指摘したように、それぞれの物語世界に対応する語り手が登場している。したがって、当然、『崩れ』と『木』の語りの構造も異質である。そこで、問題になるのは「崩れ」の物語を遂行する語り手である。テクストの上に浮上する「私」は、幸田文自身ではない。しかし、彼女の「大自然の姿と人間の心を結ぶさまざまな哀歓を、読者の方々と共に感じ、考えたい」という執筆構想から、それは誕生している。この時の語り手は、自分の物語をテクストとして受け入れる読者と同一線上に立っている。それは文字で書かれたモノがテクストになる、すなわちコンテクストに内蔵されたメッセージ（幸田文の言い回しを使うならば、「感動」）が伝わる瞬間を生きようとする存在である。幸田文が殊更に『崩れ』の物語世界を、「見てある記」と命名した背景には、こうした語りに対する認識が潜んでいるように思われる。つまり、類例のない「見てある記」（見て歩く記と似て非なるもの）という形式に依拠しつつ物語を進行する語り手は、この形式とパラレルなのである。それはこれまでの創作主体を脱構築していくことにも繫がっているはずである。

どのようにして想定外の景観を書くか（Ⅱ）――『崩れ』論

一、一九七〇年代の日本を歩く二人の女性表現者
――白洲正子を視座に据えて

明治三十年末から四十年初頭の東京に、二人の女性が誕生した。一人は東京市麴町区に住まいする樺山愛吉の次女、のちの白洲正子である。女性として初めて能舞台に立ち、昭和十八年、志賀直哉等の勧めで『お能』を刊行。敗戦後、青山二郎や小林秀雄の知遇を得て、文学、骨董の世界へと誘われていくのだが、彼女の戦後初の刊行物はそうした教養の結実ではなく、成熟した一箇の人間になるための知的断章五十七で編まれた『たしなみについて』であった。やがて、彼女は東京オリンピック開催の年に西国三十三ヶ所を巡る旅に出て、昭和四十四年には『かくれ里』を探訪、その五年後には奈良、近江、若狭の十一面観音を見て歩いている。

もう一人が幸田文である。彼女は白洲正子より六歳年長、その誕生地は東京府下東葛飾郡というのだから、田舎である。彼女は昭和二十二年の露伴の死後、通説では父から厳しい躾を受ける少女を描いたとされる「あとみよそわか」などで文壇に登場。昭和二十五年の断筆宣言を

経て、自身の女中体験を小説化した『流れる』により、表現者の地位を不動のものにした。そののち、高度成長期の日本と出合った彼女は、ルポルタージュの手法で、「男」のようにエネルギッシュな日本の労働の現場を描くようになる。それから十数年後、東京五輪とともに高度成長期のシンボルとなった大阪万国博覧会開催時期に、日本各地の木を見て歩き、その旅の途上で、彼女はこれまで日本文学が対象化しなかっだ「崩れ」と遭遇するのである。

気づくところがあって、二人のキャリアを対置してみたが、ともに躾にかかわる随筆、エッセイを書いている。こうした創作を続けることで身体と直結する初期の表現意識を、やがて歩くことで、広大な外部世界へと展開させていった二人の足跡が見えてくるだろう。このように要約すると、二人の肖像がダブって見えるかもしれない。

だが、二人は似て非なる存在なのである。白洲の『たしなみについて』(昭和二十三年二月、雄鶏社刊)の第一章は次のようなコンテクストで閉じられる。「いい本というものは、一回読んでそれで解った、と思うのはあやまりで、何回も何十回も、ついには一生を友として送るべきです。」

だからだろう、第二章以降には源氏物語や枕草子といった平安文学や、竹取物語、能楽、西遊記、武者小路実篤、ボードレールなどが、「たしなみ」を語る材料になるのだ。したがって、『たしなみについて』は、まず、古典として評価が定まった本や人物(文化テクスト)から、「たしなみ」の素材となるコンテクストが抜き出され(原典の引用とは限らない)、それに対する読みを発動させることになる。能楽師・喜多六平太の芸談が登場する第二十四章を紹介しよう。

「ああいうものは望まれたら舞うべきもので、自分で買って出るべきものではない。満座の中で怪我でもしたら取返しがつかない。だから、自分は舞わない」

白洲は喜多の芸談を受け入れて、能「石橋」に組み込まれた三つ台を重ねて飛んだり跳ねたりする獅子舞を舞わない、という能楽師の見識や立派な態度を取り出している。この読み取りには「石橋」のこの場面は舞ったことがないにしろ、能舞台に立った体験や「石橋」を見物して養った鑑識眼が働いている。今、思わず鑑識眼と表現してしまったが、六平太の言葉に向けられたのは冷静な批評であって、これは白洲の身体が名人の境地に達して得た「金言」ではないはずである。ということは、白洲が駆使する言語は小林秀雄や河上徹太郎の流儀に則ったものである。だから、やがて批評する眼は体感する身体の原理にではなく、仏像や骨董といった美的対象に注がれるだろう。それがより広い世界へと開かれる時、「かくれ里」と表象される日本文化の基層部に辿り着くのだ。『かくれ里』(昭和四十六年十二月、新潮社刊)の冒頭部分はこうである。

どこもかしこも観光ブームで騒がしい今日、私に残されたのはそういう場所しかない。その意味では、たしかに『世を避けて隠れ忍ぶ村里』であり、現代の『かくれ里』といえよう。そのような所には、思いがけず美しい美術品が、村人たちに守られてかくれていることがある。逆にどこかの展覧会で見て、ガラス越しの鑑賞にあきたらず、山奥の寺まで追いかけて行ったこともある。といった工合で、そんな時私は、つくづく日本は広いと思うのである。

『かくれ里』は昭和四十四年一月から二年間、「芸術新潮」に連載されたが、日本人はこの時、白洲とは別様の旅をしていた。昭和四十五年から国鉄が企画したキャンペーン「ディスカバー・ジャパン」（副題は「美しい日本と私」）によって、旅行ブームが起きたのである。「遠くに行きたい」はこのキャンペーンで生まれた永六輔出演のテレビ番組であるが、これは永の身体が交通機関によって水平移動して、出会った人、風景（自然や歴史的景観）を主題化するもので、番組が回を重ねるに従い、さながら何枚もの地図を重なり合わせるようにして、「美しい日本と私」の現在が浮上するだろう。

「芸術新潮」が企画した『かくれ里』は、引用文の第一行にあるように、当代の観光ブームを視野に入れているのだ。だから、巨大資本にとって収益を生まぬ「白洲正子」というキャラクターとこのトポスはパラレルだ。時代から取り残された場所がそんな彼女の美意識によって、「かくれ里」として顕在化する。こうして、「白洲正子」は代替不能な唯一の存在として、読者の眼前に屹立する。なぜなら、彼女は類まれな美の探求者だからだ。

そこが視聴者（潜在する旅行者たち）の自己仮託する装置、「永六輔」と異なる点なのである。だが——。深浅の程度の差はあれ、これも「ディスカバー・ジャパン」に代わりはない。二つの日本発見の旅は表裏一体となって、戦後日本のエポックメイキングを演出していたのである。さて、『かくれ里』の語り手は、なかなか人目に触れない文化財を訪ね歩く「私」を焦点化していく。だから、彼女が奥深い森の中を歩いて行く時、その身体を包み込む林をも忘れずに語ろうとする。このような道行きを配置しておけば、彼方に実在する「かくれ里」の物語化が容易になるからだ。といっても、この語り手は「かくれ里」というトポスそのものに関心があるわけではなく、実はありふれた山村を「かくれ里」たらしめている財物に出合うために歩みを進めているのである。そうすると、この歩行は身体的な運動ではない。眼に見えない文化遺産に対する知的アプローチと同義である。つまり、歩くことによって展開する森の景観は、出合おうとしている美の表徴ですらあるだろう。

そのような「私」が林間を歩いていて、一本の樹木に眺め入ったとしよう。その時、この本は自然の表徴ではない。というのも彼女は木の中に神仏を見るからである。仏師の手で「掘り出された」仏を巡る旅が企図される由縁は、この辺りにあるだろう。だから、美的、あるいは学問的、宗教的アプローチによって、日本文化の深層に降り立とうとする『かくれ里』は、徹底して意味を解析し表象する物語なのである。

ここから、幸田文の『木』へと話題を転じてみたい。彼女の木を巡る旅も、万国博覧会が開催された時期と重なる。

瞬間、材はさっと二つに、斜めに裂けて、小さく裂けたほうが裂け目を仰に向けて、ごろんと、ころがった。その場がしんとした。一斉におごそかな空気が包んだ。たまらなくて、裂けたもののそばに膝をついた。自爆したみたいな、その三角に裂けたアテは、強烈な、檜の芳香を放っていた。裂けた木の目は、あぶらをたくさんに含んだうす紅の色沢で、こまかい木目を重ねていた。だが、抱けば、その頑くなな重量。アテをどうしたらいいかとだけ、あとは何も考えられなかった。

引用したのは「ひのき」の結末部分である。癖のある檜材が二つに裂けた現場を、このコンテクストは物語っているが、視点人物は五官によってアテの惨状を捉えようとあせっているようである。なぜこんな事態に遭遇してしまったのか。檜という見慣れた材ではなく、「アテ」と名づけられたモノの生々しさに直面したからである。語り手はこの時、視点人物の「私」が凝視している対象を解釈しない。より正確に言えば、「アテをどうしたらいいかとだけ、あとは何も考えられなかった」という文脈は、檜に対する常識で現物を認識していた「私」のその知のカタチを壊し、読解不能に陥らせた圧倒的な実存を照らし出しているのだ。これまでの表現領域を超えて存在するモノと人間の生々しい出会い、すなわち格物致知に至る原初的イメージ――。語り手の眼目はそこにあったはずである。「ひのき」はこんな「私」と風景化し得ないモノの物語。というのが筆者の見立てであるが、そうだとすれば『木』に結実する幸田文の旅は、白洲正子とは異質だったことになるだろう。なぜなら、既存の知的枠組では把捉出来ない世界を体感する物語だからだ。そして、「私」は幸田文そのものではない。このような物語世界を顕在化させる装置なのだ。なぜなら、言語表現では届かないもう一人の「幸田文」なのだから。

二、連鎖する身体、衣服、景観

旅をする二人の表現者について記述してみた。もう少しだけ白洲正子に道連れになってもらって、『崩れ』の作品世界に入っていきたい。

そこで、着目したいのは二人の旅装である。白洲は『きもの美──選ぶ眼・着る心』(昭和三十七年三月、徳間書店刊)を刊行しているように、和服に対して造詣が深い。少女時代の家庭生活は洋風であり、留学や海外旅行などの体験がある。その白洲は四歳から能楽に親しんで自国の服飾文化に直に触れていたから、洋服と和服それぞれの優れた伝統を知る機会に恵まれていた。そのことについて書いた随筆が「きものが好きになるまで」なのだが、このタイトルには、和服の良さに対する気づきが示されている。身近に存在していながら視野に入っていなかったものが、時間の経過とともに、意識化されていく。だから洋服と和服とは対立しない。その上で和服の良さに対する気づきを、正確に「好き」と表象している。このような感性的な成熟が批評性を帯び、身体を装う衣や所作を成立させるものを眼差していく時、批評家「白洲正子」が誕生しているだろう。

その白洲はカメラマンの被写体になる機会が多かったので、読書人たちはスタイリッシュな彼女の肖像をよく知っている。写真の中の彼女はオシャレで、インパクトも強い。だが、白洲正子らしいスタイルはどれか、と探し始めた途端、画像の輪郭がぼやけてくる。

昭和四十五年、取材のため吉野山を訪れた彼女のスナップ写真が、「別冊太陽」(平成十二年四月発行)に掲載されている。ラフな洋装である。人里離れた奥地に入る場合、歩行を余儀なくさせられるのだから、このような服装が適している。それが自明であるため、白洲は自分の出で立ちには一切、言及しないのだろう。いや、それだけではなく。語りの戦略において、自分の身体情報は意図的にカットされるのである。長い道を歩き、隠れた財物と出会い対座するシチュエーションを印象づけているが、それは彼女が批評眼を働かせて、日本文化のカタチを掘り起こすまでのコンテクストを構築するためであった。彼女の紀行文はこのような批評主体の物語なのだから、身体を表象する行為は語りの道筋を不分明にしかねないのである。

ずいぶん道草を食ったが、致し方ない。というのも、『崩れ』の語り手が本題と関わりなさそうな「私」の旅装について、長々と叙述しているからである。第五章の話題のメインは、着馴れないズボンを着用して感じた違和感である。一部を引用してみよう。

それにもう一つ困り切るのは、ズボンと胃腸の折合だ。私のプロポーションとやらは、手長胴長で矮脚、矮脚の割に腰骨は高い。ということは、ズボンの寸法は股上が深くなるわけであり、ちょうどズボンの上端を締めるボタンのあたりが、下垂している胃へ縄をかけた形になる。和服でも腰紐は、腰骨の上にあたるところへ結ぶが、そうきつく縛ったりはしない。そこが着なれているものの手加減で、ゆるく結んであっても着崩れはしないし、からだは自由で、紐でしめられているという殊更な緊縛感はない。ところがズボンとなると不慣れなかなしさで、立った姿勢ではなんということもないが、腰をおろす、かがむ、となると下垂の胃は、横縄をかけられたような圧迫を感じて、気持がわるくなる。

このコンテクストで表象されている「私」は幸田文ではない。というと奇妙に思うかもしれないが、洋装について不平不満をぶちまける「私」は、『崩れ』の物語のために生み出されたキャラクターなのである。よく知られているように、幸田文はこの時期に、同時並行で『木』と

『崩れ』を訪れている。そして、二つの物語も同時進行で執筆されていった。

読解を繰り返していくと、ようやく二つのテクストに登場する「私」はそれぞれの物語を進行していくために仮構された存在だったことに気づかされるだろう。

『木』の語り手は一切、「私」の服装を情報化しないのである。なぜそうなのか。まず考えられるのは、この人物が旅行用の服装に対して不快感を持たなかったということである。身につけたのが日常、着なれた装いだったから、違和感がなかったからだ。いや、『崩れ』の「私」のような洋装だったが、語り手はそれを表象しなかったと考えることも可能だ。人里離れた不便な場所にも脚を踏み入れようという意志的存在として語るためには、急峻な地形の描出は効果的だ。だが、着衣と肌に纏わる情報は「私」の意志的行為を演出する効果は薄い。外部に向けられた「私」の知に対する探求をクローズアップしていくシナリオにおいて、それはノイズではないか。些末なことに拘っているかもしれないが、それを承知の上で、『木』の連載第一回、「えぞ松の更新」の次のような文章を読んでみたい。


そして、目的のえぞ松の倒木更新である。それそこに、ほらあそこも、といわれて慌てる。皆目見当もつかない、ただ一面の同じような木の脚ばかりなのだ。きのうの雨が今日もまだ上りきらず、森の中は鬱蒼として小暗く、木はどれも肌をぬらしており、見上げる梢は枝を交して傘になっている。あの時の話に、倒木更新はどんなうっかり者でも一目でわかる、ときいたがそんなことその皮だ、ともやもや思って目をみはる。くま笹の丈が、胸まであって足掻きがわるい。ますます木の脚ばかりを見る始末になる。

物語世界は北海道の東大演習林である。案内人に導かれて、「私」は倒木更新の現場を目の当たりにしている。語り手は案内人の姿を声に変換して、一面の木の世界として造型する。ノイズになる視覚情報を消去することで、読者の視線を「私」のそれに同調させておいて、案内人に「見える」ものが、見えない状況を作り出しているわけである。

このような語りを進行して、「知」に至るテクストを編もうとしている語り手が、彼女の服装を表象するわけがないだろう。それはそれとして、語り手が情報化しなかった着衣について、読者はどのような想像を巡らせるのだろうか。その読み取りの助けになるコンテクストは「くま笹の丈が、胸まであって足掻きがわるい」である。物語の進行とともに、えぞ松の森を歩く彼女が前景化されるのだから、動きやすい洋装でズック履きという装備を想像するはずだ。では実在の幸田文はどのような服装をしていたのか。岩波書店版の『幸田文全集』月報19（一九九六年六月）に、一枚の写真が掲載されている。昭和五十一年六月、『木』の取材に同行した梶幹男が撮影したスナップだ。被写体はズボンを着用した幸田文である。

幸田文の読者はちょっと驚いたかもしれない。和服姿の幸田文しかイメージ出来ないからだ。実は問題は、ここにある。昭和二十九年十一月、木村伊兵衛との対談「写真は娘への遺産」（「日本カメラ」）で、彼女は独特の髪型、縞の着物姿で写っている自画像が「おのが顔」と語っていた。以後、露伴の娘に代わるセルフイメージ、つまり自分の物語を書く作家イメージを発信していく。その「まげの感じに丸めた独特な髪型。渋い和服とともに日本人のしつけやたしなみをキッチリ身につけた長身」（「朝日新聞」昭和三十一年十一月二十九日朝刊掲載の「新潮文学賞を受けた幸田文」より）は、メディアを通じて拡大していった。幸田文が仕掛け、それを発信するメディアという構図（その逆パターンもあるが）を受信して、『木』や『崩れ』の読者も定番化した幸田文像を想起しているのではないか。だから、言わずもがなだが、そのイメージは表現者の欲望やメディア側の販売戦略と深くかかわるフィクションであり、当事者の都合によって、いつでもモデルチェンジが可能である。実際に、幸田文がメディアを操作して、新しいセルフイメージを演出した事例がある。匿名記事「幸田文さん洋装に転向」（「娯楽よみうり」昭和三十四年一月三十日発行）である。丸山明宏との対談（「婦人公論」）の内容が、「日本人のしつけやたしなみをキッチリ身につけた」彼女らしくないという非難を記事にした「美徳を愛する幸田ファン――叱られたメケメケとよろめき礼賛」（「週刊新潮」昭和三十三年一月十六日発行）もまた、定番化した読み取りへの揺さぶりであった。

このように、幸田文は自分の装いや振る舞いを巧妙に活用する表現者なのである。取材中の幸田文は、『木』でも『崩れ』でも着なれない洋装だったわけだが、服飾情報の出し方については対照的である。繰り返すが、この書き分けは意識的だと考えた方がいいだろう。全くアウトプットしないテクストと、過剰なくらい情報化するテクストが照らし出すものは何か。

実を言うと、『崩れ』の物語は、冒頭から、このような書き分けを構造化させて進行しているのである。第一章の語りは、山梨と静岡の県境の山中に自生するイタヤカエデを見物に来たというところから始まる。気持ちの良い五月の新緑と山容を眺めて、「楓は芽吹きにはちと時期が早すぎたが、林はいい風情で見ごたえがあり、山気に身も心も洗われて、私は大満足の上機嫌」になる。語り手はこの時の「私」の着衣について何も語っていないのだが、その事実こそが定番の和服姿だったことを伝えているのだ。「身も心も洗われる」の語りには景観を心地よい風景として読み解き、それに向かって解放される心身が表象されている。彼女の身体は外部と一体となっているが、そのためには景観を読み解く彼女の身体と精神がリラックスした状況になければならない。身と外との距離が近ければ近いほど感覚は鋭敏になるのだが、彼女の肌は違和感を覚えただろうか。引用したコンテクストは、終始、上機嫌な「私」を語っている。だから、不快な刺激は体感しなかったことになる。このように物語は組み立てられていて、その語りの表層に浮き上がって来るのだから、事実がどうであったかにかかわらず、彼女の風姿は和服なのである。

語り手はまず、このような美しい林の風景と和服姿（フィクション）の「私」をクローズアップしておく。こうして身体と景観がシンクロする残像を刷り込むのである。その残像は翌日の出来事に活用される。「とにかく、そこまでは緑、緑でうっとりしていて、突如そこにぎょっとしたものが出現したのである」。――語り手は目的地に到着して車を降りて、巨大な崩壊に出くわした「私」の心情を捉えているのだが、直前までの語りは、この一文のための布石だったといってもいい。二つの景観を折りたたむようにして、そのコントラストを心情表現に変換して行く構文は、リアルに「私」の混乱状態を表象している。この時から、初めて彼女の視覚が機能し始める。勿論、楓の林は眺めているのだが、これまでに体得した景観の読み取りが機能しているため、「緑、緑でうっとり」する心情に溶け込んでいる。さっき、シンクロという表現を使ったのはこの心情を明示するためであったのだが、このため楓の林は心地よい心象と化しているだろう。だから、描写する対象にならなかったのだ。語り手は「私」の視覚が発動する瞬ばらく広大な崩壊地の描写が続いてから、次のような心情が語られている。

呼吸の時間）して開始される。「そこは昨日の安倍峠から西方へむけて続く山並みだが、」以降、し

間を用意している。その語りは「ぎょっとしたものが出現したのである。」の直後、改行（ひと

立ちつくして見るほどに、一時の驚きや恐れはおさまっていき、納まるにつれて――いま対面しているこの光景を私はいったい、どうしたらいいのだろう、といったって、どうしてみようもないじゃないか――というもたもたした気持が去来した。

注意しておきたいのは、このような視覚は「私」が現地を歩いていることで実体化する、ということである。楓の林を眺めるため、彼女は歩き回ったはずだ。だが、そのような歩く身体は表象されてなかった。引用した一文の後、山菜採りのために沢を下り、対岸のわさびを採ろうと小さい水流を飛び越そうする彼女が描かれる。その瞬間、制止の声が掛かり、沢の石の角ばった形状を実見することで、この場所がパノラマ的景観の只中だったことに気づく。語り手はこうして、歩くことで浮上する「私」の身体と「崩れ」を語ろうとするのである。ここでも、語り手は彼女の服装に言及しない。こんな足場の悪い場所を歩行するのだから、履いているのはシューズである。

もう気づいているだろうが、「崩れ」の景観は洋装をした「私」の眼前に現われたのだ。『崩れ』の第一章で、語りの主体者は読み取り可能な景観と不可能な景観を対照的に表象した。そして、二つの景観を顕在化させた身体と服装は、語りの中に潜在しているのである。そこで、第

五章に進もう。「私は和服ばかりで過ごしてきたので、この期におよんでズボンとブラウスを着る破目に追込まれ、その着心地がどうにもよくなくて、ほとんどもう音をあげている始末」というコンテクストの少し後に、先に引用した語り「それにもう一つ困り切るのは、」が現われる。伏在させていた身体と着衣、それによって喚起される大きな景観が、ここに来て、ゆっくりと語りの前面にせり出してくるのだ。

「私」が感受した身体／衣服／景観を、このように語り手は斜線で切り分けない。それらが連鎖して起こる「驚き」や「恐れ」、「どうしてみようもな」さ、そしてそれを書くことの困難さに向けて、想像をめぐらせていく。企図された『崩れ』はこの想像力によって紡ぎ出される物語なのである。

その時、中国に由来する「山水」という風景意識で読解された楓の林は後景に退く。このような額縁の中にうまく納まる一枚の絵は、これまで文字や映像で描かれてきた。『枕頭山水』を著わした幸田露伴もそのような表現者の一人だ。作中人物は新しい交通機関を利用する旅行者だが、「地獄谷といふは地蔵峠の下にて、西手に高き山あり、それに引きつゞきて荒山、鍋割山を南の方に望む。三面は山々にかこまれて一面わづかにひらく。風景佳なり。」というコンテクストで明らかなように、読者をこのような新奇な風景に誘おうとしている。彼は美しい観光地の発見者である。そうなれるのは読者が喜ぶ風景を提示しているからだが、景観を読み取る手本が読者が鑑賞する一幅の山水画だからだ。人文地理学によって、世界に冠たる美しい日本を表象したのはナショナリスト・志賀重昂だった。小島烏水の『日本山水論』（大正五年七月、隆文館図書株式会社刊）は、登山家の体験を語ることで、志賀の観念的な風景に具体性を与えたものだが、ここでも景観は絵画的手法で読み解かれている。したがって、景観と向き合う視覚は無垢ではない。一枚の絵となるような構図や光彩に狙いをつけている。つまり、彼は景観と向かい合わず、自分が依拠するカノンから引き出されるイメージを追いかけるのだ。
さて、『崩れ』において、語り手が表象しようとする「私」は、このような存在ではない。洋装の着心地の悪さを訴え、この耐え難い肌感覚がそのまま自分と景観の実在だという感性を生きようとするからである。だから、次のような溜息混じりの語りが挿入されるのだろう。

和服では知らなかった、このズボンの胴のくびられ、腹部の圧迫。ほとほと私は閉口しているのだが、訴えれば人はみな笑うばかり、きっと誰もみなさん洋装になれていて、しかも作動健全な胃腸の持主ばかりなのだろう、とあきらめる。（中略）崩壊地とあばれ川は、私の七十余年の衣服基盤を破砕し、押し流す気配である。

このコンテクストで描かれたような「私」と隣人とのディスコミュニケーションの現場に、読者は一度、立ち会っているはずだ。安倍峠から帰ってから、彼女は会った人を摑まえて大谷崩れに出会った感動を話した。だが、ほとんど反応がなく、「無関係」だと聞き流されたのだった。語り手は「私」が陥った二度にわたる情報伝達の失敗を読み取らせながら、彼女の不快な皮膚感覚と「崩れ」を二重写しにしていく。さらに、「崩れ」によって破砕されるかもしれない「衣服基盤」にも着目させている。このようにして読み解き不能な「崩れ」と理解されない「私」の〈崩れる〉身体情報に眼を向けさせることで、語るべき「私」は読者の前に現われるのだ。

ところで、第七章は「私」が大谷崩れを再訪する物語である。彼女の物語だから、想像した通り、「今朝ははや秋の風だなどという時は、慌てて羽織るものを引き出しながら、行くもの来るものへの感情にさそわれる。」というふうに、服装の話題から語り始められる。秋の大谷崩れに来て向き合ってみると、記憶している山容と異なることに気づく。たしかにそれが錯覚ではなく、「山は裸の時と、着物を着ている時とでは、だいぶ様子が変る」という案内者の説明を聞く。それで安心すると同時に、改めて山と木、裸と着衣の関係を考える彼女が描かれている。

このように語り手が表象する「私」の思考のカタチは、特異である。したがって、「崩れ」の感動を話しても、洋装にする不満を漏らしても、隣人の共感は得られない。この隣人は『崩れ』に登場するライター「私」にとって、見えない読者のメタファーでもある。なぜなら、「訴えれば人はみな笑うばかり」という隣人が、素早く不特定多数の「誰もみなさん」に変換されているからだ。このような二重のディスコミュニケーションを解消する、言い換えれば景観の読み取りと文体の発見を企図する物語にとって、彼女は打ってつけのキャラクターといっていいだろう。物語『崩れ』の価値はこの点にある。

三、文体の発見／表象される崩れ

——批評され、更新し続ける身体性を通して

「私」というキャラクターは「崩れ」と出会い、その景観から得た「感動」によって更新され続ける。このような書く主体である。ただし、この感動は物語内において、決して概念化され

ることはない。現場で崩壊を見ている自分の体感（恐怖、可哀想、「どうしてみようもない」という感情）と案内人の科学的な知見が、綯い交ぜにされて語られる。したがって、両者の存在は二項対立ではない。一方の案内人は「私」の問いに対する科学的知見を述べる客観的な役割なのだ。だから、画家や文学者とは異なるパラダイムに依拠しながら、「崩れ」を風景化し得る人物である。そのような彼は崩壊の意味を知りたがった「私」に、「地質的に弱いところ」と返答した。語り手はその直後、「私」の内情を表象する。

> 知識をもつ人ともたない者との、ものの思い方の違いがくっきり浮かんでいて、私のあたふたした騒がしさは消されたのだろうと思う。弱いという言葉は身近にいつも使う言葉だが、その言葉からの連想といえば、糸なら切れる、布なら破れる、器物なら壊れる、からだなら痛々しい、心ならもどかしい、ということになろうか。その弱いが、山腹一面を覆う崩れ、谷を削って押し出す崩れ、にあてて使われる。私は崩れの表面を知って、痛々しく哀しく、且つまた、どう拒みようもなく屈服を強いる巨大な暴力、というような強さに受取っていたが、この人は逆に弱いといって、深い土の中のことを私に教える。（傍点筆者）

「文字では、こうした大きな自然を書くことのできがたさ」に直面していた「私」が、「言葉」を発見した場面である。このコンテクストは自己内省的な語りになっているために、知る／知らないという対立的な枠組が表出している。だが、この構文は知に至る端緒を明らかにするために設定されているのだ（最終章で、この枠組が転倒して、科学的知見を批評する「私」が現われることに注意したい）。ここには、思いがけない一つの言葉がある。だから、「私」は知に向かって開かれた驚きとともに、それが糸、布、食器で読み取られ、読解はさらに自分の身体、精神に及んでいく。

「地質的に弱いところ」という説明は、いわゆる学術的な専門用語ではない。「私のめったやたらな質問で、話はあっちへ飛びこっちへ戻り」というディスコミュニケーションを含む会話の中で、案内者は自分の知識を、対話者が理解出来る言葉に置換したものであった。それが「弱い」であり、これによって「私」は崩れの言語的イメージを摑むのだが、しかし、直ちにスケールの大きな地形が明らかになったのではない。だから、自分にとって身近な家事の現場に移し替えることで、「弱い」という言語の意味を確定していくのだろう。それは作業をする身体と扱う物とが連動し、何度も繰り返される中で、身のこなしや物の性質が手の内に入るという時間を生きてきた人間らしい。このような「私」ゆえに、物によって得た実感を手掛かりにして身体の深部にまで下降し（地中の「崩れ」とシンクロしながら）、キー・ワードを獲得するのである。それは「弱い」という言葉が生まれる原初的な場まで降り立っていこうとする試みと言っていいだろう。このような道筋を経て、案内人が発した「弱い」は、崩れを書く言葉に転換するのだ。だから、崩れを理解するために、この言語はライターの「私」と読者とが共有するコードだ。このような確信が生まれた時、真の意味で、「私」は「崩れ」の書き手になったのである。

「崩れ」を視野に入れながら、語り手が案内者と語り合う言説空間の只中に、「私」を投げ入れることで、批評し批評される主体が立ち上がる。そして、日本各地の「崩れ」の景観とその現場に生きる人々との出会いを、次々に物語ることで、語り手はこの「私」を更新していくのだ。

このような「私」が見つけ出した文体は、もう明らかであろう。なによりも重要なのはディスコミュニケーションの現場を、語りの構造に組み込むという戦略である。案内者と「私」の対話は、「崩れ」に対する理解する／させるというシナリオに沿って進行するが、この関係性がうまく機能するとは限らない。その原因は二人の能力というだけではなく、言語が本来的に抱えるアポリア、記号性にある。「私」は、「崩れ」を知るために書物を買ったのはいいが、ほとんど理解出来ずに投げ出している。語り手は「弱い」という言語を獲得する場面で、彼女が「文字の言葉でなく声で話される言葉が、時にどんなにはっきり頭に入るか」と呟いたのを見逃さない。そういう彼女は文字を操作しながら意味を表象する人間なのだが、いや、そうだからこそ気づいたのだ。「私」は「崩れ」の感動を伝えようとして失敗、「崩れ」を論述した書物を読んだが理解不能。想定されるコミュニケーションの対象者は、彼女の隣人と同様、「崩れ」に無関心である。自分の感動が読者のものになるためにはどうしたらいいか。要請される文体はこの懸案を解決するものでなければならない。というところまで省察して、「私」は困惑したに違いない。語り手はライターとしての彼女のキャリアは明らかにしていないが、このような執筆状況はこれまで経験したことがないのではないか。仮に、彼女が「崩れ」の物語を書いたとしよう。「崩れ」を十分に情報化出来ない「私」の一人語りは、語りの過程で批判的な自他の視線に曝される。その結果、自ら筆を折るか、あるいは読者を失ってしまう事態に陥るだろう。

そこで、語り手はこのライターから物語世界を外部から統御する特権を奪い、物語の時空間に投げ入れる。そして、ディスコミュニケーションの現実に曝されながら、崩れの旅を続ける「私」を表象するのだ。崩れに対するランダムな印象や、案内人と自分との対話を整理しないで、生《なま》の情報としてアウトプットする。そうしておいて案内者と対話している現場に読者を誘い入れる。第四章から文章を引用してみよう。

　これもまた崩壊の一つの型だろうか、ナメと呼ぶのだそうだ。そう聞いたとたんに、滑らかのナメか、嘗める、舐めるのナメか、並ぶのナメかと思ったが、そんなことを聞きほじっているより、足許へ神経がいってしまった。一歩一歩に、ぞっ、ぞっという音がする。

　このパラグラフには事実が情報となるための整理と論理性が欠落している。その原因は崩れの景観が認識出来ないため、混乱する「私」にある。語りの背後には案内者が伏在しているが、彼は教えられた「ナメ」を言語イメージで摑もうとする相手の足許を気にしているだろう。彼女も危険だと気づいて、場違いな言語ゲームを止めるのだが、わざわざ迂闊な「私」の一部始終を表象するのは、崩れが視覚で捉えられる景観だけではなく、実は歩いている彼女そのものでもあるからだ。幾重にも張りめぐらされたディスコミュニケーションは、「崩れ」を語るための装置だ。企まれたフィクションである。それを紡いでいくために、『崩れ』の文体は構築されている。

　さて、この文体を手にして、語り手はどのように読解不能な崩れを表象しているのだろうか。筆者の「崩れが視覚で捉えられる景観だけではなく、実は歩いている彼女そのもの」という読解が有効ならば、表象される「崩れ」は単なる自然の景観ではない。案内者と彼女との質疑応答が交通する言語空間と、二人が立っている自然の空間の総体として、物語世界に浮上しているはずである。では、語り手はどのように「私」の身体とシンクロする「崩れ」を描いているのだろうか。

ここではどんな音がたつのか知らない。ただ私の耳が仮想したのは、ダンドンガンゴンといったような濁音のミックス——非常に反響の強烈な轟音である。おそらくここはその昔の崩れの時、人が誰もかつて聞いたことのないような、人間の耳の機能を超えるような、破壊音を発したのにちがいなかろう、と思わされたのである。気がついたら首筋が凝っていた。腰の骨も突張り返っていた。長く佇んでいるべきところではない。こわいところだ、と思った。程よく皆さんが促してくれ、負うて頂くような大きな迷惑をかけてはるばる来たにしては、早々にして帰途についた。

第十章は、人に背負ってもらって、常願寺川上流にある日本有数の崩壊地、鳶山に行くところから始まる。彼女を背負う人と背負われる自分の関係が梃子になって、自分の身体を男に縛りつけるおぶい紐のたわみ、男の足取り、足が着地する石がスケッチされていく。負われた身体感覚をそのまま視覚に変換することで、注意しなければならない地形の異様さが明らかになる。それはさらに「私」と案内者との対話によって増幅されていく。一人で登るのも、負われて登るのも怖ろしい「私」。降ろして下さいと喚く「私」。そして、この地形を熟知した案内者の平静さが、歩いている現場を一層際立たせるのだ。「崩れ」を一望したいと思う「私」には、まだ険しい道程が待っているのだが、従来の読解ならば、このようなコンテクストは幸田文という「知的好奇心の旺盛な七十二歳の老女」を語るエピソードなのだろう。

だが、この人物は『崩れ』のキャラクターであった。したがって、語り手が創造する物語世界において、一回性を生きる意味表象である。これについては既述したように、彼女は物語を遂行する特権的位置に立つ存在ではなく、語られる役回りなのである。ごつごつした石だらけの山中を歩く人々のスケッチや、怖がったり、喚いたりする「私」を中心にして展開するコミュニケーションは、主人公が体感によって具象化された「崩れ」のイメージである。ここで気をつけたいのは、それが身体運動によって捉えられたモノである点である。具象といったが、正確には体感するエネルギーである。『崩れ』の語りにおいて、大パノラマへの道程を歩いている今、「私」はゴロタ石と苦闘しながら歩いている身体の意味に気づいていない。

ここから、引用したコンテクストに戻ろう。案内者の説明を手掛かりにして、「崩れ」のパノラマ的な視点によって風景描写した大段落のあと、「土石は得手勝手にめいめい好きな方向へあばれだしたのではなかったか――私の目はそう見た。そして同時に耳が、なにか並外れた多数の打楽器が乱打されるのを想像していた。」から始まっている。

さて、景観の歴史や地形に関する知識を織り込んで構築されたパノラマは、当然のことだが、教科書的である。大地の崩壊をどのように書いたらいいかわからない「私」が手本にした「大谷崩れの歴史」の叙述とほぼ同じである。案内者が授けてくれた既存の知的枠組で対象を摑まえようとする限り、そうならざるを得ない。描出された対象は解読不能な景観ではなく、クリアな風景である。この背景には科学的知見が介在している。調査分析し、データ処理が完了しているため、崩れの画像化が可能なのである。科学的知見に対する信頼が、画像をよりクリアにするだろう。このようにして意識上に出現するのは、揺るぎない静止画像である。案内人の眼に映っているのは、このような画像に違いない。

四、おわりに

――生動する崩れ／シンクロする身体

しかし、語られる「私」は、科学が構築したパラダイムから逸脱していく。その様子が引用したコンテクストで表象されているのだ。彼女は洋装で身を包む苦痛と崩れに対する違和感を体感しながら、悪路を登ってきたのだ。語り手はこれを手掛かりに「崩れ」の読み取りを、再び始めるのである。「私の目はそう見た。そして同時に耳が、なにか並外れた多数の打楽器が乱打されるのを想像していた。」というコンテクストは、一旦立ち上げた言語空間を脱構築していく「私」を描出している。彼女の身体と景観とがシンクロしつつ共振する、その現場である。こうして生まれた彼女の想像力によって、やがてメタテクスト（静止したままの画像）を突き破って、不気味な轟音を立てながら崩壊していく世界が前景化するのだ。

『崩れ』の語りの構造は、それが必然であったことを解き明かしている。なぜなら、浅間山登山の帰り、急斜面から滑落した少女時代や、ドッドという音とともに住まいが「崩れ」に襲われた新婚時代の恐怖を点綴して、この暴力的なエネルギー空間が彼女の記憶に刻み込まれていたことを示そうとするからだ。一見すると静かで平和な風景だが、いつ何時、内蔵するエネルギーを噴出させて、生命を危機的状況に陥れるかわからない。「私」のキャラクターはこのような景観に対する認識の持主だと、語り手は指示している。そのような彼女が大崩壊の現場へと歩を進めていく道筋は、景観をエネルギーとして体感する過程だけではない。記憶の中に埋もれていた体感を甦らせる身体運動だったはずである。

だから、「音」となって発散される莫大なエネルギーがイメージ出来たのだ。このコンテクストは見過ごしてはいけない。物語世界に浮上するディスコミュニケーションの只中で、批評し／批評される主体を生きてきた彼女は、「崩れ」が文字で表象される瞬間を、こうして迎えたのだから。

この小論を読了した人の中に、ひょっとすると、次のような感想を持った人がいるかもしれない。『崩れ』はメルロ＝ポンティの身体論の世界そのものではないか——。このような幸田文の〈発見〉は無意味である。近ごろはやりの価値標準で捉えただけのことだからだ。それは何でも鋳型に填めて、事足れりとする知の病、遊戯でしかない。そうすればするほど、本質からは遠退いていくだろう。

あとがき

昭和詩について考えてきた著者に、『幸田文全集』の編集協力という思いがけない役が回ってきた。平成六年春のことである。以来、コツコツと一人で文献収集とテクストの読解を進めてきた。平成十九年に『幸田文「わたし」であることへ』を刊行したが、時間の経過とともに不満を感じるようになった。

本書には過去の遺物を批判しながら書き継いできた十五篇、書き下ろし二篇、再録一篇を収めた。

十五篇の文章は同人誌「始更」（平成二十一～二十八年）に掲載したものである。さまざまな人々の好意に支えられて、今年、「始更」は十五年目を迎えるが、その歩みも故神長正晴氏、創刊号から付き合って下さっている菊川稔英、小林裕子、野村忠男、大畑照美の各氏、途中から参加して下さった阿毛久芳、佐藤洋二郎、増田みず子の各氏の眼差しの賜物である。あえて尊名を記さないが、御芳志を寄せて下さった他の方々に心から謝辞を捧げたい。

また、欠かさず同人誌に対する批評をお寄せ下さった東郷克美氏、鷺只雄氏に感謝の思いをお伝えしたい。

別して、幸田文の肖像写真を提供して下さった御遺族にお礼を申し上げる。

田畑書店の大槻慎二氏は、同人誌の寄稿者でもある。近鉄京都線の車中で雑談をしている中で、気軽に本書の出版話を持ちかけたところ、励ましの言葉を掛けて下さった。ここに記して、本書の出版にご尽力下さった氏に感謝の気持をお伝えしたい。

平成二十九年七月

藤本寿彦

初出一覧

序　章　家事労働を体得した身体性を物語る――「松之山の地滑り」論
「始更」第十四号（平成二十八年十月発行）
「台所育ち」の原像――「あとみよそわか」論　「始更」第八号（平成二十二年九月発行）

第一章　幸田文の誕生――「雑記」論　「始更」第七号（平成二十一年九月発行）
疎外する文学、生き直す文学――「終焉」論　「始更」第七号（平成二十一年九月発行）
変容する戦後空間　「菅野」と「私」の造型――「菅野の記」論
「始更」第九号（平成二十三年十月発行）

第二章　新しい語りを求めて――「糞土の墻」論　「始更」第八号（平成二十二年九月発行）
「帆前掛をかける」女の物語――「勲章」論　「始更」第十三号（平成二十七年十月発行）
セクシュアリティを表象する小説へ――「姦声」論
「始更」第十三号（平成二十七年十月発行）

第三章　戦後世界を生きる〈寡婦〉の行く末――『流れる』論
「始更」第十号（平成二十四年十月発行）

『番茶菓子』が表象するもの

『幸田文「わたし」であることへ』
（平成十九年八月、翰林書房刊）所収

「台所育ち」というセルフイメージと創作戦略——連続随筆論
「始更」第十一号（平成二十五年十月発行）

第四章

読者の想念上に生き続ける「おとうと」を求めて——『おとうと』論　書き下ろし

ロマンとしての結核小説を脱構築する——『闘』論
「始更」第十四号（平成二十八年十月発行）

ポスト結核小説としての『闘』の問題性　書き下ろし

関東大震災を起点とする『きもの』の世界
「始更」第十二号（平成二十六年十月発行）

第五章

「身近にあるすきま」の発見とその展開——「ひのき」（『木』）論
「始更」第十一号（平成二十五年十月発行）

どのようにして想定外の景観を書くか（Ⅰ）——『崩れ』論
「始更」第九号（平成二十三年十月発行）

どのようにして想定外の景観を書くか（Ⅱ）——『崩れ』論
「始更」第十号（平成二十四年十月発行）

藤本寿彦（ふじもと　としひこ）
昭和27（1952）年、愛媛県生まれ。奈良大学国文学科教授。日本近代文学会評議員。
主要著書 『水夫の足——丸山薫の事』（平成5年8月、七月堂刊）、『幸田文「わたし」であることへ』（平成19年8月、翰林書房刊）、『周縁としてのモダニズム——日本現代詩の底流』（平成21年2月、双文社出版刊）

幸田文

「台所育ち」というアイデンティティー

2017年8月20日　印刷
2017年9月　1日　発行

著　者　藤本寿彦

発行人　大槻慎二
発行所　株式会社　田畑書店
〒102-0074　東京都千代田区九段南3-2-2　森ビル5階
tel 03-6272-5718　fax 03-3261-2263
装幀・組版　田畑書店デザイン室
印刷・製本　シナノ書籍印刷株式会社

ISBN978-4-8038-0345-7　C0095
定価はカバーに表示してあります
落丁・乱丁本はお取り替えいたします